불교가사의 계보학,

그 문화사적 탐색

지은이 김종진(金鍾眞, Kim Jong Jin)은 동국대학교 국어국문학과를 졸업하고 동대학원 국어국문학과에서 석박사 과정을 수료하였다. 한국고등교육재단 한학연수 장학생 과정을 이수하였고, 현재는 동국대학교 불교문화연구원 조교수로 재직 중이다. 저서로『불교가사의 연행과 전승』,『새로 읽는 향가문학』(공저), 『경기체가연구』(공저),『우리역사인물전승연구』(공저),『문학지리 · 한국인의 심상공간』(공저),『불교문학과 불교언어』(공저),『불교민속학의 이해』(공저) 등이 있다.

불교가사의 계보학, 그 문화사적 탐색

초판 1쇄 인쇄 2009년 8월 10일 **초판 1쇄 발행** 2009년 8월 15일
지은이 김종진 **펴낸이** 박성모 **펴낸곳** 소명출판 **출판등록** 제13-522호
주소 서울시 서초구 서초동 1621-18 란빌딩 1층
전화 02-585-7840 **팩스** 02-585-7848 **전자우편** somyong@korea.com

값 19,000원   ⓒ 2009, 김종진
ISBN 978-89-5626-384-7 93810

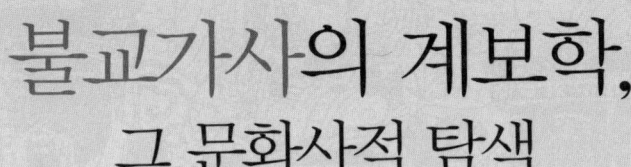

The Genealogy of Buddhist Culture-historical Approach

불교가사의 계보학,
그 문화사적 탐색

김종진

소명출판

일러두기

1. 본문에서 인용한 『청택법보은문』은 『한국불교전서』 9권(동국대 출판부, 1988)에 수록된 것이므로 출전을 일일이 기재하지 않는다.
2. 노래 · 음악 · 그림은 〈 〉로 표기한다.
3. 편명은 「 」로 표기한다.
4. 서명은 『 』로 표기한다.

불교가사에 관한 두 번째 저서를 세상에 보인다. 작업을 진행했던 기간을 회상하며 책을 보건대, 새로운 작가와 작품을 발굴하고 그 의의를 찾아가는 길에 느꼈던 사명감과 즐거움이 새록 솟아올라 아쉬움을 다독이는 듯하다. 사실 불교가사의 작품들은 보드라운 문학 감상의 묘미를 느끼게 해주지도 않으면서 그 존재 양상 또한 쉽게 파악할 수 있을 정도로 친절하지도 않다. 또 작품을 삶의 역사적 조건에 견주어 이해할 만한 내용도 쉽게 발견할 수 없다. 대부분의 작품이 내용과 분위기가 비슷한 것도 같고, 이념이 전제된 교조성이 선뜻 작품에 대한 접근을 막는 것은 사실이다. 그러나 불교가사는 우리말 시가의 다양한 표현영역을 확장시킨 대중지향적인 언어구조물이다. 또 범패에 대응하는 우리말 노래로서 향가의 전통을 잇고 있으며, 이에 따라 동아시아 불교문학사를 논할 때에도 중요한 위상을 차지하고 있다. 그리고 불교가사는 조선후기 종교와 사상과 가요가 만나서 형성되는 문화사적 흐름을 반영하는 자료로서, 조선후기문화사의 한 영역을 기술하는 데 중요한 텍스트임이 분명하다. 이처럼 불교가사는 아직도 다방면에서 고찰할 만한 가능성이 잠재해 있다고 할 수 있다.

본서에서는 그동안 단편적으로 언급되었던 불교가사의 작가를 복원하고 전승의 양상을 살피며, 작품의 문학적 특징을 도출하면서 그 문화사적 의의를 살펴보고자 하였다. 작가를 복원하고 작품 전승의 통시적 맥락과 그 의미를 그려보는 작업을 '계보학'이라 이름붙이고, 한 편의 문학작품이 그 자체의 문학성뿐만 아니라 역사·사상·종교 그리고 미술·건축 등 다양한 맥락에서 소통되며 형성하는 의미망에 대한 관심을 '문화사적 탐색'이라는 이름으로 포괄한다. 불교가사 작가의 경우 기본적인 자료가 부족한 관계로 풍문이 별다른 논증 없이 사실로 인식되는 경향이 있는데, 본서에서는 기존의 문헌자료를 정밀하게 읽어 나름대로 객관적인 검증을 하고자 하였다. 이를 통해 기존의 문학사 기술에서 보여준 오해와 오류를 상당 부분 보완할 수 있을 것으로 기대한다.

　본서에서 대상으로 하는 시기는 작품의 문헌 실증이 가능한 17세기 말부터 20세기 초반까지이다. 불교가사는 가사문학의 효시작품으로 인정되어 고려 말의 문학현상으로 계속해서 관심을 받아왔다. 물론 본고에서도 〈서왕가西往歌〉를 논의하면서 이에 대해 약간의 견해를 피력한 바 있으나, 아직은 해결해야 할 전제가 있어 좀 더 모색의 기간을 갖고자 한다. 일단 이를 논외로 한다면 현전하는 불교가사는 그야말로 조선 후기 문학현상의 하나로서, 이 시기 유통의 담당자들이 처해 있던 현실적 조건을 반영하는 텍스트이자, 종교 사상의 변모와 함께 변모된 역동적 양식임이 뚜렷하게 드러난다.

　총론을 대신하여 본서의 개괄적인 흐름을 제시하면 다음과 같다.

　제1장은 17~18세기에 전승된 〈서왕가西往歌〉〈태평곡太平曲〉〈회심가回心歌〉를 대상으로 하였다.

　「〈서왕가〉 전승의 계보학과 구술성의 층위」는 〈서왕가〉가 구비전승되었다는 것과 작품 내에 원형이 내재되어 있을 가능성이 있다는 두 가지 공감대를 전제로 하여, 작품전승의 상한선을 거슬러 올라가 보고, 그 원형의 복원을 시도한 글이다. 이를 통해 〈서왕가〉의 변모에는 조선후기 염불신앙이 흥성하게 되는 양상이 화석처럼 각인되어 있음을 확인하였다.

「〈태평곡〉의 현실주의적 독법」은 침굉현변枕肱懸辯(1616~1684)의 〈태평곡〉이 17세기 가사문학의 변모를 뚜렷하게 보여주는 성취를 보여주고 있으며, 당대 불교계의 모순을 삼문수행과 이력과정의 정비를 통해 극복하고자한 작품임을 밝혔다.

「〈회심가〉의 컨텍스트와 작가론적 전망」은 〈회심가〉의 작가가 그동안 알려진 것처럼 청허휴정淸虛休靜(1520~1604)이 아니라 기성쾌선箕城快善(1693~1764)이라는 점을 밝힌 글이다. 아울러 기성의 글쓰기 방식을 통해서 선과 교학을 염불신앙 속에 통섭하고자한 사상적 경향을 확인하였다.

이상의 논의를 통해 17~18세기에 사상의 시대적 적응에 주목하고 이를 주도한 인물들이 불교가사를 창작하고 활용하는 양상을 살펴보았다.

제2장은 19세기의 작가와 작품을 대상으로 하였다. 특히 한수 이북의 공간성을 기반으로 동지적 관계를 형성하며 불서를 판각한 남호영기南湖永奇(1820~1872) 동화축전東化竺典(1825경~1854경)과 영암취학靈岩就學(미상~1854경)을 발굴하여, 1850년대의 불서판각운동의 실체를 드러내었다. 이들 작가는 기존에는 거의 주목받지 못하였으나, 조선 후기 불교실학이라 할 수 있는 판각 운동의 주체로서, 19세기의 불교문화사의 주축이 되는 위상을 지니고 있다는 점을 제기하였다.

「1850년대 불서간행운동과 불교가사」 및 「〈광대모연가〉의 표현 미학과 문학사적 의의」는 이 시대 불서판각운동의 실체를 드러내면서 남호영기의 판각 활동과 그가 남긴 작품의 문학적 의의와 시대적 의의를 드러낸 글이다.

「〈권왕가〉의 작가 복원과 만일염불회」 및 「〈권왕가〉의 구조와 선행담론」은 동화축전을 발굴한 글이다. 그는 이 시대 판각불사운동에 적극

동참하면서도 건봉사의 만일염불회에 주도적으로 참여한 인물로서, 그가 남긴 1,200구가 넘는 〈권왕가〉는 이 시대의 가장 방대한 염불담론으로 그 의의가 있다는 점을 밝혔다.

「〈토굴가〉의 작가 복원과 문화사적 의의」 및 「〈토굴가〉의 전승 경로와 19세기 참선곡류 가사의 향방」은 19세기 참선곡류 가사의 하나로서 전파된 〈토굴가〉를 분석하고 그 작가를 복원한 글이다.

이로써 19세기의 불교가사는 교학적 흐름을 바탕으로 하되 참선과 염불이 주제적으로는 독립적이면서도 작품의 내용에서는 함께 어우러지는 경향을 보여주고 있음을 파악할 수 있었는데, 이는 이 시기 불교 문화사의 흐름과 일치하는 것이다.

19세기는 또한 민속화된 불교신앙이 흥성한 시기이고 여타의 예술방면에서도 흥성한 분위기 속에 각종 예술이 연행된 시기이기도 하다.

「〈회심곡回心曲〉과 탱화의 상호텍스트성」은 〈회심곡〉을 19세기에 창출된 작품으로 인식하면서 이 작품이 불교건축, 불교미술과 밀접한 상호텍스트성이 있음을 내용과 구조, 표현미학을 중심으로 살펴본 글이다.

제3장 20세기편에는 근대불교혁신운동의 매체로 불교가사가 어떻게 활용되고 있는지, 참선곡의 전통은 이 시대에 어떻게 수용되고 있는지 검토한 두 편의 글을 담았다.

「근대불교혁신운동과 불교가사의 관련양상」은 이 시대의 불교계의 동향과 타종교의 가사 활용양상을 전반적으로 고찰하면서 학명계종鶴鳴啓宗(1867~1929)의 문학을 집중적으로 고찰하여 그 실상과 의의를 밝히고자 하였다.

「한암 〈참선곡〉의 텍스트 비평과 문화사적 의의」는 경허鏡虛(1849~1912) 작품을 상당부분 차용한 한암漢巖(1876~1951) 〈참선곡參禪曲〉의 존재양상과 상호텍스트성을 고찰하여 문화사적 의의를 자리매김한 글이다. 이를 통해 20세기에도 여전히 전통적 방식의 창작이 이어지고 있는 한편으로, 시대적 사명을 자각하고 이를 반영한 짧은 호흡의 가사가 새롭게 창작되고 구연되고 있음을 드러내었다.

이 책을 펴내면서 감사를 드려야 할 분들이 있다. 먼저 본 연구의 기반을 풍성하게 마련해준 불교문화연구원 가족들에게 감사드린다. 임기중 선생님은 조선후기 문화사에서 불교가사가 차지하는 위상에 대해 가끔 언급을 하곤 하셨는데 책을 펴내면서 선생님의 혜안이 본서를 집필하는 밑그림이 되었다는 사실을 새삼 깨닫게 되었다. 학은에 감사드린다. 언제나 격려해 주시는 문영오 선생님과 구사회 선생님께도 감사의 마음을 전하고자 한다. 학문하는 기쁨을 함께 나누어준 한불전강독팀, 그리고 한시선독회의 송준호 선생님을 비롯한 여러 동학들과도 함께 기쁨을 나누고 싶다. 특히 본서의 내용과 관련하여 김상현(〈권왕가〉)·정우영(〈서왕가〉)·김상일(〈광대모연가〉)·박상준(〈서왕가〉) 선생님과 김기종·이종수(〈회심가〉) 학형의 견해가 구체적인 도움이 되었음을 밝히며 이에 감사드린다. 그리고 책의 간행에 조언을 아끼지 않은 정선태·김성옥 선생님, 소명출판의 박성모 사장님과 편집진에게, 특히 무잡한 원고를 깔끔하게 정리해준 최윤정 씨에게 감사드린다. 안정적인 직장을 그만 두고 새 길을 가겠다고 했을 때 여러 가지 걱정을 해 주던 여러분들의 진심이 아직도 내 마음 속에 있다. 일일이 인사드리지는 못하지만 이 자리를 빌어 감사드리고자 한다. 끝으로 가장 든든한 후원자인 아내, 그리고 내 기쁨의 원천인 준수와 라연이에게 이 책이—동화책은 아닐지라도—작은 기쁨을 주었으면 한다.

차례

/2부/ 19세기

/3부/ 20세기

한암 〈참선곡參禪曲〉의 텍스트 비평과 문화사적 의의

/1부/

17~18세기

〈서왕가西往歌〉 전승의 계보학과 구술성의 층위

1. 머리말

〈서왕가〉에 대한 연구는 손진태가 처음 이 작품을 소개[1]한 이후부터 최근 정재호의 논의[2]에 이르기까지 70여 년의 연구사를 축적하여 왔다. 서지적 연구와 문학성에 대한 연구를 제외하면, 기존 연구의 공통적인 관심사는 아무래도 나옹화상 작가설에 대한 시비론으로 귀결된다고 할 수 있다.[3] 그런데 긍정론이든 부정론이든 그 동안의 논의 결과 다음 두 가지 사항에 대해서는 공감대가 형성된 것으로 보인다. 즉, 하나는 〈서

---

1) 손진태, 「조선불교의 국민문학(속)」, 『불교』 88, 불교사, 1931.10, 29~30면.
2) 정재호, 「나옹작 가사의 작자 시비」, 『한국학연구』 19, 고려대 한국학연구소, 2003, 137~139면.
3) 시비론의 경과는 주 2)를 참고하기로 하고 본고에서는 자세히 언급하지 않는다.

왕가〉가 구전되어 오다가 기록되었다는 점[4]이고, 다른 하나는 구전의 과정에서 내용이 상당히 변개되어왔을 것이라는 점이다. 내용상 많은 변개가 있었다는 점은 역으로 작품 속에 원형을 간직하고 있을 것이라는 기대로 이어졌는데, 김태준·이병기는 〈서왕가〉를 고려 말 작품으로 소개하면서 원형에 대한 기대를 표명하였고,[5] 나옹화상 창작설을 부정하는 정재호·강전섭도 그 연구의 타당성을 언급하거나,[6] 혹은 더 적극적으로 '원형'을 설정하려는 노력[7]까지 보여주고 있다.

이상의 연구결과를 토대로 본고에서 제기하는 문제는 두 가지이다.

---

4) "불교가요는 가송 염송되는데 의의가 있는 것이며 나옹의 가송들이 현재도 불교의 식에서나 신도 사이에 낭송되고 있는 사실로 보아 서왕가가 구비로 전승될 가능성이 충분히 인정된다." 구수영, 「나옹화상과 서왕가 연구」, 『국어국문학』 62·63, 국어국문학회, 1973, 55면.

　"본가는 민중의 교화와 포교를 목적으로 평이한 형식의 노래를 지어 부르는 데서 생겼을 것이며, 교훈적인 구비문학으로 전하여져 왔다고 본다." 김기탁, 「나옹화상의 작품과 가사발생연원 고찰」, 『영남어문학』 3, 영남어문학회, 1976, 49면.

　"(조선후기) 서왕가와 같은 가사가 사찰의 주변에서 구비로 전승되다가 문자로 정착되면서 명승 나옹의 이름을 빈 것이 아닌가 한다." 정재호, 「나옹작 가사의 진위고」, 『사대논집』 11, 고려대 사범대, 1986, 153면.

5) "懶翁의 作에는 西往歌도 여러 가지로 傳하며 (…중략…) 勿論 懶翁의 作그대로 傳하는 것이라고는 믿을 수 없지만 多少라도 原形을 保存하엿다면 多幸이라하야 高麗歌詞의 末尾에 添附하여둔다." 김태준, 『조선가요집성』 고가편 1, 1934, 64면.

　"이 노래는 후인이 전사하는 가운데에 약간 舛訛도 되고 改竄도 있었으리라는 것은 추측되나 그래도 얼마큼 그 原形을 지니고 있으리라고 본다." 이병기, 『국문학전사』, 신구문화사, 1978, 108면.

6) "서왕가도 원형이 변질되어 현행처럼 되었다고 할 때, 그 변형된 현작품의 작자를 나옹이니 아니니 하는 것은 구비문학이라고 할 때 그 시비는 무의미할지 모른다. 그리고 김태준이 말한대로 原形의 얼마라도 남았으면 한다면 현전 작품에서 어느 부분이 원형이고 그것은 작품 전체에서 차지하는 비중은 얼마나 되는지 밝히려는 노력이 보다 합리적인 연구라 할 수 있다." 정재호, 「나옹작 가사의 작자 시비」, 『한국학연구』 19, 2003, 140면.

7) "필자는 세상에 널리 유전되고 있는 가사의 이본들을 교합하여 교합본을 만든다는 것이 생각보다는 매우 어려운 일임을 잘 알고 있지만 年久歲深한 작품들의 原型을 찾아내자면 누군가에 의하여 어쩔 수 없이 모험을 무릅쓰지 않을 수 없다는 것도 알고 있다. (…중략…) 앞으로 서왕가의 정밀한 연구업적이 뒤따라 나와서 原典도 밝혀지고 原作者도 환하게 밝혀지길 조용히 바라는 바이다." 강전섭, 『한국시가문학연구』, 대왕사, 1986, 79면.

첫째, 문헌에 정착하기 전 〈서왕가〉의 전승 과정을 밝히는 일은 가능한가.

둘째, 현전하는 〈서왕가〉에서 '원형'의 재구는 가능한가.

물론 이들 문제에 대해서는 새로운 자료가 확보되지 않는 이상 어떤 논의를 해도 공허한 결론에 이르기 쉬울 것이다. 그러나 사실의 변증에 집착하는 한 여전히 기존의 찬반양론을 벗어나지 못한 채 작품의 본질을 밝히는 데 한계가 있는 것도 사실이다. 따라서 이를 다른 각도에서 단계적으로 접근할 필요가 있다. 본고에서는 이들 문제를 해결하기 위한 중간 단계의 연구로서 우선 기존의 문헌 자료를 재검토하여 〈서왕가〉의 문헌 정착의 과정, 즉 전승의 맥락을 살피고자 한다. 가령 '나옹화상'이라는 이름을 제목에 붙여 나옹화상 작가설을 공인한 편자들의 계보가 확인될 수 있다면, 그리고 시대를 거슬러 소급가능하다면 최소한 〈서왕가〉의 구비전승의 상한선을 설정하는 시도가 가능할 것으로 생각된다. 이와 함께 최초로 전하는 작품에 내재된 구술성의 층위를 살펴 작품의 형성원리를 검증하며, 나아가서는 원형재구의 가능성까지 가늠해 보고자 한다. 이를 통해 〈서왕가〉의 형성과 전승과정에 대한 이해의 폭을 넓히며, 여기에 내재된 문화사적 의의도 자연스럽게 도출될 수 있으리라 기대한다.

2. 〈서왕가〉 전승의 계보학

작품의 전승뿐만 아니라 그 형성에도 관여했을 것으로 생각되는 〈서왕가〉의 전승집단에 대해서는 그 동안의 연구에서 주목하지 않았다. 이 장에서는 먼저 작품 전승의 과정에 하나의 계보를 설정할 수 있는가 하는 문제를 해명하여 계보학 연구의 시발점으로 삼기로 한다. 그러나 〈서왕가〉의 형성과 전승에 대해 관련 정보를 줄 수 있는 참고자료가 현재로서는 전무하기 때문에, 한계는 있지만 작품이 수록되어 있는 문헌을 자세히 고찰하는 방법을 택하기로 한다.

현재 확인할 수 있는 최초의 〈서왕가〉 판본은 1704년 예천의 용문사에서 판각한 『보권염불문普勸念佛文』이다. 이 책의 표본이 되었던 자료는 원나라 사람인 왕자성王子成이 펴낸 『예념미타도량참법禮念彌陀道場懺法』으로, 편자 명연明衍(?~?)은 「서문」에서 왕자성의 「염불참죄십삼문念佛懺罪十三文」[8]을 간추려서 제시하고 우리말 번역을 나란히 실었다고 밝히고 있다.[9] 이 책의 체제는 3부로 나누어진다. 제1부는 『미타경』 등 여러 경전에서 가려 뽑은 극락과 염불권장의 내용이 담겨있는 부분이고, 제2부는 10인의 왕생전이 수록되어 있는 부분이다. 명연은 2부를 시작하면서 『예념미타도량참법』의 왕생전을 '한 글자도 틀리지 않게' 수록하였다고 밝혔는데, 실상은 이와 약간 차이가 있다. 즉 명연이 소개한 10편 중에서 9편은 『예념미타도량참법』(권4 「왕생록전往生錄傳」)의 왕생담 34편 가운데 9편을 수록한 것이지만, 나머지 1편인 「왕랑반혼전」은 「왕생록전」에는 실려 있지 않은 것이다.[10] 제3부는 불가의식에서 구송하는 게송과 진언을 수록해 놓았는데, 여기에 불교가사인 〈나옹화상셔왕가〉와 〈인과문〉이 포함되어 있다.

또한 이 책에는 명연明衍의 「서문」과 상봉정원相峰淨源(1627~1709)의 발문이 함께 수록되어 있는데, 이들 기록은 〈서왕가〉의 전승과 관련하여

---

8) 왕자성이 펴낸 『예념미타도량참법』이 총10권 13문文으로 구성되어 있다.
9) 본고에서는 『염불보권문의 국어학적 연구』(김영배 외, 동악어문학회, 1996)에 영인된 자료를 활용하였다.
10) 「왕랑반혼전」은 보우의 『권념요록』에도 수록된 바 있는 왕생전으로, 『권념요록』에 실린 11인의 왕생담 중 왕자성의 글에 의지하지 않은 유일한 왕생담이다.

몇 가지 단서를 제공하는 것으로 주목할 만하다. 먼저 이 책을 편찬한 명연의 생몰연대나 활동의 양상에 대해서는 전하는 기록이 전무한 상태인데, 명연은 「서문」에서 자신을 '청허후예'로 소개함으로써 자신이 청허휴정, 즉 서산대사의 법맥 속에 있다는 사실을 부각시키고자 하였다.11) 이와 함께 상봉정원이 쓴 발문은 당시 불교계에서 명연이 차지하는 위상에 대해 시사하는 바가 크다.

> 용문산은 영남의 큰 땅일 뿐만 아니라 역시 한 나라의 명산이다. 이 산에 대사가 계시니 법명이 명연明衍인데, 이 세상에 드문 스님이다. 일찍이 정성으로 감로의 문으로 드시고 유유히 스스로 제호의 본성을 증득하셨으니, 선원禪苑의 목탁木鐸이고 교해敎海의 빈랑檳榔12)이시다. 여래가 말씀하시되, '이천 오백 년의 해가 지나 수마참법이 세상에 성행한다'하셨더니, 지금이 바로 그때로구나. 미타참경의 글이 넓고 뜻이 깊어 얕은 소견으로는 보기가 어려워 배우는 이가 병으로 여기더니, 대사가 이에 요람을 초록해서 한 권으로 모으고 '미타참절요'라 이름하니, 시방에서 선풍을 보게 되고 삼세의 권선들이 같은 배를 타게 되고, 진서와 언문이 함께 쓰여 칠부대중이 모두 보게 되었고 배우는 이에게 크게 공이 있게 되었으니, 비상한 사람이 아니었다면 어찌 이와 같을 수 있겠는가. 말이 많은 것은 대사가 취하는 바가 아니요, 다만 비상한 말만 책끝에 기록하여 비상한 일을 보이셨으니, 오! 가상한 일이로다.

京畿道 池平地 龍門山 海月堂 霜峯淨源大師 懺經節要跋13)

발문 중에 '(명연은) 선원의 목탁이시고 교해의 빈랑이시다'라는 구절에서, 우리는 명연과 상봉정원이 거의 비슷한 연치를 보이고 있거나 혹

---

11) 康熙甲申春月日 慶尙左道醴泉龍門寺 淸虛後裔 明衍 忘其文短 諸經論及懺文撮出 節目 略述念佛文 兼以諺字解釋普勸諸人(갑신년 봄 경상좌도 예천 용문사 청허후예 명연은 그 글과 여러 경, 론 및 참문 구절 조목을 모으고 염불문을 약술하고 아울러 언문으로 새겨서 모든 사람들에게 널리 권한다) (예천용문사 명연의 「서문」 중에서, 1704)
12) 나무이름. 상록교목常綠喬木. 우뚝 솟은 큰 나무로서 명연의 위상을 비유한 표현이다.
13) 김영배 외, 앞의 책, 47면.

은 명연이 선학의 위치에 있음을 간접적으로 확인할 수 있다. 아울러 예천의 용문사 승려 명연이 경기도 양평의 용문사에 주석하고 있는 상봉정원에게 발문을 청할 정도면, 둘 사이는 나이 차이가 크지 않은 막역한 사이일 것으로 짐작된다. 또한 상봉이 명연을 당시 불교계(선문과 교문)의 든든한 버팀목이라고 평가한 것을 보아서는, 약간의 과장이 있다하더라도, 명연이 불교계에서 차지하는 위상이 만만치 않음을 간접적으로 확인할 수 있다.

명연은 「서문」에서 자신이 청허의 후예임을 부각시켰고, 또 여기에 상봉 정원의 발문을 함께 수록함으로써 불교계의 인증을 받는 효과를 기대하였다. 『보권염불문』 간행의 증명법사로서 발문을 쓴 상봉 또한 주목해 볼만한 인물이다. 명연이 청허의 후예를 자처했지만 전후 법맥의 계승관계가 뚜렷하지 않은 반면, 상봉정원은 청허휴정의 4대 법손으로서 뚜렷한 행적을 보이고 있다. 불교계의 선맥이 휴정(1520~1604)-편양언기(1581~1644)-풍담의심(1592~1665)-상봉정원(1627~1709)으로 이어지고 있고, 상봉정원의 법맥이 현재까지도 이어지고 있음을 『상봉문보』[14]를 통해 확인할 수 있다.

> 근세의 상봉대사는 또한 오래토록 덕화를 쌓고 견문이 많은 사람이도다. (…중략…) 경론을 익히고 통달하여 삼십세에 이르러 비로소 풍담의 실담을 두드리고 말씀과 다른 곳이 있으면 모두 배운 바로써 알려주었다. 이때에 바리때 하나와 지팡이 하나로써 국내의 여러 승경지를 탐방하였으니 관서에서 바다로, 바다에서 경기로, 영동의 금강으로, 호남의 두류산으로 다니면서 유현한 곳을 궁구하고 깊은 곳을 발라내지 아니한 것이 없었으니, 참례한 선지식중에 저울을 들고 총채를 세운 자가 모두 자리를 피하였고 옷을 걸고樞衣 법을 묻는 자가 항상 방안에 가득하였다. 『열반경』 등 삼백여 부를 정하여 가야산 해인사에서 구결을 붙였으며, 『도서』『절요』 과문을 희양의 봉암사에서 만들었다. 화엄대경에 더욱 정밀하여, 경의 네 개 분과 중 세 개의 분과를 일실했는데 대사가 글

---

14) 김월재 편, 『상봉문보相峰門譜』, 대구선일인쇄소, 1922, 동국대 도서관 소장.

에 따라 뜻을 궁구하여 드디어 세 개의 분과를 정하여 독자로 하여금 그 요지를 잃지 않게 하였다. 후에 당본 『화엄경』을 얻어서 참조 대교하니 곧 어긋남이 없었다. 학자들이 경복하여 청량대사가 다시 세상에 난 것으로 여겼다. (…중략…) 일찍이 듣건대 대사는 시문에 붓을 잡으면 매우 빨리 놀렸으며, 경전의 뜻을 묻는 이가 있으면 반드시 전거에 기대어 상호 증명하여 말하기를 이것은 몇째 판 몇째 줄에 있다 하였는데 후에 살펴보면 정말 그러하였다. 그 총명이 남보다 뛰어남이 이와 같았다.[15)]

그의 비문에서 주목되는 것은 그가 여러 경전에 대한 해박한 지식을 지닌 당대의 강백講伯으로 으뜸이었다는 점이다. 이는 마치 1850년대를 전후로 하여 추사 김정희가 불교경전에 대한 해박한 지식과 고증으로 당시 불교계의 경전간행에 상당한 영향을 끼친 것에 비견된다. '열반경 등 삼백여부를 정하여 가야산 해인사에서 구결을 붙였'고, '경전에 뜻을 묻는 이가 있으면 반드시 전거에 기대어 상호 증명하여 말하기를 이것은 몇째 판 몇째 줄에 있다 하였는데 후에 살펴보면 정말 그러하였다'라는 기록이 이를 증명한다.

당대의 강백으로서 손꼽히는 상봉정원의 위상으로 볼 때, 그가 '교해의 빈랑'으로 평가하고 있는 명연도 그 위상이 상봉정원에 걸맞은 정도임을 알 수 있다. 그리고 명연이 새로운 염불서를 개간한다고 할 때, 그 위상에 걸맞은 자료 수집과 고증이 선행되었을 것으로 판단되며, 같은 책에 수록되어 있는 〈나옹화샹셔왕가〉에 대해서도 나름대로의 합리적인 검증이 있었을 것으로 생각된다. 또 발문을 쓴 상봉정원은 증명법사

---

15) 若近世之霜峰師 其亦鳳薰多聞者歟 師法名淨源 俗姓金氏 (…중략…) 早從善天長老落髮受戒叅翫月秋馨二大士 習通經論 至年三十 始扣楓潭之室潭與語異之盡以所學告焉 於是以一鉢一錫 歷探國內諸勝 自關而海 自海而畿 嶺東之金剛 湖南之頭流 靡不窮幽剔深叅禮知識 拈鎚竪拂者 皆避座 樞衣問法者 常滿室 定涅槃等 三百餘部 口訣於伽耶之海印寺 造都序節要科文於曦陽之鳳岩寺 尤精華嚴大經 經有四科逸其三 師緣文窮義 遂定三科 俾讀者不遺其旨 後得唐本 叅校 乃無差違 學者驚服 以爲淸涼轉世云 (…중략…) 嘗聞師於詩文操筆如飛飛 叩問經義者 必傍據互證曰 此在第幾板行 後考良然 其聰明絶人如此 (「상봉정원대사비명」, 『상봉문보』)

로서 크게는 이 책 전체를, 작게는 〈나옹화상서왕가〉에 대해 당대의 불교계를 대표해서 인증을 한 것으로 생각된다. 그렇다면 〈서왕가〉를 나옹화상의 작품으로 소개한 것은 명연의 자의적인 부회라기보다는, 나옹 작가설의 사실 여부를 떠나, 상봉이나 명연의 시대 혹은 그 이전부터 통용되었던 인식이었을 가능성이 큰 것으로 판단된다.[16]

다음으로 예천 용문사본(1704) 이후의 전승 상황을 파악해 볼 수 있는 자료로는 동화사본 『보권염불문』(1764)과 해인사본 『신편보권문』(1776)이 있다.[17] 먼저 동화사본 『보권염불문』의 간기에는 기성쾌선箕城快善이 공덕주功德主로 소개되어 있다.[18] 앞서 예천 용문사판본의 발문에 명연이 공덕주로 올려진 것[19]과 마찬가지로, 동화사본 『보권염불문』의 편집과 간행에 기성쾌선(1693~1764)이 관여한 것이 확실해진다. 또한 『신편보권문』을 펴내면서 〈강월존자서왕가〉라는 제목으로 기존의 〈서왕가〉를 편집하여 수록한 이는 해인사의 해봉유기海峰有璣(1707~1785)이다. 그런데 기성쾌선과 해봉유기는 모두 멀리는 청허휴정의 법맥을 잇고 가까이는 상봉정원의 법맥을 이은 것으로 공인되어 있다. 이들의 계승관계를 나타내면 다음과 같다.

---

16) 물론 이 시기에 이르러 나옹화상의 작품으로 '기획'되었을 가능성도 완전히 배제할 수는 없다. 이에 대해서는 제4장에서 재론하기로 한다.
17) 여타의 판각본은 동화사본을 복각하거나 동화사본을 복각한 해인사본을 다시 복각한 것들이다. 1700년대의 보권염불문의 계통을 소개하면 다음과 같다.

예천용문사본(1704)→ 동화사본(1764) ┬ 홍률사본(1765)
├ 묘향산 용문사본(1765)
└ 해인사본(1776) → 선운사본(1787)

18) 伏爲 普勸念佛功德主 快善比丘 願以此功德 先亡父母 九族亡魂 多生師長 累世宗親 兼及法界亡魂 咸脫苦趣同生極樂(동화사본 보권염불문의 간기, 1764).
19) 伏爲 普勸念佛功德主 明衍比丘 願以此功德 先亡父母 九族亡魂 多生師長 累世宗親 兼及法界亡魂 咸脫苦趣同生極樂.

청허휴정 – 편양언기 – 풍담의심 ┌······ 명연 ①
(1520~1604) (1581~1644) (1592~1665) └ 상봉정원 ┬ 낙빈홍제 – 기성쾌선② (···④)
(1627~1709) │ (1656~1730) (1693~1764)
└ 낙암의눌 – 해봉유기③ (···⑤)
(1666~1737) (1707~1785)

① 〈나옹화상셔왕가〉(1704) ② 〈나옹화샹셔왕가〉(1764) ③ 〈강월존자셔왕가〉(1776)
④ 〈나옹화상서왕가〉(1934,『조선가요집성』 수록본 148구) ⑤ 〈나옹화상서왕가〉(1934,
『조선가요집성』 수록본 74구)

1700년대 염불신앙을 권장하는 데 독보적인 기여를 한『보권염불문』의 간행과 유통에 주도적으로 참여한 인물이 모두 청허휴정 법맥의 중심에 있었던 인물이라는 점은, 당시 불교계의 종파가 혼용되어 전해져 온 것을 인정한다고 하더라도, 상당히 의미있는 현상이 아닐 수 없다. 실증적인 자료로 파악해 볼 때, 나옹화상이 〈서왕가〉의 작가라는 설은 청허휴정의 법맥을 이은 명연이 부각시켰고, 상봉정원에 의해 공인되었으며, 상봉정원의 제자들에 의해 대중적으로 확산된 것을 알 수 있다.

그렇다면 명연 이전의 전승 양상은 어떠했을 것인가. 이에 대해서는 실증적인 자료가 없는 한 미정으로 남겨둘 수밖에 없으나, 약간의 추론을 통해 하나의 실마리를 제시하고자 한다. 즉 명연에서 해봉유기에 이르는 전승의 과정에 청허휴정의 법맥이 전승의 축으로 작용했다면, 그 이전시기 역시 같은 법맥이 전승의 축으로 작용하지 않았을까 생각하는 것이다. 즉, 이 작품은 청허휴정-편양언기-풍담의심-상봉정원으로 이어지는 계보를 따라 전승되어 온 것으로 볼 수 있다. 아울러 청허휴정의 시대에 불교사의 맥락에서 의미있는 노래로 만들어진 것이라면, 청허 사후 정확히 100년이 되는 비교적 가까운 시점에서 '청허휴정'의 이름을 붙일 수도 있었을 것으로 생각된다. 그럼에도 나옹화상의 이름으로 전승된다는 사실은, 이 작품이 비록 청허휴정 이후의 불교사적 맥락에서 큰 의미를 지니고 있는 것은 주지의 사실이지만, 현전하는 작품의 일부 대목(제4장에서 '가능태로서의 서왕가'로 추정하는) 정도는 청허휴정 이전부터 전승되어 왔을 가능성이 큰 것으로 생각한다. 아울러 그 이후에는 염불신앙의 흥성이라는 시대 흐름과 길항작용을 하면서 현전하는 〈서왕가〉로 형성되었을 것으로 생각한다. 이 과정에서 청허휴정의 법맥에 있는 인물을 중심으로 작품이 형성되고, 대중적으로 확산된 것은 앞에서 살펴본 바와 같다.

3. 〈서왕가〉에 나타난 구술성의 층위

현전하는 〈서왕가〉의 여러 이본을 대비하여, 이본 간의 다양한 변화가 구비 전승의 결과라는 점에 대해서는 여러 선학들이 거론한 바 있다. 그러나 이는 구비전승의 근거를 최초의 판각본 이후에 산출된 이본간의 변화 양상에서 찾는 것이어서, 최초의 판본에서 본래의 구술성을 밝히려는 본고의 의도와는 차이가 있다. 이 단원에서는 최초의 판본을 대상으로 하여 이 작품이 구전되어 왔음을 드러내는 구술성의 여러 층위를 고찰하고자 한다.

〈서왕가〉 구비전승의 가능성은 작품이 수록되어 있는 『보권염불문』의 제반 양상을 고려해볼 때 확실해진다. 첫째, 『보권염불문』의 1·2부와 다르게 3부의 내용은 염불의식을 집전하는 승려들이 기본적으로 암송하고 있는 절차와 게송들이어서, 〈서왕가〉 또한 같은 방식으로 전승되어왔을 가능성이 크다. 둘째, 〈나옹화상서왕가〉 표제 아래의 미주("크게 쓴거슨 대문을 써시니 외오고 쏘줄게 쓴거슨 집픈쓰들 써시니 볼만ᄒ다") 또한 이러한 전승의 과정에서 멀지 않음을 드러내고 있다. 이는 〈서왕가〉의 본문을 큰 글씨로 썼으니 외워서 의식을 집전할 때 활용하라는 것과, 신앙의 깊이를 위해 일반 대중들도 암기하여 매일같이 부를 것을 권유하는 내용으로서, 〈서왕가〉 전승 과정에서 내재된 암송의 과정을 드러내고 있다.[20]

이러한 정황을 토대로 한 추론에서 한 걸음 더 나아가 여기에서 거론하는 것은 화석처럼 굳어있는 최초로 기록된 작품 자체에서 그 이전 백 년, 혹은 그 이상의 전승과정에서 켜켜이 쌓여 있는 구술성의 흔적을 찾아낼 수 없는가 하는 점이다. 이를 통해 구술성에 입각한 작품의 형성원리를 밝히고, 더 나아가 후대에 편입되었을 것으로 보이는 부분을 밝혀낼 수 있다면, 〈서왕가〉의 원형을 제시할 수 있지 않을까하는 기대를 가져본다.

1) 내용의 관습성

㉮ 나도 이럴만정 세상애 인재러니 무샹을 싱각ᄒ니 다거즛 거시로쇠 부모의 기친얼골 주근후에 쇽졀업다

㉯ 져근닷 싱각ᄒ야 셰ᄉᆞ을 후리치고 부모ᄭᅴ 하직ᄒ고 단표ᄌ 일납애 쳥녀쟝을 빗기들고 명산을 ᄎᆞ자드러 션지식을 친견ᄒ야 ᄆᆞ음을 불키리라 쳔경 만론을 낫낫치 츄심ᄒ야 뉵적을 자부리라 허공마롤 빗기ᄐᆞ고 마야검을 손애들고 오온산 드러가니 계산은 쳡쳡ᄒ고 ᄉᆞ샹산이 더옥높다

㉰ 뉵근 문두애 자최업슨 도적은 나며들며 ᄒ눈즁에 번로심 베쳐노코 지혜로 비롤무에 삼계바다 건네리라 넘불즁싱 시러두고 삼승 딤째예 일승독글 ᄃᆞ라두고 츈풍은 슌치불고 비운은 셜도ᄂᆞᆫ디 인간을 싱각ᄒ니 슬프고 셜운지라

㉮㉯㉰ 단락은 1인칭 화자의 목소리를 통해 개인적인 체험을 진술하는 대목이다. 세상 사람들을 향하여 당당하게 '나'라고 외칠 수 있는 시

---

20) 김종진, 『불교가사의 연행과 전승』, 이회, 2002, 106~109면; 정재호, 앞의 글, 2003, 144~145면.

적 화자의 목소리는, 이 작품을 전달하는 현실적인 화자의 목소리와 하나로 합쳐지면서, 이 작품에 대한 수용자들의 태도를 결정하는 매우 중요한 의미를 지니게 된다. 나아가 이 대목은 나옹화상의 작품이라고 할 만한 충분한 근거와 분위기를 확보하고 있다. 세상의 인자로서 인생무상을 체득하고 출가하게 되는 이야기는 나옹화상의 출가 동기[21]와 관련하여 자연스럽게 그의 작품으로 수용되는 요인이 되는 것이다.

그러나 정재호의 언급처럼 인생무상을 체득하고 출가를 결심하는 과정은 불가에 입문하는 사람 대부분이 거치는 과정이며, 따라서 수용자의 인식과 작가의 비정을 일치시킬 필요는 없다. 석가도 인생의 무상을 느끼고 출가하지 않았던가. 이런 의미에서 ㉮㉯단락의 발심과 출가 대목은 불가의 승려라면 누구나 거치는 체험을 담은 것으로서 내용상의 관습성을 하나의 특징으로 도출할 수 있을 것이다.

또한 이 대목은 선적인 구도체험을 노래한 가사에서도 유사하게 전개되는 내용이다. 〈서왕가〉와 17세기 중·후반에 창작된 침굉대사의 〈귀산곡〉을 대비하면, 먼저 서두의 인생무상 대목("浮生이 一夢이오 萬富도 여운이다 …… 어와 虛事로다 世間名花 虛事로다")은 〈서왕가〉의 ㉮단락에 나오는 인생무상을 토로한 내용('무상을 생각하니 더 거짓 것이로쇠 부모의 기친 얼굴 죽은 후에 속절없다')과 견주어 볼 때, 시적 발상과 전개 구도가 다르지 않다. 이어지는 대목은 출가하여 여러 경론을 섭렵한 후, 일납 단표로 선적인 구도의 길에 나서는 과정이 제시되어 있다.

> 十二예 出家ᄒᆞ야 十三애 爲僧ᄒᆞ야 …… 玉軸金文 주어보디 …… 一衲簞瓢 두러메고 靑山裡 寒澗邊의 넌즛넌즛 혼자드러 …… 趙州霜劍 빗기안고 閑가히 누원ᄂᆞᆼ …… 無常을 ᄌᆞ로씨쳐 着意工夫 ᄒᆞᄂᆞᆫ즛슨 …… 만세호손 둘러집고

인용문은 앞서 인용한 〈서왕가〉의 ㉯단락과 매우 흡사하다. 〈귀산

---

21) 나옹화상은 20세 때 친구의 죽음을 겪고 출가를 결심한 것으로 알려져 있다.

곡〉과 〈서왕가〉에는 모두 부모를 하직하고 단표자 일납으로 선지식을 찾아가고 천경 만론을 다 섭렵한 후 역시 선적인 구도의 길을 나서는 과정이 제시되어 있다. 선적 체험과 열락을 진술한 〈귀산곡〉과 자신의 구도체험을 노래한 〈서왕가〉의 앞 대목은 어휘나 전개방식, 분위기에서 매우 유사한 특징을 보여준다.

〈귀산곡〉의 결사는 깨우침을 얻은 뒤의 자락自樂하는 모습을 노래하면서 인간을 생각하며 슬픔의 탄식을 하고 있다

閑林 靜谷애 任意히 논이다가……輕霞는 물기끼고 細雨조쳐 너스리며 淸風이 吹動호매 石路巖畔의 흩든눈이 香花로다……一雙靑鶴은 閑往閑來 ㅎ 노매라……白雲이 거두치매 山光水色이 夕陽을 빗기쓰여 處處의 어릐엿닉 슬프다 싱각거든 世間은 崢嶸ㅎ야 貪愛로 일삼거놀

청풍이 불고 백운이 거두치고 향화香花가 흩날리는 정경의 묘사는 화자가 번뇌심을 깨치고 깨달음의 경지에 이른 것을 노래한 것이다. 이어 '슬프다' 이하는 탐욕과 애착으로 일삼는 중생을 떠올리며 그들을 깨우치는 내용이 전개된다. 이러한 〈귀산곡〉의 시적 전환은, 번뇌심을 깨친 뒤 '인간을 생각하니 슬프고 서글프다'라고 노래하는 〈서왕가〉의 해당 대목과 상당 부분 겹쳐 있음을 발견할 수 있다.

이상에서 궁극적으로 염불노래로 전승되는 〈서왕가〉의 앞 단락과, 선적 열락悅樂을 노래하는 〈귀산곡〉의 어휘, 전개방식과 순서, 정조가 상당히 유사하다는 것을 살펴보았다. 이러한 현상은 이들 초기의 작품이 생성되는 시기에 선행했던 공통의 노래가 있었을 것이라는 가능성을 보여준다. 이러한 내용이 담긴 구체적인 작품―예를 들어 고려말에서 조선전기까지의 가송 중에서―을 실증적으로 확인할 수 없지만, 적어도 이것이 후행텍스트의 산출에 기여하는 선행텍스트로 상정될 가능성은 충분할 것으로 생각한다. 〈귀산곡〉과 〈서왕가〉가 등장하기 이전에 작품 형

성의 표본이 되는 관습적인 내용을 담은 어떤 노래를 '가능태로서의 선행텍스트'라 한다면, 〈서왕가〉는 이를 염불을 권장하는 가사로, 〈귀산곡〉은 이를 선적 열락을 표출하는 가사로 활용했을 가능성이 있다.

물론 이상의 과정을 실증하기는 어렵다 하더라도, 적어도 이러한 내용들이 관습적이고 보편적이라는 점은 분명하다. 〈서왕가〉의 개인적인 구도의 과정은 매우 관습적인 성격을 지니고 있어 불가에 입문한 승려의 경우 누구나 쉽게 자신의 체험적 노래로 활용할 가능성을 지니고 있는 것이다. 나옹화상의 권위가 담보되고 또 자신의 내적 체험을 재확인시켜주는 자기 확인의 노래로서 〈서왕가〉가 불가에서 오랫동안 불려져왔을 가능성을 제기한다.

2) 구비공식구와 민요적 율격

〈서왕가〉 전반부의 율격과 문체는 민요의 구술성과 밀접한 관련이 있다. ㉯ 단락은 여러 문장이 매듭 되지 아니한 채 '그리고'로 이어지는 전형적인 구술성의 양상을 보여준다. 즉, 하나의 문장에 하나의 시상을 담지 못하고 장황하게 나열되며 문맥이 자연스럽지 못한 현상을 확인할 수 있다. 작품에서 내용 전개의 일관성과 속도감과 관계없이 중첩되는 연결어미로 인해 문장 자체는 중언부언하는 느낌을 준다. 이와 함께 밑줄 친 부분을 다음과 같이 나누어 적으면 이 작품에서 민요에서 볼 수 있는 동어반복의 리듬감을 확인할 수 있다.

	(셰亽) 을	후리치고
	(부모) [쯰]	하직ᄒ고
단쵀ᄌ 일납애	(청녀장) 을	빗기들고
	(명산) 을	ᄎ자드러

(션지식) 을	친견ᄒ야
(ᄆᆞ음) 을	ᄇᆞᆯ키리라(*려고)
(쳔경 만론) 을	낫낫치 츄심ᄒ야
(뉴젹) 을	자부리라(*려고)
(허공마) 롤	빗기ᄐ고
(마야검) 을	손애들고
(오온산) [乙]	드러가니
졔산은	쳡쳡ᄒ고 ᄉᆞ상산이 더옥놉다

인용구에서는 "(무엇)을"이 9회 반복되었으며, 여기에 '(어찌하)-고' 등의 연결형 어미가 반복되면서 긴 문장을 형성하고 있다. '부모[믜]'는 '부모[를]'로 바꿀 수 있으며 '오온산ㅣ 들어가니'도 괄호에 '을'을 의식적으로 삽입할 수 있는 문맥이어서 이를 포함할 경우 같은 조사가 11회 중첩된 것으로 볼 수 있다. 그리고 (무엇)이 들어갈 자리에는 주로 '세사·부모·명산·마음' 등의 일상어와 '청려장·선지식·천경만론·육적·허공마·마야검·오온산' 등의 불교용어가 교차 삽입되고 있고, 뒤의 (어찌하)-고의 대목에는 '후려치다·하직하다·빗겨들다·찾다·잡다' 등의 서술어가 나열되면서 시상이 빠른 속도로 전개된다. 이로 인해 전반부의 율격은, 4음보의 유장한 가락으로서의 가사체라기보다는, 2음보의 율동감을 반복하는 민요적인 율격을 보여준다. 일종의 구전공식구라 할 수 있는 이러한 구절의 반복은 다음 대목에서도 여진을 형성하고 있다. 이를 위와 같은 방식으로 배열하면 다음과 같다.

	번로심[乙]	볘쳐노코
지혜로	비롤	무에
	삼계바대[乙]	건네리라(*려고)
	념불즁싱[乙]	시러두고
삼승 딤ᄶᅢ예	일승독 글	ᄃᆞ라두고
	츈풍은	슌치블고

비운은   셜도ᄂ디

인간 을   싱각ᄒ니 슬프고 셜운지라

창작 당시의 의도적인 전략인지 전승의 과정에서 자연스럽게 형성된 리듬인지는 확실치 않지만, 이러한 음절의 반복과 공식구의 반복은 민요나 〈회심곡〉 같은 구비전승의 내력이 뚜렷한 가사에서 흔히 발견되는 것과 유사하다. 이는 개인적 체험을 진술한 ㉮㉯㉰단락이 내용상 보편적인 관습성을 지닌 것과 상응하여, 형식과 문체에 있어서도 입말의 공식구적 장치에 의해 전승되어 왔다는 것을 의미한다. 이러한 측면에서 〈서왕가〉의 전반부는, 나옹화상의 이름으로 전승되었을 것이라는 추론을 긍정하든 부정하든, 오랜 기간 동안 구전된 노래였음을 알 수 있다.

3) 기억 단위로서의 대구와 동어반복

〈서왕가〉의 후반부는 화자의 개인적 체험이 대타적인 발언으로 변화하는 대목부터 시작된다. 후반부는 화자인 '나'의 개인적 구도 체험을 담은 서사적인 전반부와 달리 내용상 교술성이 두드러지며, 서술의 양상도 앞서의 경우와 다르게 청자를 반복적으로 제시하면서 대중을 위한 설법을 전달하고 있다.

㉱녑불마는 듕싱드라 몃싱을 살랴ᄒ고 셰스만 탐챡ᄒ야 이욕의 졺견ᄂ다 ᄒ르도 열두시오 ᄒ둘도 셜흔날애 어닉날애 한가ᄒ고 쳥뎡ᄒ 불셩은 사룸마동 ᄀ자신둘 어닉날애 싱각ᄒ며 홍사 공덕은 본ᄂ 구둑ᄒ둘 어닉시예 나야쁠고 셔왕은 머러지고 지옥은 각갑도쇠

㉲이보소 어로신네 권ᄒ노니 죵졔션근 시무시소 금싱애 ᄒ온공덕 후싱애 슈

ᄒᄂ니 빅년 탐믈은 ᄒᆞ르아적 쓱글이오 삼일히온 넘불은 빅쳔 만겁에 다홉업
슨 보뵈로쇠

㉻어와 이보뵈 력쳔겁이 블고ᄒᄀ 긍만셰이 쟝금이라 건곤이 넙다ᄒ돌 이ᄆ
옴애 미츨손가 일월이 볼다ᄒ돌 이ᄆ 옴애 미츨손가 삼셰 졔블은 이ᄆ옴을 아
무시고 눅도 즁싱은 이ᄆ옴을 져ᄇ릴시 삼계 눈회을 어늬날에 긋칠손고

㉻㉮㉯단락은 '염불마는 중생들아' '이보소 어로신네' '어와 이보
배' 등 새로운 청자를 호명하거나 감탄어구로 새로운 단락을 시작하는
공통점이 있다. 이들은 단락 전환의 표지라 할 수 있으며, 특히 ㉻㉮단
락은 청자를 부른 후에, 명령과 청유의 한 문장으로 단락의 내용을 제
시한 후, 대구의 표현을 통해 그 주제를 부연하는 방식으로 시상이 전
개된다. 이들 대구는 '−는다, −ㄹ고, −도쇠, −소, −이라, −ㄹ손가,
−ㄹ손고' 등 탄식과 영탄을 통해 주제를 간접적으로 부연한다는 공통
점이 있다. 대구의 연속으로 이어지며 간접적인 방식으로 주제를 표출
한다는 점은 ㉯단락도 다르지 않다.
특히 인용문의 각 단락은 처음의 한 구절을 제외하고 대구가 연속적
으로 중첩되어 있다. 이를 단순하게 수치화하면 인용문은 총 37구인데
이 가운데 대구가 사용된 구가 29구에 해당하고 있을 정도로 많은 비중
을 차지하고 있다. 이를 다시 제시하면 다음과 같다.

㉻① ᄒᆞ르도 열두시오 : 흐돌도 셜흔날애 어늬날애 한가홀고
  ②쳥명ᄒᆞ 불셩은 사롬마동 ᄀ자신돌 어늬날애 싱각ᄒ며
    : 흉사 공덕은 본니 구독ᄒᆞ돌 어늬시예 나야쁠고
  ③셔왕은 머러지고 : 지옥은 각갑도쇠

㉮④금싱애 ᄒ온공덕 : 후싱애 슈ᄒᄂ니
  ⑤빅년 탐믈은 ᄒᆞ르아적 쓱글이오
    : 삼일히온 넘불은 빅쳔 만겁에 다홉업슨 보뵈로쇠

㊽⑥력쳔겁이 블고흐고 : 긍만셰이 쟝금이라
　　　⑦건곤이 넙다훈둘 이ᄆᆞᆷ애 미출손가
　　　　: 일월이 불다훈둘 이ᄆᆞᆷ애 미출손가
　　　⑧삼셰 졔블은 이ᄆᆞᆷ을 아무시고
　　　　: 뉵도 즁싱은 이ᄆᆞᆷ을 져ᄇᆞ릴식

　　대구로 소개된 예시문 가운데 ①③④⑦⑧은 평이한 우리말의 어법
에 다름 아니어서 대구가 시적인 응축성을 지닌 고도의 창작원리로 활
용된 것은 아니다. 그러나 ⑤⑥은 그 내용이 일반적인 입말에 의지하기
보다는 불교적인 경구로 독립해서 쓸만한 비중이 있는 구절이 대구를
이루고있어 그 성격이 다르다. 그런데 ⑤의 "빅년 탐믈은" 이하의 대구
는 그 출전이 확실치 않으나 여타의 불교가사에서도 한시체로 애용되
던 명구인 "百年貪物一朝塵 三日修身千載寶"[22]를 풀어쓴 것이다. ⑥
의 "력쳔겁이 블고흐고-"의 구는 정재호가 밝힌 것처럼 함허당 기화
(1376~1433)가 쓴 대구로, 해인사의 일주문에 주련으로 쓰일 정도로 널리
전승되는 명구인 것이다.[23] 따라서 ⑤⑥의 경우 수준 높은 한문구가 쓰
였지만 사찰의 주변에서 주련으로 보고 또 명구로 암송하고 있는 상황
에서 이를 고도의 창작기법으로서의 대구라 하긴 어렵다. 이들은 다른
독립적인 맥락에서도 활용가능성이 높은 대구를 차용하여 교술성을 높
이는데 기여하고 있을 뿐이다. 이렇게 볼 때 교술적인 내용을 전달하는
대목에서 활용된 〈서왕가〉 후반부의 대구는 암기의 편의에 기여하는
구술적 성격을 지닌다고 할 수 있다.
　　한편 ①②에는 각기 다른 대구가 "어닉날애, 어닉날애, 어닉시예"라

---

22) 백년탐물은 일조진요 삼일수신은 천재보다〈무상가〉
　　백년탐물은 일조건이노 삼일수신은 전새보요〈별별회심곡〉
　　백연탐물 일조진은 삼월수심 쳔ᄌᆞ보라〈토굴슈지염불〉 등이 각기 다른 맥락에서
　　애용되었다. 이러한 대구의 애용은 꼭 〈서왕가〉의 영향이라고만 볼 수는 없을 것이다.
23) 정재호, 앞의 글, 2003, 152~153면. 지형의 〈참선곡〉, 『악부』의 〈마설가〉에도 그대로
　　사용된 바 있다.

는 구와 반복과 결합되면서 구전공식구적인 효과를 가져왔으며, ⑦⑧의 경우에는 "이무 음애"와 "이무 음을"이 두 번씩 반복되면서 서로 다른 대구를 하나의 구전공식구로 응집하는 효과를 가져왔다. 대구가 가지는 리듬감과 동어반복의 경쾌함이라는 중복되는 구비적 속성으로 인해, 교술적인 내용의 지루함을 상쇄하는 효과를 가져 온 것이다.

〈서왕가〉의 전반부에서 동일한 조사를 반복하고 연결어미를 중첩하여 전체적으로 서사적인 내용을 속도감 있게 전달하는 데 기여하고 있다면, 후반부는 자칫 교조적이어서 지루할 수도 있는 내용을 전달하면서 사찰 주변의 명구를 채집하여 대구로 나열하고 다시 이를 동일한 어구를 반복하여 결합함으로써 앞 단락과 다른 형성원리를 보여주고 있다.

여기에서 대구는 구술성을 반영하는 표현상의 특징인지 고도의 창작 의식을 반영한 표현상의 특징인지 나누어 살펴볼 필요가 있다. 한시 기법에서 대구의 사용이 고도의 추상화된 사고를 요구하는 것이어서 구술적인 속성으로만 파악할 수는 없는 것처럼, 〈서왕가〉에 사용된 대구의 기법과 내용 또한 교술적 내용을 리듬을 담아 전달하려는 고도의 형성원리로서 차용된 것으로도 볼 수 있을 것이다. 그러나 대구의 내용이 사찰주변에서 쉽게 접할 수 있는 단순한 구의 차용으로서, 하나의 주제를 가진 하나의 단락 내에서 그 주제에 기여하는 내용을 첨가적으로 결합한 것이라는 점에 비추어 볼 때, 〈서왕가〉의 대구는 구술적인 형성과정을 드러내는 것으로 파악된다.

그러나 전반부의 율격이 2음보 위주의 민요적인 리듬감을 보여주는 데 비해 후반부는 4음보, 혹은 6음보의 대구가 중첩되어 있다는 점24)에서 내용상의 이질성만큼이나 율격적인 이질감도 크다. 한 작품의 서로 다른 단락 사이에 율격적인 변화는 자연스럽게 수반될 수도 있는 것이지만 〈서왕가〉의 경우에는 아무래도 앞 단락이 상대적으로 오랜 기간

---

24) 후반부의 율격을 나열하면 ㉮ 2·6·6·6·6·4음보 ㉯ 2·2(편구)·4·4·6음보 ㉰ 2·4·4·4·4·4·4음보이다.

동안 구비 전승되어 온 것에 비해, 후반부가 후대에 결합된 것을 방증하는 것이 아닐까 생각한다. 〈서왕가〉가 오랜 동안 구비 전승되어 왔다는 것과 2음보 율격을 관련하여 생각해 보면, 민요의 율격으로 노래하기 시작한 자기체험적인 노래를, 대중포교의 매체로 가사가 친근하게 다가오는 특정한 시기에 자연스럽게 가사화한 것으로 파악할 수 있다. 즉 2음보의 민요적 율격에 담은 자락적自樂的인 노래에 대중 포교에 적합한 구절을 대구로 엮어 하화중생下化衆生에 적합한 대중포교의 매체로 활용한 것이 현재의〈서왕가〉일 것으로 생각한다.

4) 단락의 누적적 첨가

이상에서 〈서왕가〉의 전반부는 후반부의 내용에 비해 선행하는 노래라는 결론을 잠정적으로 내린 바 있다. 그런데 이것이 염불노래로 쓰이게 된 것은 '염불중생'을 배에 '실어두고' '인간을 생각하'는 ㉣단락을 매개로 하여 자연스럽게 극락과 염불담론으로 확장되었기 때문이다. 따라서 내용과 율격에서 이질적인 전반부와 후반부가 결합되었다는 전제 하에 생각해 보면, ㉣단락은 가상의 선행텍스트㉮~㉢가 염불노래로 형성되는 과정에서 비로소 결합되었으며, 그 이하의 단락보다는 상대적으로 이른 시기에 결합되었을 것으로 생각된다. 그리고 이하의 ㉤㉥㉦단락은 전승의 과정에서 누적적으로 결합되었고, 이 과정에서 ㉣단락이 보여주는 구성원리를 표본으로 하여 형성되었을 가능성이 크다고 본다.

마지막 단락에서부터 역순으로 누적적 첨가의 가능성을 검토하도록 한다.

㉦저근덧 싱각ᄒ야 ᄆ음을 ᄲᅥ쳐먹고 태허롤 싱각ᄒ니 산첩첩 슈잔잔 풍슬슬 화명명ᄒ고 쇽ᄌᆨ은 낙낙ᄒᆞ딕 화장바다 건네저어 극낙셰계 드러가니 칠보 금디에

칠보망을 둘러시니 **구경흐기 더옥죠히** 구품 년디예 넘불소리 자자잇고 청학 빅학과 잉무 공쟉과 금봉 쳥봉은 흐느니 넘불일쇠 쳥풍이 건듯부니 넘불소리 요요흐외

㉠ 어와 슬프다 우리도 인간애 나왓다가 넘불말고 어이흘고 나무아미타불

㉫ 단락은 『아미타경』『관무량수경』 등에 보이는 극락 묘사를 대본으로 가사화한 부분이다. 그런데 『보권염불문』의 〈나옹화상셔왕가〉를 선행텍스트로 하는 『신편보권문』의 〈강월존자서왕가〉에는 이 대목이 삭제된 채 작품이 마무리되고 있다. 〈강월존자서왕가〉를 수록한 이 책의 편자는 기존의 〈서왕가〉에 보이는 입말을 '세련된' 한자어로 바꾸고, 거친 어감을 주는 어휘는 부드러운 느낌을 주는 어휘로 고쳐놓은 바 있는데, 이는 기존의 〈서왕가〉가 대중화되면서 순수성이 훼손된 채 중언부언된 것으로 의식한 결과로 보인다. 그리고 편자가 ㉫ 단락을 누락시킨 것 역시 극락을 노래한 이 대목이 후대에 추가된 것으로 인식했던 것이 분명하다. 『신편보권문』의 편자는 극락의 광경을 그린 대목이 후대에 첨가된 것으로 판단하였고, 〈서왕가〉의 품격을 고려한 전아한 이본을 만드는 과정에서 이를 삭제한 것이다. 이는 ㉫ 단락이 가장 후대에 첨가된 것으로 보는 근거가 된다.

한편 ㉫ 단락의 시상의 전개 양상은 본고에서 선행했을 것으로 추정하는 앞 단락㉯과 상당히 유사한 특징을 보인다.

㉯ 져근닷 싱각흐야 셰스을 후리치고 / …… / 명산을 츠자드러 / …… / 오온산 드러가니 / …… / (수샹산이) 더욱놉다

㉫ 져근닷 싱각흐야 ᄆᆞᄋᆞᆷ을 씨쳐먹고 / …… / 화장바다 건네저어 / …… / 극낙 셰계 드러가니 / …… / (구경흐기) 더옥죠희

이러한 구조의 유사성은 후대에 첨가하면서, 앞서 화자가 명산에 찾아들어가 경전을 차례대로 역파하고 자신을 깨우치는 과정을 담은 단락을 하나의 작시 규준으로 삼아 극락에 들어가는 과정을 대비시킨 것으로 생각된다. ㉑단락의 밑줄 친 부분은 ㉝단락을 하나의 표본으로 하여 '제작'되었다고 할 수 있다.

다음으로 ㉫단락을 보면 『신편보권문』에서는 ㉫단락의 '어와 이보배 력천겁이 불고하고 긍만세이 장금이라'라는 대목이 '어와 이보시소'로 바뀌고 '력천겁이' 이하 대목이 생략된 채 바로 '건곤이 넙다한들'로 이어지고 있다.

> ㉫어와 이보뵈 력천겁이 불고ᄒ고 긍만셰이 쟝금이라 건곤이 넙다ᄒ들 이ᄆ옵애 미츌손가 일월이 볼다ᄒ들 이ᄆ옵애 미츌손가 삼셰 졔블은 이ᄆ옵을 아무시고 뉵도 즁싱은 이ᄆ옵을 져ᄇ릴시 삼계 눈회을 어늬날에 긋칠손고
>
> ―『보권염불문』

> ㉫어와 이보시소 乾坤이 크다ᄒ들 이ᄆ옵의 미츌손가 日月이 볼다ᄒ들 이ᄆ옵의 미츌손가 三世 諸佛은 이ᄆ옵을 아ᄅ시고 六道 衆生은 이ᄆ옵을 져ᄇ릴시 三界 輪廻 어ᄂ째에 긋칠손가
>
> ―『신편보권문』

이는 '어와 이보배'와 '어와 이보시소'의 음운이 같음으로 인해 발생한 무의식적인 변개로도 볼 수 있다. 그러나 '이 보배'로 시작했을 경우 앞 단락에서 제시한 '삼일하온 염불은 백천만겁에 다함없는 보배로세'의 보배, 즉 염불공덕의 가치에 대한 부연설명으로 볼 수 있는 것이고, '어와 이보시소'로 시작했을 경우에는 내 안에 감추어진 보배를 강조하는 내용을 담은 단락으로 전환되는 기능을 하는 것이어서, 그 차이는 단순한 어휘의 변개차원이 아니라 한 단락의 성격을 규정하는 매우 중

요한 변개가 된다. 정재호는 유식한 대중을 위해 새로 편찬한『신편보권문』의 편자가 매우 중요한 의미를 담은 "역천겁이불고"의 구를 누락시킨 것은, 〈서왕가〉가 구비 전승되어 온 결과이고, 이에 따라 〈서왕가〉는 나옹화상의 작품이 아니라는 주장을 편 바 있다.25) 필자는 이러한 현상을 ⑭단락 역시 전승의 과정에서 여전히 유동적인 변개의 과정을 거치고 있는 근거로 삼고자 한다.

⑭이보소 어로신네 권ㅎ노니 죵졔션근 시무시소 금셩애 ㅎ온공덕 후셩애 슈ㅎㄴ니 빅년 탐믈은 ㅎㄹ아젹 쯕글이오 삼일힌온 념불은 빅쳔 만겁에 다홈 업슨 보븨로쇠

㉠단락에서 "념불마는 듕싱드라"로 시작하면서, 권계의 목소리를 들려주던 화자가 ⑭단락에서는 급전직하하여 아래로부터 위로 전달하는 어조로 바뀌게 된 것은, 단순한 화자의 교체가 아니라 각각의 단락이 작품에 편입되는 시점이 다르기 때문에 나타난 결과이다. 정재호 역시 앞 대목의 작품의 분위기와 다르게 이 대목부터는 작품이 속화俗化되었을 것으로 추정한 바 있다. 나옹화상과 같은 고승이 대중들을 '어르신'이라고 불러야할 근거보다는 조선후기에 승려의 위상이 추락했을 때 대중들을 불렀을 가능성이 더 큰 것으로 판단한 것이다.26)

㉠념불마는 듕싱드라 몃셩을 살랴ㅎ고 셰스만 탐챡ㅎ야 이욕의 줌겼는다 ㅎㄹ도 열두시오 흔둘도 셜흔날애 어ㄴ날애 한가ㅎ고 쳥명ㅎ 불셩은 사룸마동 ㄱ자신둘 어ㄴ날애 싱각ㅎ며 흥사 공덕은 본니 구독흔둘 어ㄴ시예 나야쁠고 셔왕은 머러지고 지옥은 각갑도쇠

이에 비하여 ㉠단락은 염불을 하지 않는 중생에 대한 권계의 목소리

---

25) 정재호, 앞의 글, 2003, 153면.
26) 정재호, 앞의 글, 1986, 152면.

를 담고 있는데, 이는 ㉰단락의 마지막 구절인 "인간을 생각하니 슬프고 셜운지라"와 이어질 수 있는 내용이다. 그리고 ㉯단락의 마지막 구절은 "셔왕은 머러지고 지옥은 각갑도쇠"로 되어 있어 중생을 사랑하는 화자의 슬픔이 깊은 탄식으로 이어지며, 이는 다시 결사 ㉮의 '어와 슬프다 우리도 인간에 나왔다가 염불말고 어이할꼬'로 마무리되고 있다. 이는 ㉰단락이 염불노래로서의 〈서왕가〉의 시상 전개에 필수적인 단락으로 자리잡고 있음을 의미한다. 아울러 이 작품의 제목이 '서왕가'라는 점에 유의해 보면 '셔왕'이라는 표현이 담겨있는 이 단락이 〈서왕가〉로 형성되는 데 가장 핵심적인 단락으로 존재하고 있다고 할 수 있다.

지금까지 ㉰단락 이하 이 작품의 후반부는 후대에 첨가되었을 가능성이 매우 크다는 점을 지적하였다. 그리고 각각의 단락은 동시에 결합되었다기보다는 ㉰＋㉱＋㉲＋㉳단락의 순서에 따라 누적되었을 것으로 추정된다. 이러한 누적적 첨가현상은 작품이 전승되는 과정에서 원형에 1차로 어떤 단락이 확장되었을 때, 이후의 수용자는 1차로 확장된 작품을 하나의 선행텍스트로 인식하는 양상을 보여주기 때문이다. 그리고 전승의 상황에 따라 혹은 구연자의 감흥에 따라 여기에 새로운 단락이 첨가될 수 있다. 따라서 구비전승의 과정에서 새로운 단락이 누적되는 현상이 일반적인 현상이라 생각된다. 이는 같은 불교가사인 〈자책가〉의 여러 이본에서도 확인되는 현상이다. 〈자책가〉는 구전되는 과정에서 새로운 청자를 부르는 대목이 누적적으로 확장되는 경향을 보이고 있는데,[27] 이는 〈서왕가〉 후반부에 보이는 청자의 반복과 교체를

---

27) 〈자책가〉의 경우 원형은 '주인공 주인공아'로 시작되는 6개의 단락이 결합하여 하나의 내적긴밀성을 형성하고 있다. 〈승원가〉를 포함한 10편의 〈자책가〉 이본을 검토하면 이처럼 6개의 단락으로 한 편이 형성되는 작품은 이본⑤이고 여기에 "이봐화장 호걸들아"로 시작되는 새로운 단락이 결합된 이본이 이본①④⑥⑩이며, 이를 1차 확장된 이본이라 할 수 있다. 그런데 1차 확장된 이본('원형＋㉰단락')을 하나의 작품으로 인식하던 전승자들이 다시 앞과 뒤에 새로운 청자를 설정하여 1차확장＋㉱㉲ 1차확장＋㉲㉰ 등으로 ㉰단락과도 다른 화자를 제시하며 새로운 단락을 누적해 첨가하는 현상을 확인할 수 있다.

통한 누적적인 첨가와 같은 현상이다. 그러므로 〈서왕가〉 후반부의 단락의 누적 현상은 이 작품이 오랜 기간 동안 구비 전승되면서 형성된 작품이라는 근거가 될 수 있다.

4. 〈서왕가〉의 형성과 전승 과정 재구

그 동안 구비전승의 과정을 거쳤을 것으로만 언급되던 〈서왕가〉의 최초의 판본을 분석하고 또 판각에 관여한 고승들의 법맥을 검토하여, 이 노래가 '하층민에 의해 전승'된 것이 아니라 청허휴정의 법맥을 중심으로 전승된 작품이라는 결론을 내렸다. 그리고 〈서왕가〉 자체에 구비공식구의 사용, 대구의 조합, 선행단락의 구성방식의 모방에 의한 단락첨가 등 다양한 구술성의 층위가 내재되어 있음을 확인하였다. 아울러 논의 과정에서 부분적으로 〈서왕가〉의 형성과 전승 과정에 대해 약간의 견해를 피력하였다.

이를 종합하면 첫째, 청허휴정 이전부터 나옹화상의 이름으로 부회될 수 있는 '가능태로서의 서왕가'를 설정하였고, 둘째, 여기에 염불중생과 인간세상이라는 내용을 매개로 '서왕' 및 '지옥' 메시지를 전달하는 단락이 결합되어 한 편의 〈서왕가〉로 독립되는 첫 단계의 원형을 설정하였다.

원형(A~F)→1차 확장(원형 + ㉯단락)→2차 확장(1차 확장 + ㉮㉰㉱㉲㉳단락) 이러한 경향이 구비 전승되는 가사의 단락첨가의 구성방식으로 인정된다면, 〈서왕가〉의 후반부에 보이는 이질적인 청자의 제시 역시 전승의 과정에서 누적된 것으로 볼 수 있을 것이다.

① ㉮㉯㉰ = 가능태로서의 '서왕가'(A)

② A + ㉱('서왕' '극락') = 가사 〈서왕가〉(B)

③ B + ㉲, B + ㉳, B + ㉴…… = 잠재적 이본들

　　B + ㉲㉳㉴ = 〈나옹화상셔왕가〉(95구)(『염불보권문』)

　　B + ㉲㉳ = 〈강월존자서왕가〉(74구)(『신편보권문』)

　　B + 〈몽환가〉〈자책가〉일부 + ㉲㉳㉴ = 〈나옹화상서왕가〉(148구)(『조선
　　가요집성』)

　여기에서 ①은 〈서왕가〉나 〈귀산곡〉에 유사하게 보이는 개인체험의
진술의 내용을 기본 구도로 하고 여기에 자기 확신과 열락의 결사가 결
합된 노래로 설정할 수 있다. ①을 토대로 염불노래로 활용한 것이 ②
단계의 노래이다(①을 토대로 참선노래로 활용한 것의 대표적인 노래는 〈귀산곡〉
일 것으로 생각한다). 2음보 율격의 '가능태로서의 서왕가'에 4음보 율격의
교술적인 ㉱단락이 가장 먼저 결합되면서 가사 작품으로 독립된 〈서왕
가〉가 형성되었을 것으로 생각된다. ③에 제시한 각각의 경우는 ㉱단
락을 표본으로 하여 확장한 단락을 담고 있는 확장된 〈서왕가〉이다. ㉱
단락의 단락구성방식을 표본으로 하여 ㉲㉳단락이 첨가되었을 것이
며, 여기에 다시 ㉯단락의 문장 구조를 답습하여 제작된 ㉴단락이 결
합하여 현재 전하는 〈나옹화상셔왕가〉가 형성된 것으로 보인다. 그리고
경우에 따라 그 중 한두 단락이 더해지거나 누락되는 등 다양한 이본이
있을 것으로 생각되는데, 『신편보권문』의 〈강월존자서왕가〉나 『조선가
요집성』의 〈나옹화상서왕가〉 또한 그러한 다양한 이본 중의 하나인 것
이다.

　다음에는 각각의 형성 단계에 따른 전승의 구체적인 양상과 시대적
추이에 대해 살펴보도록 한다.

1) 가능태로서의 〈서왕가〉

논의의 출발을 작품의 제목에 대한 괜한 시비로부터 시작하기로 한다. 이 작품이 원래부터 전해져 왔다면, 〈서왕가〉라는 제목으로 전해졌을까 아니면 제목 없이 전하는 노래였을까 하는 점이다. 만약에 '서왕'㉮이라는 제목으로 전해졌다면 극락대목과 염불담론이 필수적이었을 것이고, '서왕'이라는 제목이 붙지 않은 채 나옹화상의 노래로만 전해졌다면, 이와 사뭇 다른 맥락에서 구도의 열락을 노래한 개인술회의 가송으로 전승되었을 가능성도 배제할 수 없다. 예를 들어 작품의 전반부로만 매듭지어졌다면 일종의 구도求道의 노래, 득도得道 후의 열락을 노래한 불가佛歌로 전승되었을 가능성이 크다.[28] 앞부분과 뒷부분의 작시의 과정이 다르고 또 후반으로 갈수록 누적된 것일 가능성이 크다는 본고의 논의에 따른다면 극락대목과 염불담론은 그다지 본질적인 내용이 아닐 수도 있는 것이다.[29] 제1구의 '나도 이럴망정 세상의 인자'라는 표현과 '부모를 하직하고 불문에 들어와 선지식을 찾아 마음을 밝히는 공부를 하는 것'과 '마음속의 번뇌를 없애는 과정'은 불가의 구도자로서 누구나 체험하는 것으로서, 자기 확인의 득의의 노래로 불려지기 충분한 조건이 된다. 이는 나옹화상의 이름으로 전하는 낙도가樂道歌류, 토굴가土窟歌류에서도 공통적인 특징으로 확인되는 것이다. 이들 작품에 나옹화상의 이름이 붙게 된 것은 각 작품이 모두 선적인 구도의 행각과 선적인 열락을 노래했기 때문이다. 아울러 제3장에서 언급한 〈귀산곡〉의 체험과정과 〈서왕가〉의 그것이 크게 다르지 않다는 점

---

28) 여기에 불교가요의 관용구(라라라, 리라라 등)가 결합한다면 한 편의 훌륭한 심정술회, 구도과정을 표출한 득의의 노래가 된다. 이를 민요적 불가佛歌·선가禪歌라 한다면, 고려 말의 한문가요 연구를 토대로 '장편의 선가와 민요가 접맥되면서 가사가 탄생했다'는 박경주(『한문가요연구』, 태학사, 1998, 219면)의 논의와 유사한 결론에 이른다고 할 수 있다.

29) 물론 『보권염불문』에 수록할 경우에는 극락 염불담론은 필수적인 내용으로 존재하게 될 것이다.

에서도 이와 같은 결론을 내릴 수 있다. 〈서왕가〉가 나옹화상의 작품으로 전승되었다면, 나옹화상과 관련을 맺는 가장 큰 자질은 바로 이러한 점일 것이다.

결국 나옹화상으로부터 유래했을 것으로 믿었던 것처럼 오랜 연원을 지닌 것은 ㉮~㉲ 단락(특히 1구~28구 정도)으로서, 이 대목은 염불신앙이나 극락세계와 굳이 연결시키지 않아도 자족적으로 불려질 가능성이 큰 노래였을 것으로 생각된다.

2) 가사 〈서왕가〉의 형성과 전승

가능태로서의 '서왕가'가 독립적인 〈서왕가〉로 자리잡게 되는 시기가 어느 때인지 해명할 필요가 있으나, 그 시기를 단정하기는 어렵다. 단지 여러 가지 정황으로 추정을 할 수 밖에 없는 상황30)인데, 여기에서 〈서왕가〉가 조선후기 불교계의 지위 격하와 염불신앙의 흥성에 따른 노래의 필요성에서 형성되었다고 하는 강전섭·정재호의 주장을 상기할 필

---

30) '셔왕'이 '서방'의 쌍형어 혹은 변이된 음이라 할 때, 그 변이의 시기를 비정하면 〈서왕가〉로 독립된 시기를 알 수 있을 것이다. 이는 대범>대웜>대범, 설법>설웝>설법의 예에서 보듯이 /ㅂ/이 /오, 우/로 변이되는 시기를 상정할 수 있고, 이에 따라서 셔왕 역시 셔방>셔왕>서방의 양상을 보이는 것이 아닌가 하는 추론을 할 수 있다. 이는 셔왕의 미주에 "셔왕은 극낙세계"라고 되어 있는데, 〈서왕가〉의 미주붙이기 방식에 따르면 한문의 합성어라면 당연히 "셔왕은 극낙세계 가는 마리라"로 되는 것이 합당하기 때문이다. 중세국어 연구자에게 확인한 결과 이는 어학적으로 가능한 추리라는 견해를 들은 바 있다. 이 경우 〈서왕가〉로 독립하는 시기는 '셔방'을 '셔왕'으로 부르던 어느 특정한 시기로 설정할 수 있다. 이 경우, '셔왕'이라 부르던 때의 노래가 그대로 전승되어 굳어진 채 그 어휘를 사용하지 않은 후대에도 '셔왕'이 극락세계를 의미하는 것으로 인식된 것으로 볼 수 있다. 그러나 현재 전하는 중세불경언해 자료에는 西方은 '셔방'으로만 등장할 뿐이다. 또한 불경번역을 전문으로 하는 한 학자는 '셔왕'은 西往, 즉 西方極樂往生의 뜻 그 이상도 이하도 아니라는 단언을 한 바 있어 더 이상의 추론이 무의미하다는 우려를 갖게 하였다. 따라서 앞으로 중세 어휘 자료나 다른 근거자료가 확보될 때까지 고민의 흔적만을 남긴 채 하나의 가능성으로만 제시하고자 한다.

요가 있다. 주지하다시피 조선 초기에는 세종·세조의 호불護佛 속에서 사찰에서의 재齋의식은 물론이고 궁중에서도 내불당을 중심으로 불교 행사가 이루어졌다. 조선 초기에 경기체가 형식의 불교가요가 연행되기도 한 것을 보면 여전히 불교는 귀족문화로 향유되고 있는 양상을 보여준다. 그러나 조선왕조의 문물제도가 완성되는 성종 대와 연산군 및 중종 대에 이르러 불교세력의 사회경제적인 기반을 완전히 무력화시킨 결과 불교계는 변화된 시대에 새로운 이념을 형성하거나 문화를 창출할 만한 역량을 갖추지 못하였다. 다시 명종 대에 섭정한 문정왕후에 의해 조선 초기 외유내불外儒內佛의 상황이 재연되면서 불교 중흥의 한 시대가 열리게 되었는데, 이때 보우는 중종 때 폐지된 선교양종을 다시 세우고(1550), 이듬해에는 승과를 다시 세워 불교부흥운동을 추진하였다. 보우의 죽음 이후 불교계는 역풍을 맞아 다시 위기가 도래했지만, 보우가 주관한 승과에서 배출된 청허휴정 등에 의하여 불교계의 종교적 문화적 활력은 새로운 방향으로 전개되었다.

보우에서 비롯하여 청허를 거치면서 확고해졌고 그 제자들에 의해 확산된 이 시대의 새로운 이념은 참선과 염불을 겸수하는 것이었다. 염불을 권장하는 것은 고려말·조선초의 선사들도 마찬가지였다. 그러나 그들은 자력신앙으로서의 염불, 즉 자성미타를 깨치기 위한 염불을 주창한 것이고, 이 시기에는 타력신앙으로서의 염불, 극락왕생을 위한 염불을 더욱 강조하여 염불신앙이 확산되는 계기를 마련하였다. 염불신앙의 흥성과 관련된 것으로 본고에서 주목한 것은 『보권염불문』(1704)인데, 이 책이 판각되기 전에 이미 비슷한 성격의 문헌이 판각된 바 있어 주목된다. 보우(1515~1565)는 왕자성의 『예념미타도량참법』에 수록된 11인의 왕생담에 「왕랑반혼전」을 추가하여 『권념요록』(1637, 화엄사 개간)을 편찬했는데,31) 염불을 권하는 왕생담을 현토언해한 것은 불교대중화를

---

31) 이는 『보권염불문』의 제2부와 같은 내용이다.

위한 시도를 보여주는 것이다. 이 시기의 염불신앙의 대두는 보우의 대중화 노력을 이은 청허휴정(1520~1604)의 적극적인 역할이 있었기에 가능한, 당시로서는 실천적인 불교운동이라 할 수 있다. 청허는 『선교석禪教釋』 『선교결禪教訣』 『선가귀감禪家龜鑑』 등의 저술을 통해 선과 교가 다르지 않다는 주장을 펼쳤으며, 선·교와 함께 염불수행을 겸행할 것을 주창하였다. 이러한 상황과 그 이후의 변모를 청허이후의 불교계의 동향에 대해 비판적으로 언급하고 있는 기성대사箕城大師의 글을 통해 확인할 수 있다.

> 마침내 서산대사에 이르러 당시 사람들의 수많은 글에 마음을 붙일 데가 없음을 가엾게 여겨 고로 선·교의 대략을 총괄하여 선가귀감 1부를 지으시어 돈오 점수의 양 문과 염불 一門을 갖추어 열어보이시어 사람들로 귀의할 곳을 알게 하시고 또 그 글이 번거롭고 깨닫기 어려움을 염려하시어 다시 心法要抄 10여 장을 지으시어 들어가는 문을 적확하게 가리키시어 발 디딜 곳을 잃지 않게 하시니 다행히 비록 때를 맞이하였으나 이후로 수 백 년 내려온 즉 비록 講法之師와 수행지인이 있으나 宿命智가 없는 고로 다만 앞 사람의 득도의 방편만 이야기할 뿐이오, 요즘 사람들의 마땅히 닦는 요체에 힘쓰지 않으니 고금의 사람의 근기가 때마다 같지 아니하고 동 시대의 여러 사람들이 그 근성마다 또한 다르거늘 어찌 전대의 사람들이 적당하게 활용한 법으로 또 후세의 사람의 근기에 쓸 수 있겠는가.[32]

인용문은 청허휴정이 『선가귀감』과 『심법요초』를 만들어서 선교와 염불을 함께 수행하는 삼문수학의 새로운 기풍을 만들어 놓았음을 말하고 있다. 그리고 이러한 새로운 이념의 제시는 청허 당시에 불교계의

---

32) 終至西山 深愍時人 浩博之文 寄心無所 故摠括禪教之大略 爲龜鑑一部 備開悟修 兩門及念佛一門 使人知歸 又慮其文藪難悟 更畧爲心法要抄十餘紙 的指入門 不失 措足 幸雖當時 自此以後 數百年來 則雖有講法之師 修行之人 以無宿命智故 但論 前人 得道之方 不務時人宜修之要 古今人根 時時不同 同時諸人 根根亦異 何以前 人 宜用之法 又用於後世人根乎(「其益不行」, 『請擇法報恩文』, 『한국불교전서』 9, 635~636면).

모순을 극복하는 대안으로 마련된 것이라는 점을 분명히 하면서, 청허 이후에는 이러한 경향의 답습만 있었을 뿐이요, 변화되는 시대에 걸맞은 새로운 움직임이 없다는 비판적인 목소리가 담겨있다. 여기에는 청허시대를 전후로 하여 당대인들의 근기에 맞는 새로운 불교이념으로 염불신앙이 각별한 의미로 전개되는 것이 뚜렷하게 드러난다. 이를 〈서왕가〉의 전개양상과 관련하여 해석해 보면, 이러한 역사의 전환점은 기존의 개인적 득도 과정과 열락, 여기에 경전을 섭렵하는 과정이 함께 담겨 있는 불가佛歌를 선행텍스트로 하여 권염불의 노래가 새로 형성된 시대적 배경이 된 것으로 생각된다. 본고에서 제시한 〈서왕가〉의 시대는 이러한 상황에서 나온 작품인 것이다.

그리고 청허 이후에는 변모하는 시대상황에 따라 새로운 불교 이념이 제시되기보다는 기존의 흐름을 답습하고 있다는 점에서 볼 때, 가사의 활용 또한 기존의 〈서왕가〉의 부연과 확장 및 사설의 누적적 첨가가 이루어진 상황이 지속된 것으로 유추할 수 있다. 현재 전하는 가장 오랜 작품인 〈나옹화상셔왕가〉는 청허 이후 약 백여 년간의 상황을 반영하고 있는 이본으로 생각된다.

한편 보우가 주장하고 청허가 확산시켰으며 상봉과 명연에 의해 그 가치가 다시 부여된 염불신앙은 18세기 후반으로 갈수록 더 성행하게 되는 양상을 『신편보권문』의 「서문」에서 확인할 수 있다. 편자인 해봉유기海峰有璣(1707~1785)는 당대의 상황에 대해 "오늘날 우리나라에서도 이에 힘쓰는 사람들이 많다. 근년 이래로 또한 더욱 성행한다"[33]라고 하여 염불신앙 흥성의 상황을 말하고 있다. 이미 해봉유기가 주석하고 있던 해인사에서 펴낸 〈나옹화상셔왕가〉(94구)가 있음에도, 국한문 혼용의 〈강월존자셔왕가〉(74구)를 새로 수록했던 이유는 바로 이러한 염불신앙의 흥성에서 초래된 대중화에 대한 반성적 인식에서 나온 결과로 생각된다.

---

33) "至近鰈域人多務焉 近年以來亦頗盛焉"(「서문」, 『신편보권문』, 해인사, 1776).

그러나 〈서왕가〉의 전승은 해봉유기의 기대와 달리 대중적인 기호에 따라 〈몽환가〉류의 사설이 첨가되기도 하고 극락대목이 확장되기도 하는 등 장편화의 길을 걷게 된다. 『조선가요집성』에 수록된 〈나옹화상서왕가〉(148구)는, 필사된 시기를 비정할 수 없지만, 이상에서 제시한 시대적인 흐름 속에서 살펴볼 때 대중화의 양상을 여실히 보여주는 이본으로 생각된다. 1800년대에는 염불을 권장하는 노래로서 사찰에서 판각된 작품이 한 편도 없다는 점도 이제는 염불신앙의 홍포가 적극적인 의미를 지니는 것이 아니며, 극복의 대상이 되고 있다는 변화된 시대상을 보여주는 이본이다.[34]

결국 〈서왕가〉가 한 편의 독립적인 가사로서 형성된 것은 임란을 전후로 한 시기, 보우를 이은 청허휴정에 의해 삼문수학三門修學이 공인되고 염불신앙이 홍성하게 된 시기로 판단된다. 이 과정에서 기존의 불가의 작가로 전승된 나옹화상의 이름은 염불을 권장하는 노래의 작가로서 다시 활용되었다고 할 수 있다. 그리고 이후에는 청허의 법맥을 이은 제자들에 의해 적극적으로 활용되었던 것을 현재 전하는 『보권염불문』의 각종 판본을 통해 확인할 수 있다. 아울러 청허의 후예임을 자처한 명연이 채록하고, 상봉정원이 공인한 〈나옹화상셔왕가〉는, 청허휴정 이후 명연의 판각에 이르는 약 백 년 정도의 전승의 과정에서, 각 단락이 누적적으로 첨가되어 나타난 것으로 결론 내릴 수 있다. 이러한 확장과 누적의 현상은 염불신앙 대중화의 과정에 나타난 현상이며, 1776년에 해봉유기는 이에 대한 반성적 인식에서 다시 간결하고 전아한 〈강월존자서왕가〉로 편집해 놓았다. 그러나 이후의 전개 양상이 해봉유기의 기대와 달리 사설의 부연이라는 대중화의 양상을 여실히 보여주고 있음을 〈나옹화상서왕가〉(『조선가요집성』148구)를 통해 확인할 수 있다.

---

34) 한용운의 『조선불교유신론』(1913)에 제기된 시대적 모순의 상당부분은 염불신앙의 홍성으로 인해 나타나는 제반 양상과 밀접한 관련이 있다. 이를 통해 해봉유기의 시대 이후 19세기의 불교계의 상황을 확인할 수 있다.

이처럼 〈서왕가〉는 조선 후기 염불신앙이 홍성하게 되는 과정을 화석처럼 간직하고 있는 작품인 것이다.

5. 맺음말

본고는 〈서왕가〉가 구전되어 오다가 기록되었다는 것과 구전과정에서 그 내용이 상당히 변개되었을 것이라는 선학들의 공감대를 전제로 하여 〈서왕가〉 전승의 계보를 살펴보고, 또 작품의 구술성의 층위를 분석하여 〈서왕가〉 원형재구에 대한 가능성을 제시하고자 하였다. 그 결과 현재의 문헌을 중심으로 놓고 볼 때, 상당히 오랜 시간 전에 민요적인 율격으로 구도의 과정을 노래한 득의의 노래, 즉 가능태로서의 '서왕가'가 선행텍스트로 자리잡고 있었을 가능성을 제기하였다. 그리고 문헌에 정착하기 약 백 년 전경부터 서방 극락 왕생과 지옥을 전달하는 교술적인 내용이 첨가되면서 한 편의 〈서왕가〉로 독립했을 것으로 추정하였고, 이후 구연전승의 과정에서 새로운 단락이 누적적으로 첨가되어 현재 우리가 보는 최초의 〈나옹화상셔왕가〉가 형성된 것으로 보았다. 한편 해봉유기는 이러한 확장과 누적의 현상을 반성적으로 인식하여 간결하고 전아한 〈강월존자서왕가〉(1776)를 산출하였다. 그러나 이후의 전개 양상은 해봉유기의 기대와 달리 타 작품의 삽입과 사설의 부연 및 확장이라는 대중화의 양상을 여실히 보여주고 있음을 〈나옹화상서왕가〉(『조선가요집성』 148구)를 통해 확인할 수 있다.

본고는 그 동안 〈서왕가〉의 전승 연구에서 공백기로 남았던 (고려말 이후부터) 18세기 초까지의 형성과 그 이후의 전승 과정을 재구하는 '모험'

을 감행하였다. 자료의 성격 때문이기도 하지만, 논의과정에서 상당부분 추론에 의지할 수밖에 없었던 것은 본고의 한계이다. 서론에서 인용한 한 대목, "연구세심年久歲深한 작품들의 원형原型을 찾아내자면 누군가에 의하여 어쩔 수 없이 모험을 무릅쓰지 않을 수 없다는 것도 알고 있다. 앞으로 〈서왕가〉의 정밀한 연구업적이 뒤따라 나와서 원전原典도 밝혀지고 원작자原作者도 환하게 밝혀지길 조용히 바라는 바이다"라는 선학의 겸사를 다시금 생각하게 된다.

〈태평곡太平曲〉의 현실주의적 독법

1. 머리말

침굉현변枕肱懸辯(1616~1684)은 17세기에 등장한 가사 작가 중에서 유일한 승려작가이다. 그의 문집 『침굉집枕肱集』(1695)에 수록된 세 편의 가사—〈귀산곡歸山曲〉〈태평곡太平曲〉〈청학동가青鶴洞歌〉는 창작 시기를 실증할 수 있는 최초의 불교가사로서, 가사문학의 시원으로 논의되어 온 〈서왕가〉의 판각 시기(1704)보다 오히려 앞서 있다. 이는 물론 〈서왕가〉보다 침굉의 가사가 먼저 등장했다는 말은 아니나, 침굉의 가사는 〈서왕가〉가 구비전승되는 시기에 동시에 존재한다는 점에서 불교가사의 전개사를 규명하는 데 중요성을 지니는 작품이라 할 수 있다. 아울러 침굉의 가사는 17세기 가사로서 그 의미를 지닌다. 17세기 가사 41편[1] 에는 이전 시기의 가사와 달리 현실의 모순을 재현하는 여러 목소리들

—은일지향적 경향, 구체적인 현실의 반영, 그리고 사실적인 묘사 등—을 확인할 수 있다. 침굉의 가사 역시 17세기의 현실을 적극적으로 반영하고 있고, 또 전 시대의 가사와 달리 구체적이고 일상적인 화법을 구현하고 있다는 점에서, 당대의 문학사적 흐름 속에 존재한다고 볼 수 있다.

침굉의 작품이 지니는 문학사적 중요성에 비례하여, 일찍이 침굉 가사의 유통과 주석, 문학적 특징에 대한 논의가 이루어진 바 있다. 김봉영은 본 작품을 사찰에서 불려진 가사로 소개하였고,[2] 김성배 등은 세 작품에 대한 주해를 시도하여 작품 이해의 기반을 마련하였다.[3] 이은상은의 앞선 주석 작업의 오류에 대해 비판하고 새로운 주석을 논문으로 발표하였다.[4] 이상의 논의들은 작품의 실상을 소개하고 의미를 파악하는 의의가 있다.

다음 단계의 연구로서 이종찬·김풍기의 논의가 있다. 이종찬은 한시를 대상으로 문학적 특징을 살펴본 결과, 그의 시가 "물 흐르듯 순탄하면서도 선리의 전제를 표현하고 있다"는 점을 밝혔다.[5] 김풍기는 침굉의 가사에는 17세기 문학의 은일지향성이 구현되어 있다는 점을 밝혔는데, 이는 당시의 문학 풍조와 함께 스승인 소요당 태능(1562~1649)의 영향을 받은 것으로 파악하였다. 그리고 〈태평곡〉은 17세기 불교계의 현실을 정확히 파악하고 임란을 전후로 하여 나라를 위해 적극 나섰던 힘을 돌려 내부적 수행에 힘써야 한다는 사실을 우회적으로 드러낸 것으로 평가하였다.[6] 이에 앞서 조동일은 『한국문학통사』에서 침굉 가사 중 〈태평곡〉을 인용하고 참선과 염불을 강조하는 그의 현실타개책이

---

1) 이상보의 『17세기 가사 전집』(교학연구사, 1987)을 기준으로 하였다.
2) 김봉영, 「미발표의 침굉가사에 대하여─지금까지 국문학사상에 들어나지 않은 사원 가사」, 『국어국문학』 20, 국어국문학회, 1959, 33~37면.
3) 김성배·이상보·박노춘·정익섭 주해, 『주해 가사문학전집』, 집문당, 1961(초판).
4) 이은상, 「침굉대사와 그의 가사」, 『국어국문학연구』 6, 청구대, 1962, 7~24면.
5) 이종찬, 「佛儒仙을 섭렵한 침굉」, 『한국불가시문학사론』, 불광출판부, 1993, 437면.
6) 김풍기, 「침굉 가사의 은일적 성격과 그 의미」, 『한국가사문학연구』(간행위원회 편), 태학사, 1995, 576~596면.

지니는 한계를 제기한 바 있다.[7]

침굉의 〈태평곡〉은 당대 불교계의 제반 모순 속에서 고뇌하고 이의 해결을 도모했던 의지가 담겨있는 작품으로서, 작품의 이해나 감상에 작가의 시대인식에 대한 이해가 전제되어야 할 것이다. 이와 관련하여 김풍기의 논의에서 작품에 반영된 당대의 불교계의 상황과 침굉의 의식에 주목한 것은 타당한 방향설정을 한 것으로 보인다. 그러나 침굉의 은일적 성향과 관련시킨 논의에서 〈태평곡〉에 반영된 당대의 시대적인 모순과 그 형상화 방식에 대해 충분한 고찰이 이루어졌다고 보기 어렵다. 본고에서 침굉의 가사를 재론하는 이유가 바로 여기에 있다. 본고는 〈태평곡〉을 중심으로 침굉 가사의 현실주의적 면모에 대해 고찰하고자 한다. 〈태평곡〉은 임진왜란 이후 청허휴정을 중심으로 고양되었던 불교계의 응집력이 이완되면서 발생하는 불교계의 제반 모순이 반영되어 있을 것으로 판단된다. 본고에서는 이를 규명하고 나아가 조선 후기 가사문학사에서 그의 가사가 지니는 위상에 대해 재검토하고자 한다. 이를 위한 예비적 고찰로서 침굉의 삶과 지향성을 조망하는 장을 마련하기로 한다.

---

7) 조동일, 『한국문학통사』 3, 지식산업사, 1994, 407면. 그는 〈태평곡〉의 결사를 인용하고 "사대부의 풍류와 상통하는 경지를 내세워 해결할 수 없는 심각한 문제를 노출하고 대책 없이 물러났다 하겠다. 불교는 세상을 구하기에 앞서서 불교를 구해야 했는데, 그럴 수 있는 방안이 무엇이었던가 궁금하다"는 평가를 내린 바 있다. 개정된 제4판(2005)에서는 〈태평곡〉에 대한 비판적인 판단을 보류하고 "잡스러운 승려들이 불법을 망치는 것을 나무라고 올바른 수행을 하자고 다짐한 내용이다"라는 사실 기술로 한정하고 있다.

2. 행장과 교유록을 통해 본 침굉의 지향성

침굉은 생전에 지었던 모든 작품들을 불살라 무無로 돌아가는 삶을 실천하려 하였으나, 제자 약휴若休(1664~1738)가 불타고 남은 작품과 구비 전승되는 자료를 수합하여 사후 12년 만에『침굉집枕肱集』(1695)을 펴내었다. 문집의 행장을 토대로 하여 전기를 약술하면 다음과 같다.

대사의 이름은 현변懸辯, 자는 이눌而訥, 호는 침굉枕肱이며, 속성은 나주 윤씨이다. 선대先代는 서화西華의 명망있는 사족이었으나 남쪽으로 낙향한 뒤에 다시는 본 고장으로 돌아가지 못하고 주저앉았다.8) 그는 광해군 병진년(1616)에 아버지 홍興과 어머니 최씨 사이에 태어났다. 10세 전에 아버지를 사별하고 홀어머니를 모시고 있다가 보광葆光선사의 권유로 13세에 출가하여 장흥 천풍산天風山(천관산)에서 득도하였다. 얼마 뒤 방장산(지리산)에 들어가 소요태능逍遙太能선사를 찾아 제자가 되었고, 일찍이 경론을 익혀 명성을 얻었다.9) 18세에는 대중과 더불어 벌목을 하던 중 아랫배를 다쳐 죽을 뻔하다가 요행으로 다시 살아났다. 이에 '천만 권의 경책을 읽어도 눈먼 것을 구하지 못하는구나. 그러니 부처를 멀리서 따로 구할 것이 아니라 내 마음이 곧 부처이다'하고 이로부터 문자생활을 그만두고 마음 닦는 일에 힘써 도가 크게 진취되었다. 19세에 송계松溪스님을 따라 복현福縣에 갔을 때 고을에서 객사를 지으면서 송계에

---

8) 문집의 「경정야유당敬旱野遺堂」을 보면 "저는 일찍이 민망하고 흉한 일을 만났기에 죄역의 버림을 받아 나이 9세에 할아버지께서 세상을 버리셨고 2개월이 못되어 할머니께서도 세상을 떠나셨기에 의고없는 가련한 생활"을 한 것으로 진술한 바 있다. 이를 보면 조부 조모 부친을 10세 이전에 일시에 잃은 것으로 나타난다. 어린 시절 어른들의 죽음과 다음에 소개될 10대 후반의 자신의 죽음의 체험은 어떤 형태로든 그의 문학에 반영되었을 것으로 생각되나 이에 대한 구체적인 분석은 추후로 미룬다.

9) 문집의 「근상취미당謹上翠微堂」에는 "보광선사를 의지하여 천관산에서 13세에 머리를 깎았으며 만옹晚翁선사를 찾아 선탑仙榻에서 고금을 두루 통하였다. 그런데 시전 3백 편을 외워도 아직 독수리가 날고 물고기가 뛰는 소식을 깨닫지 못하였으며 장자의 5만 말을 읽어도 아직도 장주가 나비꿈을 꾸었던 도리를 알지 못하였다"고 진술하였다. 여기에서 만옹선사는 행장에 소개된 소요태능인지, 아니면 다른 인물인지는 확실치 않다.

게 상량문 지어주기를 청하였다. 송계스님이 이를 사양하며 침굉에게 양보하
였기 때문에 침굉은 그 고을의 명을 가지고 백련동에 있는 참판 윤선도를 찾
아갔다. 윤선도는 당시 둘째 아들 의미義美를 사별하여 몹시 상심하던 차였는
데, 대사를 보고는 감탄하여 '내 아들의 얼굴과 음성이 꼭 같다'하면서 가까이
두기를 청한 일이 있었다. 이러한 인연으로 침굉은 후에 윤선도가 예론문제로
광양에 귀양을 갔을 때 찾아가서 〈창랑가滄浪歌〉를 불러준 일도 있었다 한다.
침굉은 지리산에 오래 있다가 송광사를 경유하여 선암사에 이르렀고 그곳에서
입적하였다.10) 세수世壽는 69세, 법랍法臘은 57세였다.

행장에는 침굉이 18세에 불의의 사고로 죽을 고비를 넘기고 발심하
여 참선에 전념한 것으로 나와 있다. 그러나 깨우침을 얻기 위해 그가
어떤 수행을 하였는지, 백척간두의 수행길에서 어떤 고민을 하였는지는
드러나지 않는다. 이는 그가 남긴 다른 글을 통해 확인할 수 있다.

> 아버지 돌아가시고 어머니 늙으셨으며 형제는 가난하였다. 이에 의탁할 방
> 도가 없어 冠山의 보광스님에게 나아가 머리를 깎았고 東院으로 玲老師를 찾
> 아 흰 옷을 검은 물로 바꾸었다. 그런 뒤 金峰에 의탁하여 진여의 문을 두드렸
> 으나 오직 지게미나 맛보는 격이었다. 碧巖에 의지하여 도를 물었으나 역시
> 문자의 울에 갇힌 게 되었다. 그래서 항상 금당 8만 4천 법문의 비밀스런 관건
> 에 寶藏을 열었고 쇠벽 1천 7백 公案의 견고함에서 절구공이를 다듬어 오직
> 無로써 총지하였다. 혹은 老子의 높은 동산에 올라 5천 마디의 말의 깊음도 더
> 듬고, 혹은 장자의 심원함에 내달아 5만 마디 말도 찾으며, 혹은 공자의 성문
> 을 두드려 헤아리기 어려운 몇 길의 담장도 규시하고, 혹은 맹자의 경전도 연
> 구하여 7권의 끝없는 말도 살폈다.
>
> ─「탄풍권우심사歎風勸友尋師」

자신을 찾아 온 벗에게 준 글 중에 자신의 삶의 내력을 이야기하는

---

10) 금화산(징광사)에서 입적했다는 설도 있다. 김윤세 역, 『동사열전』, 광제원, 1991, 190
면의 각주 참고.

대목이다. 진여의 세계에 도달하기 위해 스승을 찾아 의문에 대한 답을 구했으나 깨우침의 죽비를 받을 수 없었다는 고민과 함께, 경전을 섭렵하고 공안을 화두삼아 선의 세계에 침잠했던 침굉의 수행과정이 잘 드러나 있다. 또한 노자·장자·공자·맹자의 경전을 깊이 궁구했던 사상편력이 있었음을 이 글은 보여준다. 이는 학문적 호기심이나 교양을 위한 계기에서만은 아닐 것이다.

궁극적으로 그의 사상편력의 귀착지는 참선의 세계에서 관문을 깨치는 것이다. 그러나 이를 위해 젊은 시절 내내 치열한 고통의 시기를 보내야 했다. 「敬呈野遺堂」에서 "그러한 뒤 십 년 동안 외로운 몸이 천리를 돌아다니기에 지팡이 하나를 짝하여 한수 북쪽을 떠돌기가 부평초 같은 신세였고 영嶺 남쪽을 다니기가 쑥대 같은 생활이었기에 누더기 옷은 금강산 일만 이천 봉의 달밤에 바랬고, 짚신은 지리산 팔십 아홉 절의 이끼에 닳도록 다녔습니다. 아직 일백 십 성이 못되었지만 해는 벌써 28세가 되었습니다"라한 대목을 보면, 그는 선암사에 머물기 전까지 전국 각지의 사찰과 산야를 운수행각하며 깨달음에 이르기 위해 치열한 고통 속에서 수행한 것을 알 수 있다. 이 과정에서 불교·유교·도교의 다양한 사상적 편력이 있었음은 이미 살펴본 바와 같다. 이처럼 침굉은 참선을 통해 깨달음을 얻으려는 선승으로서 이를 위해 평생을 치열하게 살았던 인물로 평가할 수 있다.[11]

침굉은 청허휴정의 법제자인 소요태능逍遙太能(1562~1649)의 선법禪法

---

11) 이는 수도승의 경우 누구나 해당되는 고민일 터이나, 유독 그의 글에 사상적인 갈등, 깨우침을 위한 선 수행의 경지와 이에 이르지 못한 자신의 고민이 반영된 것이 많다는 점에 주목하게 된다. 이를 여러 편의 글과 작품에서 확인할 수 있는데, 그의 한시작품은 선적인 깨우침을 얻기 위한 수도의 과정에서 표출된 정서를 담은 작품이 많은 수를 차지한다. 가령 「방은선대訪隱仙臺」에서 "선심은 나이 들수록 더욱 절실해져 / 벗을 떠나 仙都를 향하다 / 어정어정 宗眼을 통하지 못한다면 / 누가 대장부라 칭하리오" 라 하였는데, 선의 세계(선도)에서 종안을 꿰뚫는 것은 선문에서 수행하는 '대장부'의 궁극의 지향점이라 할 수 있다. 그러나 나이 들어서도 그 세계는 쉽게 문을 열어 주지 않음에 그는 갈등하게 되었던 것이다.

을 이었다. 따라서 그는 청허휴정의 법손法孫이 된다. 조선 시대의 불교
계의 법맥을 보면 부용영관의 제자로 서산과 부휴당이 있는데, 당대의
불교계는 청허휴정의 법맥이 뚜렷한 세를 형성하였고 부휴당선수의 법
맥이 이에 못지않은 형세를 보여주는 상황이었다. 청허의 제자로는 편
양·정관·사명·태능이 4대 문파를 형성하고 있었고, 침굉은 그 중 태
능의 선맥을 잇게 된다. 그러나 침굉은 부휴당선수의 법맥을 이은 벽암
각성·벽암의 제자인 백곡처능·취미수초와 밀접한 교류를 나누었다.
『침굉집』을 보면 서산의 법맥보다 오히려 부휴당 법맥의 제자들과 친
연성이 두드러진다.12) 따라서 그의 삶과 문학적 지향을 살펴보는 데는
그의 젊은 시절의 스승인 소요태능의 영향도 무시할 수는 없지만,13) 이
보다는 오히려 그가 시를 나누고 정신적인 지향을 같이 했던 도반들과
의 교유에 더욱 주목해야 하리라 본다. 특히 주목되는 것은 백곡처능白
谷處能(1617~1680)과의 교유이다. 백곡은 당시(현종 4년)에 억불책을 강행하
여 서울안의 비구니를 성 밖으로 축출하고 문정왕후文定王后의 내원당
인 자수원慈壽院 인수원仁壽院 두 절을 폐하는 등의 정책을 펴자『간폐
석교소諫廢釋敎疏』를 올려 탄압의 부당성에 대해 조목조목 비판한 바가
있다.14) 침굉은 백곡보다 한 해 먼저 세상에 태어나 막역한 교유를 나
누었는데, 침굉의 문집에는 그가 백곡에게 보내거나 백곡의 시에 차운
한 작품이 모두 4편이 전한다.

　　십년 동안 병이 많아 산에 칩거하던 차에
　　호탕한 봄바람에 백곡이 찾아와

---

12) 침굉집의 교유인물 가운데 가장 많은 글을 주고받은 이는 야유당野遺堂이며 다음은
　　백곡처능白谷處能이다. 야유당은 침굉의 시에서는 시선詩仙으로 지칭되는 승속을 넘
　　나드는 교유를 나눈 인물이다. 「경정야유당敬呈野遺堂」에는 그의 절조와 문채文彩가
　　뛰어남을 도연명과 엄자릉에 비유하고 있다.
13) 김풍기, 앞의 글, 578~582면.
14) 이는 조선 왕조를 통하여 불교탄압에 대한 유일한 상소문으로 그 의의가 있다. 김영
　　태, 『한국불교사』, 경서원, 1997(1986초판), 307면.

한가히 버들 언덕 방초의 길을 걷고
게을리 매화언덕 떨어지는 꽃마을을 찾네.
흐르는 물은 아득하게 사람 따라 멀어지는데
비긴 날은 정정하게 나그네 향해 어두워지네.
밤새도록 고각 소리에 정이 점차 괴로워서
단잠을 이루지 못하고 맑은 난간을 굽어보네.

　十年多病臥山樊　浩蕩春風白衲飜
　閑步柳堤芳草路　倦尋梅塢落花村
　流川杳杳隨人遠　斜日亭亭向客昏
　永夜角聲情轉苦　不成甘寢俯晴軒

—「차백곡운次白谷韻」

　시인은 십 년 동안 병치레 하면서 산에 칩거하는데, 그리던 벗 백곡
이 찾아오는 상황이다. '호탕한 봄바람'은 계절감과 함께, 그가 찾아오
자 고요하던 산문에 한바탕 생동감이 넘치는 분위기로 변했다는 것을
표상한다. 기다리던 사람의 설레임의 반영이요, 또한 백곡의 활달함이
연상되는 표현이다. 백곡은 당시로서는 상당히 과격한 표현을 담은 상
소문을 쓸 정도로 호방하고, 당시의 집권층과도 활발한 교유를 나누었
던 인물로서, "재주가 천고에 뛰어나서 아름다운 이름이 바다 동쪽에
으뜸"이었다고 한다.15) 이에 비하면 침굉은 행장에 보이듯이, '성품이
온순하고 근신勤愼하여 항상 냇물을 건너가듯 조심하였고 음성은 금석
에서 나오듯이 맑고 아담하였다'는 점에 비추어보면 백곡과 사뭇 대조
적인 성격을 지닌 것으로 보인다. 그러니 그가 찾아오는 봄날 '호탕한
봄바람'이 불지 않을 수 있겠는가. 둘은 한가롭게 버들언덕 방초길을
걷고 매화 언덕 떨어지는 꽃마을을 느리게 걸으며 마음을 나눈다. 지훈
과 목월의 만남이 이러했으리라. 그러나 이러한 정겨움은 흐르는 물이

---

15) "友也才超古 芳名冠海東."「정백곡향안呈白谷香案」.

아득하게 사람을 따라 멀어질 때 이별의 회한으로 남게 되고 단잠을 이루지 못하고 그리워하게 되는 것이다.

　백곡이 시대의 모순을 강한 어조로 표현하였던 활달한 인물이라면 침굉은 온유하고 단아한 성격의 인물이었다. 그러나 이들의 만남에는 지란지교의 품격이 있었고, 그리움이 있었다. 인용한 시와 함께 그가 백곡에게 주는 시는 한결같이 그리움이 넘쳐나는 애틋한 정서를 표현한 것들이다.[16] 비록 시대의 고민을 담은 시를 주고받지는 않았지만 당시의 불교계의 현실에 대해 함께 공감하고 그것의 극복을 위해 고민을 나누었던 그들의 이심전심의 사상적 교유를 충분히 떠올릴 수 있다. 이러한 맥락에서 백곡의 상소문과 침굉의 가사에 담긴 시대 인식에 공통점이 발견되리라는 점은 충분히 예견되는 일이다. 각자의 처지와 성격에 따라 백곡의 현실 인식이 상소문을 통해 불교 외부를 향해 표출되었다고 한다면, 침굉의 현실인식은 가사를 통해 불교 내부를 향해 표출된 것은 아닐까. 현실의 반영에 있어 상소문의 직설적인 표출 방식과 가사에 보이는 간접화 방식의 차이를 인정한다면, 지금까지의 침굉의 가사에 대한 평가도 달라질 수 있을 것이다.

---

16) 「증백곡贈白谷」, 「차백곡대로운次白谷大老韻」 「정백곡향안呈白谷香案」 「차백곡운次白谷韻」 등이다.

3. 작품에 반영된 침굉의 현실인식

1) 사원 내의 경제 행위

〈태평곡〉에는 17세기 후반의 불교계의 현실이 총체적으로 반영되어 있다. 먼저 작품의 서두를 보자.

　避役爲僧 鳥鼠僧아 誤着袈裟 專혜마라 道伴禪朋 아니붓고 割眼宗師 參禮 흐야 法語六段 바히몰나 一介無字 둘혜내니 用心홀줄 フ라쳐도 일절아니 고지듯고 黑山下의 조오다가 鬼窟裡예 춤흘려 온긴셔길 뿐이로다 이윽고 씨드 르면 무음이 流蕩흐야 散亂의 붓들려 飢虛을 못내계워 도리곳갈 지버연고 깃업슨 누리입고 조랑망태 두러메고 괴톱낫 겻틔바가 조막도치 브릅쥐고 빗쓰쟈 밤줏쟈 石茸쓰쟈 松茸쓰쟈 그러흔 머로드래 다홀쓰더 무더두고 粥飯도올 뿐이로다

현실비판의 대상은 먼저 "피역위승 조서승"으로, 이들은 부역을 피하기 위해 승려가 된 자들이다. 승려인 듯하면서 승려가 아니고, 속인인 듯하면서 속인이 아닌 부류들로 말뜻 그대로 '박쥐승'을 말한다.[17] 이는 단순하게 정도를 걷지 않는 일부 그릇된 승려들에 대한 도덕적인 심판이 아니다. 여기에는 당대의 승려에 대한 외부의 시선이 작자의 목소리에 겹쳐 나타나 있다. 당시 승려들은 국역國役을 회피하는 피역避役의 무리로 인식되었으며,[18] 사찰로 숨어든 장정이 많아진 것은 국가적으로 볼 때 국방과 재정 문제를 포함하여 큰 손실이 아닐 수 없었다. 이에 따라 승려의 억제와 승려의 노동력 활용이라는 문제가 현실적으로 대두

---

17) 이은상, 앞의 책, 16면.
18) 정병삼, 「진경시대 불교의 진흥과 불교문화의 발전」, 『우리문화의 황금기 진경시대』 1, 최완수 외, 돌베개, 1998, 166면.

되어, 승려의 수를 제한하거나 일정한 자격을 거쳐 승려 신분증(도첩)을 주고 나머지는 환속시키는 정책이 여러 차례 반복되었다.[19]

이러한 승려가 많아지게 되면서 국가적인 문제가 되었지만, 이로 인한 폐해는 가장 먼저 사찰 내부의 규율과 수행의 풍토를 어지럽히는 것으로 침굉은 인식하였다. 그들은 법문도 전혀 모르고 무엇 하나 깨달은 것 없이 방자히 노닐어, 마음을 다잡는 것을 가르쳐도 일절 듣지 않고 도를 닦고 참선을 하는 진정한 벗도 없다. 또 그릇된 사찰의 풍토 속에서 법어도 이해하지 못하고 '무無'자字 화두만 붙들고 수행하나 그 본지를 깨치지도 못하는 존재들이다. 그들의 마음공부 또한 그러하기에 마음이 유탕流蕩하여 산란한 마음에 붙들리고 배고픔을 참지 못해 그저 망태를 둘러메고 도끼를 쥔 채 배며, 밤이며, 석이 송이에, 머루다래를 훑어 식욕만 채울 뿐이다.

그나믄 범法僧도 病事도 더욱만타 蔽陽이 두혀쓰고 블희 竹杖 빗기쥐고 全州潭陽 오로느려 黃花ㄱ아 돈니며 술바다 恣飮ㅎ고 醉ㅎ야 븨거르며 쟈근저올 큰저올 다다마 질머지고 全羅道 慶尙道 通八道 두로돈녀 求ㅎ느니 利慾이다

범법승犯法僧은 법을 어긴 승려다. 이때의 법은 불가의 법이기도 하고 세속의 법이기도 하다. 이들은 잡동사니를 사고파는 황아전으로 돌아다니면서 술을 마시고 물건을 흥정하여 전라도로 경상도로, 팔도를 다 돌아다니며 이욕을 구하는 자이다. 이들은 마치 죽어서도 많은 재물 보화를 가져갈 듯 곤고한 삶을 사는 자이니 '병사病事'가 더욱 많을 수밖에 없는 것이다.

이상은 '피역의 무리'를 '박쥐같은 승려'나 '법을 범한 승려'라 부르

---

19) 청허의 법손인 침굉 역시 이러한 질곡에서 벗어나지 못한 것으로 보인다. "우레같은 칙령 배운 것 시험하기를 명하니 / 몸을 보전하기에 계책 없으니 눈이 망연하네"라는 「경을 시험봐서 도첩을 준다함을 듣고서聞試經度牒」의 한 구절에도 이에 대한 고민이 드러나 있다.

고 또 그들의 일탈행위를 지적하면서 어지럽혀진 풍토를 바로잡으려는 작자의 의도가 잘 드러나 있다. 그러나 이들이 보여주는 행태의 이면에는 두 가지 불교계의 현실이 반영되어 있다는 점이 주목된다. 하나는 승려들의 경제활동을 통해 사원경제를 이끌어 나가야 했던 사찰 내부의 고민이요, 다른 하나는 당대의 불교계에 가해지는 권력의 남용이다. 그리고 이 두 가지의 현실적 모순의 근원에는 조선 시대 이래 지속적으로 전개된 불교 억압 정책이 자리잡고 있다.

조선 시대에 들어서 배불정책이 시행된 가운데 불교계에 가장 결정적인 타격을 준 것은 태종대에 실시된 것으로, 사원의 토지를 국유로 몰수하고, 사원노비를 거두어 군정에 충당한다는 내용의 것이다.[20] 선조 때까지 대사찰은 궁중에서 하사받은 전답이나 양반귀족이 기증한 토지나 재물을 소유할 수 있었으나, 규모가 작은 절에서는 재齋를 행하거나 탁발과 기도 등으로 받은 보수로 생계를 이어갔다.[21] 사정이 좀 나았던 대사찰도 현종 4년(1663)에는 사원소유의 전지가 모두 몰수되어, 그후 사찰에서는 신도들에 의한 개인적인 시납과 승려들에 의한 개인적인 헌납에 의해 차츰 전지를 소유하게 되었고, 승려들이 각종 계를 조직하여 사찰에 헌납함으로써 명맥을 이어나갔던 것이다.[22]

이러한 상황에서 자신들의 경제활동을 통해 사원경제를 영위해 나가야 했던 당시의 승려들은 탁발과 기도 외에도, 사찰주변에서 잣·버섯·고사리·도라지·산과山果 등의 자연물을 채취하기도 하였다. 따라서 작품에 인용된 박쥐승과 범법승의 행태는 승려들의 개인적인 일탈행위로만 해석할 수 없다. 이는 근원적으로 당대의 불교계의 억압 정책으로 인하여 발생하는 경제적인 모순을 해결하기 위한 개별 사찰의 자구책의 한 양상인 것이다.[23] 그렇다면 침굉 자신은 어떠한가.

20) 이재창, 『한국불교사원경제연구』, 불교시대사, 1993, 151면.
21) 가마타시케오, 신현숙 역, 『한국불교사』, 민족사, 1988, 220면.
22) 이재창, 위의 책, 197~202면.

선방에 일시 머무는 미욱한 선승 하나
조밥 먹으며 항상 근심하는 것은 곡식의 풍흉이네.
신 삼기 애쓰느라 찾는 것은 앞산의 칡 줄기뿐
종이 만드느라 구하는 것은 뒷산의 등나무뿐.
몇 년이 지났던가. 누더기 옷 차기가 쇠 같은데
깎지 않은 서리수염 희기가 얼음 같네.
외람되이 선비 모시고 종일토록 청담 나누니
황홀히 이 내몸은 자색 난새 타게 된 듯.

假客禪室一迷僧 食粟常憂歲未登
悃愊祇尋南嶂葛 業楮徒取北溪藤
多年雪衲寒如鐵 不剪霜髭皓似氷
濫奉淸儀終日話 怳然身値紫鸞乘
—「답장흥사인마종훈도중작호운答長興士人馬鍾勳途中作呼韻」

　장흥의 선비에게 주는 화답시다. 유가와 불가라는 서로를 의식하는
관계에서 주고받은 시라는 점에서 자신의 처지를 이야기하는 한 마디
한 마디가 예사롭지 않다. 함련에는 신 삼기 위해 칡 줄기를 찾고, 종이
만들기 위해 등나무를 찾아다니는 화자의 분주한 일상이 담겨 있다. 이
는 일하지 않으면 먹지도 말라면서 노동과 선을 동일시했던 백장선사
의 계율과 차원을 달리하는 것이다. 대자연의 품에 노닐면서 참선의 법
통을 이었던 침굉도 벗어나지 못했던 일상의 구체적인 묘사요, 시대의
질곡이라 할 수 있다.
　그런데 〈태평곡〉에 제시된 배·밤·석이·송이·술(누룩)과 한시에

---

23) 〈귀산곡〉에는 염불과 참선을 등한시하고 '외사外事'만 따르는 "착착자錯錯者"인 승
　　려들에 대한 질책이 제시되어 있는데, '외사'의 실체는 바로 '영리'와 '재화'를 엿보는
　　것으로 서두에 제시되었다. 이는 영리와 재화를 위해 승려로서 해서는 안 될 '바깥 일'
　　에 전념하고 있는 승려들에 대한 경고인데, 여기에 제시된 승려의 행태 역시 임란 이
　　후 자신의 노동력을 통해 사원경제를 이끌어 나가야 하는 불교계의 모순이 반영되어
　　있는 것으로 해석된다.

보이는 종이·신발 등은 사실은 내수사(內需司)를 비롯한 각 관아에 공물로 상납되는 것이기도 하다는 점에서 다른 해석의 여지가 마련된다. 공물을 담당하는 지방 관리들은 중앙정부에 공납하는 일정량에 더하여 상당량의 공물을 부과하여 부담을 가중시켰다. 종이·짚신·삼베·채소·나물은 물론이고 미투리나 제지 등은 전통적으로 승려의 업으로 인정되어 공납을 강요받았으며, 관가의 물품 공납과 비용부담의 요구에 따라 사발 등의 식기는 물론이고, 누룩 제조와 농사일의 품팔이까지 해야만 했던 것이다.24)

결국 배고픔을 참지 못하고 고깔을 쓴 채 누더기 걸치고, 망태를 둘러메고 도끼를 부릅 쥐며, 배·밤·석이·송이·머루·다래를 다 훑어 묻어두고 죽반을 돕는 '박쥐같은 승려'들. 그리고 패랭이 덮어 쓰고 죽장을 비껴 쥐고 전주 담양을 오르내리며 황아전으로 다니면서 술을 받아 맘껏 마시고 취하여 배를 거르고, 큰 저울 작은 저울로 모두 담아 짊어지고 전라도 경상도로 두루 다니며 '이욕'을 구하는 '범법승'들. 이렇듯 부정적으로 제시된 이들의 실상은, 사실은 승려 개개인의 노력에 의하여 사원경제를 이끌어 나가야 했던, 그리고 관가의 무리한 가렴주구에 응해야 했던 현실적인 모순에서 파생된 결과인 것이다.25)

---

24) 김갑주, 「조선 시대 사원경제의 추이」, 『한국불교사의 재조명』, 불교시대사, 1994. 침 굉과 막역한 교유를 나누었던 백곡처능은 상소문에서 닥종이와 잡물의 진납 폐해를 적나라하게 제시한 바 있다. 각 사찰에서는 지방관리들의 요구로 가중되는 과중한 공물납부를 요구받았다. 이러한 폐해를 줄이기 위하여 각 사찰에서는 원당(願堂)을 구실삼 거나 관료와의 연계를 통해 지역 지역(紙役)이나 잡역을 혁파한다는 공찰(公札)을 얻어 사원에 게시함으로써 지방관의 주구를 방어하려 하였다(정병삼, 앞의 글, 160~161면).

25) 한 걸음 더 나아가 이러한 현상에서 당대의 이판승과 사판승의 분화와 갈등을 파악 할 수도 있다. 이판승은 수도에 전념하며 조선후기의 불교의 정신적 명맥을 유지했다 면, 사판승은 여러 가지 억압책 속에서 그들의 요구에 응하고 경제적인 자구책을 마련 하여 사찰을 운영하였다. 이들은 불교계의 현실적 명맥을 유지시킨 공이 있다고 할 수 있다(김영태, 앞의 책, 318면). 특히 침굉이 주석했던 선암사의 경우 사판승이 위주가 되었는데 침굉의 문집을 펴낸 약휴(若休) 또한 대표적인 사판승으로 알려져 있다(이능 화, 『조선불교통사』 하, 930면). 이렇듯 〈태평곡〉에는 선암사의 현실적 모순과 시대의 모순이 복합적으로 반영되어 있는 것이다.

2) 승단의 질적 저하

조선 시대의 불교계는 지속적인 억압의 와중에서도 나름대로 방향성을 지닌 채 명맥을 유지하였다. 특히 명종 대에는 문정왕후의 후광에 힘입어 일시적인 유화기를 맞이하였다. 그 동안 폐지되었던 선교양종이 복립되었고, 나암보우(?~1565)가 주관하여 시행한 승과시험에서 청허휴정(1520~1604)·사명유정(1544~1610) 등 신진 세력이 등장하게 되었다. 이들은 임진왜란 당시 승군으로 활약하여 승직을 수여받고 불교의 사회적 위상을 높이는 결과를 낳았다. 청허에 의해 제시되고 이후 17세기에 그의 문하에 의해 체계화된 조선 후기의 불교계의 경향 중의 하나는 선교겸수禪教兼修를 강조한 것이다. 여기에 염불을 더하여, 선·교·염불을 겸행하는 삼문수행三門修行의 전통이 확립되었다.26)

그러나 선과 교는 본질적으로 융화할 수 없는 측면을 지니고 있어서 갈등의 소지가 항존하는데, 이는 중국이나 우리나라에서 오랜 기간 지속되어 왔던 것으로 생각된다.

> 摩騰이 漢에 들어와 매우 깊은 雄銓을 전하였고, 達摩가 梁에 들어와 妙明의 신령한 촛불을 불살랐다. 이에 教에서는 가르침이 三門을 열어 깊고 얕음으로 삼았고, 禪으로 말하면 선은 兩宗으로 나뉘어 南北이 되었다. 이는 나뭇가지가 서로 어긋남과 같고 시내가 지류를 나눔과 같다. (…중략…) 이로 말미암아 선과 교가 얼굴을 대하면 參星과 商星처럼 될 뿐만 아니라 頓과 漸이 얼굴을 맞대면 마치 물과 불처럼 된다.
>
> —「탄풍권우심사歎風勸友尋師」

인용된 침굉의 글은 불교계에 내재되어 있는 선종과 교종의 갈등을 중국의 상황을 빌어 오버랩시키고 있는 대목이다. 글의 제목은 '풍조를 한탄하며 벗들에게 스승 찾아뵙기를 권함'인데, 여기에서 '풍風'의 실체

---

26) 김영태, 앞의 책, 311~313면.

는 명확하게 드러나지 않으나, 교와 선이 중국에 전승되면서 빚어지는 양상을 빌어 간접적으로 시세를 한탄한 것으로 생각된다. 그리고 시세를 한탄한다는 현실적 고려와 스승 찾기를 바란다는 기대 사이의 연결고리를 파악해 보면, 사상적 통합력을 갖춘 스승을 통해 수행과 교학을 질적으로 심화시키지 못하고, 또 각자 가지고 있는 견해에 따라 얻은 지식으로 서로 비방하며 논쟁을 벌이는 양상에 대한 비판이 담겨있다고 볼 수 있다.

물론 이는 청허휴정 당시에도 불교계의 문제로 대두되었던 것이기도 하다. 사명유정은 『선가귀감』(1579) 발문에서 선이나 교나 수행의 방향을 잃고 있던 당시의 상황을 서술한 바 있는데,[27] 이러한 상황에서 휴정이 선의 입장에서 간화선을 강조하면서 한편으로 선교겸수의 방향을 제시한 것은 선과 교가 함께 유지될 수 있는 사상적 기반을 만든 것이다.[28]

그러나 휴정의 법맥을 잇는 선승들은 다양한 계통으로 이루어져 있었고 따라서 휴정의 선사상이 그 제자들에게도 동일하게 받아들여진 것은 아니다. 휴정의 입장은 특히 간화선을 강조하는 것으로 보이지만 선교겸수와 염불 등 다양한 수행방식을 인정하여 선교를 포괄하였기 때문에 제자들은 각자의 성향에 따라 중시하는 것이 다를 수 있었다.[29] 그리고 17세기 중엽에 이르면 청허가 보여주었던 강한 통합적 인식과 불교계의 구심점이 약화된 시기로서, 선과 교는 물론이고 각각의 내부에서도 다양한 해석이 등장하여 논쟁이 전개되었을 것은 짐작하기 어렵지 않다.

〈태평곡〉에는 승려집단의 질적 저하와, 이로 인해 발생하는 논쟁 수

---

27) "이백년간 법이 쇠퇴하여 禪敎의 무리가 각각 상이한 견해를 가지게 되면서 五敎의 위에 바로 마음을 가리켜 깨우치는 것을 모르고 頓悟한 후에 발심하여 수행하는 것을 몰라서 선교가 뒤섞이고 옥석이 구별되지 못한다."

28) 김용태, 「조선중기 불교계의 변화와 '서산계'의 대두」, 서울대 석사논문, 1999, 47면.

29) 위의 글, 49면; 서종민, 「조선중후기의 禪風에 관한 연구」, 『한국종교사상의 재조명』, 원광대출판국, 1993, 395면.

준의 질적인 저하에 대한 우려가 구체적으로 제시되어 있다.

又有一般 늘근거슨 三十年 二十年을 山中의 드러이셔 活句參詳 호노라디
杜撰長老 依憑호야 惡知惡覺 殘羹數般 雜知見을 주어비화 禪門도 내알고
敎門도 내아노라 無知혼 首座드려 매도록 샤와리되 七識자리 이러호고 八識
자리 져러호다 禪門의 活句을 다註解 호노매라 無知혼 首座와 有信혼 居士
舍堂 져런줄을 바히몰나 冬花フ툰 淵프로 기리쑤러 合掌호야 쥐똥이 니러쎄
비븨느니 손이로다

'늘근 것'은 이십 년이고 삼십 년이고 산 중에 몸을 의지하면서 서툰
노자 장자의 구절에 의지하여 잡다한 지식을 주워 배운 부류이다. 참된
선문의 지식을 아는 것이 없는데도 선종이니 교종이니 하는 것들을 다
안다고 주석을 하고 해석을 하는 꼴이 한심한데, 더 가관인 것은 무식
한 중과 절에 기식하는 거사패·사당패 등의 신도들이 손에서 쥐똥이
일어나도록 합장하고 비비는 모습이다.

슬프고 셜온지라 佛法이 下쇠호매 邪魔外道 熾盛호니 正知正見 펼듸젹다
山門의 學者도 是非만 ᄯ로노매 아모大師 엇쩌호며 아모法師 엇쩌호고 本覺
科目 어듸들며 頓悟頓修 엇지볼고 觀音圓通 이리홀가 十如是을 엇지볼고 無
限思想 일노와다 問去答來 호웁다가 嗔心을 憤起호야 너올호니 나올호니 이
놈져놈 들레거든 有識혼 君子들은 비웃느니 구시로다 그아래 불강學者 議論
도 말러이와 ᄆᆞ음이 아득호야 口讀도 채모르며 行實은 專혜업고 人我山은 더
옥노파 聲聞緣覺 ᄂᆞ리보고 諸佛諸祖 다쑤지저 어른네를 輕히너겨 フ으로 반
일며 말노필 뿐이로다 禪門이 搖動호매 法棟이 기오노매 念佛參禪 새로히 是
非나 마로되야

불법이 날로 쇠잔해져서 '사악한 마귀와 외도'가 불타오르듯 홍성해
지는 이러한 때에, 중생을 올바른 길로 인도할 '산문山門의 학자學者'들
도 역시 제 역할과 본분을 다하지 못하고 있다는 안타까움을 표출하고

있다. '산문의 학자'들도 어느 대사·법사가 어떻고 어느 과목이 어디에 있다는 둥 의론을 내세워 시비만 따를 뿐이다. 이렇게 의론을 내세워 문답하다가 다투게 되니 '유식한 군자'들의 비웃음을 사는 것은 당연한 일이다. '그 아래'의 '발강학자'는 아는 것은 거의 없어 의론도 내세우지 못하고 문맥을 끊을 줄도 모르고, 실천하는 행동은 전혀 보여주지 못하는 자들이다. 그런데도 부처나 조사를 가볍게 여겨 스스로 말을 높이기만 하니 병통이 아닐 수 없다.

임진왜란이라는 국가적 재난을 당해 구국의 대열에 앞장섰던 의승군의 활약으로 불교계의 대사회적 위상이 고양되었다. 구심점이 된 인물은 휴정으로, 그는 종단적인 측면에서나 사상적인 측면에서 불교계의 통합을 이루어내었다. 침굉의 활약이 중요한 위치를 차지하는 시기는 17세기 중엽이후, 즉 휴정의 사후 반세기가 경과한 시기로서, '서산계'로 불리는 서산의 제자를 주축으로 삼문수행의 확립, 법통설의 정비, 이력과정의 정비가 이루어지고 있는 시기가 된다. 그러나 개별 사찰 단위의 양상은 부역을 피해 산문에 들어온 많은 무리가 있었고, 경제적인 압박과 증대하는 불교외부의 공물요구에 불교 외적인 영리에 힘을 쏟는 승려가 상당수에 달했던 것으로 보인다. 이 시기는 한편으로는, 임란 이후 휴정이라는 걸출한 통합력을 지닌 지도자의 선도와 국권 침탈과 생존 위협 속에 감추어졌던 불교내부의 모순이 일시에 표출된 시기로 생각된다. 〈태평곡〉에는 이런 상황에서 표출된 산문山門 내의 학자들의 상호 논쟁이 승려집단 전체의 질적인 하락과 결합된, 다양한 양상이 여실하게 반영되어 있는 것이다.

3) 모순 극복을 위한 제언의 현실적 의미

지금까지 〈태평곡〉에 반영된 17세기 불교계의 현실적 모순에 대해 살펴보았다. 침굉이 인식했던 당시 불교계의 모순은 두 가지로, 하나는 불교탄압으로 인한 경제적인 궁핍과 압박 속에서 수도에 전념해야 할 승려들이 이욕을 추구하는 현실이요, 다른 하나는 선문과 교문에 대한 집착과 시비다툼에 전념하는 불교계의 현실이다. 이러한 현실인식은 박쥐승·범법승·산문의 학자·발강학자 등의 청자들을 꾸짖는 내용 속에 간접적으로 반영되어 있다. 그리고 이에 대한 해결책 역시 그러한 청자들에게 무엇을 어떻게 하라는 구체적인 지시를 내리는 것이 아니라, 화자 자신의 출가의 "본지本志"를 회복하리라는 다짐으로 간접화되어 있다.

> 어와 이젓닷다 내역시 니젓닷다 出家훈 本志야 이러코쟈 홀가만는 不曆懈怠 學習ᄒ야 禪要書狀 都序節要 楞嚴般若 圓覺法花 花嚴起信 諸子百家 다 주어 두러보고 情神을 抖撒ᄒ야 栢樹子을 것거쥐고 石牛鐵馬 둘러트매 玉女木童 牽馬잡펴 無絃琴 트이며 智異山 물근ᄇ람 楓岳山 불근돌과 太白山 雄峰下와 妙香山 깁픈고래 이리가고 져리가고 任意히 노릴며 祖師關 부스치고 眞州蘿蔔 드러슴켜 如來 廣大刹의 넌즛넌즛 돈이다가 우흐로 소사올나 碧空 밧긔 쪄혀안자 無底船의 넌즛올라 智慧月을 조쳐싯고 大悲網 빗끼펴 欲海魚를 건져내여 涅槃岸의 올려두고 囉囉囉 哩羅羅 太平曲을 블니리라 번님네 物外丈夫을 다시어듸 求홀고

이 시대의 불교계의 현실과 관련하여 주목되는 해결방안은 이력과정에 따른 수행의 단계를 명확히 제시하는 것이다. 인용된 결사에는 『선요禪要』『서장書狀』『도서都序』『절요節要』『기신起信』 등 여러 조사들의 찬술서와, 『능엄楞嚴』『반야般若』『원각圓覺』『법화法華』『화엄華嚴』 등의 불교경전, 그리고 제자백가서諸子百家書를 두루 학습하는 과정이 제시되어 있는데, 여기에 제시된 경전의 순서는 바로 청허휴정의 직계 제자를 중심으로 정립된 이력과정과 정확히 일치한다.[30] 이 시기에 정립

---

30) 이를 이해하기 위해 먼저 조선 시대의 지배적 이념인 성리학과 불교와의 관련양상을 살펴볼 필요가 있다. 정병삼에 따르면 퇴계가 성리학을 완전히 이해하고 율곡이 이를 바탕으로 한 걸음 나아가 조선성리학으로 정립한 성리학의 진전은 불교계의 활성

된 이력과정은 사미과와 사집과, 사교과, 대교과 및 수의과로 구성되어 불교전반의 기본 의식과 경전을 체계적으로 익히도록 짜여져 있다.[31] 이와 같은 이력과정은 이미 서산 직제자 대에 그 체계가 정착되어 있었고, 불교계의 사상체계 정립과 교육과정 확립은 승려 양성과 활성화에 획기적인 변화를 가져왔다.[32] 그리고 이력과정에 포함된 서적은 서산계라 불리는 제자들에 의해 집중적으로 간행, 유포되었다[33]는 점에서 볼 때, 청허휴정의 법손으로서 침굉이 〈태평곡〉에 제시한 해결방안은 당대의 불교계의 맥락에서 현실적 의의를 지니게 된다.

다음으로 화자는 "제자백가 다 주어 두러보고 정신을 두수하야 백수자를 것거쥐고 … 조사관 부스치고 진주나복 드러삼켜"라 하면서 개인적 다짐을 표출하고 있다. 이는 '사교입선捨敎入禪' '유교입선由敎入禪'이라는 수행의 단계를 제시한 것이며, 선의 수행에 있어서는 간화선看話禪을 주창하고 있는 것으로 해석된다. 앞서 제시한 이력과정에는 '선교겸수禪敎兼修와 간화선看話禪의 선양이라는 서산계의 선풍'이 반영되어 있다는 해석이 있는데,[34] 결사의 후반부는 이를 더욱 구체적으로 제시한 것으로 볼 수 있다.

지금까지 살펴본 바와 같이, 1인칭 화자의 다짐으로 마무리되는 〈태

화에도 큰 영향을 미치게 되었다고 한다. 우선 성리학의 도통설道統說이 확립되고, 주자가례朱子家禮를 중심으로 한 성리학 의례서가 편찬되고 보급되며 성리학 교육과정이 확립되자 이는 불교계에 큰 자극이 되었다. 이에 따라 나타난 결과는 조선 불교의 법통 확정太古法統說, 승가의례의 정비(『석문상의초釋門喪儀抄』(벽암각성, 1575~1660) 와 『석문가례초釋門家禮抄』(나암진일)), 그리고 승가의 교육과정 즉 이력履歷의 체계화이다.

31) 사미과沙彌科─조석송주 초발심 자경문 치문
   사집과四集科─서장 선요 도서 절요
   사교과四敎科─원각경 금강경 능엄경 법화경(기신론)
   대교과大敎科─화엄경 전등록 선문염송
32) 이상 불교에 미친 성리학의 영향에 대한 설명은 정병삼, 앞의 글 157~158면을 요약한 것이다.
33) 김용태, 앞의 글, 51면.
34) 위의 글, 51면.

평곡〉의 결사는 당대 불교계의 심각한 모순에 대한 개인적인 침잠으로 읽혀질 수만은 없다. 당대의 실상이 작품에서 가상의 청자를 향한 외침 속에 간접적으로 폭로되어 있는 것과 마찬가지로, 이에 대한 해결책 역시 1인칭 화자의 개인적인 다짐 속에 간접화되어 있다. 우리는 간접화법 속에 감추어진 작자의 의도를 분명히 읽어내는 것이 필요하다. 불교계가 구심점을 상실한 혼란의 시기에, 침굉은 〈태평곡〉을 통하여 이력과정에 따라 교육의 내실을 기하며, 교를 말미암아 선에 들어가며, 화두를 가지고 참선수행을 하는 간화선 혹은 임제선풍을 제시함으로써, 당대 불교사의 흐름과 기대 지평을 정확히 드러내고 있는 것이다.[35]

4. 문체적 특징과 현실성

지금까지 〈태평곡〉에 구사된 당대의 시대 모순은 매우 현실적이고 구체적이며, 대응양상 역시 현실적 맥락에서 당대의 불교계의 흐름을 적확하게 제시하였다는 결과를 얻었다. 나아가 〈태평곡〉에는 작가가 처해있는 현실공간을 구체적으로 제시하고, 그곳에서 들을 수 있는 일상

---

35) 일종의 준비론이라 할 수 있는 그의 주장은 다음 세대이후 화엄학의 대가가 속출하고 수준이 심화되었던 것과 관련시켜 본다면 시대적인 의의를 충분히 갖는 것으로 평가할 수 있다. −침굉의 시대와 그 이후의 화엄종주華嚴宗主로는 모운진언慕雲震言(1622~1703)・설파상언雪坡尙彦(1710~1791)・연담유일蓮潭有一(1720~1799)・인악의소仁岳義沼(1746~1796) 등 걸출한 화엄학자들이 등장하여 진경시대의 한 특징을 이룬다. −그러나 작품에 반영된 불교계의 상황과 기대지평이 다음 시기의 화엄학의 흥성과 어떤 필연적인 관련성을 갖는지에 대해서 해명하는 문제는 본고의 과제로 남는다. 이에 대한 논의는 불교학계나 역사학계의 조선후기 불교사에 대한 연구 성과를 기다려야 할 것으로 본다.

적인 어휘를 사용하고, 함께 생활하는 승려집단의 행태를 자세히 묘사함으로써 현실성을 증폭시키는 효과를 가져왔다.

작품에서 청자로 설정하고 있는 인물들은 '피역위승避役爲僧 조서승鳥鼠僧' '늙은 것' '범법승犯法僧' '산문山門의 학자學者' '그아래 발강학자'들이다. '피역위승 조서승'은 이미 소개한 것처럼 부역을 피하여 승려가 된 사람으로 당대의 현실에서 위정자나 일반인들이 승려에 대해 가졌던 일반적인 인식을 드러낸 것이다. 이를 '조서승' 즉 박쥐승을 표현한 것은 화자의 승단에 대한 인식이 극단적으로 표출된 것이다. 이러한 노골적인 반감은 '범법승'이라는 표현으로 심화되었으며, 이들이 보여주는 행태는 다음과 같은 구체적인 행위의 핍진한 묘사를 통해 전달된다.

도리고깔 집어 연고 깃 업슨 누리 입고 조랑망태 둘러 메고 괴톱낫 곁에 박아 조막도치 브룹쥐고 배따자 밤 줍자 석이 따자 송이 따자 그러한 머루다래다 홅뜨더 무더두고 죽반도울 뿐이로다

폐양이 두혀쓰고 불회 죽장 빗기쥐고 전주담양 오로느려 황아가 다니며 술 받아 자음하고 취하야 븨거르며 작은 저울 큰 저울 다 다마 질머지고 전라도 경상도 통팔도로 두로 다녀 구하느니 이욕이다

17세기에 등장하는 가사 중에서 비판과 풍자의 대상이 되는 대상에 대해 이처럼 구체적인 현장감과 사실감을 표출한 것은 찾기 어려울 정도이다. 작자가 주석하고, 이 작품을 지을 당시 머물러있었을 것으로 추정되는 순천 선암사를 중심으로 한 승려들의 활동의 반경은 당연히 전주와 담양, 전라도와 경상도일 것이다. 인용구에는 이 도시 저 도시 황아전을 찾아다니며 '이욕'을 취하는 행위가 여실히 드러나 있다. 패랭이를 덮어 쓰고, 수행의 도구로 쓰이던 '호손이'(《귀산곡》) 대신 죽장(대지팡이)을 짚고 전주·담양·전라·경상의 황아전을 다니며 '이욕'을 취하는 ─그 행위의 현실적인 의미는 앞서 살펴본 바 있지만─ 범법승의 행

위는 그 동원된 어휘의 사실성으로 인해 생생한 느낌을 준다.

아울러 작품이 보여주는 표현의 비속성은 이 작품의 사실적 묘사에 기여하는 문체적 특징이라 할 수 있다. 〈태평곡〉에 보이는 표현의 비속성에 대하여 선적禪的 어법의 전통과 불교사적인 맥락에서 그 배경을 고찰할 수 있다.

첫째로 불교의 문학적 전통 안에서 그러한 입말 사용의 전통을 구성해볼 여지가 있다. 〈태평곡〉에는 선가의 어록에 보이는 일상화된 인식을 깨는 충격의 어법을 원용한 표현이 있다. 박쥐승과 산문의 학자와 발강학자를 비판하는 대목에서 "고봉 대혜 계시더면 머리깨쳐 개주리라"라는 표현은 선사들의 어록에서 '부처를 만나면 부처를 죽이고 조사를 만나면 조사를 죽이라'든가, '(천상천하 유아독존이라 하는 석존을) 내가 만일 그때 보았다면 한방에 때려 죽여 개에게 먹여 천하의 태평을 도모했을텐데'(『운문광진선사광록』) 등등, 외적 경계에 집착하지 말고 단도직입으로 단박에 깨우침을 얻는 화두로서 개척된 표현이다. 〈태평곡〉의 '머리 깨쳐 개주리라'는 표현은 선문에서 상식을 깨는 어법을 현실적 맥락에서 구현한 것이라 할 수 있다.

둘째로 주목되는 것은 조선 전기의 억압으로 인하여 쇠잔해지고, 임란을 겪으면서 더욱 비속화의 길을 걷게 된 불교계의 현실이다. '할안종사(애꾸눈), 늙은 것(이십 년 삼십 년), 저것들(머리깨쳐 개주리라), 발강학자, 무지한 수좌, 거사 사당, 산문학자, 아모 대사 아모 법사, 이놈저놈(산문의 학자들)' 등 화자의 격앙된 감정이 여과 없이 반영된 거친 표현은 화자의 현실 모순에 대한 위기감을 절실하게 반영하고 있다. 이들이 보여주는 행태는 '매도록 샤와리되, 동화(동아)같은 무릎, 쥐똥이 일어나게 비비느니 손이로다, 이놈저놈 들레거든, 비웃느니 구시로다' 등에 보이는 거칠고 비속한 표현을 동원하여 현실적인 감각을 고양시킨다. 이처럼 〈태평곡〉은 귀족불교의 명맥을 유지하던 조선 이전의 불교가요(향가, 경기체가)가 보여주는 전아함의 양상과 사뭇 다른 미학에 기초하고 있다.[36]

한편 〈태평곡〉의 문체는 조선 후기의 문학의 경향이 삶의 현실에 주목하고, 이를 사실적으로 묘사해 내는 것과 흐름을 같이 한다. 조선후기 진경시대의 다양한 예술 장르에 등장하는 현실에 대한 구체적인 묘사, 사실적 미학의 대두 등이 한 경향을 이루고 있다. 이와 함께 17세기에 등장하는 가사 역시 전 시기 송순·정철 등의 가사와 다른 미학에 기초한 작품이 산출되었다. 조동일은 박인로의 〈누항사〉에 대하여 '정철에 이르러 절정을 이룩한 미화된 표현을 버리는 대신에 현실인식의 실감을 확보하는 길을 열었다'고 하였으며, 박연호는 가사에서 경험적 사실이 중심적인 내용으로 자리잡은 시기는 17세기부터라 하였다.[37] 박인로의 〈누항사〉 이외에도 정훈의 〈탄궁가〉에 보이는 현실적 삶에 대한 구체적인 묘파, 〈고공가〉〈고공답가〉에 보이는 현실의 모순에 대한 풍자는 전 시대의 가사와 다른 특징들이다. 이러한 관점에서 〈태평곡〉을 독해하면, 작품에 보이는 현실 모순에 대한 폭로와 해결책의 제시, 당대 승려들의 삶에 대한 구체적이고 사실적인 묘사 등은 바로 가사의 영역에서 17세기에 새로 확장된 표현영역이라 할 수 있다. 〈태평곡〉은 17세기 가사로서 당대 시가의 은일지향적 흐름이 아니라, 오히려 시대의 현실을 적극 반영하며 시대의 모순을 자세히 묘파하는 새로운 미학을 보여준다는 점에 주목해야 할 것이다.

그러나 현실의 모순을 극복하기 위한 제언의 결사에서, 〈태평곡〉은 청자를 향한 구체적인 지시가 아니라 화자 자신의 의지회복을 다짐하는 차원에 머물고 있다는 점은 지금까지 보여주었던 날카로운 현실인식과 비판의지를 감소시키는 요인이 되기도 한다.

이에 대해서는 침굉의 현실인식과 다른 차원의 시적 기법으로 정리할 수 있지 않을까 한다. 〈태평곡〉은 현실묘사가 매우 사실적임에도 불

---

36) 이는 오히려 고려후기의 게송에 발견되는 표현미학과 관련될 가능성도 있을 것이다. 이에 대한 고찰은 추후로 미룬다.

37) 박연호, 『가사문학 장르론』, 다운샘, 2003, 253면.

구하고, 교조적인 선전문학으로 떨어지지 않고 시적 긴장을 유지하면서 작품의 격조를 유지하고 있는 것은 곧 작품의 결사에 보이는 간접화 방식의 효과라 할 수 있다. 침굉의 현실인식의 불철저함이나 소극성보다는 시적 형상화의 한 방식으로 이해해야 할 것이다.

그리고 이 같은 간접화 방식의 배경으로는 침굉의 행장에서 묘사한 것처럼, 온순하고 근신하며 조심성 있는 성격, 단아한 인품과 함께 그의 문학적인 취향을 고려할 수 있다. 그의 한시에는 달을 소재로 한 작품이 상당한 비중으로 드러나 달을 수행의 반려자로 삼았던 취향이 확인되는데,[38] 이를 통해 하나의 시적 대상에 대해 침잠하는 작자의 내적 성찰의 깊이를 상상할 수 있다. 또한 〈태평곡〉〈귀산곡〉〈청학동가〉에 보이듯, 침굉의 가사는 모두 정격가사의 낙구로 마무리하면서 시적인 긴장감을 결사까지 그대로 유지하고 있다는 점도 고려할 만하다. 결국 〈태평곡〉은 대외적인 강한 전달을 지향하면서도 결사에서 내적인 성찰로 휘갑함으로써 작품의 격조를 유지하고 문학적 성취를 거둔 작품이라 할 수 있다.

5. 맺음말

지금까지 17세기 가사에 대한 연구에서 침굉가사는 그 현실적 의의가 충분히 부각되지 못한 상태에 있었다. 본고는 불교계의 역사적 사상적 변모 과정 속에서 침굉의 가사를 재해석하고 또 이를 문학사적인 맥

---

38) 정혜란, 「침굉 한시에 나타난 수행의 반려자로서의 달」, 『고시가연구』 15, 한국고시가문학회, 2005.

락에서 수용함으로써 작품에 대한 새로운 시야를 확보하고자 하였다.

　지금까지 거론한 바와 같이 〈태평곡〉에서 구체화된 당시의 불교계의 모순은 두 가지이다. 하나는 불교 탄압으로 인한 경제적인 궁핍과 압박 속에서 수도에 전념해야 할 승려들이 이욕을 추구하는 경제적 행위에 몰두하는 것이고, 다른 하나는 선문과 교문의 갈등과 질적인 저하이다. 이러한 불교 내적·외적인 모순을 극복하는 혁신의 방법으로 작자가 제기한 해결책은 이력과정의 확립, 사교입선이라는 수도의 절차 제시, 그리고 간화선의 제시 등이다. 이는 청허휴정과 그 제자들에 의해 정립된 승려들의 이력과정, 즉 교육과정을 환기한 것인데, 이를 통해 침굉은 〈태평곡〉을 통해 불교계의 시대모순과 기대지평을 정확하게 제시한 것으로 평가할 수 있다. 그리고 현실에 대한 자세한 관찰과 현장감 있는 묘사, 비속어의 사용을 통한 현장감의 고조와 날카로운 비판의식을 보여주는 이 작품의 성격은 17세기의 현실적 표현미학으로 뚜렷한 양상을 보여주고 있으며 따라서 이 시기 가사문학의 정점에 있는 것으로 평가할 수 있다.

　한편 〈태평곡〉의 현실반영은 동시대에 현실을 고민했던 동지적 입장에서 백곡처능이 상소문을 통해 불교계에 대한 억압의 부당성을 폭로한 것과 대비되는 양상을 띠고 있다. 이와 달리 침굉은 일탈행위를 일삼는 승려를 청자로 제시하면서 시대의 모순을 폭로하고 있고, 개인적으로 수도의 본분을 다하자는 어법으로 이에 대한 해결의지를 간접적으로 드러내고 있다. 비록 그의 폭로가 사찰 내부의 승려 집단의 일부 일탈세력의 묘사로 제한되어 있고, 해결 방안 역시 개인의 차원에서 1인칭 화자의 열락悅樂의 근원으로 간접적인 방식으로 표현되었으나, 이는 형상화의 한 방식일 뿐이다. 그 안에 감추어진 함의를 파악해 볼 때, 〈태평곡〉은 17세기 불교계의 현실을 반영하고 대안적인 전망을 제시하고 있으며 현실의 반영과 문체의 전환이라는 17세기 가사의 시대적 전환의 양상을 선명하게 보여주는 작품으로 평가할 수 있다.

〈회심가回心歌〉의 컨텍스트와 작가론적 전망

1. 왜 〈회심가〉인가

대중적으로 널리 알려진 전통음악 중에 〈회심곡回心曲〉이 있다. 〈회심곡〉은 가사에서부터 잡가·무가·상여소리·민요에 이르기까지 다양한 스펙트럼을 형성하며 전승되어 왔고 현재에도 여전히 감화력이 있으며 새로운 방식으로 창작되고 있다는 점에서 조선후기에서 현재에 이르는 대중문화의 한 현상으로 주목할 만한 위상을 지니고 있다.

〈회심곡〉은 그 동안 청허휴정淸虛休靜(1520~1604)의 작품으로 알려져 왔다. 〈회심곡〉에 대한 설명의 대부분은 '청허휴정의 작품으로 전해지는, 혹은 알려진' 정도의 표현으로 기술하는 경향이 있다. 그런데 〈회심곡〉이라는 제목으로 전해지는 많은 작품 중에는 줄거리가 다른 두 작품군이 있다는 점에서 논의의 혼란이 빚어지게 된다.[1] 기존 연구에서는 두 작품군이 상호 이질적이라는 점을 인식하면서도 휴정의 작품으로 일괄적으로 재단하며, 내용 설명에 있어 양자를 혼합한 작품을 상정하여 그 특징을 논하는가 하면,[2] 서로 다른 작품이라는 사실을 인정하면서도 '회심'이라는 범주 내에서 이본 관계로 인식되며 공존했던 현상을 도외시하고 양자를 상이한 작품으로 좌단하는 것은 위험한 논의로 보는 경우도 있다.[3]

필자는 두 작품군을 각각 〈회심가〉와 〈회심곡〉으로 정리하면서, 〈회심가〉는 1700년대 중반 이후 전국적인 범위에서 판각되었고, 그 과정에서 작자를 청허휴정으로 비정하여 전승력을 높인 작품인데 비하여, 〈회심곡〉은 1800년대 민중예술의 발흥이라는 시대적 분위기에서 연출된 대중적인 노래라는 점에서 양자는 엄연한 계통의 차이가 있다고 보았다.[4] 현재 대중적으로 인지도가 높은 〈회심곡〉은 판각의 기회도 얻지 못하였고 휴정의 권위에 의해 전승되었던 것도 아니다. 청허 휴정이 지었다는 〈회심가〉와 현재 전승되는 〈회심곡〉은 내용도 다르고 전승의 맥락도 다르다는 점에서, '청허대사의 회심곡'이라고 표현하는 것은 지나치게 막연한 표현으로 실상에 대한 이해를 막을 수 있다.

이러한 오해는 작가론의 부재에도 그 원인이 있다. 〈회심곡〉(혹은 〈회심가〉)의 작가를 청허휴정으로 인정하고 있는 기존의 작가론에서도 단순히

---

1) 논자에 따라서는 두 부류를 총괄해서 '회심곡' 계통으로 일컫거나, '저본회심곡'과 '변형된 회심곡' 혹은 '회심곡'과 '별회심곡'으로 나누어 설명하기도 하였다. 연구사는 이승남(2003) · 김동국(2004)을 참고할 수 있다.
2) 김주곤, 「〈회심곡〉 연구」, 『한국가사 연구』, 국학자료원, 1998, 118~158면.
3) 김동국, 「〈회심곡〉 연구」, 고려대 박사논문, 2004, 20~21면.
4) 김종진, 『불교가사의 연행과 전승』, 이회, 2002, 147면. 〈회심곡〉은 "세상천지 만물중에 사람밖에 또있는가 여보시오 시주님네 이내말삼 들어보소"로 시작하여 "바라노니 우리형제 자선사업 많이하여 내생길을 잘닦아서 극락으로 나아가세"로 마무리된다. 인간의 생로병사와 죽음 이후의 심판에 이르는 과정을 서사적으로 전개한 가사로 대중의 감정에 호소하는 표현력이 매우 탁월하다. 이에 비해 〈회심가〉는 "천지이의 분한 후에 삼라만상 일어나니 유정무정 삼긴얼굴 천진면목 절묘호되 범부고쳐 성인됨은 오직사람 최귀하다"로 시작하여 "등등임운 임운등등 자재히 노닐면서 태평곡을 부르리라"로 마무리되는 작품으로, 앞의 〈회심곡〉과 여러 층위에서 비교되는 가사이다.

작가의 전기만 소개하고 있을 뿐이며, 청허의 삶과 사상이 어떤 맥락에서 작품과 접점을 찾는지 논증한 바는 없었다.[5] 이런 상황에서 〈회심가〉는 통일적 구성을 갖추지 못한 산만한 작품으로만 기억될 뿐이었다.[6]

본고는 풍문이 별다른 논증 없이 사실로 인식되는 불교가사 작가 연구의 관행을 반성적으로 인식하고, 수록 문헌과 외적 맥락을 검토하여 〈회심가〉의 작가를 복원하고자 한다. 이를 통해 18세기 불교가사의 전개양상을 복원하여 이 시대의 문학사나 사상사 기술에 진전된 논의가 있기를 기대한다.

---

5) 그 결과 불교가사의 역사를 통찰할 때 17세기(침굉현변)와 19세기(남호영기·동화축전·영암취학)에 시대의 분위기를 감지하고 불교계의 시대적 소명을 가사를 통해 표출한 작가의 역할이 돋보이는 것과 달리 18세기는 단순한 민속화의 시기, 대중화의 시기로만 파악될 수밖에 없었고, 나아가 18세기 현실과 선각자들의 긴장관계가 가사를 통해 어떻게 표출되는지 해명할 수 없었다. 최근의 문학사에서는 "1704년에 처음 판각한 『보권염불문』에 〈서왕가〉 〈낙도가〉 〈회심곡〉을 수록한 것이 가장 오래된 불교가사 자료이다"(조동일, 『한국문학통사』 3, 지식산업사, 2005, 412면)라고 하였지만, 1704년에 판각한 보권염불문에 수록된 가사는 〈서왕가〉와 〈인과문〉이며, 〈낙도가〉와 〈회심곡〉은 수록되어 있지 않다. 〈낙도가〉와 〈회심곡〉은 한 번도 판각된 적이 없는 가사이다. 다만 1764년에 새로 판각한 동화사본에 〈서왕가〉 〈인과문〉에 이어 〈회심가고〉가 판각되어 있을 뿐이다. 또한 18세기에 지형의 가사(〈전설인과곡〉 〈권선곡〉 〈참선곡〉 〈수선곡〉)를 언급하면서 "불교가사를 대표할 수 있는 짜임새와 내용을 갖추고 있으니 교단에서 상당한 위치를 차지했으리라고 짐작된다"(위의 책, 413면)라고 하였지만, 지형은 불암사에 주석하면서 도교와 불교적인 글을 가리지 않고 판각했던 거사로서 교단에서의 위상을 거론하기는 무리라 생각된다. 이러한 오류는 18세기의 문헌에 대한 총괄적인 이해와 작가에 대한 탐색이 이루어지지 않아 빚어진 혼선이라 생각한다.

6) "〈회심가〉의 내용은 승려의 교술적인 입장에서 청중에게 염불할 것을 반복하여 다소 산만하게 현세와 내세의 일이 단편적으로 비교되어 있다"(김동국, 앞의 글, 16면).

2. 작가를 찾아서

1) 『보권염불문普勸念佛文』 다시 읽기

작가에 대한 기록이 없는 상황에서, 또 앞으로 더 이상 근거가 있는 자료가 쉽게 나오기 힘들 것이라는 예상에서 볼 때, 〈회심가〉가 수록되어 있는 문헌은 작가 탐색의 실마리로서 중요한 의미를 지닌다.

작품이 수록된 『보권염불문』은 불교 경전과 왕생전류에서 염불을 권장하는 글감을 선택적으로 수용하여 판각한 책이다. 이 책은 18세기 내내 전국의 사찰에서 간행되어 유통되었고, 그 결과 이 시기를 염불의 시대로 규정짓게 하는 데 크게 기여하였다.

최초의 판본은 1704년에 예천의 용문사에서 판각한 『대미타참약초요람보권염불문大彌陀懺略抄要覽普勸念佛文』(이하 『보권염불문』으로 약칭)이다. 편찬자는 책의 「서문」에서 스스로를 '청허의 후예'로 소개하고 있는 명연明衍(?~?)이다. 책의 체제는 크게 4부로 나누어진다. 제1부는 『아미타경』을 비롯한 여러 경전에서 극락과 염불 권장의 내용을 가려 뽑은 부분이다. 제2부는 원나라 왕자성王子成이 펴낸 『예념미타도량참법』에서 가려 뽑은 왕생전 10편이 수록되어 있는 부분이다.[7] 제3부는 염불작법念佛作法의 절차에 따른 게송과 진언을 수록해 놓은 부분이다. 이로써 염불을 권장하는 체계적인 텍스트가 완성이 되었다고 할 수 있는데, 여기에 불교가사인 〈서왕가〉(원제 : 〈나옹화상셔왕가〉)와 〈인과문〉이 포함되어 있다. 이와 함께 「겨리나 모으리나 넘불 권한 후 바라라」, 「니 발원문 외오는 사롬은 다

---

7) 명연은 왕자성의 미타참에서 10편을 그대로 인용하였다고 하였으나, 「왕랑전이라」는 왕자성의 책에 수록되지 않은 새로운 글이다. 「왕랑전이라」는 이전 시기 『권념요록』(나암보우 찬)부터 수록된 왕생전이다. 현재 확인되는 왕자성의 『예념미타도량참법』과 이본 관계에 있는 다른 텍스트가 당대에 유통되었을 가능성이나 새로운 창작물일 가능성을 동시에 생각할 수 있다.

극낙세계 가오리다 ᄒ르 ᄒᆫ 번식 외오쇼셔」, 「유전기」 등 기존 텍스트에
없던 내용을 추가한 대목이 산발적으로 편입되어 있다. 이를 제4부로 정리
할 수 있는데, 이들 대부분은 염불을 다시 권장하거나 이 책의 판각 유통을
당부하는 글이다. 동시에 제4부로 편입되는 글에는 편자의 개인적인 목소
리가 개입된 글감이 포함되어 있다.

『보권염불문』은 예천용문사에서 최초로 간행된 이후 수도사・동화
사・흥률사・용문사(묘향산)・해인사・선운사에서 지속적으로 복각되었
다. 그 선후관계와 계통을 나타내면 다음과 같다.

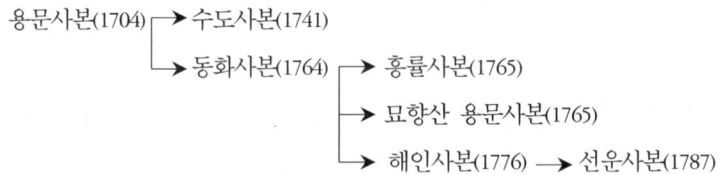

수도사본 이후 복각된 『보권염불문』의 내용과 체재는 용문사본과 크
게 다르지 않다. 그런데 제4부로 분류되는 부록 형식의 글에는 각 사찰
에서 새로 추가한 내용이 등장한다. 동시에 각각의 이본에는 각 사찰에
서 펴낼 당시에 편집자의 역할을 담당했던 인물이 어떤 형태로든 명시
되어 있다. 각 지역의 사찰에서 펴낼 때 새로 추가한 분량은 그 사찰에
서 판각을 주관한 사람이 새로 편입한 것은 분명하고 글에 따라서는 새
로 개작하거나 창작했을 가능성이 매우 크다.

진전된 논의를 위해 예천용문사본(1704)의 내용을 기본으로 하고 그
이후 복각하면서 추가한 부분을 표로 나타내면 다음과 같다.

판본	최초 판본 이후 추가 항목	편집인 및 작자	근거
예천 용문사본 (1704)		명연明衍	1.「서문」淸虛後裔明衍 忘其文短諸 經論及懺文撮出節目 略述念佛文 兼以諺字解釋普勸諸人 2.간기 伏爲 普勸念佛功德主 明衍 比丘 願以此功德 ……
수도사본 (1741)	「임종정념결臨終正念訣」 「부모효양문父母孝養文」	미상	(용문사본에 두 글감만 첨가한 이본)
동화사본 (1764)	「공각전이라」 「승귀라 ㅎ는 즁…」 〈회심가고〉 「유마경維摩經」(한문) 〈왕랑반혼전王郎返魂傳〉(국한 문대역본)	쾌선快善	1.간기 伏爲 普勸念佛功德主 快善 比丘 願以此功德 ……
흥률사본 (1765)	「제자종본생우사명진씨승감弟 子宗本生于四明陳氏承感」 〈여동빈오도송呂洞賓悟道頌〉 〈백낙천송白樂天頌〉 「송상무진거사宋相無盡居士」 「아미타불본심미묘진언阿彌陀 佛本心微妙眞言」 「준제진언准提眞言」 「사성예법四聖禮法」 「초출유마경금남초설抄出維摩 經禁南草說」	관휴寬休	1.간기 伏爲 普勸念佛功德主 寬休 與結緣等 願以此功德 ……
묘향산 용문사본 (1765)	「귀의삼보편歸依三宝篇」 「결정왕생정토진언決定往生淨 土眞言」 「아미타불본심미묘진언阿彌陀 佛本心微妙眞言」 「향산백낙천찬서법문香山白樂 天讚誓法門」 「당이태백찬서법문唐李太白讚 序法門」 「소동파찬법문蘇東坡讚法門」 「경찬유통慶讚流通」 「고성염불유십종공덕高聲念佛 有十種功德」	미상	1.간기 伏爲 普勸念佛 同參施主化 主等 願以此功德 ……
해인사본 (1776)	「아미타불인행阿彌陀佛因行」 「현씨행적玄氏行蹟」	각성覺醒	「현씨행적」의 기록(각성)과 『신편보 권문新編普勸文』(해인사. 1776)의 「서 문」(각성의 부탁으로 판각)-이 경우 공덕주는 각성이 됨.
선운사본 (1787)	없음	미상	간기 없음. 해인사본의 복각8)

---

8) 선운사본은 해인사본을 복각한 것으로 새로운 내용이 전혀 없으며, 따라서 간기에 편집인의 이름을 확인할 수 없다.

도표를 통해 드러나는 바를 각 문헌별로 소개하면 다음과 같다.

예천용문사본의 편자가 명연明衍이라는 점은 편자의 「서문」에 분명하게 제시되어 있다.

> 갑신년 봄 경상좌도 예천 용문사 청허 후예 명연은, 글솜씨가 무딘 것을 무릅쓰고, 여러 경론과 미타참에서 몇 조목을 가려 뽑아 염불문을 약술하고 아울러 언문으로 새겨서 모든 사람들에게 널리 권한다
> 康熙甲申春月日 慶尙左道醴泉龍門寺 淸虛後裔明衍 忘其文短 諸經論及懺文 撮出節目 略述念佛文 兼以諺字解釋 普勸諸人

나아가 간기刊記의 발원문에 명연은 '보권염불 공덕주'로 소개되어 있다.

> 보권염불 공덕주인 명연비구께서는 이 공덕으로써 돌아가신 부모님, 여러 친척들, 다생의 스승들, 누세의 종친들, 그리고 법계의 망혼들이 모두 괴로움을 벗어나 함께 극락에 왕생하기를 기원합니다
> 伏爲 普勸念佛功德主 明衍比丘 願以此功德 先亡父母 九族亡魂 多生師長累世宗親 兼及法界亡魂 咸脫苦趣同生極樂

책을 펴낸 명연이 간기에서 '공덕주功德主'로 소개된 것을 보면 '공덕주'란 책의 편집과 판각을 주관한 인물로 해석된다. 또한 경우에 따라서는 자신의 목소리를 반영하는 적극적인 저자의 역할을 했을 것으로 생각된다.

최초의 판본 이후에 보이는 새로운 공덕주 역시 새로운 문헌의 편집자의 성격을 지니고 있다. 도표에서 보듯이 수도사·홍률사·묘향산 용문사본의 경우 공덕주는 이러한 편집자의 역할에 충실한 것으로 보인다. 그리고 이들은 개인적인 목소리를 담은 글보다는 널리 알려진 관련 글감을 선별적으로 수록하고 있는 양상을 보여주고 있다.9)

그러나 동화사본과 해인사본의 경우에는 개인의 창작성이 뚜렷한 글이 포함되어 있어 주목된다.

해인사본에는 「아미타불인행阿彌陀佛引行」과 「현씨행적玄氏行蹟」이 추가되어 있는데, 이 중 「현씨행적」은 편자가 새로 창작하여 편입한 글이다. 요약하여 제시한다.

경상도 밀양에 사는 현씨는 가사 화주승에게 시주를 한 이후 고성염불에 힘썼다. 신묘년 섣달 이십사 일에 부처님이 몸을 나타내시고 스승을 정해 참회하고 출가하라는 당부를 하였다. 이에 힘써 염불한 것이 이십칠 년간이었다. 하루는 출가하여 산에 집을 짓고 염불하며 극락왕생을 발원하였다. 임종할 때에 막내아들 각성에게 말하기를 '너는 이미 입산하여 불도를 닦으니 재물을 내어 보권문을 펴내어 남녀노소 등에게 아미타불 염불을 권하라'고 하였다. 각성은 어머니 현씨를 위하여 보권문 판을 새로 새겨 합천 해인사의 대장경각에 유치하였다. 현씨는 칠십삼 세에 왕생극락하였다.

해인사본의 간기에 판각을 주관한 인물이 제시되어 있지 않다. 그러

---

9) 수도사본은 기존의 용문사본에 「임종정념결」과 「부모효양문」을 추가한 것으로 편입한 주체가 명확히 드러나지 않았다. 용문사판으로 인쇄한 책에, 기존 정토서에 소개된 두 편의 글을 새로 판각하여 편입하고 있어 전체적으로 새로운 책을 간행한다는 편집의식이 미약한 것으로 볼 수 있다. 학자에 따라서는 이를 하나의 이본으로 간주하지 않는 경우도 있다. 김영배, 「염불보권문의 해제」, 『염불보권문의 국어학적 연구』, 동악어문학회, 1996, 101면.

홍률사본에는 「제자종본생우사명진씨승감弟子宗本生于四明陳氏承感」을 비롯 8편의 글이 새로 편입되었다. 분석해보면 왕생담·게송·진언·경전에서 가려 뽑은 글이며 이를 발췌하여 기존 염불서에 새로 편입시킨 주체는 간기에 공덕주로 제시된 관휴寬休라는 인물("普勸念佛功德主 寬休與結緣等")에 주목하지 않을 수 없다. 관휴는 홍률사에서 이 판각을 주관하면서 편집자의 역할을 담당한 것이다.

묘향산 용문사본에는 「귀의삼보편歸依三宝篇」을 비롯 8편의 글이 새로 추가되었는데 역시 기존의 염불관련 진언과 서원문 등에서 가려 뽑은 것이다. 그러나 간기에는 "普勸念佛 同參施主化主等"으로만 되어 있어 동참 시주 화주만 제시되어 있을 뿐 적극적으로 편집자의 역할을 한 인물은 제시되어 있지 않다. 기존의 판본을 복각한 것이며, 「경찬유통慶讚流通」이라는 글이 삽입되기는 하였으나 개인의 창작성이 뚜렷하지 않은 글로서 편집자의 역할을 앞세우지 않은 이본이다.

나 권말에 추가한 「현씨행적」의 내용으로 볼 때, '각성覺醒'이라는 인물이 어머니 현씨의 극락왕생을 비는 의도에서 어머니의 유언에 따라 책을 펴낸 것으로 나타난다. 각성은 기존의 동화사본에 자신의 어머니의 행적과 판각의 동기를 허구적인 영험전의 구성을 빌려 소개하고 있다. 비록 해인사본에 명기되지는 않았지만 공덕주는 복각을 주도한 각성이라는 인물로 보는 것이 타당하다.

이는 같은 해에 같은 해인사에서 펴낸, 『보권염불문』의 자매편인 『신편보권문新編普勸文』의 「서문」에서도 확인되는 사실이다. 이 책은 1776년에 응천凝川 영은사 각성覺醒의 요청에 따라 해인사의 유기有璣가 모으고 「서문」을 붙여 펴낸 것이다. 각성은 이름있는 법사가 집성한 보권문 한 권을 얻어 착한 이들에게 염불을 발심하도록 하면 여한이 없으리라 한 어머니의 유촉에 따라, 해인사의 승려 유기를 찾아 보권문 한 권을 얻기를 요청하였다. 이에 유기는 『정토록淨土錄』 『연종록蓮宗錄』 『삼성집三聖集』 『석씨원류釋氏源流』 등에서 염불을 권하기에 적합한 글을 스물두 편 가려내어 책을 만들고, 제목을 '신편보권문'이라 하였다고 한다.[10]

결국 1776년 응천 영은사의 각성은 어머니의 극락왕생을 위해 해인사에서 한글본인 『보권염불문』을 판각하면서 어머니의 행적을 허구를 가미해 추가하였고, 동시에 청허의 계보를 잇고 있는 해봉유기海峰有璣(1707∼1785)에게 부탁하여 한문본인 『신편보권문』을 펴내게 된 것이다.[11]

해인사본을 다른 판본과 비교해 볼 때 '보권염불 공덕주 각성'이라는

---

10) 丙申燈夕凝川靈隱寺衲子覺醒 以孝服訪余江陽伽倻山中 信宿而叙言曰 吾萱親玄氏在世素仂嗜唯念佛是樂 臨訣囑曰 汝爲母尋得有名法師集成普勸一策 使諸善人發心念佛 則死無餘憾 其在子道瞬息難忘 敢以是來請 唯法師哀之憐之 余曰 子之親前[後]罕有子之誠緇素莫及 若從子請 則不徒於親 報孝至於衆人 其利傳博 顧余虛學 何敢輕諾 子其去矣 醒也涕泣 浹旬不去 余感其意 覓諸蓮宗歸元淨土等 錄取其可勸念佛之語二十有二段 命名曰 新編普勸文 醒喜不自卽市鬻衣盂市梓召工 彫而印而佈之 其版藏置海印寺(「新編普勸文雲客有璣集并序」).
11) 여기에 〈강월존자서왕가江月尊者西往歌〉와 〈청허존자회심가淸虛尊者回心歌〉가 수록되어 있으며, 이는 〈회심가〉에 청허존자의 이름을 결부시킨 최초의 기록이 된다.

간기가 있어야 마땅하다. 그러나 자신의 사찰이 아닌 해인사에 가서 자신의 재물을 들여 부탁하여 펴낸 것이기에, 그리고 판각의 목적이 어머니의 천도를 위한 것이기에 자신의 이름을 공덕주로 올리는 것은 어울리지 않았을 것이다. 해인사본『보권염불문』을 분석한 결과, 판각을 주관한 공덕주의 역할이 편집자뿐만 아니라 새로운 글감의 창작자 역할까지 할 수 있다는 점을 확인할 수 있다.

이제 이상에서 얻은 결과를 토대로 동화사본에 적용시켜 보도록 한다. 기존의『보권염불문』에 새로 편입된 글은「공각전이라」「승귀라 흐는 중이 명부에 잡펴가서 져근듯 넘불흐고 지옥을 면흐니라」(이하「승규라하는 중」으로 약칭)〈회심가고〉「유마경」「왕랑반혼전」 등이다. 간기의 발원문에 공덕주는 '쾌선快善'으로 되어 있다.

伏爲 普勸念佛功德主 快善比丘 願以此功德 先亡父母 九族亡魂 多生師長 累世宗親 兼及法界亡魂 咸脫苦趣同生極樂

이를 최초 판본인 예천용문사본과 비교해 볼 때, 판각을 주관한 이는 간기에 소개된 쾌선비구快善比丘가 분명해진다. 또한 앞서 예증한 바에 따라서 볼 때 쾌선은 동화사본에 새로 등장하는 글의 편집자이며 경우에 따라서는 작가 역할을 한 것으로 판단된다.

새로 편입한 글 가운데「공각전이라」는『법원주림』에서 편입한 왕생담이며,「유마경」은『유마경』의 일부를 차용한 것이다. 그리고 소설「왕랑반혼전」은 기존에 수록된「왕낭전이라」의 국한대역본으로 새로 삽입되었다. 이들을 편입한 쾌선의 역할은 편자의 역할로 국한된다.

이와 달리「승규라하는 중」과 〈회심가고〉 두 편은 공덕주로서 쾌선이 좀 더 적극적인 역할을 한 것으로 보인다.

「승규라하는 중」은 일종의 왕생담인데 출전을 밝히고 있지 않아 새로운 창작인지 기존 왕생담의 차용인지 알 수 없다. 배경이 중국 송나라인 것을 보면 기존의 왕생담을 인용했을 가능성이 커 보인다. 그러나 승규의 왕생담에 이어지는 "일로써 보건대 ……" 이하는 편집자의 논평임이 분명하다.

일로뻐 보건디 엇디 넘블이 엄첩다 아니ᄒ리요 승규라 ᄒ는 즁이 첫 번 저올 둘 쩨는 죄목편이 만하 지우듯가 두 번 저올에ᄂ 어진 삼룸을 ᄆ나 넘블ᄒ라 권ᄒ믈 듯고 져근듯 넘블ᄒ온 덕으로 저오리 반듯홀 쁜 아니라 ᄆ죵이는 브록칙에 일홈진수 업쎠시며 ᄯᅩ 쳔졔도 ᄂ려와 구완ᄒ여ᄂ니 엇디 넘블리 업첩지 아니ᄒ리요 이 스룸쁜 아니라 웅쥰이와 왕낭이와 븩졍 쟝션화등이 다 지악ᄒ 죄인이로디 다 죵말의 넘블ᄒ온 덕의 지옥을 면ᄒ고 극낙으로 갓스오니 엇디ᄒ야 넘블과 므슨 원슈드리 이슙썬디 니몸의 죠흘 넘블을 그디도록 업시 녀겨 브질업시 흥쪙이며 귀잡말만 힘쎠ᄒ고 갑드쟌ᄂ 아미타블론 ᄒ번도 아니ᄒ시ᄂ고 지극졍셩으로 술숩니다

쾌선이 새로 편입한 글은 인용대목을 포함하여 세 부분으로 나누어진다. 먼저 인용문은 첫째 첨가 단락으로, 앞에 소개한 승규라는 인물이 염불하여 지옥고를 벗어난 이야기에 대한 논평으로서 염불의 공덕이 심대하다는 점을 부연 설명하고 있다. 두 번째는 "진실로 슬픈지라"로 시작되는 탄식의 대목이다. 이는 추가된 첫 단락의 단순한 논평에서 자신의 감정이 고양되며 전개되는 대목으로서 인생의 무상함에 이은 지옥고를 말하고 염불에 동참할 것을 가사체로 전달하고 있다. 세 번째는 "브듸 발원을 크게 ᄒ옵쇼셔"로 시작되는 극락 발원의 단락이다. 자신의 개인적인 인간 복락을 구하지 말고 염불로써 국왕과 부모의 극락왕생을 발원하여 그 은혜에 보답하라는 당부[12]로 마무리하였다. 이러한

---

12) 국왕님과 부모와 션망 죠샹과 원근 친쳑과 나의 원슈엣 사룸이라도 내 넘블ᄒ온 공덕으로 다 ᄒ가지로 극낙셰계 가지라 발원ᄒ옵쇼셔 구왕님은 비록 옷밥을 별로 주시지 안닐쩌라도 닐국 만민이 구왕의 신하 아니미 업셔 가가호호 대쇼 인민이 제 권쇽과 제집을 남의게 악기지 아니코 제 젼답을 츠지ᄒ야 먹고 닛는거 / 시 다 구왕 은덕이시며 그나마 산쳔 초목이 다 구왕의 츠지여늘 우리 븩셩이 다 어더 쓰니 엇디 은덕이 젹다ᄒ리요 일어모로 넘블혼 쩌에 구왕님을 위ᄒ야 만셰치평 ᄒ시다가 후생극낙 ᄒ옵

논리는 쾌선의 다른 저작[13]에 특히 강조되는 내용으로서 「승규라 하는 중」에는 쾌선快善의 목소리가 개재되어 있을 가능성이 크다.

이런 맥락에서 〈회심가고〉 또한 쾌선의 작품이라 할 가능성이 열린다. 다만 이를 주장하기 위해서는 먼저 기존에 청허대사가 작가로 알려진 정황에 대한 해명이 전제되어야 할 것이다.

2) 청허휴정 작가설의 비판

〈회심가〉가 기존에 '확실치는 않으나' 청허휴정의 작품으로 소개된 근거는 『신편보권문』(해인사, 1776)에 수록된 〈청허존자회심가淸虛尊者回心歌〉라는 제명이다. 그런데 이 작품이 청허대사의 작품으로 전승되었다면 1704년 예천용문사에서 펴낼 때는 수록되지 않은 이유와 1764년에 동화사에 와서야 처음 판각되는 이유가 명확하게 설명되지 않는다. 그리고 1764년 동화사에서 판각할 때 〈서왕가〉는 나옹화상이라는 이름을 붙이면서(〈나옹화상서왕가〉) 〈회심가〉에는 〈회심가고〉라는 제명만 붙인 이유도 해명되지 않는다. 용문사의 명연도 청허의 후예요, 동화사의 쾌선 또한 청허의 법손이며, 해인사의 유기 또한 청허의 법손이라는 점[14]에서 마지막에 등장하는 기록에 더 큰 신빙성을 두기 어려운 상황이다. 이 경우 필자는 앞선 두 편찬자의 기록에 실증적인 타당성을 두고자 한다.

즉 문헌의 실상을 통해 볼 때, 명연이 처음 판각할 당시에 〈회심가〉는 존재하지 않았으며, 동화사에서 쾌선快善이 창작하여 수록한 것으로 생각된다. 〈회심가고〉의 '고'라는 글자가 문헌에 쓰인 용례를 보면 '곡曲'의 탈자이거나 오자가 아니라 '고' 그대로임을 알 수 있다. 따라서

쇼셔 발원ᄒᆞ옵고 쏘 ᄉᆞ롬마다 브뫼 업스면 엇디 이 몸을 어디시리요
13) 『청택법보은문』이나 〈염불환향곡〉이 대표적인 저술이다.
14) 이들의 계보는 본서의 21면 참고.

〈회심가고〉가 원래의 제목이며 이는 〈회심가〉의 초고·시고 정도로 해석될 수 있다. 또 〈회심가고〉가 단순히 구술되는 가사와 달리 시종일관 엄격한 4음보의 귀글체로 판각된 것으로 보아 가사의 리듬에 대한 의식적인 고려가 있었으리라 생각된다. 가사의 리듬에 매우 익숙한 글쓰기를 보여주는 쾌선이 자신이 창작한 가사를 수록하면서 처음으로 이름을 붙였을 가능성이 크다.

청허휴정 작가설의 근거는 『신편보권문』(1776)이다. 그러나 위에서 보았듯이 『신편보권문』의 찬자는 영은사 각성의 부탁으로 기존 문헌에서 염불문을 가려 뽑고 〈나옹화상서왕가〉(95구)로 전해지는 작품을 〈강월존자서왕가〉(74구)로 고치면서 구어체를 문어체로, 순한글 표기를 한문현토체로 바꾸는 등의 의식적인 변화를 추구하였다. 이와 함께 동화사본(1764)부터 전하는 〈회심가고〉(231구)를 〈청허존자회심가〉(132구)로 바꾸면서 동일한 변화를 꾀하였다.15) 그 과정에서 기존 〈회심가〉의 문맥이 어색하게 조합되는 현상을 보이게 되었다.

하나의 예를 들어 〈회심가〉에서 생략된 부분을 괄호로 나타내면 다음과 같은데, 이를 생략한 〈청허존자회심가〉는 그 결과 율격이 엇박자가 되거나 상대적으로 문맥이 어색해지는 현상을 보인다.

요슌우탕 문무쥬공 삼강오샹 팔죠목을 티평셰에 장엄ᄒ니 (금슈샹에 **쳠화로다**) 동셔남북 간ᄃᆡ마다 형뎨ᄀᆞᆺ티 화합ᄒ니 텬하티평 가감업서 안양국이 거의러니 어화 황공ᄒ다 우리민심 황공ᄒ다 태고텬디 ᄂᆞ려오고 요슌일월 볼가시되

---

15) 〈청허존자회심가〉에서 편집한 내용은 다음과 같다. (김종진, 『불교가사의 연행과 전승』, 이회, 2002, 134~136면 참고)
⑦ 말세적 현상을 나열하는 대목
26 寸外人을 議論홀가 [〈회심가고〉의 29~42구 생략] 27 天高聽卑 ᄌᆞ조삐쳐
⑭ 염불비방의 죄보와 정토문 구경 그리고 지옥의 고통이 나열된 대목
90 善財童子 불의들가 [〈회심가고〉의 107~148구 생략] 91 즈려죽는 酒色의눈
⑭ 염불공덕으로 얻게 되는 결과를 나열한 대목
110 觀音後身 이아닌가 [〈회심가고〉의 183~206구 생략] 111 釋迦如來 아니나고

야슉홀셔 말셰풍쇽 츙효신힝 다브리고 애욕망에 깁히드러 형뎨투징 마닫느니
가련ᄒ다 빅발부모 의로(홀티 바히)업서 문외예 바잔일며 흘니느니 눈믈일다

(7~26구)

결국 〈청허존자회심가〉의 '청허존자'는 기존의 가사를 고아하게 격을
높이고자 하는 과정에서 등장했다고 볼 수 있다. 또한 〈서왕가〉의 '강월
존자'와 짝을 맞추기 위해서라도 '청허존자'는 필요했을 가능성도 있다.
〈청허대사회심가〉라는 명명방식에는 휴정의 법손으로서 법맥을 강조하
며 작품의 권위와 염불문의 품격을 높이려는 유기의 의식이 반영된 것
이다. 한편으로는 이에 대해 청허휴정이 주장했던 선교염불일치의 정신
을 구현한 가사로서 상징적인 차원에서 붙인 것으로도 해석할 수 있다.
청허휴정을 불교중흥의 기폭제로 인정하면서 그와의 법통을 부각시키
고자 하는 당시 승려들의 의식, 그리고 이를 추수한 대중들의 인식이
청허대사 작가설을 만들어낸 요인으로 생각된다.[16]

다음으로 언급할 것은 이 작품에 나타난 선과 염불의 통섭의 양상이
다. 비록 선禪·교敎·염불念佛의 삼문수학三門修學이 조선후기의 보편적
인 흐름이기는 해도 청허의 시대와 쾌선의 시대에 받아들이는 삼문수
학三門修學의 양상은 동일하다고 볼 수는 없다. 고익진 교수에 따르면
'원효 의상에서 기성에 이르기까지 염불을 언급하지 않은 고승은 거의
없다고 할 수 있으나, 그들은 한결같이 정토문을 화엄이나 천태, 또는
선의 입장에서 일종의 이행방편문易行方便門으로 용인하고 있을 정도이
다. 기성(쾌선)은 그와 정반대로 정토 속에 화엄과 선을 포함한 전불교全
佛教를 흡수하고 있는 것이다'라는 평을 내리고 있다.[17] 청허휴정 또한

---

16) 사실 작가성에 대한 의식이 지금과 달리 크지 않았던 시대에 이러한 현상은 자연스
    럽게 생각될 수도 있다. 선적인 취향의 가사가 나옹화상의 작품으로 인식되며 전승되
    는 현상과 마찬가지로 생각된다.
17) 고익진, 「(신자료) 청택법보은문의 저자와 그 사상」, 『불교학보』 17, 불교문화연구소,
    1980, 292면.

선교염불의 삼학三學을 주창하고 있으나 선을 중심에 놓고 교를 인정하며, 염불을 용인하는 차원에서의 삼학겸수로 생각된다. 이와 달리 쾌선의 경우 선과 교가 염불 속에 통섭되는 차준의 논리를 제기하고 있다.

> 셔가여래 출가시예 뉴리뎐샹 칠보궁에
> 황개쳥개 밧치시고 삼쳔궁녀 시위ᄒᆞ니
> 뎐샹인간 아모디도 뎌런복덕 업ᄉᆞ오디
> 헌신ᄀᆞ티 ᄇᆞ리시고 만쳡쳥산 혼자드러
> **뉵년고ᄒᆡᆼ 념불ᄒᆞ야 극낙으로 도라가니**
> 셰간영화 뻣뻣ᄒᆞ고 불법진락 업ᄉᆞᆯ딘대
> 만승왕위 ᄇᆞ리시고 셜산고ᄒᆡᆼ 뎌리홀가
> **츌격진인 도일딘대 념불일셩 최귀ᄒᆞ니**
> **셜산대ᄉ ᄒᆡᆷᄉᆞ보와 츌농학이 어셔되소**
> 셰간탐심 못ᄇᆞ리면 삼악도에 뻐러디고
> 물외ᄉᆞ를 좃ᄉᆞ오면 안양세계 간다ᄒᆞ니
> ᄌᆞ조ᄌᆞ조 념불ᄒᆞ야 불국으로 어셔가새   (73~96구)

인용구에는 부처의 출가와 고행이 염불을 통해 극락으로 돌아가는 과정으로 묘사되어 있다. 석가여래가 설산에서 6년간 수도한 것을 '육년고행 염불하여'라고 하여 염불 수행한 것으로 해석하였으며 수행의 목적이 극락왕생에 있음을 드러내고 있다. 그리고 '출격진인'이 되려면 '염불일성'이 가장 귀하다는 논리는 선이 염불로 통섭되는 양상을 보여주고 있다. 자성미타와 염불왕생이 하나의 논리 속에 포괄되는 과정을 보여준다.

비록 청허휴정이 선교염불의 삼문수학을 제기했다하더라도 이와 같은 표현을 청허휴정이 직접 표현했을 가능성은 크지 않다. 결국 〈회심가〉의 작가를 청허휴정으로 결부시키는 것은 그 근거가 명확하지 않으며, 오히려 '정토 속에 화엄과 선을 포함한 전불교를 흡수하고 있는' 기성쾌선箕城快善(1693~1764)일 가능성이 더 큰 것으로 생각한다.

3. 쾌선快善 작가설의 내적 논리

1) 쾌선의 삶과 사상

지금까지 『보권염불문』의 분석을 통해 〈회심가〉의 작가는 동화사본의 편자인 기성 쾌선일 가능성이 크다는 점을 밝혔다. 그렇다면 과연 기성 쾌선은 어떤 인물이며 〈회심가〉의 작자로 비정할 만한 사상과 작가적 면모를 갖추었는가. 비문18)과 행장19) 등을 토대로 기성쾌선의 삶을 소개하면 다음과 같다.

기성쾌선箕城快善은 숙종 계유년(1693)에 칠곡부에서 동지중추부사인 유시홍柳時興의 아들로 태어났다. 13세(1705)에 팔공산 송림사松林寺에 입산하고 14세(1706)에 민식敏湜화상에게 머리를 깎았으며 16세(1708)에 서귀대사西歸大師에게 구족계를 받았다. 도덕산道德山 대조선사大照禪師에게 수업을 받았으며, 낙빈홍제洛濱弘濟대사에게 設講하였다. 25세(1717)에는 낙빈대사에게 인찬印贊과 의발을 전수받고 당에 올랐다. 때로는 신령한 자취에 얽매이지 않고 시방을 두루 유람하였고, 필법에 뛰어나 준건遵健하고 물이 흐르는 듯한 필치로 여러 절의 표게標揭를 남겼다.20) 하루는 대중들에게 말하기를 "모든 인연은 寂으로 돌아가나니 어찌 끝내 구구한 설법을 하겠느냐. 그대들은 모두 돌아가라. 내 다시는 강설하지 않으리라"고 하였다. 51세(1743)에 동화사 부도암 골짜기에 초

---

18) 칠곡 송림사 기성당 쾌선선사 비문. 지관 편, 『한국고승비문총집 조선조·근현대편』, 470~471면; 김월제 편, 『상봉문보霜峰門譜』, 대구 선일인쇄소, 1922, 21~23면.

19) 김월제 편, 위의 책, 27면.

20) 현재 남아있는 그의 글씨는 대구 동화사 대웅전·봉서루, 팔공산 동화사 봉황문, 영천 은해사 극락전, 대구 북지장사 대웅전, 성주 선석사 대웅전, 창원 성주사 대웅전 편액 등이 대표적이다. 이 중 대웅전 편액은 모두 같은 글씨로 대구 동화사의 것을 비슷한 시기에 번각한 것이다. 동화사의 팔공산 동화사 봉황문 편액은 절의 중창에 관여했던 기성이 1744년 쓴 것으로서, 가로획을 굵고 세로획을 가늘게, 왼쪽보다는 오른쪽을 무겁게 쓰는 동국진체의 특징이 잘 드러나 있는 글씨라고 한다. 이상 안병인, 「기성의 동화사 은해사 편액」, 『현대불교』, 현대불교사, 2000.11.

막을 짓고 화엄경 80권을 읽고 또 읽었으며, 밤에는 가부좌한 채 묵회선정默會
禪定하며 한밤중에 팔을 굽혀 옷을 입은 채 잠을 잤다. 48세(1740 庚申年)21)에
同志[행장에는 同志, 비문에는 同知] 30인과 함께 은해사 골짜기에 절을 짓고
결사를 하였다. 지금의 기기암이 바로 그곳이다. 71세(1763)에는 각자 닦은 바
를 가지고 팔공산에 귀임하였다. 72세(1764) 선본사에 가서 목암장로를 문병하
고 평소처럼『열반경』을 강설하고 다음날 병환없이 입적하였다. 세수 72세요,
승랍 59세였다. 탑을 동화사 상봉대사 부도 아래에 세웠다. 저서로는〈염불환
향곡〉과『청택법보은문』이 전한다.

　　기성쾌선의 저작은 비문이나 행장에서 소개한『청택법보은문請擇法報
恩文』22)과〈염불환향곡念佛還鄕曲〉이외에도「팔공산동화사사적기 序」
(1732)23), 동화사본『아미타경』「서문」(1753)24)이 남아 있다. 동화사본
『염불보권문』(1764)의 편집자로서 남긴 글도 고찰의 대상이 된다.
　　『청택법보은문』은 총21장으로 구성된25) 46면의 장문의 논설로서 1767
년 밀양 봉천사 운주암에서 개간하여 동화사로 옮긴 목판본이다. 여기에
는 기성의 현실인식과 대응 방안이 구체적으로 소개되어 있다. 즉 시대
에 맞는 정법正法을 결택하여 불은佛恩과 국은國恩에 보답할 것을 간청하
는 애끓는 호소요 교계의 자각을 촉구한 내용26)으로 시대적인 의의가 큰
논설이다. 그리고 교와 선, 염불을 하나의 맥락에서 회통하고자 하는 기

---

21) 고익진은 일대기의 순서로 보아 경신庚申(1740, 48세)은 경진庚辰(1760, 68세)의 오기
　　로 보았다(고익진, 앞의 글, 303면).
22)『한국불교전서』9, 동국대출판부, 1988.
23)『경북오본산고금기요慶北五本山古今紀要』,『근대불교기타자료』3,『한국근현대불교
　　자료전집』65, 민족사, 1996, 314면. 40세(1732)에 쓴 이 글에는 자신의 일상을 "朝貝葉
　　而暮彌陀"라 하여 아침엔 경전을 강하고 저녁엔 미타염불하는 것으로 소개하고 있다.
24)『아미타경』, 동화사, 1753. 동국대 소장본.
25) 총 21장으로 구성되어 있다.
　　1. 摠敍請意 2. 迷路請益 3. 大益正行 4. 其益不行 5. 正請作益 6. 衆知可成 7. 爲益
　　極大 8. 摠卜損益 9. 損從無知起 10. 益從有知起 11. 佛恩深重 12. 報佛深恩 13. 別明
　　國恩 14. 學佛次第 15. 先師行履 16. 立祠功深 17. 可繼從來 18. 正法流來 19. 決請作
　　益 20. 別明淨土門 21. 別名學佛究竟
26) 고익진, 앞의 글, 292면.

성 사상의 면모가 잘 드러나 있다.

『청택법보은문』에 제기된 기성의 정토사상은 〈염불환향곡〉에서 다시 시적으로 구현된다. 〈염불환향곡〉은 총 6장 1150구로 된 4언 한문가요[27]로 내용은 역시 선과 교, 염불을 하나의 가락에 담은 회통의 성격을 지니고 있다. 아울러 「효양부모孝養父母」「상보사은上報四恩」「행세인의行世仁義」「붕우지익朋友之益」과 같은 유교적 제명 아래 도덕 규범적인 내용도 삽입되어 있는 바, 유교적 규범과 불교적 교의를 하나로 회통하여 시대의 변화에 호응하려는 기성의 현실감각을 드러낸다. 이는『청택법보은문』에서 볼 수 있는 관점과 일치되는 것이다.[28] 특이한 점은 그 가락이 우리말 노래의 그것과 동일하다는 점이다. 한문구 4음절에 아미타불이라는 후렴 4음절을 결합하여 4·4조 1구를 만든 가요로서, 음성적으로 실현될 때 4음보 규칙성을 지니는 가사체의 리듬을 지니고 있다. 1920년대 내장사의 학명鶴鳴(1867~1929)선사는 반선반농운동을 전개할 때 노동하면서 다른 가사와 함께 〈염불환향곡〉을 구송하였다는 기록이 있다.[29] 아울러 현행 의식집인 『석문의범』에 보이는 장엄염불은 기성의 〈염불환향곡〉의 영향으로 전승되는 것으로 알려져 있다.[30]

쾌선은 선 수행승이었을 뿐만 아니라 화엄 정토를 비롯한 불교 교학에도 달통했던 인물로서, 원효 의상에서부터 시작되는 불교의 전통 속에서 자신의 교학과 수행법에 대한 정체성을 확립하였던 인물이다.[31]

---

27) 총 6장이며 각 장은 다시 여러 개의 단락으로 구분되어 있다.
　　1. 家鄕－「本源自心」「究竟佛果有三」 2. 失鄕－「衆生迷倒」 3. 失路－「失意之患」「亂離之病」「邪正之卞」「二種人事」「聞法八難」「互用之罪」 4. 問香－「依佛發心」 5. 趣向－「禪宗悟心」「經論修證」「摠會諸門」「求聞正法」「流通法門」「朋友之益」「善知識益」「不朽開種」「因果不差」「行世仁義」「孝養父母」「淨土法門」「興悲救苦」「叢林淸規」「上報四恩」「隨處隨類」「志趣深淺」「所行之行」 6. 還鄕－「摠授回向」「和融佛跡」
28) 고익진, 앞의 글, 같은 면.
29) 김소하, 「南遊求道禮讚」, 『불교』 64, 불교사, 1929.10, 49면.
30) 김운학, 〈염불환향곡〉, 『국학자료』 v.4 n.5, 장서각, 1975.12, 17면.
31) 조은수, 「염불환향곡 해제」, 『염불환향곡』, 현대불교신문사, 2005, 165~166면.

기성은 『청택법보은문』과 〈염불환향곡〉이라는 한국불교의 정체성과 시대성에 고민을 토로한 보기 드문 저작을 남긴 인물로 〈회심가〉의 작가로서 충분한 역량을 지니고 있다고 할 수 있다. 아침엔 경을 읽고 밤에는 아미타불을 염불했다는 자신의 기록,[32] 그리고 『아미타경』을 판각하고, 『보권염불문』을 재편하는 그의 활동이 18세기 염불신앙의 흥성에 사상적 기반을 제공했던 인물로 쾌선을 기억하게 할 것으로 본다. 18세기 염불신앙은 기성으로 대표되는 시대를 고민했던 인물들의 치열한 고민의 산물이었다고 보는 것이 타당하다. 그리고 그 연장선상에 〈회심가〉가 있다.

2) 쾌선의 현실인식과 〈회심가〉

〈회심가〉에 대한 이해는 본고에서 작자로 비정하는 쾌선의 현실인식이 명쾌하게 제시되어 있는 『청택법보은문』, 그가 궁극적으로 지향하고 있는 대중을 위한 법문을 실천하고 있는 〈염불환향곡〉, 그가 간행한 『아미타경』의 「서문」 등을 통해 그 단서를 확인할 수 있고 논의가 심화될 수 있다.

기성의 글에서 가장 먼저 주목되는 것은 그가 살았던 시대에 대한 지극한 관심과 현실적 타개책에 대한 고민이다. 그는 조선왕조에 들어 억압받았던 상황을 인식하고 있으며, 휴정에 이르러 조선불교의 중흥의 계기가 마련된 것으로 판단한다. 그러나 그의 당대적 현실은 각기 다른 학설이 난립하여 방향성을 상실하고 있는 상황임을 비판하고 있다.[33]

---

32) 이 장의 주 26) 참고

33) "내가 나이 이십 이후로 세간은 苦厄이오 불법은 고를 구제한다는 설을 듣고 그 고액을 벗어나고자 불법을 닦으려 하여 매번 지시를 들은 즉, 일구법문을 동쪽에서는 옳다 하고 서쪽에서는 아니다 하며, 남쪽에서는 칭찬하였으나 북쪽에서는 헐뜯었다. 한 가지 법과 같이 나머지 법도 그러하여 말씀에 실마리가 많아 바르게 持歸함이 없으니 마치

그리고 『청택법보은문』의 「미로청익迷路請益」 장에서 그는 그가 처해있는 시대를 '야문野問 산학山學에 종宗으로 삼는 바'가 달라 사상적으로 매우 혼란한 시대임을 말하고 있다. 이는 아마도 이념적, 실천적 측면에서 방향을 제시하는 구심역할을 담당할 인물이 없는 현실에 대한 비판으로 보인다. 이 경우 앞선 시기 불교중흥의 전환점이 되었던 청허휴정의 구심점 역할에 대한 반추로 이어지는 것은 일견 자연스럽다.34)

　　마침내 서산대사께서는 당시 사람들이 수많은 글에 마음을 붙일 데가 없음을 가엾게 여기고 선·교의 대략을 총괄하여 지은 『선가귀감』 1부에 돈오점수의 兩門과 염불 一門을 갖추어 보이시어 사람들이 귀의할 곳을 알게 하셨다. 또 그 글이 번거롭고 깨닫기 어려움을 염려하여 다시 『심법요초心法要抄』 10여 장을 지어 들어가는 문을 적확하게 가리키시고 발 디딜 곳을 잃지 않게 하셨으니 다행히 때를 맞이한 것이다. 그러나 이후 수백 년 내려온 요즘에는 비록 강법講法하는 대사와 수행하는 사람이 있으나 숙명지宿命智가 없는 고로 다만 앞 사람의 득도의 방편만 이야기할 뿐, 요즘 사람들이 마땅히 닦아야 하는 요체에 힘쓰지 않는다. 고금의 사람의 근기가 때마다 같지 아니하고 동 시대의 여러 사람들의 근성이 또한 다른데 어찌 전 시대 사람들이 적당하게 활용한 법으로 후세 사람의 근기에 맞추어 쓸 수 있겠는가.

　　고로 말하기를 '때에 맞는 일을 따라 때에 맞는 실마리機를 응한다' 하시니 상대上代의 사람들도 또한 말하기를 '수십 년 중에 스승의 법師法이 더욱 무너졌도다. 운운' 하였도다. 그런 즉 하물며 오늘날 말대末代의 수백 년간에 사람의 근성이 쇠해짐을 어찌 상대의 수십 년간에 비교할 수 있겠는가. 사람들 근성이 심히 쇠해진 중에 또 '마땅한 수행의 요체宜修之要'을 잃으니 이는 바로 옷깃 없는 옷을 드는 것과 같고, 벼리 없는 그물을 펼치는 것과 같도다.

　　고로 학불자學佛者가 적당한 곳을 잃어버린 것은 마치 오늘날에 혹 둥근 것

　맹인이 갈림길에서 어느 쪽으로 가야할지 알지 못함과 같은 즉 이것이 큰 한이 되니 다만 나뿐 아니라 온 나라가 대부분 그러하다. 野問 山學에 宗으로 삼는 바가 각기 다르니 비록 수행이 있으나 저와 나의 분별을 면하기 어렵도다'(『청택법보은문』 「미로청익迷路請益」).
34) 이 시대는 서산의 법맥이 형성되어 가는 과정이기도 하다. 김용태, 「조선중기 불교계의 변화와 '西山系'의 대두」, 서울대 석사논문, 1999 참고

에 의거하여 치우친 것을 꾸짖고 혹 이理를 관하여 사事를 꾸짖고 혹 끝을 잡아 근본을 배척하고 혹 선을 귀하게 여기고 교를 천하게 여기며 혹 교를 옳다 하고 선을 그르다 하여, 각각 자기의 견해를 세우고 자신은 옳고 남은 그르다 하니, 법은 곧 불법佛法이나 사람은 곧 이단이로다.35)

일반적으로 조선후기 불교는 선교일치, 참선과 교학, 염불을 동시에 수행하는 삼학三學의 시기로 규정하고 있고, 그 전환점을 휴정에 두고 있다. 인용문을 통해 이러한 인식이 이미 18세기에도 형성되어 있음을 확인할 수 있다. 휴정이 선교를 총괄하고 또 염불문을 포괄하여 『선가귀감』을 지었다는 것과 좀더 쉽게 대중적으로 이해시키기 위해 『심법요초』를 지었다는 점을 말하였고, 그러나 그 이후에는 대사의 설법만 반복할 뿐 이를 새롭게 해석하여 현실에 적용하는 노력이 보이지 않은 현실에 대해 개탄하고 있다. '마땅한 수행의 요체宜修之要'에 대한 기성의 관심은 바로 시대와 현실에 적합한, 그리고 대중의 근기에 합당한 수행의 요체를 말하는 것이다. 그리고 그것은 선만을 강조하는 것도 교만을 강조하는 것이 아니며, 덕망있는 대덕들이 함께 모여 일단의 법어로 완성해야 한다는 점을 강조하고 있다.36)

지금까지 기성의 논리를 따라 불교계의 현실적 모순에 대한 대응의

---

35) 終至西山 深愍時人 浩博之文 寄心無所 故摠括禪教之大畧 爲龜鑑一部 備開悟修兩門及念佛一門 使人知歸 又慮其文藝難悟 更畧爲心法要抄十餘紙 的指入門 不失措足 幸雖當時 自此以後 數百年來 則雖有講法之師 修行之人 以無宿命智故 但論前人得道之方 不務時人宜修之要 古今人根 時時不同 同時諸人 根根亦異 何以前人宜用之法 又用於後世人根乎 故云隨當時事 應當時機 上代之人 亦云數十年中 師法益壞云云 則況今末代數百年間 人根之衰 何比於上代數十年乎 人根甚衰之中 又闕宜修之要正如學無領之衣 張無綱之網 故學佛者失所 護法者心嗔矣 學佛者失所者如今或據圓而呵偏 或觀理而責事 或執末而排本 或貴禪而賤教或是教而非禪 各立己見 自是彼非法則佛法 人則異端(『청택법보은문』「기익불행其益不行」, 635〜636면).
36) "국내 佛法 중 上首諸德들이 衆智로 함께 의논하며 一段의 法語를 합해 이루면 곧 지닌 바 자기의 견해가 이 가운데에 용납되지 못하리라. (…중략…) 이것을 이루는 큰 이익을 몇 사람의 지혜寡智는 곧 어렵고 여러 사람의 지혜衆智는 곧 쉬우니 불법으로써 업을 삼는 사람이 어찌 짓지 아니하리오"(『청택법보은문』「중지가성衆智可成」).

방식으로 대덕들이 모여 일단一段의 법어法語를 창안하여 수행의 요체로 삼자는 주장을 살펴보았다. 그렇다면 기성이 생각하는 시대에 마땅한 수행의 요체는 무엇인가.

　　다시 엎드려 비노니, 원중院中의 제덕諸德들이여. 이 여러 가지 잡스런 이야기 중 간절한 정을 거울로 삼은 후에, 목숨을 아끼지 말고 깊이 대비심을 발하여 특별히 요지要旨를 드러내어 일단의 법어를 이루도록 하라. 그리고 그 가운데에는 부처님이 증득하신 도인 자심법계自心法界[37)와, 발심취향發心趣向 인지법행因地法行[38)과, 근기와 숙명지宿命智를 관하여 내리는 적당한 방편[39)과, 곳에 따라 건립하는 무정화문無定化門[40)과, 탁악말세에 법이 멸한 양상[41)과, 교법에 머무름이 이익 된다는 일[42)과, 오늘날 사람의 근기에 따라 마땅히 닦아야 하는 요체 등, 이들 일곱 가지의 뜻의 추세를 분명히 지시하라. 그리하여 뒤따라오는 모든 믿음 있는 수학인이 이를 귀감으로 삼아, 견문의 인연에서 깨달음의 길을 잃지 않고, 몸과 마음에서 묘행妙行을 이루게 하여, 마침내 허송세월하고 헛되이 지옥에 돌아가는 탄식이 없도록 하라. 그리하여 스스로 고액苦厄을 구제하여 임금과 부처님 두 분의 은혜의 큰 보답하게 함을 간절히 기도하노라.[43)

인용문에는 기성이 당대 불교계의 사상적 혼란상을 극복할 일단의

---

37) 스스로의 마음이 법의 경계라 할 수 있다. '一切唯心造'와 비슷한 의미다.
38) 발심하여 나아가는 인지법행. 즉 부처님이 깨닫기 전의 수행 또는 보살의 수행이라는 의미다. 기성은 보은문에서 정토문은 삼세제불의 인지 법행의 근본이 된다고 보고 미타정토와 구칭염불을 열렬히 찬양하고 있다. 고익진, 앞의 논문, 291면
39) 타고난 근기에 따라 내리는 적당한 방편을 말한다.
40) 정해진 것 없는 교화의 문. 즉 정해진 것이 없으니 상황에 따라 교화의 방법이 달라지는 門이라는 의미다.
41) 현실의 모습을 말한다.
42) 현실을 인식하고 부처님의 가르침을 받아들이는 일을 말한다.
43) 此上以愚所聞 聊叙損益兩段 以爲請益之由 更伏望院中諸德 鑑此諸般雜辭中懇情之後 不惜身命 深發大悲 特題要旨 成一段法語 其中佛所證道自心法界 發心趣向因地法行 觀根宿命隨宜方便 隨處建立無之化門 濁惡末世法滅之相 其留敎法爲益之事 今時人根宜修之要 此等七段義勢 分明指示 使後來諸方有信修學之人 通爲龜鑑 不失覺路於見聞緣 得成妙行於身心上 終無虛送日月 空歸陰界之歎 自度苦厄以報兩恩之大 至懇至禱『청택법보은문』「결청작익結請作益」, 646면).

법어를 이루고자 하는 의지가 담겨 있다. 이에 따르면 일곱 가지의 뜻의 추세를 분명히 드러내고 수행 득도하여 궁극적으로 임금과 부처 두 성인의 은혜에 보답하라고 당부하고 있다. 여기에서 제시한 법어 작성의 일곱 가지 기준은 대체로 대중의 근기에 따라, 시대의 변화에 따라, 처해 있는 장소에 따라 법문은 달라질 수 있다는 전제 아래, 이 시대의 현실과 대중을 위한 법문을 완성해 줄 것을 당부하는 것으로 정리된다. 이와 함께 부처님의 깨달음의 내용, 부처되기 전의 대중구제의 서원, 현실의 타락한 양상 등이 함께 제시되었다.

그렇다면 과연 이상의 일곱 가지를 반영한 '일단의 법어'는 당대에 어떤 결과물로 도출되었던가. 문제의 제기만으로도 상당한 의의를 지니고 있는 기성의 글 이외에 당대에 도출된 어떤 결과물을 찾는 것은 현재의 상황으로는 어렵다. 그럼에도 필자는 최소한 기성 자신의 방향성에 상응하는 법문의 창안으로서, 그가 창작한 〈염불환향곡〉과 〈회심가〉가 상당 부분 관련되어 있다고 생각한다. 염불신앙을 선적인 구조 속에 담으면서 교학적 완성도를 바탕에 깔고 있는, 동시에 음성적으로 실현될 때 4언 4음보의 율격으로 낭송되는, 그리고 궁극적으로 국왕과 부모의 은혜를 강조하고 있는 〈염불환향곡〉과 〈회심가〉는 그가 지향하고자 했던 일단의 법문과 밀접한 관련이 있는 것이다. 이들 염불노래는 기성이 『청택법보은문』에서 강조했던 '지금 바로 여기'에 대한 관심과 소명의식에 따라 제작된 것으로 전자는 4·4조의 한문가요로, 후자는 4·4조의 한글가사로 구체화된 것이라 하겠다.

〈회심가〉의 내용구조를 소개하면 다음과 같다.

㉮이상적 현실태(천하태평한 안양국) 1~14구
㉯삼재의 현실태와 해결방안(염불) 15~54구
㉰아미타불의 인행과 발원 55~96구
㉱염불권장 97~128구

㉑ 인생무상과 사후 심판 및 염불공덕 129~172구

㉒ 염불공덕과 영험담 173~204구

㉓ 자성미타와 염불왕생의 합일과 극락의 현실적 실현 205~229구

㉔ 태평가를 부르며 고향에서 노닒 223~232구

이 가운데 〈회심가〉의 55~72구[44]는 아미타불의 인지를 드러낸 것으로서, 앞서 인용한 일곱 가지의 내용 중 '발심 취향의 인지 법행'과 관련이 있다. 그리고 현실의 비참한 광경을 묘사한 15~40구는 '탁악말세에 법이 멸한 양상'과 관련이 있으며, 이밖에 이교적 이념과 불교적 이념의 회통하며 염불을 강조하는 대목은 '적당한 방편' '일정함 없이 달라지는 무정화문' '오늘날 사람의 근기에 따라 마땅히 닦아야 하는 요체' 등과 관련이 있을 것으로 본다.

결국 『청택법보은문』과 〈염불환향곡〉, 그리고 〈회심가〉는 당대의 불교계가 지향해야할 방향성을 나름대로 드러내고자 한 기성의 목소리가 상이한 형식으로 표출되어 있는 이란성 쌍둥이라 할 수 있다. 다음 장에서는 이를 글쓰기 층위에서 자세히 논의하기로 한다.

---

44) 아미타불 태즈시예 념불법문 고디듯고 발원흐야 닐ᄋ샤디 내 몬져 념불흐여 안양국에 가온후에 귀천남녀 노쇼업시 나의명호 외오니면 악취중에 아니가고 극낙으로 바로 갈줄 ᄉ십팔원 셰워시니 셰망에 걸닌사롬 불국으로 인도ᄒ니 비감심을 니르와다 즐겨부터 념불흐소 금시태평 후시안양 만고복덕 구홀딘대 금구소셜 무상법을 지성으로 봉지흐소

인용구는 아미타불의 인행과 발심에 해당하는 내용이다. 아미타불이 법장비구로 있을 때 48대원을 세워 중생을 구제하고자 하였는데 지옥에 한 사람도 떨어지지 않을 때까지 지옥에서 중생을 구제하려는 서원을 세운 것으로 염불이 "금시태평 후시안양"의 방편임을 말하고 있다.

4. 쾌선의 글쓰기 층위와 〈회심가〉

1) 현실 묘사의 역사성—종교적 해석과 현재적 의미

〈회심가〉의 서사에는 이상적인 현실의 모습이 환상처럼 제시되어 있다. 유교적 이상과 불교적 이상이 하나가 되는 환상적 현실이다. 그런데 이는 이미 『청택법보은문』에 논설전개의 배경으로 제시되어 있다. 즉 이상적인 국토의 현실적인 모습은 천하가 태평한 것이며 이는 양 성인 —국왕과 부처—의 은혜로 인해 구현된다는 것이다.

> 왕이 크다는 것을 설명하면 성인이 저 천지를 효칙하여 만민을 교화함을 말한다. 만약 지위를 얻지 못하면 곧 그 일이 행해지지 아니하고, 마땅히 나라의 지위를 얻은 즉 이익이 인멸하거나 막지 아니한다. 순풍이 한 번 불어 모든 서민들이 스스로 누우면, 이웃 나라의 군대가 이르지 아니하고, 부모처자 친애 권속이 엎어지고 넘어져 서로 헤어지는 한탄을 만나지 아니하며, 강한 도당이 침입하지 아니하니, 의식재산과 거처 옥택을 마침내 서로 없애고 함부로 약탈하는 근심이 없을 것이며, 모든 물건들이 각각 제자리를 얻을 것이다. 사람 사람마다 자신의 직업을 순응하며 즐거워하며, 시골의 늙은이들이 집집마다 밤이 다하도록 잠잘 수 있을 것이오, 목동들이 곳곳에서 방초가를 부를 것이다. 이것은 성인이 하늘의 無功之德을 본받아 국위의 큰 보배에 좋은 이익을 행한다는 것을 말한다. 그 가운데 사농공상은 각각 그 직업에 힘써 먼저 자신의 집을 보전하고 다음으로 조粟, 麻絲를 가지고 윗사람을 섬기니, 그 報恩됨이 족히 흠이 없을 것이다.
>
> —『청택법보은문』「별명국은別明國恩」

여기에서 말하는 성인은 요·순·우·탕·문·무왕과 주공 등의 이상적인 임금을 말한다. 이들이 다스리는 국토는 도불습유하고 경로효친하는 이상적인 사회임이 분명하며, 과거에 구현되었으나 현재에는 상실되어 다시 회복해야 하는 이상향이라 할 수 있다. 그리고 그것은 기성이 계속 강조하는 '일단의 법어'를 완성하고 백성의 근기에 맞는 법을 설하는 결과로 회복되는 것임을 피력하고 있으며,[45] 〈회심가〉의 서사를 이루는 배경이 된다.

> 텬디이의 분훈후에　삼나만샹 널어나니
> 유정무정 삼긴얼골　텬진면목 졀묘호디
> 범부고텨 셩인되믄　오직사롬 최귀ᄒᆞ다
> 요슌우탕 문무쥬공　삼강오샹 팔죠목을
> 티평셰에 장엄ᄒᆞ니　금슈샹에 쳠화로다
> 동셔남북 간디마다　형뎨ᄀᆞᆺ티 화합ᄒᆞ니
> 텬하티평 가감업셔　안양국이 거의러니　　　　　　　　　　(1~14구)

인용문은 세상이 열리고 삼라만상이 생긴 가운데 유정물 무정물 하나하나가 모두 하늘에서 품부 받은 진면목이 있어 절묘하다는 것을 말하면서, 그러나 범속한 인물이 다시 성인이 될 수 있다는 점에서 오직 사람만이 가장 귀하다는 것을 말하고 있다. 여기에다 요·순·우·탕·문·무왕과 주공이 차례로 출현하여 삼강오륜과 8조목의 교화를 펼치고 다스리니 금상첨화라는 점을 강조하였다. 그 결과 어느 곳을 가든지 형제같이 화합하고 천하가 태평하니, 이 땅의 현실이 바로 안양국, 즉 극락세계라는 것이다. 이 땅에 도의정치, 덕치가 행해지면 그곳이 바로 극락국이라는 발상으로, 유교적인 세계관과 불교적인 세계관이 절묘하게 결합된 세계를 보여준다.

그러나 기성이 바라보는 현재의 실상은 이와 사뭇 어긋나 있다. 현실적인 이유를 거론한다면 당연히 위정자의 책임도 포함되겠으나 승려 입장에서 포교용 가사를 통해 현실 비판적인 논리를 전개하기 어려울 것으로 생각된다. 자연스럽게 이러한 파탄은 현재 상황에 대한 종교적

---

45) 『청택법보은문』「위익극대爲益極大」「대익정행大益正行」

해석으로 기울게 된다. 바로 삼재三災의 시대가 도래했다는 것이다.

　기성쾌선의 논설과 「서문」, 그리고 한문가요에 모든 법문의 전제로 제시되는 것은 오탁악세가 되어 삼재가 도래했다는 종교적 인식이다. 『청택법보은문』「기익불행其益不行」은 정법이 무너져 천신이 성을 내어 삼재가 일어난다는 것을 말하고 있다. 그는 삼재의 시대에는 효도 공경 충신 현량한 이가 없고 흉년이 들어 유리걸식하며 재물을 보면 빼앗는 등 살기가 대지에 가득 찬다고 하였다. 그리고 성인교화의 막힘이 이보다 더함이 없으니 이는 곧 황은皇恩·국은國恩을 배반한 것으로 설명하였다.46)

　부처 적멸 후 7천 년 후에 일어난다는 삼재란 기겁·병겁·도겁으로 굶주림·질병·다툼 등 인간사회의 생존을 위협하는 절박한 두려움을 종교적으로 표현한 것이다. 그런데 일견 종교적인 도그마에 불과한 삼재라는 표현은 '오늘 미타경을 간행한 이유'로 설명되면서 현실적인 의미를 지니게 된다.47) 기성은 그가 살고 있는 시대를 삼재의 시대로 파악하고 있는 것이다. 특히 굶주림은 가뭄과 물난리 등의 자연재해와 직접 관계 되는데 그의 저작물에는 일견 상투적일 수 있는 이러한 재해에 대한 표현이 현실적 맥락에서 해석될 여지가 크다.

　〈회심가〉에는 이에 대한 양상이 좀 더 구체적으로 묘사되어 있다.

　　　어화 황공ᄒᆞ다　우리민심 황공ᄒᆞ다
　　　태고텬디 ᄂᆞ려오고　요순일월 볼가시되
　　　야쇽ᄒᆞ셔 말셰풍속　츙효신힝 다ᄇᆞ리고
　　　애욕망에 깁히드러　형뎨투징 마닫ᄂᆞ니
　　　가련ᄒᆞ다 빅발부모　의로홀더 바히업서
　　　문외예 바잔일며　흘니ᄂᆞ니 눈믈일다
　　　골육샹잔 져리ᄒᆞ니　츤외인을 의논홀가

---

46) 『청택법보은문』「기익불행其益不行」
47) 『아미타경』「서문」

인심이 디변호니 텬신이 발노호야
대호악귀 모라나야 비명악수 수업스며
한지풍상 조조드러 천문만호 긔근호니
김가박가 사롬마다 부모쳐즈 분리호야
농샹천변 늠의짜히 여긔뎌긔 긔스호니
참혹호다 주검이여 다믄됴직 가마괴라   (15~40구)

　작가가 바라보는 현실은 형제간에 다투어 의지할 곳 없는 늙은 부모
가 문밖에 바장이며 눈물을 흘리는 골육상잔의 광경이다. 이렇듯 인심
이 크게 변하자 천신이 노하여 큰 호랑이와 악귀들을 지상으로 몰아내
어 수많은 사람들을 비명횡사하게 했으며, 가뭄과 바람과 서리 등 기상
이변이 잦아 수많은 사람이 기근으로 죽으니 김가네 박가네 할 것 없이
부모처자가 뿔뿔이 흩어져 밭둑이나 시냇가에 여기 저기 굶어죽으니
이 참혹한 주검에 조객 하나 없이 까마귀만 모여들 뿐이라는 것이다.
그리고 이러한 원인은 말세의 풍속으로 충효신행을 버리고 애욕망에
깊이 들었다는 것으로 제시되었다.
　한편 〈회심가〉의 비통한 현실 묘사는 사실 조선중기 특히 18세기에
가장 활발하게 제작된 감로탱화의 민중의 삶에 대한 세밀한 묘사와 맥
락이 닿아 있다. 감로탱화는 비명횡사한 원억한 영혼을 천도하는 수륙
재의 양상을 하나의 도면에 담은 것으로서 상단에는 불보살을, 중단에
는 신중들과 함께 천도재를 올리는 장면이 그려져 있다. 하단에는 굶주
린 아귀들과 함께 인간 세상의 다양한 모습, 특히 여러 가지 고통에 신
음하는 장면이 가득하다. 여기에는 호랑이에게 물려죽는 장면, 아이가
우물에 빠져 죽는데도 외면하고 있는 어머니의 모습, 남부여대하고 가
난에 허덕이며 유리걸식하는 모습, 배고파 쓰러지는 듯한 노파의 모습,
한쪽에선 조총을 쏘고 한쪽에선 창과 칼을 가지고 대응하거나, 배를 타
고 조총을 쏘는 등 임진왜란을 연상시키는 모습이 그려져 있어 조선후

기의 사회상과 민중들의 고난을 생생하게 드러내고 있다.

〈회심가〉의 인용구는 당대에 유행했던 감로도의 하단 부분에 그려진 당대인들의 두려움을 재현하는 하나의 전형적인 표현이다. 그런데 이러한 상황이 "김가박가 사람마다"라는 구체적인 언어와 결합할 때, 작자가 살던 시대의 생생한 현실과 결부될 수 있다.[48]

이 시대가 전 세계적으로 기상 이변의 시기라는 것을 거론하지 않더라도, 기성이 살았던 시기에 영남지방의 재난사를 살펴보면 이상의 묘사가 임란으로 인한 질곡이라기보다는 기성 당시의 영남의 실상과 밀접하게 관련된다는 것을 알 수 있다.[49] 『아미타경』「서문」에서 삼재의 고통을 말하면서 그것이 바로 지금 현재 『아미타경』을 간행한 이유라고 했던 것은 단순히 관념적인 사실이기보다는 기성이 가졌던 지금 현재에 대한 관심의 표현이고 삼재의 상황이 바로 당대의 현실이었음을 짐작할 수 있다.

그렇다면 이에 대한 해결책은 무엇인가. 쾌선의 논리에 따르면 '금일今日 종사宗師의 의무'는 흉년과 풍우와 기사와 중생의 고통을 구제하는 것이며,[50] 그 수단은 염불이어야 한다는 것으로 귀결된다. 그리고 『청

---

48) 이와 함께 "아모첨지 넘불ᄒ면 인인마다 칭찬ᄒ고 아모ᄉ과 검다ᄒ면 노쇼업시 외다ᄒ니"(161~164구)에 보이는 아무개 첨지, 아무개 사과(관직 명) 역시 작품이 현실 속에서 의의를 갖게 하려는 장치에 해당한다.

49) 조선왕조실록 영조대의 기록은 기성쾌선의 현실에 대한 관심을 불러일으킨 정황으로 보아 큰 무리는 없을 것이다. 특히 영조 8년(1732) 3월 5일에는 기상이변으로 삼남에 기근이 들어 아사자가 들에 널려 있어 조문객이 까마귀밖에 없다는 표현이 등장하고 있다. 영조 9년(1733) 5월 11일 기사에는 경상도에 기민이 15만 명, 사망자 4천 2백 명, 거지가 1만 9백 명이라는 기사가 있고, 영조 20년(1744) 3월 16일 기사의 이민곤의 상소문을 보면 8,9년 이래 지속된 천재(시변·붕당·흉화·언로)에 대한 우려가 담겨 있다. 이 시기 영남지방은 가뭄으로 인한 기근 이외에도 1728년의 영남우도의 봉기(이인좌·정희량의 난)등으로 인해 매우 혼란스런 상황으로 생각된다. 이러한 상황은 오히려 임진·병자년의 외침보다 더 혹독한 시련을 안겨 주었음이 분명하다.

50) "학불자 호법자가 이미 사라지니 황은 불은도 보답할 길이 없으니 곧 僧이나 俗이나 추세를 장차 보전하기 어렵도다. 흉년과 쇠해진 사람을 어찌 탄식할 수 있으리오 경에 설한 바와 같이 스스로 아비지옥에 떨어질 것이니와, 비바람이 순조롭지 못하고 오곡이 익지 않아 많은 사람이 굶어 죽는 것을 또 어찌 참을 수 있으리오"(『청택법보

택법보은문』의 결론(「결청작익決請作益」)에 이어 염불을 강조한 「별명염불
문別明念佛門」을 총 45장 중 10장 분량으로 제시하고 있는데, 이는 염불
신앙의 이론적 제시에 저술의 궁극적 의도가 있었음을 반증한다. 이는
〈염불환향곡〉이나 〈회심가〉에도 같은 양상으로 나타난다.

> 삼도와 팔난의 아미타불 / 가없는 괴로움들 아미타불(이하 후렴구 생략) / 마땅히
> 건지리니 / 이 염불 뿐이로다 / 인간의 팔고와 / 천상의 오쇠를 / 마땅히 건지리니 /
> 이 염불 뿐이로다 / 삼계의 윤회와 / 화택의 괴로움 / 마땅히 건지리니 / 이 염불 뿐
> 이로다 / 삼승의 수행중에 / 변역하는 괴로움 / 마땅히 건지리니 / 이염불 뿐이로다 /
> 본원의 한 마음 / 헤아리는 병들을 / 마땅히 건지리니 / 이염불뿐이로다 / 종문의 향
> 상 경계 / 일이 없는 병들을 / 마땅히 건지리니 / 이염불 뿐이로다
>
> ―〈염불환향곡〉 '흥비구고興悲救苦'51)

> 불슌인도 슬피시소 우텬지앙 더러호니
> 텬고쳥비 ᄌ조빗터 ᄌ긔촌심 바로딘녀
> 일변으로 넘불ᄒ고 일변으로 츙효ᄒ소
> 구텬이 감응ᄒ면 요슌태평 아니볼가
> 불법어디 일뎡ᄒ며 요슌어디 시이실고
> 넘불ᄒ면 불법이요 츙효ᄒ면 요슌이니
> 츙효가져 입신ᄒ고 넘불가져 안양가새   (41~54구)

인용문은 하늘의 재앙이 이렇듯 크고 절망적이니 자기의 마음을 바

은문』 「가계종래可繼從來」).

51) 〈염불환향곡〉의 번역은 현대불교신문사 편, 『염불환향곡』(2005)을 인용한다.
　　三途八難 阿彌陀佛 無量衆苦 阿彌陀佛 當爲度脫 阿彌陀佛 唯此念佛 阿彌陀佛
　　人間八苦 阿彌陀佛 天上五衰 阿彌陀佛 當爲度脫 阿彌陀佛 唯此念佛 阿彌陀佛 三
　　界輪回 阿彌陀佛 火宅之苦 阿彌陀佛 當爲度脫 阿彌陀佛 唯此念佛 阿彌陀佛 三乘
　　行中 阿彌陀佛 變易之苦 阿彌陀佛 當爲度脫 阿彌陀佛 唯此念佛 阿彌陀佛 本源一
　　心 阿彌陀佛 知解之病 阿彌陀佛 當爲度脫 阿彌陀佛 唯此念佛 阿彌陀佛 當爲度脫
　　阿彌陀佛 唯此念佛 阿彌陀佛 宗門向上 阿彌陀佛 脫酒之病 阿彌陀佛 當爲度脫 阿
　　彌陀佛 唯此念佛 阿彌陀佛

로 지니고 염불하고 충효하라는 것으로 일단의 마무리를 하고 있다. 하늘이 감응하면 요순시절의 태평세계를 다시 볼 수 있다는 것은 염불이 곧 불법이며, 충효가 곧 요순시절 회복의 방법이 되니, 충효하여 입신출세하고 염불하여 극락국에 가자는 주장으로 귀결된다. 결국 유교적 이상국이 불교적 극락국이라는 것과 충효와 염불이 하나로 연결되는 기성의 논리가 〈회심가〉에서 다시 한 번 부각되는 것이다. 그리고 이하 97~128구에서 염불이 정토에 직입하는 방편임을 제시하고, 173~204구에서 염불의 공덕과 영험담을 소개한 것에서 그가 궁극적으로 강조한 핵심이 염불의 권장이었음을 분명히 하고 있다.

2) 선·교·염불의 회통

〈회심가〉에서 염불을 강조하며 자성미타를 강조하는 것이 시적인 일관성이나 사상적 일관성을 흩트리며 일정한 주제를 잡기 어려운 해석상의 난점을 불러일으킨 것은 작품 구성의 불일치라고 보기 어렵다. 이는 바로 기성쾌선이 말한 선과 교, 염불을 포괄하여 제시하고자 하는 일단의 법어, 즉 근기에 따라 내리는 적당한 방편과 요즘 사람들이 닦아야 하는 수행의 요체를 나열한 결과라고 생각한다.

앞의 논의에서 73~95구의 내용은 부처의 출가와 고행이 염불을 통해 극락으로 돌아가는 과정으로 묘사되어 있으며, 이는 선이 곧 염불로 통섭되는 기성사상의 한 단면을 보여준다는 점을 소개한 바가 있다.[52] 이는 작품의 결사에도 비슷한 양상으로 나타나 있다.

> 광대녕통 무량슈불 즈긔샹에 명빅ᄒᆞ야
> 셔가여린 아니나고 보리달마 못외신지

---

52) 본고의 2장 2절. 「휴정 작가설의 비판」 참고.

아바엄아 쇼쇼호고 추다딥다 넉녁혼디
익욕심이 밤이되야 의닉쥬를 바히몰나
어분아기 못어드며 가진졈심 빈골호니
반야혜검 쌔혀나야 무명황초 버히시고
아미타불 외오다가 즈긔미타 친히보면
일보도 옴디아녀 극낙국에 니뢰느니
부는바람 요풍이오 볼근광명 슌일이라   (205~222구)

205~216구는 자신이 가지고 있는 보배를 증득하는 선적 수행의 과정
을, 217~220구는 염불을 통해 자성미타를 발견하는 즉, 염불을 통해 깨
달음에 이르는 과정과 극락왕생이 하나가 되는 과정을 전달하고 있다.
깨달음의 순간 내가 서 있는 자리가 바로 극락이며, 이곳은 바로 요순
시절의 태양이 뜨고 바람이 부는 이상적인 현실세계가 된다(221~222구).
유교적 이상국가를 실현한 것으로 받들어지는 요와 순임금을 작품의
서두와 결사에 반복적으로 표현한 것은 국왕[53]과 부모의 은혜를 강조
하며 부처의 은혜와 병치시키는 기성의 글쓰기의 한 특징을 보여주는
것이다.[54]

한편 『청택법보은문』에서 제기하였던 일단의 법문은 당대의 종사들
이 중생을 이끌어 주는 수단이 될 것이라는 점을 강조한 바 있다. 그리
고 여러 가지 이상적인 기준을 제시하고는 있으나 염불신앙이 그 최종
적인 귀착지임을 그 결론으로 강조하고 있다.

그러나 염불 一門은 곧 선교 양종과 凡聖 善惡이 함께 들어가는 문이오, 비

---

53) 기성이 국은을 강조하는 것은 좀더 구체적인 이유가 있다. 『청택법보은문』을 보면
기성의 시대에 나라에서 명으로 사찰의 건립을 허용한 사실이 있었던 것으로 보인다.
「입사공심立祠功深」「선사행리先師行履」 참고.
54) 이는 작품의 결사에도 보이는 특징이다.
년화터예 올라안자 됴쥬쳥다 부어먹고 빅우거를 멍에메워 녹양천변 방초안에 등등
임운 임운등등 즈지히 노닐면서 태평곡을 부르리라 나무아미타불 나라리 리라라 나모
아미타불 (223~232구)

단 한 시기의 득입得入의 문이 아니기 때문에, 초발심으로부터 十地에 이르기까지 염불을 떠나지 아니하니, 곧 삼세제불의 인지법행因地法行의 근본이다.

　　　　　　　　　　　　　　—『청택법보은문』「결청작익結請作益」

〈회심가〉에 부모의 은혜와 요순시절을 언급하면서 염불을 강조하고 또 여러 번 반복하는 것은 바로 기성 자신의 대중을 위한 일단의 법어로서 자신이 강조하는 바를 강조하기 위한 장치로 보인다. 이는 나라와 부모의 은혜에 보답한다는 『청택법보은문』의 기본 전제와 다르지 않은 표현이다. 논설에서 국왕과 부처 두 분의 은혜를 지속적으로 강조함과 동시에, 앞서 언급한 것처럼 최종 결말(「결청작익」)에 바로 이어 「별명정토문」장을 두어 염불문을 강조하고 있는 것으로 볼 때 그의 사상 체계 내에서 『청택법보은문』과 〈염불환향곡〉〈회심가〉는 일원적 흐름을 갖는다고 할 수 있다.

3) 형식적 실험과 〈회심가〉

『보권염불문』의 〈회심가〉는 귀글체로 되어 있는데, 이는 율격을 시각적으로 드러낸다는 점에서 가사에 대한 의식이 뚜렷한 인물에 의해 기록된 것이라 할 수 있다. 쾌선이 4음보 연속인 가사체에 매우 친숙한 인물이라는 점은 불교의 게송에 그 전례가 없는 4·4조의 율격에 맞춘 장편의 〈염불환향곡〉을 지었다는 사실과도 관련이 있다.

　　佛祖域內 阿彌陀佛 烟塵罷斷 阿彌陀佛 長歌太平 阿彌陀佛 閑步家鄕 阿彌陀佛 家是本家 阿彌陀佛 人是舊人 阿彌陀佛 返觀昔日 阿彌陀佛 猶如夕夢 阿彌陀佛

　　　　　　　　　　　　—〈염불환향곡〉'화융불적和融佛跡'

부처조사 계시는 곳 / 싸움이 바로 끊겨 / 태평가를 부르면서 / 고향집에 노니네 / 집은 본래 내집이요 / 사람은 고향사람 / 옛날을 돌아보니 / 초저녁 꿈과 같네.

불교의식에서도 아미타불이 반복적으로 실현되는 일정한 리듬의 가송이나 염불송이 있었지만 이처럼 4·4조의 가락은 전혀 새로운 것으로, 김운학 교수는 이를 염불가송을 민요적 리듬에 실었다고 하였고, 한국 불가의식의 장엄염불은 바로 여기에서 비롯된 것으로 파악하고 있다.[55] 그가 가사체에 친숙하였다는 점은 같은 책에 수록된 「승규라하는 중」의 해설부분에서도 확인된다.

> 슬프고 설온지라 세상의 나온 스름이 츈하 츄동을 긔 뉘라 면흘런고 엊그제 청춘 쇼년 호걸긱이 긔 뉘라서 늘씨를 청흐리오만는 슬타흐고 면흘손가 유싱 즉 유스하야 천지간 만므리 성흐즉 쇠퓌흐니 진나라 빤나라 초퓌왕 호거린돌 번복이 업서시며 녯날의 장재라가 혹시예 통퓌흐야 내집의 본역흐던 고공의게 빌어 먹고 지니는 스름이 므듸므듸 이셔시니 보온 법도 이실쎄오 듯써라 몰을손가 나의 이름 모로거든 남을 보고 싱각흐야 잠시 부귀을 구든가 밋디말고 닐시 호걸에 재셰를 너므 말고 념블 흐번 가져 두소 스름마다 죽고 져 아니컨만 마지마라 주글 써시니 념블 흐번 븨홧쓰가 친귀업슨 저싱딜혜 요진케 스게되면 긔아니 다힝흐가 념나대왕쎄는 아모도 셰력업써 천샹 닝금니 아모려 존귀흐나 천복이 다흔 휘면 지옥에 써러지니 도들 볏테 양지러니 셔양이 도라오면 음지되믈 면치 못흐니 이보오 화뎡 덩즈미틔 일업시 화류흐는 쎤남즈 쎤녀인셰 지성으로 권흐니다 념블동참흐옵쇼셔
>
> —「승규라하는 중」 일부.

인용문은 인생이 무상하고 부귀호걸들도 다 쇠락한다는 것, 아무리 천상임금이라도 죽게 되면 지옥에 떨어지니 염불하라는 내용을 담고 있다. 이 대목은 〈회심가〉의 129~172구와 거의 비슷한 내용 구조를 지니고 있다. 기성의 평소의 관념이 가사의 한 대목과 논평문 속에 자연

---

55) 김운학, 앞의 글, 15~17면.

스럽게 삽입된 것으로 판단된다. 더 나아가 주목되는 것은 논평문에 개재된 리듬감이다. 부분적으로 리듬이 단절되기는 하나 밑줄 그은 부분은 일견 가사체라 할 수 있다. 인용문은 가사체에 대한 기성쾌선의 생래적인 감각이 자연스럽게 녹아들어간 것으로 해석된다.

음성적으로 실현될 때 4·4조가 되는 염불가송, 즉 한문가요를 창작한 인물로서 기성은 가사에 대한 율격의식을 뚜렷하게 지니고 있었으며, 이는 〈회심가〉의 기록에 보이는 율격의식과 맞닿아 있을 것을 생각한다.

한편 쾌선의 저작에는 여러 주제가 개별 단락에 독립적으로 제시되면서 마디마디 이어지는 단락구성의 원리, 혹은 내용의 전개방식이 공통적으로 드러난다. 『청택법보은문』은 21개의 단락에 각각의 제명이 붙고 상호간의 긴밀성이 상대적으로 떨어지는 구성을 보이고 있으며, 〈염불환향곡〉 역시 선가禪歌의 심우도尋牛圖와 같은 독립적인 장면의 연결로 되어 있으며 각각의 단락에 다시 여러 개의 소단락이 결합되어 있는 분절적 형식을 취하고 있다. 『아미타경』「서문」은 지금 여기에 『아미타경』을 판각할 수밖에 없는 이유를 크게 세 단락으로 나누고 각각의 단락은 서로 다른 경전을 몇 개씩 발췌 나열하여 분절형식을 취하고 있다. 이런 점에서 기성 쾌선의 글쓰기 전략은 시작에서 끝에 이르는 순차적인 구성형식을 취한다기보다 상호 독립적인 여러 개의 단락의 조합을 선호하였다고 말할 수 있다.

이러한 글쓰기 방식은 〈회심가〉의 각 단락이 긴밀성이 떨어지고 개별 주제를 나열하는 듯한 느낌을 주는 것과 상통한다. 〈회심곡〉의 내용 구조가 순차적이며 시간의 흐름에 따라 서사적인 구성을 지니고 있어 물이 흐르는 듯 자연스러운 순환구조인데 비해서 〈회심가〉는 여러 화소들이 개별적 단편적으로 나열되어 하나의 주제로 개별적으로 귀결될 뿐, 화소들끼리 밀접한 연계성을 지니지 못한다는 평가56), 그리고 극락 왕생 단락과 염불 권유 단락이 함께 나타나며 일정한 배열의 원칙 없이 반복되고 있다는 평가[57]는 〈회심가〉의 내용구조의 특징을 집약하여 보여주고 있는데, 필자는 이러한 구성상의 불일치가 오히려 〈회심가〉가 기성의 작품이라는 방증이 될 수 있다고 생각한다.

5. 맺음말

본고는 〈회심곡〉과 〈회심가〉가 근본적으로 다른 작품이라는 점을 전제로 하여 〈회심가〉의 작가문제를 컨텍스트를 중심으로 탐색해 보았다.

〈회심가〉가 수록된 『보권염불문』은 1704년 용문사판본에서 처음 펴낸 이후 1741년 수도사, 1764년 동화사, 1765년 흥률사·묘향산 용문사, 1776년 해인사, 1787년 선운사에 이르기까지 지속적으로 판각되었다. 이로써 이 책은 18세기 염불신앙의 흥성에 절대적인 기여를 한 것으로 보인다. 본고는 이 책의 동화사 판본에 〈회심가〉가 처음 수록되어 전한다는 점에 주목하여 동화사본의 편집인에 해당하는 '공덕주'인 기성쾌선箕城快善(1693~1764)이 〈회심가〉를 창작하여 편입시킨 것으로 파악하였다.

쾌선의 『청택법보은문』에는 당대인의 근기에 맞는 새로운 법문을 창안해야 할 당위성과 이때 고려해야 할 7가지 기준이 제시되어 있는데, 본고는 이 기준이 한문가요인 〈염불환향곡〉과 한글가사인 〈회심가〉에 문학적으로 반영되어 있다는 점을 드러내었다. 그리고 쾌선의 저작에 나타난 글쓰기의 층위를 검토한 결과, 그의 저작에 일관된 현실인식과

---

56) 이승남, 「〈회심가〉와 〈회심곡〉의 작품전개 방식」, 『고전시가의 작품세계와 형상화』, 역락, 2003, 242면.

57) 김동국, 앞의 글, 18면.

사상적 흐름이 내재되어 있다는 점을 밝혀 기성쾌선 작가설의 내적 논리로 삼았다.

그러나 본고의 논의에도 불구하고 여전히 해명해야 할 과제는 단순하지 않다.

첫째, 본고에서 〈회심가〉의 컨텍스트 분석을 통해 작가를 제시하였고, 기성의 저작에 내재되어 있는 일관된 현실 인식과 사상적 흐름을 제시하여 내적 논리로 삼았으나, 논의 과정에서 방증 자료를 통한 추론에 의지해야 했던 자료상의 한계는 또한 본고의 한계로 고스란히 남을 것이다.

둘째, 〈회심가〉가 담고 있는 현실 인식이나 사상이 쾌선이 살았던 시대나 사상적 변모와 매우 밀접한 관련이 있다는 점은 분명하다. 그럼에도 작가가 쾌선이라는 명시적인 언급이 없다는 점에서, 이 작품을 이 시기 대덕들의 공동작이거나 청허휴정의 계보를 잇고 있는 승려들의 작품으로 볼 가능성을 전적으로 부인하기 어렵다. 이 경우 청허휴정의 법맥을 잇고 있는 인물 중에서 특히 18세기의 인물인 상봉정원−낙빈홍제·낙암의눌−기성쾌선·해봉유기로 이어지는 계보가 중요한 역할을 했을 가능성이 있다. 물론 현재의 자료를 통해서 이를 밝히기란 어려워 보이나, 앞으로 이들이 활약한 시기의 불교사상의 변모와 관련하여 〈회심가〉가 만나는 접점에 대한 연구는 하나의 가능성으로 남겨두기로 한다.

/2부/

19세기

1850년대 불서간행운동佛書刊行運動과 불교가사

남호영기南湖永奇를 중심으로

1. 머리말

　　남호영기南湖永奇(1820~1872)는 1850년대에 봉은사에서 『화엄경』(『대방광불화엄경소초』)을 판각하여 간행하면서 불교가사 〈광대모연가廣大募緣歌〉와 〈장안걸식가長安乞食歌〉를 창작한 승려작가이다. 영기대사가 이룩한 판각불사는 비문이나, 봉은사지 혹은 『동사열전』에 거듭 소개된 바와 같다. 그런데 그의 판각활동은 하나의 역사적인 사실로서는 널리 알려져 있지만, 그것이 1850년대 불교계의 문화운동으로서 어떤 의의를 지니고 있으며, 동시대에 같은 지향성을 보이는 여러 교학승들과 어떤 방식으로 연대를 형성하고 있는지에 대해서는 알려진 바 없다. 조선 후기의 불교 문화사를 살펴보면 임란 이후 17·18세기의 진경시대에 있었던 많은 중창불사, 판각불사에 대해서는 주목하고 있지만, 19세기의 경우에는 논의가 많지 않음을 알 수 있다. 이러한 현실에서 조선 후기 불교문화사를 좀더 입체적으로 기술하기 위해서라도 남호영기의 『화엄경』 판각 사실을 정태적으로 바라보는 차원을 넘어설 필요가 있다. 시대적 공간적인 측면에서 판각활동의 실상을 입체적으로 확인하고 그 지향성을 살피는 일은 그의 판각운동에 정당한 의미를 부여하는 작업이기도 하다.

한편 영기대사가 불교가사의 작가라는 사실 또한 최근에야 알려진 사실이다. 그간의 남호관련 기록에는 『화엄경』 판각 사실만 거론했을 뿐, 그가 불교가사佛敎歌辭의 작가라는 사실에 대해서는 아무런 언급이 없었다. 그 결과 기존의 한국문학사에서도 영기대사의 가사를 소개하면서도 작자 미상으로 처리하고 있는 실정이다.[1]

남호영기의 판각에 대한 자서自序와 가사의 실상이 담겨있는 자료로서 필사본 『화엄경소초중간조연서華嚴經疏鈔重刊助緣序』[2]가 있다. 이와 함께 남호영기의 『아미타경』에 수록된 「서문」, 남호영기의 판각불사에 증명법사로 참석한 다른 승려들의 행적을 기술한 『동사열전』의 기록, 『완당전집阮堂全集』 등을 참고로 하여, 1850년대의 판각운동의 실상을 재구해 보고, 판각과 관련된 남호영기의 가사작품에 대하여 소개하고자 한다. 다만 이 논문은 불교가사의 사회사를 작성하는 과정의 하나로 작성되는 것이기 때문에 판각운동과의 관련성을 중심으로 가사를 소개하며, 작품에 대한 문학적 특성은 별도의 논문을 통해 소개하고자 한다.

---

1) 조동일, 『한국문학통사』 3, 1994, 409면. 이후에 『불교가사의 연행과 전승』(이회, 2002, 35면)에서는 불교가사의 작가로서 남호영기에 대해 간략하게 소개한 바 있고, 임기중의 『불교가사원전연구』(동국대출판부, 2000, 229~255면)에는 두 작품의 주석이 이루어진 바 있다.
2) 현재 단국대 율곡도서관 나손문고에 소장되어 있다.

2. 1850년대 남호영기의 판각활동과 한북漢北의 종장宗匠들

1) 남호영기의 판각활동

남호영기의 생애는 비문과 사지에 기록되어 널리 알려져 있으나, 그의 삶이 대부분 판각불사운동과 관련된 것이고, 또 불교가사의 작가를 발굴한다는 의미에서, 그의 삶을 다시 인용하면 다음과 같다.[3]

> 1820년 전라도 고부에서 태어나다. 속성은 정씨鄭氏이다.
>
> 1833년(14세) 강원도 철원군 보개산寶盖山 심원사深源寺 지장암地藏庵에 출가하다. 대연大演스님을 따라 승가사僧伽寺에서 득도식을 마치다.
>
> 1852년(33세) 33세까지 19년간 전국을 유력하면서 경론을 배우고 계행을 지켜 이미 율사로서 이름이 널리 알려지다. 보개산 지장암으로 다시 돌아와 『요해아미타경要解阿彌陀經』을 사경하다.[4]
>
> 1853년(34세) 필사한 『요해아미타경要解阿彌陀經』[5]을 삼각산 내원암에서 간행하다. 이어서 『십육관경十六觀經』[6]과 『연종보감蓮宗寶鑑』[7]을 간행하여 수락산 흥국사에 보관하다.
>
> 1854년(35세) 망월사에서는 화엄설법華嚴說法을 하는 한편, 화엄기도산림華嚴祈禱山林을 설하다. 겨울에 설법을 하다가 『화엄경』을 판각하기로

---

3) 김태흡, 「南湖大師의 律行과 그 事業」, 『불교』 59, 1929.5, 23면; 『봉은사』(사지), 사찰문화연구원, 1997, 91~93면; 『동사열전』과 『한국고승비문총집 조선조·근현대』(지관)의 「영기당 남호대사 비문」을 참고로 작성하였다.

4) 당시에 성상省常의 고사에 따라 자신의 몸을 찔러 피를 낸 뒤 먹물에 타서 글씨를 쓰고, 한 글자를 쓸 때마다 부처님의 이름을 세 번 부르고 세 번 절하면서 정성을 다한 사실은 유명한 일화다.

5) 『불설아미타경요해』, 장서각소장. 금계당 장환과 동화축전의 序가 있다.

6) 『십육관경』, 국립도서관 소장. 간기 : 함풍咸豊 3년(1853) 계축癸丑 하하夏 삼각산三角山 내원암 개간, 동화당 축전 남호영기. 장서각에는 『불설관무량수불경』(표제는 『관경觀經』)으로 전한다.

7) 『연종보감』, 국립도서관, 장서각 소장, 간기 : 함풍 3년(1853) 4월 삼각산 내원암 개간. 화주 남호당 영기.

결심하고 그 길로 보개산 석대암에 들어가 기도하다.

1855년(36세) 다시 서울로 올라와 봉은사에서 뜻을 같이하는 여러 사람들과
　　　함께『화엄경소초』80권과『행원품 별행行願品 別行』1권,『천태삼은
　　　시집天台三隱詩集』1권,『준제천수합벽準提千手合璧』8) 1권을 간행하
　　　고 판전板殿을 지어 이를 봉안하다.

1860년(42세) 철원 석대암을 중건하고 여기에서도『지장경地藏經』9)『관심
　　　론觀心論』을 판각하여 경전의 보급에 힘쓰다.

1865년(46세) 해인사의 대장경 두 질을 인쇄하여 설악산 오세암과 오대산
　　　적멸보궁에 봉안하다.

1872년(53세) 9월 20일, 나이 53세, 법랍 39세로 입적하다.

　영기대사의 삶을 보면 33세 이전까지 19년 동안을 전국 각지를 유력
하며 경론을 배워 이미 율사律師로서 인정을 받았던 것을 알 수 있고, 대
부분의 생애가 경전의 필사 · 판각 · 보급에 헌신하고 있음을 알 수 있다.
그가 간행한 판본 중『아미타경』『십육관경』『연종보감』은 삼각산 내원
암에서 간행하였다. 이 중『아미타경』은 철원의 보개산 지장암에서 필
사하였고,『십육관경』과『연종보감』은 수락산 흥국사에 보관하였다. 봉
은사에서는『화엄경』과『행원품 별행』그리고『천태삼은시집』『준제천
수합벽』등을 간행하여 판전에 봉안하였다. 그리고 해인사에서 대장경
두 질을 인쇄하여 설악산 오세암과 오대산 적멸보궁에 안치시킨 것도
주목할 만한 업적이다.

2) 판각운동을 함께 한 교학승과의 교유록

　남호영기가 경전을 필사하고 판각하며 설법을 했던 공간을 이어보면,

---

8)『준제대명경準提大明經』, 국립도서관 소장, 원제 :『불설필구명호불준제대명다라니경』.
　간기 : 함풍 7년(1857) 봉은사 장판.
9)『지장보살본원경』, 동국대소장, 간기 : 함풍 11년(1861) 南湖沙彌 董役藏奉恩寺.

'철원의 보개산(지장암)-서울의 삼각산(내원암)-수락산(흥국사)-봉은사'로 이어지는 띠를 형성하게 된다. 이러한 공간성은 한 개인의 단순한 발자취의 나열이 아니라 작가적 삶의 의미망을 형성하는 문화적 공간으로서 의미를 지닌다. 그리고 한강 이북의 공간에서 전개한 그의 판각활동은 시대와 공간을 공유하는 다른 교학승들과의 연대를 통해 하나의 판각운동으로 그 범위를 확장하게 된다. 판각활동은 개인적인 발원으로 이루어지는 것이 아님은 물론이다. 봉은사에서 『화엄경』을 판각할 때 '뜻을 같이하는 여러 사람'과 함께 한 것처럼, 영기대사의 판각활동은 자신의 판각을 뒷받침해주는 많은 조력자와 함께 동시대에 비슷한 지향을 지니고 있는 여러 교학승들의 활동과 직간접적인 관련을 맺으면서 이루어진 것이다. 시대성 공간성을 공유하며 상호 영향 하에 판각활동을 함께 실천하고 있다는 점에서, 이 시기 남호영기를 중심으로 한 한수漢水 이북의 종장宗匠들을 중심으로 한 판각 불사는 하나의 살아있는 문화운동으로서 그 의미를 부여할 수 있다.

특히 영기의 판각활동에 증명법사로 참석한 인물들은 영기와 상호교류를 통해 이 시기의 판각운동을 함께 행하고 있는 것으로 보인다. 본고에서는 편의상 이들을 『아미타경』 판각과 관련된 인물과 『화엄경』 판각과 관련된 인물로 나누어 살펴보도록 한다.

(1) 『아미타경』의 판각과 관련된 인물 : 동화축전東化竺典·금계당장환
錦溪堂壯渙·혼성취선混性就善·쌍월성활雙月性濶

보개산 지장암에서 필사하고 삼각산 내원암에서 판각한 『아미타경』의 간행에 증명법사로 참석한 이는 인허성유·혼성취선·금계당장환·대연수찰·혜봉최성·제월보성·예봉학윤·동화축전·중봉혜호·성봉성호 등이 있다.[10] 이 가운데 특히 동화축전과 금계장환은 「서문」

---

10) "사경불사 도량에는 전국에서 유명한 龍象大德들이 대거 참여하여 거룩한 불사의 원만 성취를 증명하였다. 이때 참석한 스님은 인허성유·혼성취선·금계장환·대연

을 써서 판각의 의의를 구체적으로 설파하였다. 다음은 동화축전의 「서문」의 일부이다.

　　벗 남호영기 선사는 정토를 독실하게 믿어 부지런히 닦을 것을 결심하고 여러 경전의 요체를 널리 섭렵하였다. 淨業에는 오직 미타경이 말이 간단하고 뜻이 두루 하며 법이 다하도록 홀로 머물도다. 旭법사의 註解는 다시 섶을 열고 촛불을 잡아 진실로 淨業者의 눈이 되었으니, 이 경으로써 여러 중생을 널리 이롭게 하기를 바란 것이다. 그러나 自念으로 無始로 受身함은 헛되이 무상귀의 먹히는 바가 되며 남긴 형체가 하나도 없는 법이 되니, 여러 성인들의 고사와 같이 떨쳐 일어나 원통해 하고 슬퍼한 것이다.

　　이에 咸豊 壬子年 겨울에 자신의 몸을 찌른 피와 먹으로 마음을 맹서하고 붓을 잡아 무릇 한 글자를 씀에 세 번씩 돌고 세 번 예배하고 세 번 부처 이름을 불렀다. 일 점 일 획이 모두 이같은 法界와 같으며 비원에서 흘러 나왔도다. 베끼기를 다하여 나무를 베어 천 권을 인출하여 널리 유포하였다. 이와 같이 勤辛하고 艱苦한 까닭은 모든 大地와 含生으로 하여금 이 법을 乘하여 三界의 火宅을 빨리 벗어나고, 自心을 청정하게 하여 九品의 보배로운 곳으로 곧바로 도달하게 함이니, 가히 참된 정진이요 참된 법공양이라 할 만하다. 누가 이 일을 듣고 마음이 서늘해지고 털이 곤두서지 않으랴.

　　이 같은 一擧三施를 다 갖춘 것이 무엇이더냐. 몸身은 內財(자기 몸의 살를 捨(버림)한 것이요, 피血는 먹이 되니 財施요, 사경 유통은 法施가 되며, 일체의 사람이 경에 의지하여 수행을 하게 하여 五怖를 영원히 벗어나게 함은 無畏施라. 세 가지 베풂三施이 이미 갖추어지니 곧 六度萬行이 갖추어지지 않은 것이 없도다. 이것이 圓頓行을 행하는 사람이로다. 한 가지를 닦으면 一切가 닦이나니, 三乘人이 한 가지 行만 닦는 것과 어찌 같은 해에 놓고 말할 수 있겠는가. 무릇 사람이 가장 아끼는 것이 이 몸이요, 가장 믿기 어려운 것이 이 법이다. 능히 가장 아끼는 몸을 해쳐 믿기 어려운 법을 닦으면 마침내는 믿기 어려운 덕을 갖추게 될 것이다. 세상의 虛僞한 것은 이 몸이요, 眞常한 것은

___

수찰·혜봉최성·제월보성·예봉학윤·동화축전·중봉혜호·성봉성호 등이다. 사경
불사 회향날 증명법사들은 '철종 4년(함풍 3, 계축, 1853) 여름 삼각산 내원암의 사경
및 인경 불사는 남호스님의 자비로운 원력에 의해 성취된 것'임을 증명하였다"(『동사
열전』「남호선백南湖禪伯」).

이 법이로다. 능히 장차 허위의 몸으로 진상의 법을 닦는다면 마침내는 眞常의 樂을 이룰 것이다. 物 중에 穢惡한 것은 이 몸이요, 淨妙한 것은 이 법이다. 능히 추악하고 더러운 몸으로 맑고 깨끗한 법을 닦는다면 마침내는 淨妙의 相을 보답으로 받을 것이다. 세 가지 법이 가득 차면 곧 十方萬德이 가득 차지 아니하는 바가 없게 될 것이다. 이것이 圓頓行을 받드는 자로다. 한가지를 이루면 모든 것一切이 이루어지나니 三乘人이 하나의 果를 이루는 것과 어떻게 견주어 이야기할 수 있겠는가.

오호라. 大法이 下衰하니 五濁이 극심하도다. 사바의 一界 안을 두루 하여 능히 우리 선사와 같은 자 무릇 몇이나 될까. 어찌 원돈행을 받드는 자를 바라면서 오백歲 후에 다시 태어날 것인가. 諸佛如來가 다 知見에 응한 것이로다.

선사가 책을 만들고 한 마디 말로 머리글을 아우르도록 하였다. 내가 비록 어리석으나 또한 능히 大法의 짐을 짊어질 수 있는 고로 隨喜無量하도다.

　　　　　　　—『불설아미타경요해』「서간주미타경서書刊註彌陀經序」[11]

동화축전의 「서문」을 보면 남호영기에 대하여 '오우吾友'라 표현하고 있음을 볼 수 있는데, 이는 나이가 비슷하고 수학한 문하가 같으며 판각운동에 대한 지향성을 같이 하고 있다는 것으로 생각된다. 그는 이

---

11) (…전략…) 吾友南湖奇禪師 篤信淨土 決志勤修 博涉諸經之切 於淨業 唯彌陀一經 辭簡意周 法盡獨留. 而旭法師註解 復柝薪秉燭 實爲淨業者眼目 欲以此經 普利羣品 而自念無始受身 徒爲無常鬼所食 爲法 殘形一未如諸聖故事 奮發慷慨. 乃於咸豊壬子冬 刺血和墨 誓心 秉筆 凡寫一字三圍繞 三禮拜 三稱佛名. 一點一畫 盡是等法界 悲願中流出 寫畢 因災 諸木印成千卷 以廣流布 如是 所以勤辛艱苦者 期令盡大地含生 乘此法 而速出三界之火宅, 淨自心 而直達九品之寶所, 可謂眞精進 可謂眞法供養. 孰聞此事 心不寒毛不豎哉. 此之一擧三施 俱備何者. 身是內財捨 血爲墨是財施 寫經流通是法施 令一切人依經修行 永離五怖是無畏施也. 三施旣備 則六度萬行 無所不備 是爲圓頓行人 一修一切修 與夫三乘人 單修一行 豈可同年而語哉. 夫人之最愛者此身, 難信者此法. 能毁最愛之身 修難信之法 畢竟具難信之德. 世之虛僞者此身, 眞常者此法 能將虛僞之身 修眞常之法 畢竟成眞常之樂. 物之穢惡者此身 淨妙者此法, 能以穢惡之身 修淨妙之法 畢竟感淨妙之相. 三法當滿 則十力萬德無所不滿. 是爲圓頓行人 一成一切成 與夫三乘人 單成一果 安得比肩 而論歟. 嗚呼大法下衰 五濁極深. 環娑婆一界之內 能如吾師者 凡有幾箇. 豈意圓頓行人 復出於後五百歲後哉. 諸佛如來 悉應知見矣. 師有書 忝使一言弁首, 余雖不敏 亦能荷擔大法 故隨喜無量. (…후략…)

글에서 『아미타경』의 사경과 판각유통에서 보여주는 영기대사의 정성과 그 종교적인 의의를 적시하고 있다.

남호영기가 펴낸 아미타경은 지욱智旭이 펴낸 『불설아미타경요해』를 말한다. 동화의 「서문」에는 정업淨業을 닦는 데 『아미타경』이 말이 간명하고 뜻이 두루하여 여러 경 가운데 홀로 머문다 하여 그 경전의 가치가 높음을 말하였고, 욱법사旭法師의 주해가 진실로 정업을 닦는 사람들의 눈이 되었음을 말하였다. 이어 남호영기대사가 한 글자를 쓸 때마다 세 번씩 위요圍繞하고 예배하고 세 번 불명佛名을 불렀음을 말하고 그것은 곧 모든 대지大地 함생含生으로 하여금 이 법을 승乘하여 삼계의 화택을 빨리 벗어나고, 자심自心을 청정하게 하여 구품九品의 보배로운 곳으로 곧바로 도달하게 함이니, 가히 참된 정진이요 참된 법공양이라 할 만하다고 하였다.12)

남호영기의 판각의 공덕과 의의를 길게 천명하고 있는 동화축전은 1851년에 건봉사에서 열린 제3회 만일염불회를 주관하다가 몇 해 되지 않아 입적한 교학승이다.13) 그는 기존에 간행된 염불서를 폭넓게 수합하고 체계를 세워 〈권왕가勸往歌〉라는 1203구의 방대한 가사를 남긴 인물이다. 그의 작품은 비록 외형적으로는 노래를 풀어써서 경전의 체제를 갖추지는 않았으나 내용과 체제는 한글로 된 기존의 염불서 가운데 가장 방대하고 체계적인 저술이라 할 수 있다. 정토삼부경 『임종정념문』『왕생록』『연종보감』『정토보서』 등 다양한 문헌에 담겨있는 내용을 하나의 가사에 담아 펼쳐 보이는 〈권왕가〉는 이 시기의 교학승려로서 행한 경전의 판각에 상응하는 실천운동이라 할 수 있다.14) 같은 경

---

12) 이 대목은 또한 자신의 〈권왕가〉 창작의 동기와 의의를 밝힌 것이라 해도 전혀 어색하지 않다.

13) 아미타경과 유마경에 「서문」을 남긴 이후로는 자취를 찾을 수 없고, 건봉사지에도 제3회 만일염불회를 시작하였으나 몇 해 지나지 않아 입적하였다고 기록되었다.

14) 김종진, 「〈권왕가〉의 선행담론 연구」, 『불교어문논집』 8, 한국불교어문학회, 2003.8, 227~252면 참고.

전에 대해 남호는 지욱법사의 주해를 판각하였고, 동화축전은 우리말 가사를 통해 대중적으로 홍포하는 데 관심을 가졌던 것이다.[15]

19세기 불교가사 작가의 두 거봉은 건봉사의 동화축전과 봉은사의 남호영기로서, 동화축전은 〈권왕가〉를, 남호영기는 〈광대모연가〉와 〈장안걸식가〉를 지었다. 그런데 이들은 1850년대에 함께 판각운동의 선두에 서서 글과 가사를 남겼고, 또한 둘 사이에 활발한 교유관계를 유지하면서 운동과 가사창작에 이르기까지 연관성을 보여준다. 철원의 보개산과 서울의 삼각산의 축이 동쪽 고성의 건봉사로 이어지면서 한수 이북의 문화적 띠를 형성하고 있다는 점에서 남호영기와 동화축전의 교유록은 의미를 지닌다.[16]

금계당 장환은 어느 사찰의 승려인지 확인할 수 없었으나, 남호의 『아미타경』 판각시에 「서문」을 남긴 동시대의 인물로 주목된다.

아미타경 십육관경은 모두 여래부처의 親說로서, 사람마다 하여금 고해를 멀리 버리고 떠나 樂邦을 기구케 하고자 하는 청정한 가르침이요, 연종보감 일부와 十策은 조사가 있는 그대로 법을 설한 가르침이니 또한 중생의 무리로 하여금 마음의 적을 이겨 평정하고, 不退轉의 경지에 곧바로 오르는 미묘한 말이요, 심오한 뜻이라. 내세彼世界는 칠보궁전과 五色蓮胎, 24락과 30종익이 허공 중에 가득 차서 생각대로 발에 따르는 곳이라. 이는 역대의 명선비 고승의 여러 기록에 널리 갖추어졌으니 졸렬한 붓으로 더하여 거듭 펼 바가 아닐 따름이다. 손가락을 베어 피를 내고 이 경을 베낀 것은 省常대사 입적 후 전후 천년간에 듣지도 보지도 못한 것은 대개 우리 도의 전함이 언어 문자의 사이를 넘지 못함일 따름이다.

한수 북에 宗匠이 있으니 남호 기 선사이시다. 어려서 朽宅을 떠나 오랫동

15) 김종진, 「동화축전론」, 『한국어문학연구』 41, 한국어문학연구학회, 2003.12, 303면.
16) 조계사에서 오랫동안 강론을 했던 침명한성(1801~1876)의 비(「순천선암사침명당 한성대선사 비문」)의 음기에는 건봉사 동화축전과 보개산 남호선사의 이름이 함께 있는 것으로 보아, 선암사나 조계사에서 두 사람이 함께 수학을 했던 시기가 있었을 것으로 생각된다.

안 頓門에 들어와 자못 염불삼매를 얻었고, 오로지 信願 持名을 자기의 소임으로 여겼도다. 앞서 임자년에 寶山에 들어가 이 경을 사경하며 세 번 예배하고 세 번 위요하였으니, 옛 조사의 모범을 한결같이 따른 것이로다. 손가락에 피를 내어 아픔을 참으니 진실로 省常대사의 행적을 잇는 것이로다. 법을 행함에 제 몸을 잊는 마음이 어찌 그리 침착하고 성실한가. 혹 여래가 보낸 사람인가, 성상대사가 다시 온 것인가. 계축년 初夏에 삼각산 내원암에서 판에 새기고 펴내어 영구히 유통하기를 기원했다. 相國 김公과 부인 양씨가 천 권을 만들고자 하니, 그 隨喜의 은혜가 또한 護法菩薩이 時世를 사이에 두고 태어난 것이 아니겠는가. 우리 무리가 聖世에 나고 거하며 도량을 얻어 거하며, 이같은 어진 재상의 은혜를 만나니, 부처를 받드는 제자와 여러 선인 등이 그 사이에 감히 한 마디 말로 칭송하지 못도다. 머리를 조아리고 손을 모아 엎드려 축원하기를 "그대 만년 동안의 경복을 누리리라."[17]

— 『불설아미타경요해』

금계당 장환의 글에는 한 글자를 쓸 때마다 세 번 돌고 세 번 예배하고 세 번 이름을 불렀던 중국 성상省常대사의 정성을 그 시대에 다시 구현한 남호영기의 필사공덕을 기렸다. 그리고 판각의 과정에서 다른 이들의 도움이 있었다는 것과 1,000여 부를 인쇄하여 유포한 사실을 언급하고 있다. 이는 남호의 판각운동이 그 당시의 불교계의 기대 속에서 진행되었음을 밝힌 것이다.

남호의 『아미타경』 판각에 동참한 다른 증명법사의 자취가 밝혀지지

17) 阿彌陀經 十六觀經 皆如來不異語之親說. 欲使人人 厭離苦海 祈求樂邦之淸淨明海. 蓮宗寶鑑一部 十策 卽祖師如實言之正令. 又使含生之類 戕剪心賊 徑登不退之微辭奧旨 彼世界 七寶宮殿 五色蓮胎 二十四樂 三十種益 塞滿空中 如意隨足 歷朝名儒高僧 備殫衆傳 非拙筆所加重宣耳. 毁指血寫此經 省常大師去後 上下千載之間寂未聞見其事. 槃吾道之傳不越乎言語文字之間而已. 漢北有宗匠焉. 南湖奇禪師 是少離朽宅 長入頓門 頗得念佛三昧 專以信願持名爲己任者也. 昨於壬子 入寶山 寫此經 三禮拜 三圍遶 一遵古祖師垂範 而指血忘痛 實踵省常之芳躅 爲法忘驅之心何其着實哉. 惑如來使人耶, 省常重來耶. 越癸丑夏初 三山內院刊板印行, 冀永流通. 相國金公 坤命梁氏 欲得奇子繡千卷, 其隨喜之惠 亦護法菩薩間生耶. 吾儕生居聖世得在道場 遇斯賢宰相 軫念之澤, 奉佛弟子 衆善人等 不敢贊一辭於其間. 稽首拜手伏祝曰 君子萬年个爾景福 錦溪堂壯煥 謹序.

않은 가운데, 혼성취선은『동사열전』에 소개되어 있어 그 대체적인 삶을 짐작할 수 있다. 그는 묘향산을 중심으로 활동한 인물로, 주로 보현사 극락전에 머물며 교학을 배우고 선을 참고하는 한편 제자들을 가르쳤으며, 경율론經律論 삼장三藏과 오시교五時教를 두루 공부하여 교학에 밝았던 인물이다. 그리고 남호영기 스님이 손가락 피로써 경전을 베껴써서 간행하는 자리에 증명법사로 참석하였고, 쌍월성활의 법회에 초청을 받아 임석하기도 했다는 기록이 남아 있다.[18]

이상의 단편적인 기록을 통해서 혼성취선 또한 남호영기와 함께 교학에 밝은 한북漢北의 승려였고 한 평생을 제자를 가르치며 또 경전의 간행에도 증명법사로 참석하는 등 활발한 활동을 하고 있음이 확인된다.

한편 남호영기의『아미타경』판각에 증명법사로 참석한 이 중, 동화축전 · 혼성취선 · 혜봉최성은 쌍월성활이『유마경』『관음경』『미타경』을 개간하여 철원 보개산 성주암에 봉안할 때에도 함께 증명법사로 참석하고 있어 주목된다. 이들의 관계는 다음과 같이 나타낼 수 있다.


```
                동화축전
남호영기 —  혼성취선  —  쌍월성활
                혜봉최성
```

남호영기와 쌍월성활과 동시적인 교류를 맺은 승려의 양상을 볼 때, 남호영기와 쌍월성활의 교류를 추정할 수 있다.[19] 그런데『화엄경』판

---

18) 범해 편, 김윤세 역,『동사열전』, 광제원, 1991, 392~394면.
19) 대사의 이름은 성활이고 호는 쌍월이다. 학식이 曠遠하고 知行이 특별히 뛰어났다. (…중략…) 임자년(1852) 봄 재물을 모은뒤「注維摩經」3권,「觀經」1권,「彌陀經」을 劉聖鍾의 집에서 간행하였다. 吳昊秀가 글을 書寫를 맡았고 寶月慧昭, 慧峰最性, 碧潭道文 등 여러 대존숙들이 증석에 초빙되었다. 계축년(1853)에 완료되었는데 東化竺典 華隱護敬이 다투어 서발을 써서 보개산 성주암에 봉안하였으니 참으로 좋은 일 가운데 으뜸이라고 하겠다. 제자 鐵鏡은 선암사에 주석하였는데 성은 최씨이다. 그 나머지 결연과 법을 전수한 제자는 문집과 일기에 기록되어 전한다(『동사열전』5,「쌍월선백전雙月禪伯傳」).

각과 관련된 글로서, 화은호경華隱護敬이 기록한 「봉은사판전신건기奉恩寺板殿新建記」(1856)에 보면 영기대사가 『화엄경』 판각을 발원할 때, 인허성유 제월보성 쌍월성활 등 여러 개사開士와 함께 함께 모여 상의 한 후 봉은사에 모여 모연하였다는 기록이 있다.20) 이를 통해 남호영기와 쌍월성활의 관계가 직접적인 동지 관계였음이 분명히 드러난다.

쌍월과 남호의 관련성은 공간적인 면에서도 주목된다. 남호영기가 철원의 보개산 지장암에서 『아미타경』을 서사하고, 또 후에 『지장경』 『관심론』도 철원의 석대암에서 개간한 것과 비슷하게 쌍월성활은 판각한 경전을 같은 보개산의 성주암에 봉안하고 있다. 그리고 이들 사이에서 동화축전은 남호영기의 『아미타경』과 쌍월성활의 『유마경』에 나란히 「서문」을 써서 증명함으로써, 이 시기 판각불사운동의 주체로서 남호영기 · 쌍월성활과 어깨를 나란히 하고 있음을 알 수 있다.21)

이들의 상호 동질성은 판각하는 경전의 내용이 염불신앙의 홍포라는 의도를 반영하고 있다는 점에서도 찾아볼 수 있다. 앞에서 언급한 대로 〈권왕가〉는 권염불의 요체를 다양한 염불서의 내용을 조목조목 가사화함

---

20) 有南湖奇師 以斯經重刊壽傳 發願立誓 與印虛性維 霽月寶性 雙月性闓諸開士 僉議相謀 共會於廣州奉恩寺 或募緣而行化 或知物而幹事 招來良工 附之剞劂 大內傾帑財 而爲檀越首 重臣割俸祿 而作外護黌 四衆奔走服役 八紘翕然影從 乙卯秋始役 越明年丙辰秋竣功.

21) 쌍월이 간행한 『주유마경注維摩經』은 원제가 『유마힐소설경통윤직소維摩詰所說經通潤直疏』이며 『유마힐소설경』이라는 표제로 전한다. 이 책은 明代 화엄종의 학승인 통윤通潤(1565~1624)의 저술이다. 통윤의 직소는 유마경 전체를 간명하면서도 깊이 있게 주석하였으며 유교와 도가의 전적들을 자유롭게 인용하고 선불교의 진수를 거침없이 설파한 책이다. 그러나 우리나라에는 고려이후 『유마경』에 관한 연구는 공백에 가까울 정도로 소원한 상태로 놓여있었다. 화은 호경은 발문에서 "이 경은 우리나라에서는 일찍이 오랫동안 소와 주석이 없어서 학자들이 경전을 탐구하는 데 자주 아득해져서 능히 그 끝을 규명하여 그 근원을 궁구하지 못하여 총림에서 병으로 여긴지 오래 되었다"고 하여 유마경의 체계적인 연구가 진척되지 않았던 당시의 상황을 말하고 있다. 한편 쌍월이 『유마힐소설경』을 간행한 시기는 추사(1786~1856)와 초의(1786~1866), 정약용이 활약했던 시대로 개항 직전의 뜨거운 공기가 흐르기 시작하던 변혁의 시대였다. 이 시기에 유마경을 간행한 쌍월성활은 자신의 시대를 꿰뚫어 보고 유마가 이땅에 출현하기를 바랐던 선철先哲이라는 평을 받고 있다.

으로써 작품이 형성되었는데, 남호가 펴낸 『아미타경』 『십육관경』 『연종보감』과 쌍월성활이 펴낸 『아미타경』 『십육관경』은 곧 동화축전의 〈권왕가〉 창작의 의도와 동일선상에 있는 것이다.

(2) 『화엄경』 판각과 관련된 인물 : 호봉응규虎峰應奎 · 운구한민雲句漢旻 과 추사 김정희秋史 金正喜

남호영기의 『아미타경』 간행 시에 증명법사로 참석한 대부분의 교학승 명단은 앞서 인용한 「화엄판전신건기」에서 다시 확인된다.[22] 여기에서는 『화엄경』 판각의 장소인 봉은사의 인물을 중심으로 문화운동의 동반자로서의 교유록의 실상을 확인하고자 한다. 대표적인 이는 호봉응규, 운구한민, 그리고 추사 김정희이다. 이들은 단순한 친분관계나 뜻을 같이한 이들이 아니라, 1850년대 한북의 판각불사운동의 구심점 역할을 한 인물로 평가할 수 있다.

호봉은 봉은사에 주로 머물며 사경과 경전 간행에 공헌한 스님이다. 온갖 정성을 다 기울여 손수 『화엄경』 1부를 베껴 쓴 후 널리 8도의 유명법사를 증석에 초빙, 이들이 지켜보는 가운데 『화엄경』을 인쇄 간행하는 한편 경판經板을 제작, 판전에 봉안하였다. 추사 김정희가 호봉스님이 쓴 『화엄경』 80권을 보고 필력과 공로를 크게 칭찬하고 「서문」과 찬미의 글을 지었다.[23] 호봉스님은 봉은사 판전에서 『화엄경』을 판에 새기고 책으로 찍어내 전국 승려와 신도에게 유포시키니 그 훌륭한 신심은 자신의 손가락 피를 먹물에 섞어 『미타경』 등을 베껴 써서 간행한 남호영기스님과 견주어진다. 당시 대법사들이 모두 증석에 참가했던 것도 서로 비슷

---

22) 이 장의 주 20) 참고.
23) "수보리여 선남자(…중략…) 이제 호봉 스님이 손수 화엄경 80권을 베껴 썼으니 그 복이 어떠할 것인가. 승련노인(추사)은 강변의 절(봉은사) 판각 중에서 호공(호봉스님)에게 써서 보이노라."

하다 하겠다. 호봉스님이 쓴 판본은 80권 본 『화엄경』이다.24)

『동사열전』에는 호봉이 『화엄경』 80권을 필사하고 판각하여 판전에 봉안한 인물로 소개되었으며, 이러한 호봉의 공력을 『아미타경』을 필사하고 판각한 남호영기의 공력에 견주었다.25) 그리고 남호영기의 『아미타경』 인행에 증명법사로 참석했던 이들이 '모두' 호봉의 『화엄경』 판각에 증명법사로 참석하였다는 사실도 다시 확인할 수 있다. 이들은 강한 구심력을 지닌 채 이 시기의 문화운동을 전개해 나간 것으로 생각된다. '뜻을 같이하는 여러 사람'들과 함께 판각을 했다는 남호영기대사의 비문의 기록與諸同志 鳩緣刊疏鈔華嚴經八十卷의 실상은 사실 이러한 인물들과의 협력관계에서 판각의 대업을 이루었다는 사실을 적시한 것이다.

한편 추사 김정희는 만년에 봉은사에 머물면서 글씨를 쓰는 한편, 실학자이자 고증학자로서 동시대에 전개된 교학승들의 판각운동에도 많은 관심을 보이고 있다. 추사와 승려들의 관계는 매우 폭이 넓었지만, 여기에서는 교학승들과의 관련성이 특히 주목된다.26)

마침 또 유마경을 판각한 승려가 왔기에 스스로 일부를 취하고, 또 일부를 가지고 바로 上書를 마련하게 하여 즉시 專人을 시켜 江上(권돈인)에 바치도록 하였는데 과연 착오가 없었습니다. 이 경의 注는 바로 우산虞山이 일컬은 바 '한 비로 공평하게 적셔준 것이라고 한 것인데, 그것이 하나하나가 모두 불이법문에 부합되는지 모르겠습니다. (…중략…)

이 승려 한민漢旻은 스스로 운구雲句라 호칭한 자로서, 적년부터 소인에게 내왕하였는데, 信根이 대단히 있고 願力도 대단히 있습니다. (…중략…) 금강경 능엄경에 대해 공부를 퍽 많이 하였고 그 정진하는 정성이 이루 헤아릴 수

---

24) 『동사열전』, 400~402면.
25) 호봉의 『화엄경』의 필사는 판각과 별도로 이루어진 것으로 보인다.
26) 동화축전과 금계당(장환)에게 주는 시도 『완당전집』에 수록되어 있다.

없습니다. (⋯중략⋯) 감히 그를 먼저 소개드리기 위하여 서신 한 장을 갖추었습니다. 또 한 승려 영기는 자칭 남호라는 자로서, 연전에 아미타경과 무량경을 판각하여 또한 이미 江上에 전달했던 자이니, 아마 生面은 아닐 듯합니다. 이 두 승려가 大願을 발하여 화엄경을 간행하려 하고 있으니, 그 뜻이 또한 가상합니다.

　　　　　　　　　　　　　　　　—『완당전집』 제3권, 서독書牘 21

　추사가 평생의 지기知己였던 권돈인에게 보내는 편지글을 보면 당시에 『유마경』을 판각한 승려가 추사에게 두 질을 전달한 것으로 나타나는데, 이 승려는 앞서 소개한 쌍월성활이 아닌가 한다. 그리고 영기대사가 『아미타경』과 『무량수경』을 전달했음과 함께, 편지글을 쓰는 당시에는 운구한민과 남호영기가 『화엄경』 간행을 준비하고 있음을 알 수 있다. 여기에서 봉은사의 『화엄경』 판각에 동참한 '동지同志'로 다시 운구한민의 존재를 복원할 수 있다. 봉은사의 『화엄경』 판각은 남호영기의 주관으로 이루어졌지만, 개인적인 원력과 노력으로만 이루어졌던 것은 아니며, 동시대에 같은 지향성을 지니는 많은 승려들의 동참과 경전의 판각에 주력하는 시대적인 분위기와도 밀접한 관련을 지니고 있음을 확인할 수 있다.

　그리고 이를 통해서 남호영기·쌍월성활·운구한민 등 경전의 판각과 보급에 공력을 들인 승려들의 이면에 고증학자인 추사의 존재가 일정 부분 역할을 하고 있음을 알 수 있다. 추사는 경전의 판각과 보급에 직접적인 역할을 하지는 않았으나 교학적인 면에서 여러 승려들의 판각에 영향을 주거나, 그러한 분위기의 조성에 일정한 역할을 한 것이다.27)

---

27) 구사회 교수는 불교와 실학의 관련성을 다룬 글에서 실증적이고 객관적인 그의 고증학적인 태도가 당대의 불교계에 큰 영향을 끼쳤다고 하면서, 추사와 백파간에 이루어진 선 논쟁의 예를 들었다(「실학과 불교의 교섭」, 『불교어문논집』 2, 한국불교문학사연구회, 1997, 177~193면 참고). 선논쟁에서 보여준 추사 고증학의 불교계에 끼친 영향을 과소평가할 수는 없다. 그러나 그의 학문적 영향력은 본고에서 소개하는 한수 이북의 교학승들과의 교류를 통해 더욱 뚜렷하게 구현된 것이 아닌가 한다. 남호영기가 봉은사

'수보리야 선남자 선여인이 항하사 같이 많은 제몸으로 보시를 하고 저렇듯 한량없는 백천억 겁에도 몸으로서 보시한다. 만약 사람이 있어 이 경전을 듣고 마음에 믿어 거슬리지 않으면 그 복이 저보다 낫다. 더구나 書寫에 있어서랴.' 했는데, 이는 바로 금강반야경에서 여래가 이미 증명한 것인데 지금 호봉이 손수 화엄경 팔십 권을 써 냈으니 그 복이 의당 어떻겠는가.

근일의 禪林 속에는 다 참선을 구실 삼아 혹은 칠불암 아자방 안에서 입을 다물고 말이 없는 표본을 지으며 이십 년 삼십 년을 지내고 無字의 화두와 栢樹子의 공안은 다 이 흑산 귀굴에 타락하고 말 따름이며, 호공의 書寫한 공덕이 바로 곧 선의 제일의로서 불의 先證이 이미 이와 같이 또렷하여 의심할 여지가 없음을 모르고 있으니, 大慧를 일으켜 와서 妙諦와 眞詮으로 깨우치지 못하여 천하 만세의 아손배들을 그르치면서도 끝내 回觀 返照하지 못한 것이 한스럽다. 勝蓮 노인은 江上 寺閣 중에서 써서 호공에게 보이다.[28]

추사가 호봉에게 보낸 편지글이다. 추사는 그 당시의 불교계의 풍조처럼 화두와 공안을 붙들고 이십 년 삼십 년 무의미하게 있는 것보다, 『화엄경』을 서사한 공덕이 더 값진 것이라하여 호봉의 판각활동에 높은 가치를 부여하고 있다.[29]

지금까지 1850년대 한수 이북의 판각불사운동과 관련된 교학승들의 교유록을 남호영기를 중심으로 재구해 보았다. 물론 이들이 어떤 시간

에서 『화엄경』을 판각하기로 결정한 것도 추사의 존재를 의식한 결정이라고 할 수도 있다. 경전에 대한 해박한 지식과 함께 왕실의 내탕금과 중신들의 녹봉이 시주로 들어오는 국가적인 외호를 동원할 수 있는 영향력의 측면에서도 추사가 거처하고 있던 봉은사가 『화엄경』 판각의 적지라고 판단했을 가능성이 크다는 최완수(「봉은사」, 『명찰순례』 1, 대원사, 1994, 448면)의 견해도 참고할 만하다.

28) 김정희 저, 임정기 역, 『국역 완당전집』 1, 「서시호봉書示虎峰」, 솔출판사, 1996, 345면.
29) 한편 완당은 과천시절에 스님들과의 만남이 더욱 잦았고 또 교류범위도 넓었다. 완당은 스님들과 단순히 시서화차詩書畵茶 같은 여기로 만난 것이 아니었다. 완당은 불심佛心이 돈독하여 염불신앙을 강조하기도 했다. 그는 기도도 아니하고 헛된 화두나 꺼내는 것을 호되게 비판하면서 태허太虛 스님의 염불수행에 큰 박수를 보냈다(유홍준, 『완당평전』 2, 학고재, 672~673면 인용). 이를 통해 보면 완당이 그 당시 한수 이북의 교학승들이 공력을 기울여 펴내고 있는 정토신앙과 염불권장의 판각에 대해 각별한 관심을 표한 것은 우연이 아닌 것으로 보인다.

적 공간적 현장에서 하나의 문화운동으로 이러한 경향을 실천하자고 다짐을 했다거나, 상호토론을 통해 판각의 현재성을 부각시킨 기록은 남아있지 않다. 상호간의 편지글이나 하나의 쟁점에 대한 상호논쟁의 자료도 현재로서는 확인할 수 없는 형편이다.

그럼에도 불구하고 이들은 판각불사에 증명법사로 참석하여 동참하거나 「서문」을 써서 판각의 종교적인 의미를 부각시키고 있다. 그리고 공간적으로 관련을 맺거나 서로 다른 경전의 판각에 증명법사로 함께 참석하는 등, 동시적인 운동성을 보여주고 있다. 따라서 남호영기의 『화엄경』 판각을 비롯한 이 시기의 교학승들의 판각활동은 판각불사운동의 실체를 형성한다고 볼 수 있다. 남호영기의 판각은 이러한 시대적 분위기와 불교문화운동의 경향성을 반영하고 있다. 서울의 봉은사—삼각산 내원암—철원의 보개산 지장암·석대암·성주암—고성의 건봉사로 이어지는 한수 이북의 띠는 1850년대 교학승들의 활동의 공간이면서 개별적인 공간이 아닌 문화적 연대를 형성하는 문화운동의 공간인 것이다.[30]

3. 『화엄경』 판각의 논리와 불교가사 창작의 배경

이상에서 논의한 1850년대의 불서간행운동은 〈광대모연가〉 창작의

---

30) 한편 조선 시대의 각수刻手와 간기刊記가 명시된 사찰목판본 목록을 보면, 16세기는 187본, 17세기는 175본, 18세기는 98본인데 비해 19세기는 21본에 불과할 정도로 아주 소략함을 알 수 있다(김상호, 「조선조 사찰판 각수에 관한 연구」, 성대박사학위논문, 1990. 부록 1 '각수명刻手名 기재의 조선 유간기有刊記 사찰판목록' 참고). 19세기의 목록 중에서 이들의 판각이 차지하는 비중이 적지 않으며, 또 이처럼 시기적으로 공간적으로 집약된 판각활동이 전례 없는 것이라는 점에서 볼 때, 이들의 활동은 분명히 19세기 문화운동의 하나로서 의의를 지니는 것이다.

시대적 문화적 배경으로 자리잡고 있다. 범위를 좁혀보면 〈광대모연가〉
는 이러한 배경하에서 전개된 봉은사의 『화엄경』 판각을 위한 모연가
사로서 지어진 것이다. 이러한 사실을 밝히기 위해 그가 남겨놓은 『화
엄경소초중간조연서』의 「서문」을 고찰해 보도록 한다.

「서문」에는 『화엄경』의 가치를 소개하고 그것이 중국을 거쳐 우리나
라에 유전되는 내력과 판각의 필요성을 소개하였다.[31]

> 대방광불화엄경은 一眞法界를 說한 것이다. 법계라는 것은 生佛이 無碍한
> 본체로다. 玄虛하고 靈明하며 廣大하고 幽遠하도다. 十虛를 포함하되 담지
> 못하는 것이 없고, 萬象을 포괄하되 더욱더 넓도다. 비록 □의 相이 두루 티끌
> 에 편만해 있으나 不空의 空을 融攝하여 항상 寂念으로 생각마다 圓凝하니,
> 진실로 비로자나의 淵府(곳집)이고, 보현보살의 心骨(몸)이라 말할 수 있다. 고
> 로 우리 본사께서 증득하여 성불한 순간에 一音을 密闡하였으니 敎海가 깊고
> 파도가 浩瀚하도다.[32]

첫 단락은 『화엄경』의 요체를 소개하며 그 광대무변의 세계를 찬양
한 대목이다. 먼저 『화엄경』은 일진법계一眞法界를 설한 경전인데, 법계
라는 것은 현허玄虛하고 영명靈明하며 광대廣大하고 유원幽遠하다고 하
였다. 이는 "법계란 일체중생 身心의 本體이니, 본래부터 영명靈明하고
확철廓徹하며 광대廣大하고 허적虛寂하여 유일한 진경일 뿐이다"라는 징
관의 표현과 같은 것으로 일진법계의 광대무변함을 말한 것이다.[33]

또 일진법계는 십허十虛를 포함하되 담지 못하는 것이 없고, 만상萬象
을 포괄하되 더욱더 넓은 것이라 하였다. 이는 징관이 말한 "形貌가 없

---

31) 행초서로 되어 있는 「서문」의 해독은 동국대 김상일교수의 도움을 받았다. 번역상
    의 책임은 필자에게 있다.
32) 觀夫大方廣佛華嚴經在一眞法界之說也 法界者 生佛無碍之體也 玄虛靈明 廣大幽
    遠 括十虛而無外 包萬象卽愈寬 雖□之相普徧塵 融攝不空之空 恒寂念念圓凝 眞可
    謂毘盧之淵府 普賢之心骨 故我本師 初聖覺 愓一音密闡 敎海沖深 波瀾浩瀚 奈何
33) 「上問華嚴法界」, 『화엄경현담』, 중앙승가대출판부, 1998, 82면.

으나 大千世界에 森羅하고, 邊際가 없으나 萬有를 含容하며"라는 표현과 같다. 또 「어제대방광불화엄경서」에는 "그 광대함을 말한다면 포괄하지 못할 것이 없고, 그 정밀함을 말한다면 갖추지 못할 것이 없다語其廣大則無所不包 語其精密 則無所不備"는 표현으로 나타난 것과 같은 의미다.[34] "진실로 비로자나의 연부淵府이고 보현보살의 심골心骨이라"는 표현도 『화엄경소초현담』의 제10 「약석명제略釋名題」[35]에서 원용한 것이다.

그리고 "세존이 증득하여 성불한 순간에 一音을 密闡하였으니, 그 가르침의 바다가 깊고 파도가 호한하다"라고 하였다. 여기에서 일음을 밀천한 것은 곧 『화엄경』을 설한 것을 말한 것이다.[36] "教海가 깊고 파도가 浩瀚하도다"는 표현도 경전의 표현[37]을 활용한 것이다.

요컨대 첫 단락은 화엄 교학의 핵심을 간명하게 추려 소개한 대목으로 판단된다.

해탈시에 용궁에 淸輝를 숨기시니, 대사가 正法 오백년이 지난 후에 秘藏(화엄경)을 찾아내시고, 여러 성현들이 중국땅에 이를 闡揚하였다. 大手와 名賣(훌륭한 학인)의 주석서가 대대로 끊이지 않았다. 淸涼國師는 五地菩薩에 이른 성인으로 몸은 부처님의 경계에 깃든 분이라. 매양 舊疏가 經旨를 다하지 못한 것을 개탄하고 疏鈔를 저술하셨다. 광명이 널리 비추는 징조가 먼저 있었고, 용이 날아 천으로 흩어지는 상징이 후에 응하였다. 性相의 심오함을 밝히고 법계의 경계 끝까지 궁구하였다. 경전의 뜻을 알기 쉽게 설명하고 새로움을 취하니 옛 현인이 차지했던 자리를 빼앗았도다. 한 번 설법을 하니 부처의 가르침이 높이 드러났도다.[38]

---

34) 위의 책, 45면.
35) 위의 책, 272면.
36) 위의 책, 83면.
37) 위의 책, 204면.
38) 解脫之時 匿輝龍宮 大士搜秘於正法五百年之外 群賢闡揚於新州數千里之東 至若淸涼國師 以五地聖人 捿身佛境 每慨舊疏未盡經旨 著爲疏鈔 光明遍照之徵先有 龍飛千鷗之象後應. 朗性相之幽邃 窮法界之涯際 演義就新 奪古賢席 譚柄一揮 敞金僊門.

둘째 단락은 『화엄경』이 유전되는 내력을 소개하였다. 『화엄경소초현담』 제9 「감경봉우」에는 "이러한 까닭으로 보살이 용궁에서 秘藏(『화엄경』)을 찾으시고, 大賢이 중국에서 천양하시었다. 돌아보건대 오직 정법의 시대에도 오히려 淸輝를 숨기더니 다행하게도 像法과 末法 시대에 이러한 玄化를 만났음에라"39)라 하였다. 이어 『화엄경』이 중국에 유전되고 주석서가 끊임없이 간행되는 양상을 소개하고 청량국사 징관이 『화엄경소초』를 저술한 내력과 전후의 상서로운 징조를 소개하고 찬양하였다.

우리 해동은 한쪽 구석에 치우쳐 있어 寂然히 듣지 못하였더니, 지난 康熙 연중에 바다를 건너 스스로 왔도다. 생각건대 천하를 다스리는 큰 복이 만세토록 흠 없이 응함이 아니겠는가. 대지 창생이 모두 眞界에 노니는 (단계)가 아니겠는가. 진실로 불가사의한 일이로다. 이에 栢菴和尙이 己巳년(1689)에 판에 새겨 간행하였는데, 오래지 않아 庚寅년(1770)에 화재를 당하였도다. 화상이 끼친 공을 받은 것이 82년이었다. 乾隆 甲午년(1774)에 雪波長老가 이를 이어 다시 간행하였다. 甲午년에서 금년 乙卯년(1855)까지는 또한 82년이다. 자획이 닳아 없어지고 藏經閣이 물이 새니(허물어지니) 講宗(경전을 연구 강의하는 敎家의 승려)이 어려움을 당하고 배우는 이가 탄식을 하도다. 하물며 별도의 장판이 없으니, 지금의 학불자들이 편하게 잠을 자고 다리를 펼 수 있겠는가. 나는 나이가 젊고 덕이 박하여 큰 소임을 감당하기 어려우나, (학불자들의) 願을 물리칠 수 없어 먼저 三寶의 藏門을 두드린 후에 용의 상서로운 호법력을 바라며 출간을 맡기로 하였다. 엎드려 빌건대 선지식들이여. 저는 나와 관계없는 것이라 생각 말고, 범상한 일이라 하여 게으름 부리며 독려치 않는 일은 하지 말지어다.40)

---

39) 『화엄경현담』, 앞의 책, 265면.
40) 惟我海東偏隅 寂然無聞 昔在康熙年中 航海而自來 顧惟 御宇洪祚 無瑕萬世之應耶 大地蒼生 咸泳眞界之段耶. 固不可得而思議矣. 於是栢菴和尙 鏤梓印布於己巳. 不久 燬燼於庚寅 遺功所化八十二載. 粤乾隆甲午 雪波長老 繼而重刊. 自甲午計今乙卯 亦八十二年. 字畫湮泯 藏閣滲漏 段使講宗喫難 學者含嗟 況無別藏 方今之時 學佛者 可安枕伸脚乎. 余雖年少德薄 未堪大任 然願不可却 先扣三寶藏門 次冀龍祥護力 荷擔鍥刊 伏願善知識 勿視爲彼而我所不關 勿視爲常而漫不策勵.

마지막 단락에서는 징관이 저술한 『화엄경소초』가 우리나라에 유전되는 내력을 소개하였다. 숙종 7년(1681) 불서佛書를 가득 실은 배 한척이 우리나라 서해의 임자도에 표박하였는데, 백암성총은 이 가운데 주요 경전들과 함께 『화엄경소초』를 판각하였다(1689). 그러나 이 판본은 1770년에 불에 화재를 당하였고, 다시 설파장로가 1774년에 간행하게 되었다. 영기대사에 따르면 백암이 판에 새긴 『화엄경소초』가 화재로 소실된 것이 82년 만이었는데, 마침 그 해(1855)는 설파가 판에 새겨 유통시킨 지 다시 82년이 되는 해라는 것과 자획이 닳아져서 다시 판각하지 않으면 안 될 상황이라는 점을 역설하고 있다. 이 해는 남호가 36세가 되는 해로서, 스스로 '나이가 젊고 덕이 박하여 큰 소임을 감당하기 어려우나' 학불자들의 청을 받아들여서 출간을 맡기로 하였다는 그간의 사정을 소개하면서 여러 사람들의 적극적인 동참을 호소하고 있다. 「서문」 끝에는 "남호사미비로장영기설향근서南湖沙弥毘盧藏永奇爇香謹書"라는 기록이 있어 남호영기가 직접 필사했음을 알 수 있다.[41]

그렇다면 결국 필사본 『화엄경소초중간조연서』의 「서문」은 판각 후에 붙인 것이 아니라, 판각을 준비하는 과정에서 여러 대중들의 적극적인 동참을 유도하는 맥락에서 쓴 글임이 분명하게 드러난다. 그리고 판각이라는 거대한 불사를 앞에 두고 『화엄경』의 가치라든가 『화엄경소초』 전래의 내력과 우리나라에서의 유통과정에 대해 자세히 이야기함으로써 판각을 해야만 하는 당위를 부각시킨 것이다. 따라서 이 「서문」은 하나의 모연문의 성격을 가지게 된다.

그러나 이러한 한문글로 동참을 호소하는 대상에는 한계가 있는 것은 자명한 사실이다. 따라서 한문보다는 '언문'이 친숙한 일반 대중을 위한 모연문 권선문이 필요하게 되었고, 남호영기는 이에 따라 〈광대모연가〉(원제-〈디방광블화엄경판긱광대모연가〉)를 지어 유통시켰던 것이다.

---

41) 〈광대모연가〉의 말미에는 "을묘츈 남호ㅅ미 비로쟝 영긔 셜향 근셔"라는 기록이 있다. 「서문」과 가사 작품 모두 을묘년(1855)에 남호영기에 의해 필사된 것임을 알 수 있다.

4. 판각운동과 관련된 불교가사의 양상

『화엄경』의 판각을 위한 모연을 위해서 창작한 가사는 〈광대모연가〉와 〈장안걸식가〉 두 편이다. 〈광대모연가廣大募緣歌〉는 제목에서 모연문으로서의 성격을 분명히 하고 있다. 작품은 총 156구로 이루어져 있으며, 서사(1~68구)·본사(69~130구)·결사(131~156구)로 나누어진다. 서사의 내용은 사람이 탐·진·치 삼독으로 말미암아 화장세계를 마다하고 오탁악세에 빠져 만반고초를 받다가 인간의 몸으로 태어났으나 자신의 몸에 애착하여 믿음없이 살아가는 인간에 대한 안타까움이 표출되었다. 일반적으로 불교가사에서 인생무상 화소를 앞에 제시하거나 탐·진·치 삼독에 빠져 자신의 진면목을 잃어버린 인간에 대한 묘사가 서사를 이루고 있는 경우가 많은데, 이 작품에서도 『화엄경』에 대한 강조보다는 인생의 타락상이 먼저 제시되고 있음을 알 수 있다. 작품의 의도는 본사에 집중적으로 표현되었다.

> 천스만샹 후리치고 금구쇼셜 무샹법을
> 일만신심 고지듯고 여셜슈힝 봉지ᄒᆞ면
> 불이촌보 화장계라 히듕지보 무량ᄒᆞ되
> 여의쥬가 웃씀커든 금구소셜 무량ᄒᆞ되
> 화엄경이 웃씀이요 디산소산 무량ᄒᆞ되
> 슈미산이 웃씀커든 금구소셜 무량ᄒᆞ되
> 화엄경이 웃씀이요 디희소희 무량ᄒᆞ되
> 향희슈가 웃씀커든 금구소셜 무량ᄒᆞ되
> 화엄경이 웃씀이라   (69~85구)

인용한 본사의 첫 대목은 『화엄경』이 최고의 경전임을 반복하여 제시함으로써 독자들에게 발심을 유도하고 있다. 바닷속의 보배가 아무리 많다한들 여의주가 으뜸이듯이, 부처의 설법이 한없이 많지만 『화엄경』이 으뜸이며, 대산 소산 무수하되 수미산이 가장 높듯이, 부처의 설법 중에 『화엄경』이 으뜸이며, 대해 소해 무량하되 향해수가 으뜸이듯, 부처의 설법 중에 『화엄경』이 으뜸이라 하였다.

일염발심 ᄒ게드면 누구누구 무론ᄒ고
비로즈나 나도나도 과철인원 깁거니와
인히과위 더욱깁다 칠쳐구회 등등ᄒ고
오십오위 역역도다 일사무익 본분ᄉ요
염겁원륭 의심마오 셩덕묘지 심심ᄒ고
언셜파란 부ᄉ의라 일즉법문 무량의을
ᄉ대히슈 진묵ᄒ들 그거라셔 다홀손가   (86~99구)

본사의 두 번째 단락에서는 『화엄경』의 내용과 가르침의 깊은 뜻을 구체적으로 언급하며 찬미하였다. 여기에는 '과철인원' '인행과위' '칠처팔회' '오십오위' '일사무애' '영겁원륭' '성덕묘지' '언설파란' 등 8·9개의 개념어로 『화엄경』의 핵심을 요약하고 있다. 사실 글로 읽어도 어려운 글을 말로 풀어 전달하기란 어려운 일인데, 그것을 또 노래로 한다면 더더욱 어려울 것은 분명하다. 함께 읽는 가사로 이 작품이 활용되었다고 해도 화엄의 핵심을 길게 이야기하기는 어려웠을 것이다. 대신 이 작품에서는 『화엄경』의 핵심개념을 몇 가지를 나열하는 방법으로 경전의 격식을 갖추어 전달한 효과를 가져왔다.

거룩다 화엄경이여 무량겁의 못듯다가
금성의 만낫도다 슈지득송 ᄒ려니와
션남션녀 신단월은 당더발심 결연ᄒ야
이리죠흔 진묘법을 판긱유포 ᄒ옵시라
밍구우목 희유ᄒ들 화엄판긱 만날손가
침긔상투 희유ᄒ들 화엄판긱 만날손가

우담발화 희유흔들 화엄판긱 만날손가   (100~113구)

본사의 세 번째 단락은 판각유포를 당부하는 내용이다. 『화엄경』에 대해 수지手持 독송讀誦도 할 뿐만 아니라 결연한 발심으로 판각유포하자는 당부의 말을 담고 있다. 불교에서 말하는 인연의 소중함을 맹구우목盲龜遇木·침개상투針芥相投·우담바라優曇鉢華라 하는데, 그 어떤 드문 인연 중에서도 『화엄경』 판각의 인연이 가장 소중하다는 강한 표현으로 판각보시를 강조하고 있다.

가사의 내용을 순서대로 나열하면, 첫째 『화엄경』이 최고의 경전이라는 것, 둘째 『화엄경』은 매우 심오한 내용을 담고 있다는 것, 셋째 이러한 『화엄경』을 판각하는 공덕은 맹구우목·침개상투·우담바라보다도 더 만나기 힘든 귀한 공덕이라는 것이다. 그 결과 작품의 결사에서는 『화엄경』을 인출하여 함께 화장세계에 노닐자는 당부로 마무리 하고 있다.

이처럼 〈광대모연가〉는 제목에서부터 모연을 위한 가사임을 분명히 적시하고 있고, 내용의 대부분을 『화엄경』의 가치, 『화엄경』 판각의 소중한 인연, 『화엄경』 판각보시의 당부 등으로 구성되어 있음을 알 수 있다. 〈광대모연가〉는 1850년대 판각운동의 과정에서 소요되는 경비를 충당하기 위해 지은 가사로서 그 기능이 분명하게 드러나는 모연가사의 성격을 지니고 있는 것이다.

이에 비하여 386구의 〈장안걸식가〉는 서울 장안의 다양한 인간 군상과 물상을 하나하나 나열하되 모두 꿈에서 깨어나지 못한 존재로 의미부여를 하며 미몽에서 깨어나기를 당부하는 가사이다. 화자의 모습이 제시된 첫 구절을 인용하면 다음과 같다.

> 여시문법 허스오니 졔불만덕 열반낙은
> 다겁사욕 고힝이요 듕싱뉸회 화퇴문은

무량탐욕 불사로다 이갓치 일너시니
난힝고힝 능이하야 자성불과 셰워보시
염불참선 하려니와 청정걸식 하야보시   (1~10구)

　작품의 화자는 서두에서 자성불과를 세우기 위해서는 염불과 참선도
필요하지만 청정한 걸식과 같은 난행고행을 수행할 필요가 있다는 점
을 선언적으로 제시하였다. 장안에 들어가 걸식을 하는 행위는 바로 자
성을 깨치기 위한 수행의 방편이라는 것이다. 이어지는 본사에서는 서
울 장안에 있는 모든 군상들의 미망에 사로잡힌 현상에 대해 낱낱이 실
상을 폭로하고 본래의 진면목을 제시하며 깨우치는 내용이 전개되었다.

사변으로 그러찬타 거룩하다 인왕산아
원각산니 웨못되고 인아산니 되여넌야
넨들원각 안일소냐 사바셰게 나온사람
삼도고힝 듀지도야 인인기기 너를보고
삼각이라 하여쑤나 긔특허다 동남산아
법셩산니 웨몯되고 암남산이 되여너야
넨들법셩 아닐소냐 오싁능밍 안암되야
법셩진쳬 몰나구나 유덕ㅎ다 한강슈아
감노법슈 웨몯되고 장뉴슈가 되야넌냐
조미롭다 나로빅야 미타션이 웨몯되고
도강션이 되여넌야 넨들미타 아닐소냐   (41~62구)

　인용문은 같은 방식의 표현으로 길게 이어지는 본사의 첫 대목이다.
여기에는 서울 장안의 일부로 자리잡고 있는 인왕산·남산·한강수·
나룻배를 차례대로 나열하면서, 각각의 물상에 대해 불교적인 해석을
제시하고 있다. 인왕산은 원각圓覺산이라는 참모습이 있는데, 그것이 되
지 못하고, 즉 그 진면목을 발견하지 못하고, 인아人我산이 되고 말았다
는 해석을 대화체로 전하고 있다. 이때 원각의 의미와 인아의 의미는

깨달음과 차별상이라는 대립적인 의미망을 갖는다고 할 수 있다. 이러한 의미부여는 남산·한강수·나룻배로 이어지며 장안의 모습은 미몽과 미망에 갇힌 세계로 규정된다.

작품의 결사는 염불하여 극락에 가자는 대중을 위한 전언을 담으면서 견성오도見性悟道하여 보자는 수행의 궁극적인 이상을 제시하는 것으로 마무리하고 있다.

이렇게 볼 때 〈장안걸식가〉는 『화엄경』 판각의 구체적인 내용을 담고 있지 않으며, 문면에는 걸식의 의미를 수행의 한 방편으로서 원론적인 의미를 부여하고 있을 뿐이다. 그러나 이 가사가 한문 모연문과 모연가사 〈광대모연가〉와 함께 수록되어 있고, 가사 두 편의 창작의 의도가 한문 모연문(「서문」)의 내용과 관련된다고 볼 때, 이 작품도 역시 『화엄경』 판각의 화주였던 남호영기의 판각불사운동과 관련을 맺고 있음은 분명하다. 걸식은 판각을 위한 모연의 한 방편으로 행해질 수 있는 차원이기 때문이다.[42]

5. 맺음말

지금까지 1850년대 한수 이북을 중심으로 한 교학승들의 불서간행운동, 구체적으로 판각불사운동의 양상과 남호영기가 창작한 가사 두 편에 대해 살펴보았다. 그렇다면 본고에서 고찰한 판각불사운동이 전개된

---

42) 이 작품의 의의는 물론 『화엄경』 판각과 관련한 것을 벗어나 자세히 부각될 필요가 있다. 〈광대모연가〉의 경우도 마찬가지일 것이다. 그러나 본고의 의도는 판각운동과 관련된 부분을 중심으로 소개하는 것이어서 자세한 분석은 다음 장으로 미루기로 한다.

시대와 공간성의 의미는 무엇인가에 대한 논의로 마무리하기로 한다.

1850년대 남호영기가 판각운동을 활발하게 전개했던 공간은 한강의 봉은사를 기점으로 남양주의 수락산, 철원의 보개산으로 이어지며, 그의 벗이 있던 동화축전의 건봉사(금강산)에 이르는 횡선을 이룬다. 이 횡선은 남호영기와 그의 동료들이 활발한 교유를 통해 판각운동, 불서간행운동을 전개한 공간으로서 불교문화사의 의미 있는 공간성을 구축한다. 필자의 짧은 소견이지만, 조선 후기 불교문화의 문화지도를 그린다고 할 때 다음의 세 가지는 꼭 들어가야 될 것으로 생각된다. 하나는 시왕신앙과 염불신앙이 흥성하게 일어나면서 민속화된 불교가 기층의 흐름을 이루는 것, 둘째는 한수이남에서 전개된 과천(김정희)—순창 구암사(백파대사)—해남 대흥사(초의선사)로 이어지는 선 논쟁의 축, 셋째는 한수이북의 교학승들의 판각불사운동이다.

조선후기의 불교가 참선과 염불과 강경을 함께 수행하는 삼문수학의 전통에 놓여 있음을 연상한다면, 저류에 깔린 염불신앙의 흥성과 참선에 대한 치열한 논쟁과 함께, 염불신앙이나 염불 관련서 및 『화엄경』『유마경』 등의 판각에 힘을 쓰고 가사를 지어 널리 전파한 한수 이북의 공간이 지니는 문화적인 연대의 의미를 살펴볼 수 있을 것이다. 물론 염불과 참선이 하나로 융합되고 참선논쟁과 강학이 서로 배타적인 것이 아니며 건봉사 만일염불회와 동화축전의 권왕가의 창작이 관련된 것처럼 염불과 경전의 유포라는 교학승들의 지향이 서로 배타적으로 작용하는 것은 아니다. 그러나 조선 후기 불교문화에서 한수 이북이라는 동일한 공간성과 1850년대의 시간성 그리고 교학승이라는 동일한 성격의 참여자들이 집단성을 띤 채 판각을 하고 해설을 하고 판각에 교리적인 타당성을 부여하는 증명을 하고 또 가사를 지어 불경의 해설을 대신하고 또 경전의 판각을 권장하는 내용의 가사를 지어 유포했다는 사실은 하나의 주요한 흐름으로 인정되어야 할 것이다.

한편 조선후기 문화지도의 한 부분을 차지하는 유산기遊山記 문학, 기행가사, 특히 금강산 기행가사의 여정은 정철의 「관동별곡」에 등장하는 것처럼 한양—철원—금강산으로 이어지는 노정을 따라 형성되었다. 이 여정은 금강산을 답사하는 길 중 가장 널리 알려진 길이며 조선 시대 유학자들의 유람의 공간으로서 그 문화사적인 의미를 지니게 된다. 유람과 풍류의 길을 따라 승려작가들이 금강산을 유람한 가사를 남기기도 했지만, 본고에서 확인되듯이 이 길은 곧 1850년대 동화축전·남호영기·쌍월성활 등의 교학승들의 활동공간이면서 상호교류의 장이면서 더 나아가 불서간행운동의 공간으로 그 의미를 규정할 수 있다.

아울러 이 시대 교학승들의 불서 판각에 보여준 추사 김정희의 관심 표명과 적극적인 의미부여를 통해 볼 때, 이 공간은 바로 불교계의 판각과 추사의 고증학의 만남의 공간, 다시말하면 불교와 실학이 만나는 공간이라고 할 수 있다. 이는 추사 김정희와 위에서 소개한 교학승과의 관련성 및 불서간행에 보여주는 추사의 관심과 영향력을 고려할 때 충분한 개연성이 있을 것으로 생각한다.

〈광대모연가廣大募緣歌〉의 표현미학과 문학사적 의의

1. 머리말

　　남호영기南湖永奇(1820~1872)는 1855년에 봉은사에서 『화엄경』(『대방광불화엄경소초』) 80권을 판각하여 간행하면서 가사 〈광대모연가〉와 〈장안걸식가〉를 창작한 교학승敎學僧이다. 봉은사에는 '판전板殿'이라는 편액이 걸린 장경각藏經閣이 있는데, 여기에는 남호영기가 판각한 『화엄경』 장판이 소장되어 있다. 물론 장경각의 건립 또한 남호영기의 주도로 이루어진 것인데, 장경각의 '판전'이라는 편액은 추사秋史 김정희金正喜의 마지막 글씨로 알려져 있다. 영기대사의 판각활동은 추사의 명성과 관련하여 상승작용을 일으켜 불교계와 서지학계는 물론 일반인들에게도 널리 알려져 있는 실정이다.

　　영기대사가 이룩한 판각활동은 봉은사에 있는 그의 비문이나, 봉은

사지, 그리고 『동사열전』에 거듭 소개된 바와 같다. 그러나 영기대사가 불교가사의 작가라는 사실은 그 동안 알려지지 않았으며, 작품의 실상에 주목한 국문학계에서도 그의 가사에 대하여 작자와 시대를 알 수 없는 19세기경의 작품으로만 인식하였을 뿐이다. 불교가사 자료를 집대성한 이상보 교수는 작품해설에서 '작자미상'의 가사로 소개하였고,[1] 이를 반영한 기존의 한국문학사에서도 마찬가지로 작자 미상으로 처리하고 있는 실정이다.[2]

본고는 남호영기의 판각에 대한 자서自序와 가사의 실상이 담겨있는 자료로서 필사본 『화엄경소초중간조연서華嚴經疏鈔重刊助緣序』[3]를 검토하고, 이와 함께 남호영기의 『아미타경』에 수록된 「서문」, 남호영기의 판각불사에 증명법사로 참석한 다른 승려들의 행적을 기술한 『동사열전東師列傳』[4]의 기록 등을 참고로 하여, 남호영기 가사의 창작 배경을 살피고, 판각과 밀접한 관련이 있는 〈광대모연가〉의 구조와 표현미학에 대해 고찰하고자 한다. 이를 통해 그 동안 나옹懶翁(1320~1376)이나 경허鏡虛(1849~1912) 등 주로 선승禪僧 위주로 탐구된 작가연구의 한 편에서 소외된 채 '작자미상'으로 존재했던 교학승 작가군作家群을 복원하는 계기를 마련하는 한편, 19세기 종교가사의 상호 공존과 경쟁관계의 한 축을 형성하고 있으나, 작가적 사실과 작품의 시대규정이 모호하여 천주교가사나 동학가사의 타자로서 뚜렷하게 제시되지 못했던 불교가사의 19세기적 흐름을 복원하는 계기를 마련하고자 한다.

---

1) 이상보, 『한국불교가사전집』, 집문당, 1980, 368면.
2) 조동일 교수는 〈장안걸식가〉를 소개하면서 작자를 '서울 장안 여러 곳으로 걸식을 하며 다니는 승려' 정도로 파악하고, '하층 불교'의 실상을 파악해 볼 수 있는 작품으로 소개하고 있다. 『한국문학통사』 3(3판), 1994, 409면.
3) 단국대 율곡도서관 나손문고 소장본. 이 책에는 순 한글의 가사 두 편과 함께 『화엄경』 판각의 경과를 기록한 영기대사의 「서문」이 있어 가사 창작의 배경과 작가적 사실에 대한 중요한 정보를 전해주고 있다.
4) 김윤세 역, 『동사열전』(범해 편), 광제원, 1991.

2. 창작 배경

〈광대모연가〉의 창작배경으로 가장 먼저 고려해야 할 사항은 1850년 대에 전개된 한수漢水 이북以北의 교학승에 의한 불서간행운동이다.5)

〈광대모연가〉는 이를 배경으로 전개된 봉은사의 『화엄경』 판각을 위한 모연가사로서 지어진 것이다. 이러한 사실은 남호영기가 남겨놓은 글에서 다시 한 번 확인할 수 있다.

우리 해동은 한쪽 구석에 치우쳐 있어 寂然히 듣지 못하였더니, 지난 康熙 연중에 바다를 건너 스스로 왔도다. 생각건대 천하를 다스리는 큰 복이 만세토 록 흠 없이 응함이 아니겠는가. 대지 창생이 모두 眞界에 노니는 단계가 아니 겠는가. 진실로 불가사의한 일이로다. 이에 栢菴和尙이 己巳년(1689)에 판에 새겨 간행하였는데, 오래지 않아 庚寅년(1770)에 화재를 당하였도다. 화상이 끼친 공을 받은 것이 82년이었다. 乾隆 甲午년(1774)에 雪波長老가 이를 이어 다시 간행하였다. 甲午년에서 금년 乙卯년(1855)까지는 또한 82년이다. 자획이 닳아 없어지고 藏經閣이 물이 새니 講宗이 어려움을 당하고 배우는 이가 탄식 을 하도다. 하물며 별도의 장판이 없으니, 지금의 학불자들이 편하게 잠을 자 고 다리를 펼 수 있겠는가. 나는 나이가 젊고 덕이 박하여 큰 소임을 감당하기 어려우나, 학불자들의 願을 물리칠 수 없어 먼저 三寶의 藏門을 두드린 후에 용의 상서로운 호법력을 바라며 출간을 맡기로 하였다. 엎드려 빌건대 선지식 들이여. 저는 나와 관계없는 것이라 생각 말고, 범상한 일이라 하여 게으름 부 리며 독려치 않는 일은 하지 말지어다.6)

---

5) 이 시기의 불서간행운동에 대해서는 앞 장 「1850년대 불서간행운동과 불교가사」의 내용을 참고.

6) 惟我海東偏隅 寂然無聞 昔在康熙年中 航海而自來 顧惟 御宇洪祚 無瑕萬世之應 耶 大地蒼生 咸泳眞界之段耶. 固不可得而思議矣. 於是栢菴和尙 鏤梓印布於己巳. 不久 燬燼於庚寅 遺功所化八十二載. 粤乾隆甲午 雪波長老 繼而重刊. 自甲午計今 乙卯 亦八十二年. 字畫湮泯 藏閣滲漏 段使講宗喫難 學者含嗟 況無別藏 方今之時 學佛者 可安枕伸脚乎. 余雖年少德薄 未堪大任 然願不可却 先扣三寶藏門 次冀龍 祥護力 荷擔鋟刊 伏願善知識 勿視爲彼而我所不關 勿視爲常而漫不策勵「대방광불

인용문은 〈광대모연가〉와 함께 수록된 「대방광불화엄경소초중간조연서」의 결말부분이다. 「서문」의 앞부분에서 『화엄경』의 광대무변한 세계를 소개하고 그것이 세상에 유전되는 과정을 소개한 후에, 인용한 단락에서는 징관이 저술한 『화엄경소초』가 우리나라에 유전되는 내력을 소개하였다. 인용문의 내용은 백암성총(1631~1700)이 판각한 『화엄경소초』(1689)의 판본이 1770년에 화재를 당하였고, 다시 설파장로가 1774년에 간행하였으나, 자획이 닳아져서 다시 판각하지 않으면 안 될 상황이라는 점을 언급하였다. 그리고 백암이 판에 새긴 『화엄경소초』가 화재로 소실된 것이 82년 만이었는데, 마침 그 해(1855)는 설파가 판에 새겨 유통시킨 지 다시 82년이 되는 해라는 것을 말하여 판각의 인연과 당위성을 역설하였다. 마지막에는 글을 쓴 해가 남호가 36세가 되는 해로서, 스스로 '나이가 젊고 덕이 박하여 큰 소임을 감당하기 어려우나' 학불자學佛者들의 청을 받아들여서 출간을 맡기로 하였다는 그간의 사정을 소개하면서 적극적인 동참을 호소하고 있다. 「서문」 끝에는 "南湖沙弥 毘盧藏 永奇 爇香 謹書"라는 기록이 있어 남호영기의 필적임이 확인된다.7)

「서문」은 판각을 준비하는 과정에서 여러 대중들의 적극적인 동참을 유도하는 맥락에서 쓴 글이다. 판각이라는 거대한 불사를 앞에 두고 『화엄경』의 가치라든가 『화엄경』 전래의 내력과 우리나라에서의 유통과정에 대해 자세히 이야기함으로써 판각을 해야만 하는 당위를 부각시켰다. 「서문」은 하나의 모연문으로 작성된 것이며, 〈광대모연가〉는 모연문으로 작성된 「서문」과 상보적인 위치에서 그 취지를 한글가사에 담아 홍포한 가사로서, 한글을 일상의 문자로 사용하는 일반 대중들－봉은사의 신도나 서울 궁중의 상궁을 비롯하여8)－을 위한 모연가사로 창작된 것이다.

화엄경소초중간조연서大方廣佛華嚴經疏鈔重刊助緣序」, 『화엄경소초중간조연서華嚴經疏鈔重刊助緣序』).

7) 〈광대모연가〉의 말미에는 "을묘츈 남호스미 비로장 영긔 셜향 근서"라는 기록이 있다. 「서문」과 가사 작품 모두 을묘년(1855)에 남호영기가 필사한 것임을 알 수 있다.

8) 봉은사 판 『화엄경』의 시주질에 보이는 상궁들의 명단은 가사의 독자층으로, 모연의

3. 구조와 표현미학

1) 구조적 특징―경전구조의 변용

〈광대모연가〉는『화엄경』의 판각을 위해 지은 가사이다. 그런데 이러한 작품 외적인 관련성과 함께 작품의 내적인 측면에서도 경전과의 관련성이 나타난다. 이 가사는 불경의 구조를 원용하여 작품의 내적 구조로 활용한 가사인 것이다. 이 점을 고려하여 먼저 불경의 구조를 살펴보고, 그것이 가사에 변용되는 구체적인 양상을 살펴볼 필요가 있다.

불경은 석가여래의 가르침과 언행을 기록한 언어 구조물이다. 불타 입적 후 수세기에 걸친 결집대회를 통해 구술되던 방대한 분량의 경전이 정리되었으며, 이 과정에서 '나는 이와 같이 들었다'로 시작되는 구전을 반영한 하나의 통일된 구조가 자리잡게 되었다. 서분序分 · 정종분正宗分 · 유통분流通分으로 부르는 3단의 구조는 경전의 공인된 조직 원리라고 할 수 있다. 서분은 경문의 첫머리에 '여시아문如是我聞'이하 그 경을 설한 때와 장소, 그리고 대상 등 일체의 사정을 서술한 부분이고, 정종분은 석존의 설법을 서술한 경의 본체이며, 유통분은 경문의 마지막에 그 설법을 들은 대중의 감격이라든가 계발의 정도, 그리고 장래에 이 경을 읽는 사람의 이익이나 공덕을 기록한 부분이다.[9]

이러한 경전의 구조는 경전을 가사화한 경우에 자연스럽게 내용전개의 구조적인 틀로 변용되는 양상을 보인다. 예를 들어 19세기에 등장했을 것으로 추정되는 작자미상의 〈법화일승가〉를 예로 들어보도록 한다. 〈법화일승가〉는『법화경』의 제1「서품」에서 제28「보현보살권발품」까지를 '서분―정종분―유통분'이라는 경전자체의 분류체계에 맞추어 요

___

대상으로 당연히 그들이 포함되어야 함을 방증한다.

9) 이재창,『불교경전해설』, 동국대 역경원, 1982, 35면.

약한 가사이다. 가사의 서사에서 본사로 넘어가는 대목은 "서분序分에 귀속ᄒᆞ야 정종분正宗分에 인유因由삼고"라는 구절을 표지로 삼았고, 가사의 본사에서 결사로 넘어가는 대목은 "정종분正宗分 마치시니 유통분流通分 드러보쇼"라는 구절을 표지로 제시하였다. 이처럼 〈법화일승가〉는 서분 정종분 유통분이라는 경전의 구조를 작품의 구조로 환원하여 경전적인 효과를 극대화하는 방식으로 가사가 구성되었다.

경전 구조의 직접적인 대입이라고 할 수 있는 〈법화일승가〉와 달리, 〈광대모연가〉는 『화엄경』의 내용전달보다는 판각의 가치를 전달하는 것이 더 중요한 의미를 지니는 가사이다. 이에 따라 경전의 구조를 직접 대입하기 보다는 가사전달의 상황에 맞는 구조화가 이루어진 것으로 생각된다.

〈광대모연가〉의 내용구조를 보면 3단으로 나누어지며, 이를 각각 복진타락문福盡墮落門(1~68구)·화엄설법문華嚴說法門(69~130구)·동출극락문同出極樂門(131~155구)으로 명명할 수 있다. 「복진타락문」은 작품의 서사에 해당한다. 탐·진·치 삼독으로 말미암아 화장세계를 마다하고 오탁악세에 빠져 만반 고초를 받다가 다행히 인간의 몸으로 태어났으나, 자신의 몸에 애착하여 신심信心 없이 살아가는 인간들에 대한 안타까움이 제시되었다. 「화엄설법문」은 가사의 핵심내용으로 본사에 해당한다. 서사에서 제시한 고초에서 벗어나 연화장세계에 이르는 길은 신信과 행行이라는 점('一萬信心 곧이듣고 如說修行 奉持하면 不履寸步 華藏界라')을 제시하였다. 「동출극락문」은 작품의 마무리 부분으로 결사에 해당한다. 판각의 공덕에 참여하여 다 함께 극락에 가자는 내용이다.

이 가운데 『화엄경』을 직접 거론한 대목은 본사 「화엄설법문」이다. 이는 다시 『화엄경』의 가치를 반복하여 제시한 부분, 교리를 전달한 부분, 판각 공덕의 소중한 가치를 역설한 부분의 세 단락으로 나누어진다.

천ᄉᆞ만샹 후리치고 금구쇼셜 무상법을

일만신심 고지둣고 여셜슈힝 봉지ᄒ면
불이춘보 화장계라 힝듕지보 무량ᄒ되
여의쥬가 웃씀커든 금구소셜 무량ᄒ되
화엄경이 웃씀이요 디산소산 무량ᄒ되
슈미산이 웃씀커든 금구소셜 무량ᄒ되
화엄경이 웃씀이요 디히소히 무량ᄒ되
향히슈가 웃씀커든 금구소셜 무량ᄒ되
화엄경이 웃씀이라   (69∼85구)

본사의 첫 대목이다. 바닷속의 보배가 아무리 많다한들 여의주가 으
뜸이듯이, 부처의 설법이 한없이 많지만『화엄경』이 으뜸이며, 대산 소
산 무수하되 수미산이 가장 높듯이, 부처의 설법 중에『화엄경』이 으뜸
이며, 대해 소해 무량하되 향해수가 으뜸이듯, 부처의 설법 중에『화엄
경』이 으뜸이라 하였다.『화엄경』의 소중한 가치를 공식구의 표현에 담
아 반복적으로 비교 제시한 것은 본격적으로 경전자체에 관심을 집중
시키려는 의도를 표출한 것이다.

일염발심 ᄒ게드면 누구누구 무론ᄒ고
비로즈나 나도나도 과철인원 깁거니와
인힝과위 더욱깁다 칠쳐구회 듕듕ᄒ고
오십오위 역역도다 일사무이 본분ᄉ요
염겁원룡 의심마오 셩덕묘지 심심ᄒ고
언셜파란 부ᄉ의라 일즈법문 무량의을
ᄉ대히슈 진묵ᄒ들 그뉘라셔 다홀손가   (86∼99구)

본사의 두 번째 단락에서는『화엄경』의 내용과 가르침의 깊은 뜻을
구체적으로 언급하며 찬미하였다. 여기에는 '과철인원' '인행과위' '칠
처팔회' '오십오위' '일사무애' '영겁원룡' '성덕묘지' '언설파란' 등 8·
9개의 개념어로『화엄경』의 핵심을 요약하고 있다. 사실 글로 읽어도

어려운 글을 말로 풀어 전달하기란 어려운 일인데, 그것을 또 노래로 한다면 더더욱 어려울 것은 분명하다. 함께 읽는 가사로 이 작품이 활용되었다고 해도 화엄의 핵심을 길게 이야기하기는 어려웠을 것이다. 대신 이 작품에서는 『화엄경』의 핵심개념 몇 가지를 나열하는 방법으로 경전의 격식을 갖추어 전달한 효과를 가져왔다. 이러한 내용과 기능으로 볼 때, 이 대목은 본사 중에서 경전의 정종분에 해당하는 것이다.

> 거룩다 화엄경이여 무량겁의 못듯다가
> 금싱의 만낫도다 슈지득송 흐려니와
> 션남션녀 신단월은 당디발심 결연흐야
> 이리죠흔 진묘법을 판직유포 흐옵시라
> 밍구우목 회유흐들 화엄판직 만날손가
> 침기상투 회유흐들 화엄판직 만날손가
> 우담발화 회유흐들 화엄판직 만날손가   (100~113구)

본사의 세 번째 단락은 판각유포를 당부하는 내용이다. 『화엄경』에 대해 수지手持 독송讀誦도 할 뿐만 아니라 결연한 발심으로 판각유포하자는 당부의 말을 담고 있다. 불교에서 말하는 인연의 소중함을 맹구우목盲龜遇木 · 침개상투針芥相投 · 우담바라優曇鉢華라 하는데, 그 어떤 드문 인연 중에서도 『화엄경』 판각의 인연이 가장 소중하다는 강한 표현으로 판각보시를 강조하고 있다. 이는 경전의 3단 구조에서 경전의 수지 독송 및 판각 보시를 권장하는 유통분에 해당한다고 할 수 있다.

이렇게 볼 때 『화엄경』의 판각에 동참하기를 호소하는 〈광대모연가〉 본사의 내용구조가 경전의 '서분-정종분-유통분'의 구조를 차용하고 있는 것을 알 수 있다. 그런데 〈광대모연가〉의 결사인 「동출극락문」은 본사와 달리 각 판본의 후기에 흔하게 볼 수 있는 회향의 내용을 담고 있다.

이 목숨 잇슬동안 어셔밧비 판긱ᄒ고
어셔밧비 인츌ᄒ야 셜쳥공양 ᄒ오면셔
우리국왕 부모님늬 분향위쵹 ᄒᄉ이다
다셩부모 다셩ᄉ쟝 지옥아귀 츅싱등과
동츌극낙 ᄒᄉ이다 슈륙인혼 져등싱과
시방법계 함영들도 원친평등 걸님업시
동유화쟝 ᄒᄉ이다 금싱의 못ᄒ오면
하겁의 만나올지 묘연ᄒ고 묘연ᄒ다   (141~156구)

　인용문은 이 목숨이 살아 있을 때 어서 바삐 판각하여 인출하여 설청
공양을 하면서 우리국왕 부모님을 위해 극락왕생을 빈다는 내용으로 축
원의 성격을 가지고 있다. 그리고 가사에 등장하는 '板刻印出 說聽供養
國王父母 焚香爲燭 同出極樂 同遊華藏' 등의 표현은 불가에서 펴낸 각
판각본의 후기에 기록된 축원의 내용과 다름이 없다. 판각을 통해 모든
함령含靈들이 극락으로 천도되기를 축원하여 회향하는 내용인 것이다.
이는 〈광대모연가〉가 경전의 판각을 권유하는 가사로서, 경전의 구조와
함께 판각의 체제를 원용하고 있는 양상을 잘 보여주는 것이다.
　결국 〈광대모연가〉의 본사는 경전의 3단 구조를 차용하여 경전과 유
사한 체제를 갖추게 되었으며, 결사에서는 판각 후기의 축원의 구절을
제시함으로써 경전 판각의 체제를 보여주고 있다. 이는 가사의 수용자
들에게 경전에 대한 친밀한 느낌을 조장하고 판각의 분위기를 은연중
에 풍기면서 가사의 주제를 전달하는 데 매우 효과적으로 사용된 구성
방식이라 할 수 있다.

2) 표현적 특징─화엄미학의 구현

　〈광대모연가〉는 『화엄경』의 강론과 판각에 헌신했던 남호영기의 목

소리가 담겨있는 가사이다. 가사의 문면에 담겨있는 표현상의 특징은 남호영기의 작가적 개성이면서 동시에 『화엄경』에서 도출될 수 있는 독특한 표현미학을 가사를 통해 구현한 것으로 생각된다.

화엄사상이 시적으로 변용되는 양상에 대해 고찰한 한 논의에서는 화엄사상에 내재된 심미적 특질로 첫째 웅대하고 장엄하고 화려한 세계의 묘사와 기상천외하고 현란한 표현, 둘째 화엄사상의 요체인 '일즉일체 다즉일 일중일체 다중일一卽一切 多卽一 一中一切 多中一'로 표현되는 총체적이고 통일적인 조화와 질서, 셋째 총화 속에 상즉상입相卽相入하는 우주만물의 모습으로부터 감지되는 역동적인 미감을 들었다. 그리고 이러한 화엄사상에 내재된 심미적 특질이 문학적으로 전이될 가능태로 존재한다고 보았다.10) 이러한 심미적인 특질은 『화엄경』과 이를 기본경전으로 전개한 논설 및 화엄의 세계를 노래한 게송에 특징적으로 나타나는 표현을 통하여 화엄미학이라 할 만한 독특한 표현미학을 정리한 것으로 생각된다.

다시 말하면 풍부한 수량개념과 천차만별의 거리·공간·시간개념을 현란하게 구사하여 화장세계의 광대무변함을 드러내는 표현상의 특징과, 하나 안에 일체가 포섭되어 있고 그 일체 안에 또 일체가 담겨있다는 중층적인 세계의 독특한 논리와 표현방식은 『화엄경』을 비롯하여 경론과 게송에서 반복적으로 표출되는 화엄미학이라 할 수 있다.11)

---

10) 김윤섭, 「화엄사상의 시적 전화양상에 관한 연구」, 고려대 석사논문, 1994, 6~14면.
11) 『화엄경』「보현행원품」, 의상의 게송, 〈보현십원가〉와 함께 남호영기의 「서문」에서 이러한 표현미학을 확인할 수 있다. 이를 순서대로 나열하면 아래와 같다.
　一中一切多中一 一卽一切多卽一 一微塵中含十方 一切塵中亦如是 無量遠劫卽一念 一念卽是無量劫 九世十世互相卽 仍不雜亂隔別成 (의상 「화엄일승법계도」)
　티끌마다 부처의 절이며 / 절마다 뫼시옵는 / 法界 차신 부처 / 九世 내내 예경하옵고자. 〈예경제불가〉
　부처 잡으며 / 불전 등을 돋우나니 / 심지는 수미며 / 기름은 큰 바다 이루거라. / 손은 법계 마치도록 하며 / 손마다 법공으로 / 법계에 가득 차신 부처 / 부처마다 두루 공양하옵고저. 〈광수공양가〉
　대방광불화엄경은 一眞法界를 說한 것이다. 법계라는 것은 生佛이 無碍한 본체로 이 가운데 하나의 티끌 안에 시방세계가 다 담겨있고 일체의 티끌 안에 모두가 그러하다는 화장세계의 중층성을 드러내는 표현은 우리말 노래 가운데 〈보현십원가〉에 반복되어 나타나는 표현이기도 하다. 그런데 남호영기의 〈광대모연가〉에는 작품 곳곳에 시간 공간 및 수량을 표현하는 어휘가 유난히 풍부하게 표현되어 있다는 점이 주목된다. 이는 우연이 아니라 『화엄경』을 강론하고 이를 판각하는 것을 자신의 사명으로 삼았던 작자의 화엄적 세계관이 작품의 표현미학으로 발현된 것으로 생각된다. 물론 여기에는 『화엄경』 자체의 표현상의 특징이 시공간 개념과 수량 개념을 즐겨 구사하고 있다는 점을 전제로 하되, 작품의 표현미학으로 전환한 작가의식에 주목하고자 하는 것이다. 아울러 이러한 표현은 시상의 전개에 따라 집약적으로 나타나는 것이 아니어서, 여기저기 산만하게 나열된 시어를 하나로 모아 논의할 필요가 있다. 이에 따라 〈광대모연가〉에 나타난 공간과 거리 및 시간과 수량개념을 담은 어휘를 차례대로 나열하면서 그것들이 주제의 구현에 어떻게 기여하고 있는지 살펴보도록 한다.

①삼계는 망망ᄒ고 사생은 요요하다.
②디해표탕 죽을몸이 방쥬용션 슬타ᄒ고
③천리험노 가는 밍자 그뉘라셔 인도ᄒ고.
④과졀인원 깁거니와 인힝과위 더옥깁다.
⑤셩덕묘지 심심하고 언셜파란 부스의라.
⑥ᄉ대희슈 진묵흔들 그뉘라셔 다홀손가.
⑦여셜슈힝 봉지하면 불이촌보 화장계라.
⑧동유화쟝 흔ᄉ이다 금셩의 못하오면 하겁의 만나올지 묘연ᄒ고 묘연ᄒ다.

인용문은 작품의 순서에 상관없이 공간적 표현을 한 구절씩 나열한

다. 玄虛하고 靈明하며 廣大하고 幽遠하도다. 十虛를 포함하되 담지 못하는 것이 없고, 萬象을 포괄하되 더욱더 넓도다(남호영기 「화엄경소초중간조연서」).

것이다. ①~③은 인간세계와 인간이 처한 조건을 공간적 어휘로 표현한 것이다. '삼계가 망망하고 사생이 요요하다'는 것은 삼계를 윤회하면서 어디에서 와서 어디로 가는지 모르는 인생의 허무함과 유한함을 드러낸 것이며, '천리의 험한 길을 걸어가는 맹인'과 같은 인간의 존재를 드러낸 것이다. ④~⑥은 『화엄경』의 세계(과절인원 인행과위 성덕묘지 등)가 '깊고' '심심深深'하며, 화엄의 세계는 '사대해수를 먹물삼아 펼쳐도 끝이 없는 세계'라는 점을 말하였다. 그리고 ①에서 ⑤까지는 '망망하다·요요하다·천리길·깊다·심심하다·바닷물'의 어휘로서 그 규모의 멀고 넓고 깊음을 드러내는데, 이것이 인간의 조건을 드러내는 대목에서는 인간의 유한성을 드러내는 것으로, 화엄의 세계를 드러내는 대목에서는 화엄의 오묘함을 드러내는 것으로 대립적으로 표출되었다. 그리고 이 두 경계를 이어주는 것은 가깝다면 가깝고 멀다면 멀다고 할 수 있는데, ⑦과 ⑧은 불경의 가르침대로 행하면 '촌보' 앞이 바로 화장세계라는 것이요, 그 가르침을 행하지 못하면, 그것도 지금('금생') 행하지 못하면 어느 겁에나 만날지 '아득하고 아득하다'는 것이다. 이처럼 공간과 거리를 나타내는 개념어를 적절하게 구사하여 『화엄경』의 세계가 오묘하고 깊다는 것, 인생은 너른 바다를 떠다니는 끝없이 망망한 세계를 헤매는 유한한 존재라는 것, 그리고 판각의 공덕을 금생에 이루면 화장세계에 같이 노닐 수 있는데 그렇지 않으면 언제 다시 이러한 소중한 공덕인연을 만날지 아득하고 아득하다는 점을 부각시켜 놓았다. 작품의 주제를 공간과 거리개념을 통해서 효과적으로 구현하고 있는 것이다.

①일겁 이겁 무량겁을 지옥아귀 축싱듕과 (…중략…) 행득인신 흐야시나
②괴로운 몸 익챡흐야 천만년을 밋드미라
③인싱 빅년 얼마온지 지너간날 임의 죽고
④잇다 닉일 모을 목슘 그다지 익챡흐야
⑤거룩다 화엄경이여 무량겁의 못듯다가 금싱의 만낫도다

⑥쳔겁만겁 억만겁을 가고가고 지너가도 (…중략…) 판긱말을 일을손가.
⑦셰월도 무샹ᄒ고 인명도 무샹ᄒ다
⑧금싱今生의 못ᄒ오면 하겁何劫의 만나올지

　인용문은 시간개념이 드러난 구절을 가려 뽑아 순서대로 나열한 것이다. 인간은 오랜 기간 동안 윤회를 거듭해 오다가 행운으로 사람의 몸을 받아 태어났으나①, 인생은 무상할 뿐인데④⑦, 인간들은 천만년 오래 살 것을 믿는다②③는 것이다. 이때 인간을 언급하는 대목에서 시간 개념어는 '내일·백년·천만년·일겁·이겁·무량겁' 등으로 아주 가까운 시간에서부터 영원에 이르기까지 다채롭게 제시되었으나, 이 모두가 인생의 유한함과 무상함을 표출하는 부정적인 표현으로 사용되었다. 이에 비하여 판각의 인연은 오랜 세월을 기다려 만난 희유한 사건으로 금생에 해야만 하는 당위성을 지니고 있다고 하였다⑤⑥⑧. '무량겁·천겁·만겁·억만겁·하겁'은 '금생'의 앞과 뒤에 포진해 있는 광막한 시간성을 드러내는데, 이는 '금생', 즉 바로 여기의 소중한 인연을 드러내기 위해 비유적으로 쓰인 것이다. '지금 바로 여기'는『화엄경』판각 사업의 중요성을 드러내고 발분하여 동참하기를 권장하는 맥락에서 절실한 의미를 지니는 것이다.

①과거졔불 무량ᄒ사 셜법도생 슈없건만
②지옥아귀 츅싱등과 만반고초 골몰타가
③우리셰존 인힝시에 일구법문 드르랴고 완신쳔등 ᄒ야건만 나ᄂᆞ어이 못ᄒ오며 우리셰존 인힝시에 일구법문 드르랴고 착신쳔졍 ᄒ야건만 나ᄂᆞ어이 못ᄒᄂ고
④쳐ᄌᆞ권속 만당하고 금은젼지 무슈ᄒ니
⑤천사만상 후리치고 금구쇼셜 무샹법을 일만신심 고지듯고
⑥해듕지보 무량ᄒ되 여의주가 웃뜸커든 금구쇼셜 무량ᄒ되 화엄경이 웃뜸이요 디산쇼산 무량ᄒ되 슈미산이 웃뜸커든 금구쇼셜 무량ᄒ되 화엄경이

웃씀이요 더히쇼히 무량ᄒ되 챵히슈가 웃씀커든 금구쇼셜 무량ᄒ되 화엄
경이 웃씀이라

⑦ 일념발심 ᄒ게도면 누구누구 무론ᄒ고 비로즈나 나도나도

⑧ 일즈법문 무량의를 스대히슈 진묵ᄒ들

⑨ 밍구우목 희유ᄒ들 화엄판긕 만날손가 침긔상투 희유ᄒ들 화엄판긕 만날
손가 우담발화 희유ᄒ들 화엄판긕 만날손가

⑩ 이 블스을 일심一心 바다 경영셩춰 ᄒ올져긔

〈광대모연가〉에 담겨있는 수량개념의 표현은 일반적으로 많고 큰 것
은 부정적으로 제시되거나 조건적으로 제시되는 경향이 있고, 적고 작은
것은 오히려 크고 원대한 의미를 담은 것으로 제시되는 경향이 있다. 많
음을 나타내는 수량어는 인간에 적용될 때는 부정적으로②④, 화엄의
세계를 드러내는 데는 긍정적으로 구사되었다⑧. 그리고 특히 적음을
나타내는 수량어는 『화엄경』과 관련해서는 그 가치를 드러내는 데 구사
되었고, 인간과 관련해서는 그 정성의 순일함을 드러내는 데 집중적으로
구사되었다. 즉, 수많은 금구소설이 있지만 그 중에서도 『화엄경』이 가
장 가치 있는 경전이며⑥, 『화엄경』의 일구에는 수많은 언설이 담겨있
어 가르침이 무한하다는 것⑧이다. 그리고 『화엄경』 판각이 가장 진귀
하고 드문 가치를 지닌 행위⑨라는 것을 말하면서, 인간은 오직 일자一
字 법문⑧이나 일구一句 법문③을 일심一心⑩이나 일념一念⑦으로 봉
지하면 그 세계에 닿을 것이라는 주장을 담고 있다. 이를 보면 이 작품은
아주 작은 하나의 세계에 모든 세상이 담겨있다는 화엄의 진리를 다양한
시공의 개념과 수량의 개념을 통해 풀어 전달하는 가사라 할 수 있다.

결국 〈광대모연가〉는 하나 속에 모든 것이 담겨있는 깊고 오묘한 화
엄의 세계를 부분적으로 드러내는 한편, 궁극적으로는 『화엄경』 판각의
소중한 인연과 공덕의 가치를 표출하는 데 수량개념과 시공간어를 다
양하게 구사한 독특한 질서를 지니고 있다고 말할 수 있다.

4. 문학사적 의의

1) 19세기 종교가사로서의 위상

조선후기에는 서정 서사 교술의 양식적 성격을 분명히 하는 가사가 뚜렷하게 맥을 형성하며 확산되었다. 특히 교술 가사는 조선 후기에서 말기에 이르는 시기에 각 종교에서 교리 전파의 주요 매체로 가사를 활용한 결과 가장 뚜렷한 흐름을 형성하였다. 18·19세기의 종교가사의 흐름을 간략하게 검토하여 보면, 먼저 불교계는 고려 말에 시도된 가사를 통한 불법의 홍포라는 전통을 18세기 초12)에 되살림으로써 불교 대중화의 매체로 불교가사를 다시 발견하게 되었다. 18세기에는 대중을 위한 염불서인『보권염불문』이 한 세기에 걸쳐 다수의 판본이 복각되고 필사되어 전국적인 범위로 유통되었는데, 이와 함께 〈서왕가〉〈인과문〉〈회심가〉 등의 가사가 전국적으로 확산 유통되는 결과를 초래하였다. 종교 홍법의 매체로 가사를 택한 불교의 전례는 18세기 말13)에 천주교가 천주교를 옹호하는 가사(『만천유고』 소재 〈천주공경가〉와 〈십계명가〉)를 짓게 된 문화적 배경으로 자리잡고 있는 것이다.

18세기 말(1794)에 등장한 지형智瑩의 가사는 경전을 체계적으로 요약하여 가사에 담아 전파하는 경전지향적인 성격을 보이고 있는데, 이는 19세기에 산출된 종교가사가 경전중심적인 경향을 띠게 된 것과 관련하여 하나의 전범으로 자리잡고 있다. 19세기 중반에 이르면 본격적으

---

12) 수도사판『염불보권문』(1704)에 〈서왕가〉〈인과문〉이 수록되었고, 동화사판(1764) 같은 책에 〈회심가〉가 함께 수록되었다.『염불보권문』 18세기에 전국각지의 사찰에서 한 세기 내내 판각하여 염불신앙의 확산이 크게 기여하였는데, 이와 함께 불교가사가 널리 확산되는 계기가 마련되었다.

13) 하성래는 〈천주공경가〉의 창작연대를 1779년으로 보고 있으나, 이경민은 1790년 이후의 작품으로 보고 있다. 김영수, 「천주가사의 갈래적 성격과 전개양상」,『천주가사 자료집』상, 가톨릭대출판부, 2000, 588~591면 참고.

로 천주교가사가 제작되어 천주교의 교리를 담은 최양업(1821~1861)의 일련의 가사가 등장14)하게 되며, 1860년에는 최제우(1824~1864)가 득도하여 자신의 깨달음을 가사에 담아 경전으로 활용하게 된다. 동학은 서학인 천주교를 대타적으로 인식하여 자신들의 종교를 동학이라 하였는데, 가사에 자신의 교리를 담아 펴는 것은 최제우의 민중지향적 사고와 가사의 너른 유행에 따른 결과이겠으나, 1850년대(1849~1861)15) 제작된 천주가사를 대타적으로 인식한 것으로 볼 수도 있다. 그리하여 19세기 중엽에 이르러 불교가사와 천주교가사와 동학가사가 각 종교의 교리를 가사에 담아, 결과적으로 종교 간의 사상 경쟁의 주요 매체로 활용하는 양상을 보이며,16) 이 시기에 가사는 매우 중요한 시대적인 의의를 지니는 장르로 부상하게 되었다.17)

이상의 논의에서 1850~60년대의 천주교가사와 동학가사가 경전에 상응하는 가사를 지어 민중에게 홍포하거나 가사가 곧 경전이 되는 양상을 살펴보았다. 그러나 이러한 양상에 전범으로 작용했을 불교가사는 1794년의 지형의 가사 외에는 분명한 작자와 작품이 제시되지 않은 채 논의가 전개되고 있는 상황인데, 본고의 논의에 따라서 이 시기에 동시대적인 의의를 가진 불교가사로 동화축전(1825경~1854경)의 〈권왕가〉와 남호영기(1820~1872)의 〈광대모연가〉의 존재를 제기할 수 있다. 동화축전

---

14) 본격적인 포교시대인 19세기 중엽 이후에 최양업 신부가 지은 작품은 선종가 수심판가 공심판가 수향가 신덕가 망덕가 애덕가 데셩 령셰 견진 고히 셩례 종부 신품 혼빈 졔셩 힝션 등이다(김영수, 앞의 글, 588~589면). 정확한 제작 시기는 아직 이견이 있지만 19세기 중엽에 천주교의 교리를 체계적으로 담아 펴는 천주교가사가 본격적으로 제작된 사실은 분명하다.

15) 하성래, 『천주가사연구』, 성황석두루가서원, 1985, 122면.

16) 이 시기의 가사를 통한 종교사상 논쟁은 조동일, 「가사에서 전개된 종교사상 논쟁」, 『한국시가의 역사의식』, 문예출판사, 1993 참고.

17) 물론 불교가사에는 천주교가사나 동학가사에 대한 사상적 문제를 제기한 작품은 없는 것은 사실이다. 그리고 〈광대모연가〉를 종교 간의 갈등양상을 드러내는 작품으로 보려는 것도 아니다. 다만 이 논고에서는 온통 민속적인 불교가사만 유통되었던 것으로 알려진 19세기에 경전과 교리에 충실한 일군의 교학승에 의해 가사가 창작되었으며 그것은 19세기 불교가사의 한 특징으로 부각시킬 수 있다는 점을 논증하고자 하였다.

의 〈권왕가〉는 정토삼부경 「임종정념문」『왕생록』『연종보감』『정토보서』등 다양한 염불서에 담겨 전하는 내용을 담은 장편 가사이다. 불경의 판각과 해설, 그리고 홍법에 관심을 가진 교학승려로서 동화축전은 한글로 된 기존의 염불서 가운데 가장 방대한 항목을 담은 가사를 지어 경전의 가사화라는 시대적인 경향을 대표하는 위치에 서 있다. 이외에도 작자 미상의 불교가사 중에서 〈육도가라〉〈법화일승가〉역시 가사의 경전화, 경전의 가사화라는 이 시대의 풍토를 대표하는 작품이라고 할 수 있다. 이상의 가사는 경전의 체계적인 수용과 전달을 극대화하는 일종의 강경문講經文적인 가사라 할 수 있는데, 19세기에 〈회심곡〉등 민속화된 가사가 널리 구연된 것과 나란히 하여 뚜렷한 흐름을 형성하고 있다는 점에서 불교가사의 전개사에서도 주목되는 작품군이다.

이러한 경향 속에서 판각운동을 주도했던 남호영기와 그의 〈광대모연가〉의 의미를 확인할 수 있다. 남호영기는 경전의 필사와 판각 보급에 주력한 교학승려로서 최양업과 최제우가 했던 경전의 홍포라는 기능을 이 시대에 함께 담당했다 할 수 있다. 그리고 이러한 배경에서 출현한 〈광대모연가〉는 경전의 홍포의 매체로 가사를 활용하는 19세기적 현상을 보여주며, 교학승들의 출판문화운동의 한 양상을 보여준다는 점에서 의미 있는 작품이라 할 수 있다.

2) 모연가사와 화엄시가로서의 위상

아울러 〈광대모연가〉는 1850년대에 한수 이북의 교학승들이 주체가 되어 전개한 불서간행운동과 관련을 맺고 있으며 구체적으로는 『화엄경』 판각시에 모연을 위해 지은 모연가사의 성격을 지닌다. 조선 시대에는 대중의 보시를 토대로 각 사찰의 불사佛事를 이루는 것이 일반적인 경향이어서, 이 시대에는 권선문勸善文이 가장 중요한 양식의 하나로

부상될 정도로 유행하였다.[18] 이 시대에 나온 승려들의 문집에 보이는 비슷한 성격의 많은 글이 이 사실을 증명한다. 그러나 이러한 한문으로 동참을 호소하는 대상에는 한계가 있는 것은 자명한 사실이다. 한문을 모르는 일반 대중을 대상으로 모연을 한다고 했을 때 쉽게 동원할 수 있는 것은 아마도 〈회심곡〉 사설일 것이다. 〈회심곡〉은 탁발이나 걸립을 할 때 가장 널리 구연된 가사이며 재의식을 행할 때에도 가장 많이 불려진 우리말 노래이다. 글로써 모연을 할 때에는 한문으로 정중하게 체제를 갖추어 돌려보고, 대중들을 상대로 모연을 할 때에는 〈회심곡〉을 구연한 것이 당시의 실상으로 생각된다. 이러한 상황에서 〈광대모연가〉의 창작은 사찰의 불사佛事를 위한 모연문의 영역이 확대된 것을 의미한다. '언문'이 친숙한 일반 대중을 위해 한글가사 형식으로 모연문 권선문을 지어 유통시킨 것은 〈광대모연가〉가 첫 작품이라 할 수 있다. 결국 〈광대모연가〉는 1854년에 남호영기가 봉은사에서 불서간행운동의 하나로 『화엄경』을 판각할 때 일반 대중을 위해 『화엄경』 판각의 가치를 역설하고, 대중들의 시주 동참을 권하는 모연가사募緣歌辭로서 의의가 있는 것이다.

한편 가사를 포함한 불교가요 전체의 차원에서 〈광대모연가〉는 『화엄경』 판각을 권장하는 주제를 표출하고 있는 가사이면서 『화엄경』 내지 『화엄법문』의 수사학적 특성을 반영하고 있는 화엄시가로서의 성격을 갖고 있다. 앞에서 언급한 것처럼 『화엄경』을 비롯하여 화엄사상을 전개한 이론서 및 게송에는 문학적인 감동을 주는 독특한 논리와 표현법이 두드러진다. 화엄의 세계를 드러내는 웅장하고 광대무변한 스케일의 전개, 끝없는 시공간 개념과 수량 개념의 현란한 구사, 극소와 극대가 상즉상입相卽相入하는 만다라적인 총체성의 표현 등은 화엄미학을 형성하는 특징적인 요소가 된다.

---

18) 이진오, 『한국불가문학의 연구』, 민족사, 1997, 328면.

한국의 시가문학에서 화엄의 세계를 구현한 문학적 전통은 신라 의상대사의 게송인 〈화엄일승법계도〉에서 비롯된다. 〈화엄일승법계도〉에는 일즉다一卽多요 다즉일多卽一이라는 화엄의 논리가 시적으로 형상화되어 숭고한 미감을 형성한다. 그리고 균여의 〈보현십원가〉에는 〈예경제불가〉〈광수공양가〉 등 여러 편에서 방대한 스케일의 우주적 공간과 하나의 티끌 안에 수많은 과거 현재 미래의 부처가 있는 세계를 시적으로 표현하고 있다. 〈광대모연가〉는 〈보현십원가〉가 보여주는 화엄미학과 다르게 시공간과 수량의 개념어를 다량으로 구사하여 독특한 미감을 자아내는 가사이다. 〈광대모연가〉는 의상이나 균여의 작품에서처럼 화엄미학을 응축된 형식에 집약적으로 표현한 것이 아니고, 판각의 당위성을 강조하는 과정에서 작품의 여기저기에 다소 산만하게 흩어놓고 있는 양상을 보인다. 그러나 시공간과 수량개념을 구사하여 주제를 선명하게 표출한 것은 나름대로 문학적인 성과를 얻은 것으로 보인다. 판각의 중요성을 누차 반복하면서 자연스럽게 화엄의 미학을 전달하는 효과를 보여주고 있다는 점에서 〈광대모연가〉는 한 편의 가사로서 문학적인 가치를 담보하게 되었다.

〈광대모연가〉의 시공간과 수량의 개념이 하나로 집약되지 않고 작품 여기저기에 산만하게 흩어져 있는 것은 하늘에서 꽃비가 내려 온 대지를 감싸는 또 다른 화엄의 세계를 의도한 것은 아니었을까?

5. 맺음말

〈광대모연가〉는 남호영기가 1855년에 봉은사에서 『화엄경』을 판각할

때, 한문보다 국문생활에 더 친숙한 대중을 위해 지은 모연가사이다. 남
호영기는 삶의 대부분을 『화엄경』 강경, 불서의 필사와 판각유포에 바
친 교학승이다. 그는 1850년대를 중심으로 서울의 봉은사, 수락산의 망
월사, 삼각산의 내원암, 철원 보개산의 석대암·지장암을 오가며 판각
운동을 전개하였다. 그리고 여기에 당대의 교학승이 집단적으로 동참하
고 있는데 이는 한수 이북의 교학승들의 불서간행운동이라 이름붙일
수 있는 성격의 것이다.

〈광대모연가〉는 『화엄경』 판각을 위해 지어진 가사이다. 남호영기는
경전이 지니는 고유한 구조와 관습적 표현을 가사에 담아 활용함으로
써 경전판각의 분위기를 수용자에게 적절하게 전달하는 효과를 거두었
다. 〈광대모연가〉의 본사는 경전의 서분 정종분 유통분의 구조를 원용
하고 있으며, 경전의 정종분에 해당하는 본사의 둘째 단락에는 8·9개
의 개념어로 『화엄경』의 핵심을 드러내었다. 그리고 셋째 단락에서는
『화엄경』 판각의 공덕과 가치를 역설하고 있어 경전의 유통분의 특징
을 그대로 보여준다. 아울러 본사에 이은 결사에서는 '판각인출 설청공
양 국왕부모 분향위촉 동출극락 동유화장' 등의 표현으로 축원함으로써
일반적인 불서佛書 판본의 후기에 해당하는 내용을 담고 있다. 경전의
구조와 판본의 구조를 작품전개의 구성원리로 삼은 독특함이 여기 있
다. 그리고 〈광대모연가〉는 광대무변한 화엄의 세계를 만나는 판각공덕
은 아주 희유한 일이고 그 가치는 무량하다는 주장을 시공개념과 수량
개념을 다채롭게 구사하여 화엄미학의 한 특징을 보여준다.

한편 이 작품은 1850년대에 최양업이 천주교의 교리를 담은 일련의
가사를 마련하고, 1860년 초에 최제우가 동학의 사상을 가사에 담아 경
전으로 활용하던 시기에 지어졌다는 점도 주목되는 사실이다. 그 동안
연대가 확실하게 밝혀진 19세기의 불교가사가 없어서 종교가사의 한
축으로서 불교가사의 경향성을 밝히는데 일정한 한계가 있었으나, 본고
에서 언급한 남호영기와 동화축전의 작품을 근거로 불교가사의 19세기

적 경향이 확실하게 부각될 수 있을 것으로 기대한다. 이 시기 불교가사의 경향은 민속적으로 유통된 가사가 널리 구연된 가운데 이와 나란히 하여 경전을 근거로 한 강경문講經文적 가사가 교학승들에 의해 창작되고 보급되었다는 것이다. 이러한 현상은 1850~60년대에 천주교가사·동학가사에서도 동일한 양상으로 드러나는 것으로서, 이를 통해 이 시기의 경전 및 교리지향적 가사 창작의 경향을 균형적으로 파악할 수 있게 되었다.

〈권왕가勸往歌〉의 작가 복원과 만일염불회

1. 머리말

동화축전東化竺典은 〈권왕가勸往歌〉의 작가이다. 〈권왕가〉는 1,203구의 장편 불교가사로, 민중들에게 익숙한 극락왕생이라는 담론을 가장 폭넓고 치밀하게 설파한 역작이다. 한글로 기술된 극락담론의 총체라는 점에서, 〈권왕가〉는 19세기 불교가사의 전개사에서 중요한 위치를 차지하고 있는 작품이다.

〈권왕가〉가 실려 있는 문헌은 『권왕문』(1908)[1] 『조선불교월보』(1912)[2] 『불교』(1931)[3] 『석문의범』(1935)[4] 등이다. 이들 문헌에서 얻을 수 있는 작가

---

1) 범어사 간행의 목판본으로 〈서왕가〉 〈자책가〉 〈권왕가〉가 수록되어 있다.
2) 통권 17·18호에 "동화축전 유셔[져]"로 처음부터 204구까지 소개되었다.
3) 제 89·90호에 무가집에서 채록한 〈권왕가〉를 소개하였다.

에 대한 정보는 『조선불교월보』의 "동화축전 유서[저]"와 『석문의범』의 "동화축전 건봉사"라는 간단한 기록에 불과하다. 이로써 알 수 있는 사실은 〈권왕가〉의 작가는 동화축전이며, 건봉사와 밀접한 관련을 지니는 인물이라는 점이다. 그리고 불교잡지에서 지면을 할애하여 소개하고 있고, 또 불교의식서인 『석문의범』에 그의 이름이 함께 소개된 것을 보면, 당시 불교계에서는 작자의 명성과 작품의 가치 양면에서 상당한 인정을 받았던 것을 짐작할 수 있다.

그러나 동화축전이 구체적으로 활약한 시기는 물론이고, 사상적인 경향이나 작품 창작의 계기가 무엇인지, 그리고 작품이 어떤 유통경로를 보이는지에 대해서는 검토된 바가 없다. 오직 〈권왕가〉를 소개하며 그 가치를 선언적으로 소개한 손진태의 글을 선행연구로 확인할 수 있을 뿐이다.

　　종교적 국민문학으로서 나는 아즉 조선에 이만한 내용이며 분량을 가진 시가를 보지 못하엿다. 일천 이백 오행(13절에 끈흔 것은 필자의 私案)의 장편으로 작자는 서방정토와 유심정토를 서술하면서 그 중에 생사의 철학이며 終命時의 훈계 사회적 훈계 등을 苦口叮嚀히 설명하야 작자의 크다른 이상사횟가지를 안출하엿다.
　　그는 서방정토를 시인함과 동시에 유심정토를 쏘한 주장하엿다. 그는 관념 극락의 조화설을 가진 佛徒중에도 지식계급에 속한 자이엇든 모양이다. 그는 심원한 이 학설을 아무 난삽도 없이 아미타경 관무량수경 화엄경 열반경 등 諸經을 인용하여 가면서 명쾌하게 順順無碍하게 설파하야 듯는 자로 하여곰 自性極樂의 세계를 눈아페 황홀케 하엿다. 문학상으로만 보드래도 이것은 조선민족의 一大至寶라 안이 할 수 업다.
　　이론적 종교가의 눈에는 쩌-나리스틱 경향이 허다히 보이겟지만 그것은 斯種의 문학에 피치못할 단점임과 동시에 쏘한 그 장점이 되는 바이다. 七八節에서 작자가 渦口히 말한 生死路頭의 훈계 가튼 것은 모범적 설법으로써 천

---

4) "동화축전(건봉사)"라는 소개와 함께 1,198구의 〈권왕가〉가 수록되었다.

만인에게 들니고 십다.

　실노 맹인들은 이 노래를 번뇌하는 병자들게 들녀 그 동안 몃사람을 安心往生케하엿슬는지 이 노래의 공덕은 자못 크다고 안이할 수 업다. 최순도의 말에 의하면 맹인들은 이 노래를 家傳之寶처름 직혀오며 그들의 가진 문학 중 권왕가 이상의 것은 어늬 점으로 보든지 絶無하다고 하엿다. 함으로 그는 이것을 세상에 公表하기 결코 집버하지 안이하엿다.

　나는 연전에 失名氏의 歌詞四種_{失題擬名} 중에서 약 백수십년전의 所作인 농가월령가를 발견하야 이것은 조선시가 중의 巨擘이라고 생각하엿드니 今春에 쏘 이 권왕가를 발견하야 이에 조선시가의 쌍벽을 엇게 되엇다. 농가월령가는 이은상군이 新生 誌上에 年前 累月에 亙하야 소개한 장편의 서사시로 전혀 십이월간의 농민생활을 주안으로 한 貴且重한 문학적 遺寶이엇다. 월령가는 조선 민중의 외적 생활의 至寶的 기록이며 권왕가는 조선민중의 내적생활의 至寶的 기록이다. 내가 이 遺寶를 맹인의 손에서 발견한 것은 지금 생각하여도 흔쾌의 感을 금할 수 업다. 이러한 민족적 유물은 구전문학상 혹은 기록상에 아즉도 수다히 남어잇슬 줄 안다. 바라근대 篤學한 제군은 此種의 탐색과 연구에도 만흔 노력을 不惜하여 주심을.

—『불교』90호, 1931.12, 42 · 43면

　손진태는 그의 고향인 부산 동래 구포리에서 맹인 독경무인 최순도가 소장하고 있던 필사본 〈권왕가〉를 채록하여 소개하고 있다.[5] 그는 〈권왕가〉가 조선 민중의 종교적 환희상을 펼쳐 보이는 진귀한 작품이며, '조선 민중의 외적 생활의 지보적_{至寶的} 기록'인 〈농가월령가〉에 필적하는, '내적 생활의 지보적_{至寶的} 기록'으로 평가하고 있다. 아울러 작자에 대해서는 유심정토 자성미타라는 심원한 학설을 여러 경전을 아무 거리낌 없이 인용하여 설파하고 있다는 점에서 '불도_{佛徒} 중에서도 지식계급에 속한 자'였을 것으로 추정하고 있다.

　손진태가 〈권왕가〉의 주제와 민속 문화적인 가치에 대하여 주목할

---

　5) 그는 최순도 소장의 가사를 9편 소개하고 있는데, 이들 중 세 편(〈서왕가〉〈자책가〉〈권왕가〉)은 1908년에 범어사에서 판각된 『권왕문』을 필사한 것으로 생각된다.

만한 견해를 피력한 이후 70년이 지난 지금까지, 이에 대한 작가론이나 작품론이 나오지 않은 것은, 작자나 작품이 불교문학사나 불교문화사에서 차지하는 비중에 비추어, 매우 아쉬운 일이 아닐 수 없다.[6] 본고는 먼저 건봉사의 사지 및 경전 주해서의 「서문」 등을 통해 그의 삶을 복원하고, 동시대에 활동했던 선사들과의 교류를 통해 그가 추구했던 불교문화운동의 실체를 탐색해 보고자 한다. 이와 함께 〈권왕가〉와 건봉사의 만일염불회의 관련양상을 살펴, 〈권왕가〉 작품론의 선행작업으로 삼고자 한다.

2. 작가를 찾아서

동화축전의 삶의 자취는 '동화축전 유저'와 '〈권왕가〉-건봉사'의 두 기록에서 그 실마리를 찾을 수 있다. 동화축전과 건봉사는 어떤 관련을 가지는 것일까.

㉮ 1848년 순원왕후 김씨가 千金과 침장탁의寢帳卓衣 등의 물품을 하사하면서 '臣僧' 동화당 축전에게 삼가 봉행할 것을 명하였다(又明年戊申 純元王后金氏 賜千金與寢帳卓衣等物 令臣僧東化堂竺典 恪勤奉行).

— 「금강산건봉사사적金剛山乾鳳寺事蹟」(1882)[7]

---

6) 극락왕생을 위해 염불을 권하는 정토신앙을 담은 가사는 그 동안 선사들의 참선곡 류 가사에 비하여 상대적으로 주목받지 못한 점이 있는데, 이는 작품을 둘러싸고 있는 시대적인 배경이라든가 작가에 대한 정보의 부재에 일차적인 원인이 있었다고 본다.
7) 『건봉사본말사적』(영인본), 아세아문화사, 1977, 31면.

㉯ 1848(헌종 14년) 純元王后 金品과 汁物을 賜하야 寺僧 東化로 祈禱를 行
하다.

— 「건봉사사적乾鳳寺史蹟」8)

건봉사는, 세조가 자신의 원찰願刹로 삼고 역대 왕들의 위패를 봉안
하는 어실각御室閣을 지은 이후부터 조선조 말기까지, 왕실과 밀접한 관
련을 맺어왔다. 1848년에는 헌종이 승하하자 순조의 비인 순원왕후가
아들을 위하여 추모불사를 열었는데9), 이때 금품과 여러 집물 등을 하
사하였고, '신승臣僧' 혹은 '사승寺僧'인 동화東化스님에게 기도를 주관하
도록 하였다. 위의 기록에서 사승寺僧이란 그 사찰에 속하는 승려라는
의미이겠고, 신승臣僧은 궁중의 원찰인 건봉사에서 궁중에서 의뢰한 재
齋를 관장하는 승려라는 의미로 파악된다. 이 정도의 위상은 그가 이 시
기에 이미 사찰 안팎의 신망을 받고 있다는 것을 의미하는 것이다.10)

한편 건봉사는 신라 경덕왕 때 발징화상이 만일염불회를 결사한 것
으로 알려져 온 유서 깊은 사찰이다. 1802년에는 용허聳虛화상이 제2회
만일염불회를 결성하였고, 1851년에는 벽오유총碧梧侑聰이 제3회 만일
염불회를 개설한 바 있다. 다음 기록을 보면 동화축전은 1851년의 제3
회 염불회의 결사에서 주도적인 위치에 서 있었음이 확인된다.

"辛亥冬 東化竺典 碧梧有聰 同聲相應 三設萬日肆 庸行之謹 旁善世而提
牖欤"11)

---

8) 한용운 편집, 『건봉사급건봉사말사사적乾鳳寺及乾鳳寺末寺史蹟』(아세아문화사 영인
본, 1977, 7면) 아들 헌종이 승하하자 추모기도불사를 행한 것이다.
9) 순원왕후는 1804년 1천금과 함께 오동향로 오동화병 양산 등을 시주하여 왕의 수복
壽福을 빌었으며 1805년에는 국재國齋를 개설하고 금자병풍과 『화엄경』 1부를 시주한
바 있다.
10) 이때의 동화의 나이는, 그의 벗으로 소개가 된 봉은사의 남호영기南湖永奇의 출생시
기(1820)를 염두에 두면, 20대 후반에서 30대 전반 정도가 될 것이다.
11) 긍엽亘葉 편, 「금강산건봉사사적급중창광장총보金剛山乾鳳寺事蹟及重創曠章總譜」,
1884, 35면.

신해년 겨울 동화축전과 벽오유총이 한 목소리로 서로 응하여 3회 만일회를 개설했다.

哲宗辛亥冬 有碧梧聰和尙 設第四蓮會 與同志靈岩就學東化竺典二公 矢心 廣募 不數歲 二公遷化 碧梧獨力勤苦 香徒雲集[12]

철종 신해년 겨울 벽오화상이 제4 연회를 열었다. 동지인 영암취학과 동화축전과 함께 마음을 모아 널리 모금하였다. 몇 해 되지 않아 두 공이 입적하였고 벽오가 혼자의 힘으로 수고하니 향도가 운집하였다.

乃以辛亥夏制之日 復興第四萬日蓮會 左挹學公 右提興師 發徵舊址 禪院 新修 二公觀化 師獨矗然 誓擔廣謀 咸稱化主[13]

신해년 하제일에 제4회 만일연회를 다시 개설하였다. 좌로는 學公을 당기고 우로는 興師를 끌어 발징화상이 만일염불회를 열었던 옛 터에 선원을 새로 수 축하였다. 두 공이 입적하자 대사가 홀로 남게 되어 스님은 서원하고 맡아 널 리 꾀하니 모두 화주라 일컬었다.

이상의 기록에는 1851년에 벽오유총에 의해 만일염불회가 개설되었 는데, 벽오화상이 영암취학·동화축전과 함께 일을 추진하였으나, 영암 동화 두 스님은 몇 해 지나지 않아 입적하였다는 사실이 담겨있다.

이후 동화가 문헌에 등장하는 해는 1853년과 1854년이다. 동화축전이 1853년에 남호영기南湖永奇가 삼각산 내원암에서 『아미타경』(원제 : 『불설 아미타경요해』)을 간행할 때, 동화축전이 증명법사로 참석하였다는 기 록[14]이 있으며, 1854년에는 쌍월성활雙月性濶이 철원 보개산의 성주암에 서 『유마힐소설경』(원제 : 『유마힐소설경통윤직소』)을 간행할 때, 그가 증명 법사로 참석하여 「서문」을 썼다는 기록[15]이 남아 있다. 동화는 1853년

---

12) 조병필趙秉弼 찬, 「대한국간성건봉사만일연회연기大韓國杆城乾鳳寺萬日蓮會緣起」, 1904, 40면.
13) 여규형呂圭亨 찬, 「대한국강원도건봉사설제사연회벽오대선사유적비大韓國江原道乾 鳳寺設第四蓮會碧梧大禪師遺蹟碑」, 1904, 61면.
14) 『동사열전』 5, 「남호선백전南湖禪伯傳」.

에서 1854년까지 경전의 간행과 주해서 편찬에 증명법사로 참석할 만큼 불교 교학에 대해 상당한 식견을 가졌고, 강경講經활동에도 상당한 조예가 있었던 것을 알 수 있다. 1854년 이후의 기록은 남아 있지 않으며, 동화축전 입적의 상한선은 1854년이 된다.

그의 출생의 시기를 추정할 수 있는 자료는 남호영기가 간행한『아미타경』에 붙인 동화의「서문」16)이다. 그는 여기에서 남호영기(1820~1872)를 '벗吾友'이라고 부르고 있어 주목된다. '吾友'라면 여러 의미를 담고 있는 말이겠지만 가장 무난하게는 연배가 비슷하다는 것을 전제로 한 말일 것이다. 따라서 동화의 출생시기는 1825년 경으로 추정되며 이에 따라 1825년경에서 1854년경까지의 삶을 그려볼 수 있게 된다.17)

그의 출생지와 성장과정에 대해서는 남겨진 기록이 없어 전모를 확인할 수 없다. 다만 침명한성枕溟翰醒의 비문에 그의 이름이 등장하고 있어, 사승 관계의 일면을 확인할 수 있다. 침명(1801~1876)은 부휴당의 먼 법손으로 운흥사의 대운大雲에게서 경론을 배우고, 구암사의 백파白坡에게서 선법을 받았으며, 영봉影峰에게 법인을 전수 받았다. 그는 28세에 송광사 보조암에서 개강한 이후 30여 년 동안 강경講經에 전념한 대사이다. 선암사에 있는「침명대선사비문枕溟大禪師碑文」18) 음기陰記에

15) 위의 책.
16)「서간주미타경서書刊註彌陀經序」,『불설아미타경요해』, 장서각 소장본.
17) 이러한 인물에 대하여 건봉사를 비롯한 어느 곳에도 비문이나 행적이 남아 있지 않은 것은 그의 요절과 관계가 있지 않을까 한다.
　　필자는 동국대 김상현 선생님의 도움으로 유재건劉在建(1793~1880)의『이향견문록里鄕見聞錄』에〈권왕가〉의 작가를 소개한 대목이 있다는 사실을 알 수 있었다. 이에 따르면 그의 또다른 호는 성기城麒로서 금강산 정양사에 주석한 바있으며 나이 서른에 입적한 것으로 나와있다.
　　釋城麒, 金剛山正陽寺居住沙門也. 稟質聰慧, 多讀內典, 嘗撰 勸往歌 一篇, 凡一千一百八十餘句, 言多懇至. 三十而沒. 林川人金安富, 嘗住金剛諸寺, 八年讀醫書, 與城麒友善. 後入京診病, 得 勸往歌 一本而來, 讀而好之, 膽數本, 示知舊, 莫不稱之以爲城麒必見性高僧云(「성기城麒」『이향견문록』).
　　이상의 기록에 따라 동화축전의 출생연도는 1825년경으로 추정할 수 있었다.
18) 지관 편,『한국고승비문총집 조선조·근현대』, 가산불교문화연구원, 2000, 715면.

는 대사의 문도門徒와, 선禪을 전해 받은 수선문도受禪門徒의 이름이 새겨져 있는데, 바로 이 수선문도受禪門徒의 명단에 건봉사의 동화선사와 철원 보개산의 남호선사가 있다.[19] 구체적인 시기는 나타나지 않았지만 비문의 기록을 통해 남호영기와 동화축전은 어느 시기에(1840년대로 추정됨) 함께 선암사의 침명선사로부터 선을 전해받았던 것이 확인된다.[20]

이처럼 동화축전은 왕실과 밀접한 관련을 맺고 있는 원찰의 승려로서 순원왕후의 부탁으로 헌종을 추모하는 재를 주관하였고(1848), 유서 깊은 건봉사의 만일염불회에 주도적으로 참여하였으며(1851), 당대의 대표적인 대덕에게서 선법을 전수 받았고(1840년대), 또 당대의 강경승들과 어깨를 나란히 하면서 한수 이북의 판각불사운동에 적극적으로 참여하였던(1853~1854) 인물이다.

3. 판각불사운동板刻佛事運動과 교유의 양상

동화축전은 '쓰典'이라는 그의 법명이 말해주듯 경전의 판각 및 보급과 밀접한 관련이 있는 삶을 살았다. 지금까지 드러난 자료를 보면 〈권왕가〉를 제외한 경전의 간행은 그의 주도적인 업적으로 내세울 수 있는 것은 아니다. 그러나 그는 강원도 고성의 건봉사—철원 보개산의 성주암, 삼각산의 내원암(—그리고 봉은사)으로 이어지는 한강 이북의 일련의 사찰과 그 공간에서 활약했던 교학승들과 깊은 연관을 맺으면서 판각

---

19) 동화는 1854년경에, 남호는 1872년에 입적하여 스승의 입적시기(1876)보다 앞서 입적한 것으로 보인다.
20) 『동사열전』에 「침명강백전枕溟講伯傳」이 실려 있다.

불사운동을 전개하고 있음을 알 수 있다. 특히 그는 간행의 가치가 높은 지욱의 『불설아미타경요해(표제: 아미타경)』와 통윤의 『유마힐소설경통윤직소(표제: 유마힐경)』를 판에 새겨 간행할 때 증명법사로 참석한 것은 물론이고, 그 경전과 판각불사의 의의를 소상히 밝히는 「서문」을 쓴바 있다. 『아미타경』과 『유마힐소설경』에 붙인 「서문」 두 편은 그의 단편적인 저술로 파악할 수 있으며, 〈권왕가〉라는 방대한 가사의 저술 또한 이들의 판각이 지니는 불사운동의 맥락에서 이루어지고 있는 것으로 파악할 수 있다.

동화와 교유관계를 가진 인물로는 만일염불회와 관련하여 벽오유총碧悟侑聰과 영암취학靈岩就學이 있고, 판각불사운동과 관련해서는 남호영기와 쌍월성활雙月性濶이 있다. 그리고 남호영기의 『아미타경』에 같이 「서문」을 쓴 금계당 장환錦溪堂 壯煥과, 그를 위한 시를 쓴 추사 김정희 등과도 직간접적인 교유관계가 이루어졌을 것으로 생각된다. 또한 쌍월성활의 『유마힐경』에 함께 서발을 쓴 보월당 혜소寶月堂 慧昭와 화은호경華隱護敬도 그와 교분이 있었을 것으로 생각된다.

1) 벽오유총碧悟侑聰 · 영암취학靈岩就學

벽오유총(1813~1886)은 건봉사의 스님으로, 철종 3년(1851)에 영암·동화와 함께 만일염불회를 결성하고, 두 스님이 입적하자 혼자의 힘으로 만일염불회를 이끌어나간 인물이다.

> 건봉사에 戒行僧이 있으니 (…중략…) 道號는 碧悟요 법명은 侑聰이다. (…중략…) 신해년 하제일에 제4회 만일연회를 다시 개설하였다. 좌로는 學公을 당기고 우로는 興師를 이끌어 발징화상이 만일염불회를 열었던 옛 터에 선원을 새로 수축하였다. 두 공이 입적하자 대사가 홀로 남게 되어 스님은 서원하

고 맡아 널리 꾀하니 모두 화주라 일컬었다.

인용문에는 벽오유총이 영암취학과 동화축전과 함께 만일염불회를 결사하여 염불신앙의 홍포弘布에 힘쓴 내력이 담겨 있다. 동화축전과 벽오유총은 만일염불회의 결사에 뜻을 같이한 도반道伴의 관계였다.

동화가 참여했던 만일염불회의 또 다른 동지는 영암취학(?~1850년대 초)이다. 영암취학은 금강산 선지식 중의 한 분으로『동사열전』에 그의 전기가 간략하게 소개되어 있다.

> 스님의 법명은 취학이고 법호는 영암이다. 본래 靈岩 사람이다. 무정세월이 길바닥에서 덧없이 흐르니 서원을 세워 산 속으로 들어갔다. 삭발하고 치의를 입는 과정은 다른 이와 다름 없었으나 스승을 찾고 가르침을 받으니 마치 生佛 같았다. 금강산을 나의 토굴로 삼고 法起 보살을 나의 제자로 불렀으며 1만 2천 봉우리를 가슴 속에 간직하고 53부처님을 눈앞에 줄지어 서게 하였다. 금강수 감로수 장군수를 마셔 번뇌의 구름을 씻으니 상서로운 기운이 피어올랐다. 주로 금강산의 佛地庵 正陽庵 靈源庵에 머물며 세속적 번뇌를 소제하고 淸凉한 본래의 마음을 얻었으며 須佛庵를 중수하였다. 이때의 화주는 강명철이며, 內圓通庵을 낙성했는데 退隱과 힘을 함께 하였다. 전국 각지의 강과 산 봉우리를 총괄하여 한 권의 土窟歌를 지으니 市廛의 종이가 품절되고, 산야에 귀가 시끄러울 정도였다. 退隱이 石室에서 입적하자 함께 도를 닦는 이들이 두 분의 우열을 가리려 하였다. 비로봉 꼭대기 중향성 안으로 들어가 버린 두 분을 누구를 칭찬하고 누구를 깎아 내리겠는가.[21]

영암화상은 그 동안 〈영암화상토굴가〉와 〈몽환가〉의 작자로 알려졌지만 그 사실 여부를 판단하기 어려웠는데,[22] 위의 기록은 그가 〈토굴가〉의 작가임을 확실하게 보여준다. 만일염불회에 뜻을 같이 한 동화축전과 같은 시기—1854년 이전—에 활동하였던 것으로 보아 이 작품의

---

21) 『동사열전』 5, 「영암선백전靈岩禪伯傳」.
22) 김기종, 「불교가사 작가에 관한 일 고찰」, 『불교어문논집』 6, 2001, 285면.

창작시기도 〈권왕가〉과 비슷한 1850년대 초로 보인다.

만일염불회에 뜻을 같이 했던 동화와 영암은 모두 가사의 작자라는 공통점이 있다. 이는 동화와 친분관계가 있는 남호영기와도 연관지어 이야기할 수 있는 사실이다. 남호영기는 『화엄경』판각을 위해 〈광대모연가〉라는 모연가사를 지어 유통시킨 바 있다. 이러한 맥락에서 동화축전이 염불신앙의 요체를 가사를 통해 유통시킨 것은 단순히 개인적인 취향으로 그치는 일이라 하기 어렵다. 가사에 대중을 위한 교리의 핵심이나 깨우침의 요체를 풀어내는 가사창작의 기풍은 1800년대 중반기의 교학승들의 기풍으로 상호 밀접한 관련을 맺고 있는 것이다.

2) 남호영기南湖永奇 · 금계당 장환錦溪堂 壯渙 · 추사 김정희

남호영기(1820~1872)는 『화엄경』을 판각하여 봉은사에 봉안한 당대의 대표적인 교학승이다. 그는 주로 삼각산(북한산)에 머물며 활동했으며, 사경寫經과 독경讀經 및 경전 간행 보급에 일생을 바쳤다. 그는 철종 3년 (1852) 강원도 철원 보개산 지장암으로 들어가 『아미타경』을 베껴 써서, 이듬해(1853) 삼각산 내원암內院庵에서 판에 새겨 책으로 간행하였다. 이때 글자 한 자를 쓸 때마다 세 번씩 글자를 중심으로 돌고 세 번씩 예배하였으며 세 번씩 부처님의 이름을 불렀던 일화가 유명하다.23) 또한 그는 『십육관경十六觀經』『연종보감蓮宗寶鑑』을 간행하여 수락산 흥국사에 보관하였고, 1855년에는 봉은사에서 『화엄경소초華嚴經疏抄』80권과 『별행別行』1권『천태삼은시집天台三隱詩集』『준제천수합벽準提千手合璧』 1권을 간행하고 장경각을 지어 봉안했다. 이후 1860년에는 철원 석대암 石臺庵을 중건하고『지장경地藏經』『관심론觀心論』을 봉안하는 등 경전의

---

23) 『동사열전』 5, 「남호선백전南湖禪伯傳」.

보급에 힘썼다.[24)]

　동화 축전은 영기대사가 삼각산 내원암에서 『아미타경』을 간행할 때 증명법사로 참석하였다. 이때의 사경불사寫經佛事 도량에는 전국에서 유명한 용상대덕들이 대거 참석하여 거룩한 불사의 원만 성취를 증명하였는데,[25)] 동화 축전은 이때 증명법사의 한 사람으로 참석하여 「서문」을 써서 함께 간행하기도 하였다.

　　벗 남호영기 선사는 정토를 독실하게 믿어 부지런히 닦을 것을 결심하고 여러 경전의 요체를 널리 섭렵하였도다. 淨業에는 오직 미타경이 말이 간단하고 뜻이 두루하며 법이 다하도록 홀로 머물도다. 욱법사의 註解는 다시 섶을 열고 촛불을 잡아 진실로 淨業者의 눈이 되었으니, 이 경으로써 여러 중생을 널리 이롭게 하기를 바란 것이다. 그러나 自念으로 無始로 受身함은 헛되이 無常鬼의 먹히는 바가 되어 법을 행함에 하나도 없으니, 여러 성인들의 고사와 같이 떨쳐 일어나 원통해 하고 슬퍼한 것이다.
　　이에 咸豊 壬子年 겨울에 자신의 몸을 찌른 피와 먹으로 마음을 맹서하고 붓을 잡아 무릇 한 글자를 씀에 세 번 圍繞하고 세 번 예배하고 세 번 부처 이름을 불렀도다. 일 점 일 획이 모두 이같은 法界와 같으며 悲願에서 흘러 나왔도다. 베끼기를 다하여 나무를 베어 천 권을 인출하여 널리 유포하였다. 이와 같이 勤辛하고 艱苦한 까닭은 모든 大地와 含生으로 하여금 이 법을 乘하여 三界의 火宅을 빨리 벗어나고, 自心을 청정하게 하여 九品의 보배로운 곳으로 곧바로 도달하게 함이니, 가히 참된 정진이요 참된 법 공양이라 할 만하다. 누가 이 일을 듣고 마음이 서늘해지고 털이 곤두서지 안으랴.[26)]

---

24) 『봉은사 사지』, 사찰문화연구원, 1997, 92면.
25) 『동사열전』 5, 「남호선백전南湖禪伯傳」.
26) 吾友南湖奇禪師 篤信淨土 決志勤修 博涉諸經之切 於淨業 唯彌陀一經 辭簡意周 法盡獨留. 而旭法師註解 復柝薪秉燭 實爲淨業者眼目 欲以此經 普利羣品 而自念 無始受身 徒爲無常鬼所食 爲法 殘形一未如諸聖故事 奮發慷慨 乃於咸豊壬子冬 刺血和墨 誓心 秉筆 凡寫一字三圍繞 三禮拜 三稱佛名. 一點一畫 盡是等法界 悲願 中流出 寫畢 因災 諸木印成千卷 以廣流布 如是 所以勤辛艱苦者 期令盡大地含生 乘此法 而速出三界之火宅, 淨自心 而直達九品之寶所, 可謂眞精進 可謂眞法供養. 孰聞此事 心不寒毛不竪哉.

인용문은 동화가 쓴 「서문」의 일부다. 남호영기가 펴낸 『아미타경』은 지욱智旭이 펴낸 『불설아미타경요해』를 말한다. 동화의 「서문」에는 정업淨業을 닦는데 『미타경』이 말이 간명하고 뜻이 두루하여 여러 경 가운데 홀로 머문다 하여 경전의 가치가 높음을 말하였고, 욱법사旭法師의 주해가 진실로 정업淨業을 닦는 사람들의 눈이 되었음을 말하였다. 이어 남호영기대사가 한 글자를 쓸 때마다 세 번씩 위요圍繞하고 예배하고 세 번 불명佛名을 불렀음을 말하고 그것은 곧 모든 대지大地 함생含生으로 하여금 이 법을 승乘하여 삼계三界의 화택火宅을 빨리 벗어나고, 자심自心을 청정하게 하여 구품九品의 보배로운 곳으로 곧바로 도달하게 함이니, 가히 참된 정진이요 참된 법 공양이라 할 만하다고 하였다. 이는 곧 『아미타경』 판각의 의의를 제시한 것이다. 이 대목은 또한 자신의 〈권왕가〉 창작의 동기와 의의를 밝힌 것이라고 해도 전혀 어색하지 않다. 같은 경전에 대해 남호는 지욱법사의 주해를 판각하였고, 동화는 우리말 가사를 통해 대중적으로 홍포하는 데 관심을 가졌던 것이다.

남호영기가 『아미타경』을 간행할 때 증명법사로 참석한 스님으로는 동화 축전 외에 인허성유印虛性惟·혼성취선混性就善·금계장환錦溪壯渙·대연수찰大演守察·혜봉최성慧峰最性·제월보성霽月寶成·예봉학윤禮峰學潤·중봉혜호中峰彗皓·성봉성호聖峰性顥 등이 있다. 이들은 한수를 중심으로 삼각산에서 금강산에 이르는 지역의 대표적인 교학승들로서 동화 축전과 여러 방면의 교류가 있었을 것으로 생각되는데, 아직까지는 대부분 그 자취가 자세히 밝혀지지 않았다.[27]

남호영기를 축으로 하여 동화가 친분을 유지했을 것으로 생각되는 인물은 추사 김정희(1786~1856)이다. 추사는 조선 말기의 대표적인 서화가요 실학자요 고증학자로서, 만년에는 과천과 봉은사를 왕래하면서 여

---

27) 금계당 장환은 동화축전과 함께 『아미타경』의 「서문」을 쓴 바 있다.

러 자취를 남겼다. 1855년에 남호영기가 『화엄경』을 판각하기 위하여 간경소刊經所를 차리고 있었는데, 이때 추사는 판전版殿이라는 현판을 쓰고 영산전과 북극보전의 주련을 쓰는 등 간행불사에 직간접으로 참여하기도 하였다.28)

이외에도 추사가 권돈인에게 쓴 편지글을 보면, 그는 남호영기를 비롯하여 경전의 판각에 관여한 스님들과 친분을 유지했던 것으로 나타난다.

> 마침 또 유마경을 판각한 승려가 왔기에 스스로 一部를 취하고, 또 일부를 가지고 바로 上書를 마련하게 하여 즉시 專人을 시켜 江上에 우러러 바치도록 하였는데, 과연 착오가 없었습니다. (…중략…) 漢叟은 스스로 雲句라 호칭한 자로서 (…중략…) 또 한 승려 永奇는 자칭 南湖라는 자로서, 연전에 아미타경과 무량경을 판각하여 또한 이미 江上에 전달했던 자이니, 아마 生面은 아닐 듯합니다. 이 두 승려가 大願을 발하여 화엄경을 간행하려 하고 있으니 그 뜻이 또한 가상합니다.29)

추사가 권돈인에게 보내는 편지글 중 일부이다. 인용글에서 『유마경』을 판각한 승려는 1854년 당시에 『유마힐소설경통윤직소』를 간행한 쌍월성활로 추정된다. 아울러 인용문을 보면 남호영기는 『아미타경』과 『무량경』을 판각한 뒤에 추사의 추천으로 권돈인에게 전달했고, 추사는 『화엄경』을 판각하려는 남호의 간행불사에 대해 많은 관심을 표명하고 있었다는 것을 알 수 있다. 고증학적인 학풍을 선도하는 당대의 선도학자로서 추사는, 새로운 해석을 가미한 불교 경론經論의 간행에 많은 관심을 가지고 있었으며, 경전을 간행한 교학승과 직접적인 교류가 있었음을 알 수 있다.

추사와 동화축전과의 교류를 직접 드러내는 일화나 기록은 없다. 다만 『유마힐소설경』과 『아미타경요해』의 판각을 주도했던 쌍월성활·남

---

28) 장경각에 걸린 '版殿'이라는 편액은 추사의 마지막 글씨로 알려져 있다.
29) 민족문화추진회 편, 「권돈인에게 주다」 21, 『완당전집』 3, 솔출판사, 1995, 254~255면.

호영기와 추사와의 교류를 통해 볼 때, 같은 책에 「서문」을 쓴 동화와의 교류가능성도 충분히 있음직하다. 그런 의미에서 추사의 「기금계선寄錦溪禪」이라는 시는 『아미타경요해』에 동화와 같이 「서문」을 썼던 금계당 장환에게 보내는 시로 생각되며, 「위축전선작爲竺典禪作」이라는 시는 역시 같은 책에 「서문」을 남긴 동화축전에게 보내는 시로 생각된다.

만월같은 얼굴모양 너무도 청진하니　　　面門月滿劇淸眞
알괘라 이는 바로 연화세계 사람일레　　　知是蓮花上界人
한 벌의 베 적삼을 거두자도 못 거두니　　一領布衫收不得
파사한 늙은 부처 찌푸림 없을는지　　　　婆娑老佛倘無顰
　　　　　　　　　　　　　　 ―「위축전선작爲竺典禪作」30)

여기에서 축전이란 이름이 누구를 가리키는지는 확실하지 않다. 건봉사와 유점사 일대의 여러 기록 가운데 축전竺典이란 법명이 나오는 기록은 『유점사본말사지』에 등장하는 보화축전普化竺典과 산인축전山人竺典 정도이다. 산인축전은 1760년의 「장안사 만천교 중건비」31)에 보이며, 보화축전은 1900년의 「유점사 반야암 중수기」32)에 등장한다. 시기로 보아서 보화와 산인은 그 가능성이 매우 희박하다. 따라서 지금까지의 자료를 토대로 볼 때, 위에 제시된 '축전선竺典禪'을 위한 시는 동화축전으로 보는 것이 타당할 것이다.

시의 기구起句는 동화축전의 원만한 얼굴을 떠올리며 쓴 내용이며, 승구勝句는 만일염불회를 주도하며 정토법문을 펼치던 동화축전의 노력을 연상해 쓴 것이다. 전구에서 한 벌의 베적삼을 거두고자 하여도 거두지 못한다는 말은, 혹시 이 시가 청정한 삶을 살았던, 그리고 젊은 나이로 갑자기 왕생해야 했던 동화축전에 대한 추모의 정을 표현한 것은

---

30) 위의 책, 85면.
31) 『유점사본말사지』(영인본), 아세아문화사, 1977, 357면.
32) 위의 책, 67면.

아닌가 생각된다. 시 제목의 '爲−作'(위하여−쓴다)이라는 표현이 이제는 만날 수 없게 된 어떤 대상을 위하여 쓴 시로 해석될 수 있기 때문이다.

동화축전은 남호영기를 '吾友'로 부르면서, 남호가 판각한 『아미타경요해』에 「서문」을 써서 증명하고 있고, 남호영기를 축으로 금계당 장환 등과 밀접한 교류를 나누게 되었다. 그리고 이들이 모두 경전의 판각에 관여하고 있으며 고증학에 남다른 관심을 가지고 있었던 추사와 직간접의 교류를 나누고 있음을 보았다. 이들이 주석했던 공간은 삼각산 내원암, 철원 보개산 성주암, 그리고 건봉사로 이어지는 한강 이북의 공간이다.

삼각산 내원암에서 건봉사를 중심으로 활약한 한북漢北 종장들의 판각활동은 하나의 판각불사운동으로서 1850년대의 문화의 한 흐름을 형성하는 것임을 알 수 있다. 그리고 이들의 중심에 남호영기와 동화축전이 있다. 이는 같은 시기에 참선에 대한 관념적인 논쟁이 격렬하게 전개된 것과 다른 차원의, 실증적이고 문헌학적인 태도를 견지했던 교학승들의 문화운동이었던 것이다. 그리고 여기에는 문헌학·고증학적인 태도를 견지했던 실학의 학풍도 일정부분 운동의 배경으로 자리잡고 있음을 추사와의 교류를 통해 간접적으로 확인할 수 있다.

3) 쌍월성활雙月性濶 · 보월당 혜소寶月堂 慧昭 · 화은호경華隱護敬

쌍월성활은 1854년에 철원의 성주암聖住庵에서 『유마힐소설경維摩詰所說經』을 간행한 스님이다.[33] 『동사열전』 '혼성선백전混性禪伯傳'[34]에 "(혼성 스님은) 남호영기 스님이 손가락에 피를 내어 경전을 베껴 써서 간행

---

33) 『동사열전』에는 한 해 앞선 것으로 나오나, 판본 「서문」의 간기에는 갑인년甲寅年(1854)으로 나온다.
34) 혼성취선混性就善의 전기이다.

하는 자리에 증명법사로 참석하고, 쌍월성활의 법회에 초청을 받아 임석하기도 했다"라는 대목이 있다. 이는 남호영기와 쌍월성활과 혼성취선 간의 교류를 직간접적으로 확인시켜 준다. 즉 쌍월성활은 남호영기와도 교분을 맺고 있음이 확실하다. 쌍월의 성주암과 남호의 석대암이 모두 철원의 보개산에 있는 암자로 지리적인 연관성도 크다. 아마도 남호와 쌍월은 보개산이라는 공간에서 경전을 주해하고 판각하는 활동을 함께 한 것으로 보인다. 동화축전-쌍월성활-남호영기-화은호경-보월당 혜소35)의 교류의 흐름이 실체로 드러나는 것이다.

> 대사의 이름은 성활이고 호는 쌍월이다. 학식이 曠遠하고 知行이 특별히 뛰어났다. (…중략…) 임자년(1852) 봄 재물을 모은뒤 「注維摩經」 3권 「觀經」 1권 「彌陀經」을 劉聖鍾의 집에서 간행하였다. 吳昊秀가 글의 書寫를 맡았고 寶月慧昭, 慧峰最性, 碧潭道文 등 여러 대존숙들이 증석에 초빙되었다. 계축년(1853)에 완료되었는데 東化竺典 華隱護敬이 다투어 서발을 써서 보개산 성주암에 봉안하였으니 참으로 좋은 일 가운데 으뜸이라고 하겠다. 제자 鐵鏡은 선암사에 주석하였는데 성은 최씨이다. 그 나머지 결연과 법을 전수한 제자는 문집과 일기에 기록되어 전한다.36)

그가 펴낸 『주유마경注維摩經』은 원제가 '유마힐소설경통윤직소維摩詰所說經通潤直疏'이며 『유마힐소설경』이라는 표제로 전한다. 이 책은 명대 화엄종의 학승인 통윤通潤(1565~1624)의 저술이다. 통윤의 직소는 유마경 전체를 간명하면서도 깊이 있게 주석하였으며 유교와 도가의 전적들을 자유롭게 인용하고 선불교의 진수를 거침없이 설파한 책이다.37) 그러나 우리나라에는 고려이후 『유마경』에 관한 연구는 공백에 가까울 정도로

---

35) 같은 책에 보월당 혜소의 「서문」도 함께 수록되어 있다. 간기에는 "崇禎紀元後甲寅四月下澣寶月堂 慧昭"로 되어 있으나, 원래는 崇禎紀元後四甲寅에서 '四'가 빠진 것이다. 보월당 혜소는 동화축전과 같은 시기의 인물인 것이다.

36) 『동사열전』 5, 「쌍월선백전雙月禪伯傳」.

37) 일지, 『통윤의 유마경 풀이』, 서광사, 1999, 37면.

소원한 상태로 놓여 있었다. 화은 호경은 발문에서 "이 경은 우리나라에서는 일찍이 오랫동안 소와 주석이 없어서 학자들이 경전을 탐구하는 데 자주 아득해져서 능히 그 끝을 규명하여 그 근원을 궁구하지 못하여 총림에서 병으로 여긴지 오래 되었다"고 하여 『유마경』의 체계적인 연구가 진척되지 않았던 당시의 상황을 말하고 있다.[38]

한편 개항 직전의 변혁의 시대에 『유마힐소설경』을 간행한 쌍월은 자신의 시대를 꿰뚫어 보고 유마가 이 땅에 출현하기를 바랐던 선철先哲이라는 평을 받고 있다.[39] 나아가 쌍월의 『유마경』 간행은 경허 성우(1846~1912)와 만해 한용운(1879~1944) 등의 근대불교운동가들의 사상과 행동에 큰 영향을 끼쳤을 것으로 생각된다.[40] 『유마경』의 간행에 동화 축전은 화은호경과 함께 「서발」을 써서 경전과 경전판각의 의의를 밝히고 있다는 점에서, 위에서 거론한 쌍월성활의 혜안과 선철다움은 이들에게도 바쳐져 마땅할 것으로 생각된다.

동화는 남호영기가 펴낸 『불설아미타경요해』에도 「서문」을 써서 그 간행의 의의를 드러낸 바 있는데, 그 서두를 『유마경』의 한 구를 인용하여 자신의 생각을 개진하고 있다.[41] 그러나 『유마경』에 대한 그의 인식은 그가 쓴 「유마힐경직소신간서維摩詰經直疏新刊序」에 잘 나타나 있다.[42]

㉠무릇 至理는 無言하고 眞智는 無知라. 無知인 고로 無所不知하고 無名인 고로 無所不名하나니 無名之名이라사 名者皆淨하고 無知之知라사 知則

---

38) 위의 책, 41면. 옮긴이의 해설에 따르면, 일우통윤의 법계와 저서 생애에 관한 소개조차도 현재까지 한국 불교계에서 드문 일일 정도로, 명대明代의 불교사상에 대한 연구가 거의 이루어지지 않았다고 한다. 이는 쌍월 성활의 『유마경직소』 간행이 당대에 상당히 희소한 가치를 지니고 있음을 방증하는 것이다.
39) 위의 책, 44면.
40) 위의 책, 44면.
41) "경에 '마음이 청정하니 곧 佛土가 청정하다'고 하였도다. 마음心이라 하는 것은 본체體가 一切에 두루 미치어 없는 곳이 없으며, 광채가 三際에 통하여 비추지 아니한 때가 없도다."
42) 안진호, 『현토주해본 유마경』(법륜사, 1989)의 「서문」을 참고하여 풀이하였다.

必大라. 특히 중생이 强强하여 名相에 집착하고, 偏知에 사로잡혀 보배구슬로 하여금 빈자를 구제하는 덕을 乏하게 하고, 태양으로 하여금 반딧불의 빛을 이루게 하여, 劫數토록 動經함에 빠져 돌아오지 못하니라.

이에 維摩가 병을 보이시고 文殊가 와서 문병하사, 諸法의 이름을 깨끗하게 하시고 二乘의 앎을 크게 하여, 모든 含生으로 하여금 밝게 無名無智의 자리에 돌아오게 하시니, 如日 一切法에 應無所求者는 名相을 깨끗하게 함이요, 高原 陸地에 연꽃을 피우지 않는 것은 偏知를 크게 함이라. 文殊가 不二의 뜻을 물어봄에 미치어, 維摩가 침묵하며 말을 하지 않으시니, 이는 곧 지극히 깨끗하고 지극히 큰 體라. 借座燈王하고 請飯香積하며 行擎衆會하고 坐接妙喜하시니, 이는 곧 지극히 깨끗하고 지극히 큰 用이라.

그러나 이른바 깨끗이 하고 크게 하는 것은 하필 諸法을 없앤 이후에 깨끗하며, 二乘에 있은 이후에 크리요 다만 스스로 回光하여 不與物偶하면, 종일토록 行有함에 깨끗하지 않음이 없을 것이며, 종일토록 談空함에 크지 않음이 없을 것이다.

⑭내가 일찍이 이 경을 탐독하여 반복 沈思하되, 根性이 거칠어 긍계肯綮─사물의 가장 요긴한 곳─에 칼을 놀리지 못하니, 비유하면 高堂의 깊은 방을 오르고자 하나 계단이 없어 오르기 어려움과 같았도다. 고로 先哲의 注脚을 얻기를 원하는 것이 오래였는데, 마침 潤禪師의 直疏를 얻으니, 그 疏는 科가 나누어져 있지 않으나 큰 뜻이 모두 드러나고, 言辭가 매우 간결하나 宗趣가 깊이 밝아, 읽기를 마치지 않아도 옛날의 의문과 어려움이 조금도 남아 막힘이 없음이 마치 물이 틈을 만난 것 같고 땔나무가 도끼를 만난 것 같아, 一經의 심오한 뜻이 마음의 눈을 환하게 하였다.

그러나 한스러운 것은 여러 곳, 먼 곳까지 유통하여 후손들에게 남겨주지 못함이니, 모임에서 雙月 潤 대사가 뜻을 발하고 재물을 모아 간행하여 대대로 전하게 하니 다행이로다. 우리 동방에 이 보배 있음이여. 훗날 이 경을 읽는 자는 계단으로 말미암아 堂에 오르고, 堂으로 말미암아 방에 들어가되, 그림자를 새기는 노력을 들이지 않고 바로 不二의 마당에 나아간 즉, 海東의 佛日이 어둠에 쌓인 즈음에 크게 빛나리라. 어찌 쾌하지 않으며 어찌 후련하지 않으랴.[43]

---

43) 夫至理無名, 眞智無知. 惟其無知 故無所不知, 惟其無名 故無所不名. 無名之名

㉮는 유마경의 요체를 간명한 문장으로 풀이한 대목이다. 특히 첫 단락의 역설적인 표현은 한용운의 시문법으로 익히 들어왔던 것이어서 글을 읽는 묘미가 있다.

㉮는 동화가 유마경을 탐독하였으나 경의 내용이 심오하여 그 본질을 제대로 이해하지 못하였다는 것과 함께, 선철들의 풀이를 얻기를 오랫동안 소원했다는 저간의 사정, 그리고 통윤의 『직소直疏』를 읽은 후 그동안 막혀 있던 의문과 어려움이 시원하게 풀렸음을 이야기하고 있다.

인용문에서 "海東의 佛日이 어둠에 쌓인 즈음에 크게 빛나리라. 어찌 쾌하지 않으며 어찌 후련하지 않으랴"라는 대목은 1850년대 판각운동을 몸소 실천했던 한 교학승의 현실인식이 반영된 것으로 보인다. 멀리 조선 시대 초기부터 불교탄압의 역사를 굳이 다시 거론하지 않더라도, 1700년대 일명 진경시대로 일컬어지는 문예부흥운동의 와중에 수많은 중창불사가 진행되고 많은 불서들이 간행되던 시기와 비교해서도 위축된 1800년대의 위기의식을 반영하는 것이다. 또한 서학의 도래와 동학의 발흥으로 인한 불교의 사상적 위기의식을 '해동의 佛日이 어둠에 쌓인' 상황으로 표명한 것으로도 생각된다.

이러한 현실인식에서 쌍월의 『유마경』 판각에 대한 동화의 극찬은 두 사람 사이의 개인적인 친분관계가 작용한 것으로만 이해될 수 없다.

名者皆淨, 無知之知 知則必大. 特以衆生 强强 着於名相 局於偏知 致使寶珠 乏濟貧之德, 太陽 成螢火之光, 動經劫數 沈而不返. 於是 維摩示疾 文殊來問 淨諸法之名 大二乘之知, 使諸含生 熙熙然同歸乎無名無知之域. 如日 於一切法 應無所求者 淨其名相也. 高原陸地 不生蓮華者 大其偏知也. 及好文殊問不二之旨 維摩默而無言 此乃至淨至大之體也, 借座燈王 請飯香積 行擎衆會 坐接妙喜, 此乃至淨至大之用也. 然所謂淨之大之者 何必泯諸法而后淨, 在二乘而后大. 但自回光 不與物偶 終日行有 未嘗不淨 終日談空 未嘗不大矣. 余嘗耽讀此經 反覆沈思 根性鹵莽 未能游刃於肯綮 比如高堂奧室 無階難陞 故願得先哲注脚者久. 適得潤禪師直疏 其疏也 科不分而大義悉彰, 辭至簡而宗趣甚明. 讀未終秩 昔之疑難 小無留碍 如水之遇決 薪之遇斧 一經奧旨 煥然心目矣. 然恨未得流諸遐方, 貽厥後昆. 會 雙月活大師 發意鳩財 刊令壽傳. 幸哉 我東之有斯寶也. 後之讀此經者 由階陞堂 由堂入室 不勞寺刻之功 直進不二之場 則海東佛日 重明乎重昏之際矣. 豈不快哉 豈不暢哉. 崇禎 紀元後四甲寅 四月 下澣 東化 竺典 盟手 焚香 謹序(『유마힐소설경』, 국립중앙도서관 소장).

그는 당대의 불교계의 현실을 정확하게 인식하고 있었으며 교학승으로서 경전을 새롭게 해석한 주해서의 간행에 대해 지대한 관심을 가지고 있었다. 그리고 경전 간행의 의의를 적극적으로 부여함으로써 이 시기 판각불사운동의 중심에 서 있음을 보여주고 있다.

4. 〈권왕가〉와 만일염불회

동화축전의 〈권왕가〉가 만일염불회와 직접적인 관련이 있다는 기록은 남아 있지 않지만, 그가 만일염불회를 결성하기 위해 뜻을 같이 했다는 점에 비추어, 양자는 밀접한 관련이 있음이 분명하다. 극락왕생을 위해 염불에 힘쓰자는 〈권왕가〉의 주제는 만일염불회의 결성의 목적이요 존재의 이유인 것이다. 또 가사 내용에 건봉사와 관련된 내용이 담겨 있기도 한데,[44] 이는 『삼국유사』의 기록과 함께 건봉사에 전승되는 문헌기록이나 구전되는 이야기를 가사에 담은 것으로, 동화축전의 가사 창작이 건봉사에서 이루어졌으며, 건봉사의 염불회를 위해 지어졌다는 또 다른 방증자료가 된다.

〈권왕가〉가 만일염불회와 가질 수 있는 관련양상은 결사 준비 과정에서 모연문募緣文으로 활용되었을 가능성과 강경講經 및 간경看經의 대본으로 활용될 가능성이다.

먼저 위에서 인용한 "벽오총화상碧梧聰和尙 설제사연회設第四蓮會 여동

---

44) 풍긔땅에 아간비자 삼생전에 중이되야 건봉사 만일회에 별좌하다 득죄하고 순흥따에 암소되야 그죄를 속한후에 삼생만에 비자되여 미타도량 공급하고 육신등공 왕생하니(1104~1112구).

지영암취학동화축전이공與同志靈岩就學東化竺典二公 시심광모矢心廣募"의
기록을 보면, '널리 모연했다'는 상황에서 가사가 지어졌을 가능성이 있
다. 이는 남호영기가 『화엄경』 판각의 재원을 마련하는 과정에서 〈광대
모연가〉를 유통시킨 것과 같은 기능으로 활용했을 수 있기 때문이다. 물
론 작품 분량을 고려해 볼 때 〈광대모연가〉와 같은 직접적인 모연문으로
서의 활용은 어려웠던 것으로 생각되나 염불회의 준비 과정에서 어떤 방
식으로든 활용될 가능성은 충분하다.

다음으로, 동시대에 이루어진 주변 사찰의 만일염불회 절차를 참고
하여 볼 때, 〈권왕가〉는 염불의식 가운데 경전을 대신하는 강경문講經文
으로 활용될 가능성도 있다.

건봉사의 염불회 절차를 확인할 수 없는 상황에서 신계사의 절차를
참고삼아 그 활용가능성을 살펴보도록 한다. 신계사는 건봉사와 지리적
으로 가까운 금강산에 위치하고 있으며, 동화축전이 관여한 제3차 만일
회가 결사된 시기와 비슷하게 만일염불회가 결사되었다.

> 於金剛之內 彌勒道場 建立普光殿 別設念佛會 俊禪名衲 日復雲集 享佛以
> 淨供 參究以禪邪 說聽以契經 高聲以彌陀 是知靈山在此 龍華始初
> 금강산 미륵도량에 보광전을 건립하여 염불회를 결사하였다. 많은 운수납자
> 들이 모여들어 불공을 드리고 참선과 간경, 고성염불을 하니 여기가 영산회상
> 이며 용화세계가 아니겠는가[45]

이 기록은 신계사 만일염불회에 대한 기록인데, 염불당에서 참선과
간경 그리고 고성염불이 함께 행해진 것을 알 수 있다. 이 경우 간경의
대본으로 쓰일 수 있는 대본으로는 『아미타경』『무량수경』『관무량수
경』의 정토삼부경이 중심이 되었을 것이다. 그리고 이것이 건봉사 만일
염불회와 비슷한 상황이라면, 간경의 대본으로 정토삼부경을 바탕으로

---

45) 한보광, 『신앙결사연구』, 여래장, 2000, 251면.

하면서 여기에 염불법문에 관한 담론을 모두 종합한 〈권왕가〉가 활용될 가능성은 크다 하겠다.[46)]

한편 건봉사와 범어사는 1850년대 이후 만일염불회를 결성하여 염불신앙을 실천했다는 점에서 동질성이 있다. 범어사 내원암에서는 1875년 이전에 미타만일회가, 범어사 극락암에서는 1852년부터 1905년까지 염불만일회가 결성되었을 것으로 추정하고 있다.[47)] 사실 〈권왕가〉가 최초로 판각된 것은 1908년 범어사에서였다. 바로 이 「권왕문」에 "동화축전 건봉사"라는 미주가 있어 작자를 확인할 수 있는 근거가 되었던 것이다. 범어사 장판의 불교가사 〈권왕가〉는 범어사 일원에서 행해진 만일염불회와도 밀접한 관련을 맺고 있는 것으로 추정된다. 그리고 여기에 동화축전의 〈권왕가〉가 그 매개로서 자리잡고 있다. 다시 말하면 범어사의 만일염불회에서 건봉사의 만일염불회와 관련이 있는 〈권왕가〉가 유포된 것이다.

요약하면, 〈권왕가〉는 건봉사의 만일염불회를 비롯한 염불결사의 과정에서 모연문으로 유통되었거나, 정토삼부경과 염불법문을 대신하는 경전의 대용물로서 간경看經 혹은 강경講經의 대본으로 유통되었을 것으로 추정된다.

---

46) 건봉사 장판의 불서 중에 『불설무량수경』이 있다. 이 책은 1861년 나은보욱懶隱保郁이 「서문」을 써서 간행한 것으로 간기에는 "乾鳳寺 萬日會板藏"으로 되어있다. 만일염불회에서 강경의 대본으로 정토삼부경이 활용되었을 것으로 생각된다. 이와 관련하여 〈권왕가〉 역시 건봉사에서 판각될 가능성도 있으나, 현재로서는 그 실체를 확인할 수 없다.

47) 한보광, 앞의 책, 268면.

5. 맺음말

동화축전은 〈권왕가〉의 작가로, 1825년경에 출생하여 1854년경에 입적한 당대의 교학승이다. 그는 『화엄경』 판각을 주도한 남호영기와 함께 1840년대 이후(추정)에 선암사의 침명대사 문하에서 선의 요체를 전수받았다. 1848년에는 순원왕후의 요청으로 헌종의 추모기도를 주관하였고, 1851년에는 벽오유총·영암취학과 함께 건봉사의 만일염불회에 주도적으로 참여하였다. 1853년에는 남호영기가 간행한 『불설아미타경요해』에 「서문」을 썼으며, 1854년에는 쌍월성활이 간행한 『유마힐소설경통윤직소』에 「서문」을 써서 경전의 가치와 판각의 의의를 부각시켰다. 그리고 그 이후의 행적은 드러나지 않았지만, 만일염불회가 결성된 지 몇 해 되지 않아 입적했다는 기록을 참고로 1854년경 입적했을 것으로 추정할 수 있다.

그의 교유 관계를 살펴보면 크게 건봉사 만일염불회와 관련된 승려와 한수 이북의 교학승으로 나누어 볼 수 있다.

먼저 건봉사 만일염불회에 '同志'로서 참여한 인물은 벽오유총과 영암취학이다. 건봉사의 만일염불회의 목적은 염불을 통하여 극락에 왕생하는 것이다. 그런데 〈권왕가〉는 동일한 주제를 정토삼부경과 염불법문 등의 내용을 종합하여 우리말로 풀이한 저술의 성격을 지니고 있어, 염불회와 가사의 관련성이 매우 높을 것으로 추정된다. 〈권왕가〉는 염불회 결사를 위한 모연문으로 활용되거나 염불회 의식과 관련하여 강경講經의 대본으로 활용될 가능성이 크다. 또한 건봉사 이외에 범어사에서도 〈권왕가〉가 만일염불회와 직간접적인 관련을 맺으며 유통되었을 가능성이 크다.

한편 동화축전은 1853년 남호영기가 『아미타경』을 간행할 때와, 1854년 쌍월성활이 『유마힐소설경』을 간행할 때, 증명법사로 참석하여 두 편의 「서문」을 남기고 있다. 「서문」에는 경전의 의미와 판각의 의의가 밝혀져 있다. 그리고 『아미타경』에 함께 「서문」을 남긴 금계당 장환과, 『유마힐소설경』에 「서문」과 발문을 쓴 보월당 혜소·화은호경과는 직간접적인 교류가 있었을 것으로 생각된다. 이들의 교유는 1850년대를 전후로 한 판각불사운동의 차원으로 그 의미를 부여할 수 있다. 아울러 이들과 추사는 밀접한 관련을 맺으면서 직간접의 접촉이 있었을 것으로 생각된다. 추사는 불경의 해석이나 위에 등장하는 인물들의 판각불사에 대해서 나름대로 관심을 표명한 바 있는데, 따라서 이들의 판각불사운동은 당대의 고증학적인 풍토와 밀접한 관련을 가지고 있는 것으로 생각된다. 그들의 판각불사운동이 1800년대의 학문사상적 흐름과 동떨어진 채 전개된 것은 아닌 것이다.

결국 동화축전은 1850년대 교학승들의 판각불사운동의 중심에 서 있음을 알 수 있다. 그리고 판각불사운동을 한 이들은 대부분 삼각산 내원암—철원 보개산 성주암·석대암—건봉사로 이어지는 횡적인 공간에 주석하고 있는데, 이들의 교유는 한수 이북의 문화적 연대의 끈을 형성하는 것으로 그 의미를 부여할 수 있다. 동화를 비롯한 한수 이북의 종장들은 모두 경전의 새로운 해석과 주해서 판각 등에 많은 관심을 가지고 있는 교학승들이었다. 이들의 존재는 같은 시기 선논쟁이 치열하게 전개되던 한수 이남의 상황과 대비되는 것으로 주목된다.

〈권왕가勸往歌〉의 구조와 선행담론

1. 머리말

〈권왕가〉는 동화축전東化竺典(1825경~1854경)이 지은 1,203구의 장편 불교가사이다. 동화축전은 1850년을 전후한 시기에 건봉사의 만일염불회에 주도적으로 참여한 바 있고, 남호영기의 『아미타경』과 쌍월성활의 『유마경』에 「서문」을 쓴 바 있는 당대의 대표적인 교학승이다. 앞 장에서 소개한 동화축전에 대한 작가론에 이어 이 글에서는 〈권왕가〉의 내용 구조와 사상적 특징을 고찰하고자 한다.

〈권왕가〉의 가치와 위상에 대해서는 이미 1930년대에 민속학자 손진태가 주목할만한 견해를 제시한 바 있는데, 그는 〈권왕가〉가 '조선 민중의 종교적 환희상을 펼쳐 보이는 진귀한 작품'이며, '조선 민중의 외적 생활의 至寶的 기록'인 〈농가월령가〉에 필적하는, '내적 생활의 至寶的

기록'으로 평가하였다. 아울러 작자에 대해서는 유심정토 자성미타라는 심원한 학설을 여러 경전을 아무 거리낌 없이 인용하여 설파하고 있다는 점에서 '佛徒 중에서도 지식계급에 속한 자'였을 것으로 추정하고 있다.[1]

조동일은 『한국문학통사』[2]에서 '〈권왕가〉는 전에 볼 수 없던 장편인데, 세상의 고난에서 벗어나려면 부처의 방편으로 구원을 받아 극락세계로 가기를 힘써야 한다는 것을 여러모로 설득하고자 한 내용이다. 이미 있는 교리를 자세하게 풀이하는데 머무르고 시대변화를 의식한 내용은 찾기 어렵다'고 소개하였다.

두 연구자는 작품의 가치 평가에 대한 문제에서 약간의 이견을 드러내고 있다. 손진태가 작품의 가치를 극찬하고 있는데 비해 조동일은 이미 있던 교리를 담은 평범한 작품으로 평가하고 있다. 그런데 양자의 평가는 사실 작품의 구체적인 분석을 토대로 하지 않은 것이어서 인상비평의 한계를 벗어날 수 없다. 손진태가 언급한 경전 텍스트가 정확하게 작품화되어 있는지 검토가 필요하고, 또한 '이미 있는 교리'를 담았다 하더라도 그것이 하나의 작품 혹은 하나의 저술로서 어떤 의미와 위상을 가지는지에 대해서는 더 논의할 필요가 있다. 본고에서는 먼저 〈권왕가〉의 전체적인 구성을 파악하고 선행담론의 구체적인 실상에 대해 자세히 검토하기로 한다.

---

1) 손진태는 최순도 소장의 가사를 9편 소개하고 있는데, 이들 중 세 편(〈서왕가〉 〈자책가〉 〈권왕가〉)은 1908년에 범어사에서 판각된 『권왕문』의 같은 작품을 필사한 것이다.
2) 조동일, 『한국문학통사』 4, 지식산업사, 1994, 95면.

2. 〈권왕가〉의 내용단락

〈권왕가〉를 수록한 문헌 중에서 단락을 구분하여 소개한 것으로는 손진태의 소개본(『불교』)과 『불교의 회심가사』(삼영출판사, 1978) 수록본이 있다.[3] 손진태는 〈권왕가〉 단락을 13절로 나누어 소개하였고, 『불교의

---

3) 구수는 『석문의범』본 〈권왕가〉를 기준으로 하였다. 『석문의범』본은 1,198구, 손진태 채록본은 1,197구, 『권왕문』본 〈권왕가〉는 1,203구이다. 이를 소개하면 다음과 같다.

회심가사의 구분	손진태의 구분	내용
1. 복진타락문福盡墮落門 1~33구	1장 1~33구	삼계가 화택임을 진술
2. 극락장엄문極樂莊嚴門 34~120구	2장 34~195구	극락의 장엄 소개
3. 왕생본행문往生本行門 121~195구		극락왕생의 본행 소개
4. 미타본생문彌陀本生門 196~214구	3장 196~600구 (4·5장 구분이 빠짐)	아미타불 소개
5. 불이경계문不二境界門 215~335구		일심으로 암송하기를 당부
6. 결정신심문決定信心門 336~430구		왕생을 의심치 말 것을 당부
7. 인과응보문因果應報門 431~613구	6장 601~709구	십악업을 짓지 말 것을 권유
8. 참회죄업문懺悔罪業門 614~682구		이참 사참으로 참회할 것을 당부
9. 연화성쇠문蓮花盛衰門 683~709구		불퇴전하라는 당부
10. 퇴타응보문頹惰應報門 710~767구	7장 710~783구	하다 그치면 무소용임을 강조
11. 염불공덕문念佛功德門 768~866구	8장 784~845구 / 9장 846~890구	지성으로 염불할 것을 권유
12. 경각삼재문警覺三災門 867~994구	10장 891~994구	소삼재 대삼재에 대한 경계
13. 집착타락문執着墮落門 995~1,038구	11장 995~1,038구	정토법을 멸시 말 것을 당부
14. 대덕성취문大德成就門 1,039~1,133구	12장 1,039~1,152구	극락왕생한 대덕 성현 소개
15. 염불격발문念佛激發門 1,134~1,168구	13장 1,153~1,197구	생사옥문에서 나올 것을 재촉함
16. 염불회귀문念佛回歸門 1,169~1,198구		미타친견하러 가자는 당부

회심가사』에서는 16단락으로 나누어 소개하였다. 〈권왕가〉는 1,200구가 넘는 장편의 가사여서 그 전반적인 내용을 한 눈에 파악하기가 어려운 가운데, 『불교의 회심가사』에서 각 문의 성격에 따라 제목을 붙여 놓은 점이 돋보인다. 그러나 작품의 전체적인 구조와의 관계 속에서 내용을 파악하기 위해서는 좀더 자세한 분석이 필요하다. 이에 필자가 새로 제시하는 내용 단락을 제시하고자 한다.

(序詞)
1. 삼계가 화택임을 밝히고 벗어나는 방도를 묻다. 1~33구

(本詞)
2. 극락왕생이 그 방도임을 밝히다.[淨土莊嚴門]
   1)극락의 장엄상[依報莊嚴] 34~120구
   2)왕생인의 본행사 121~195구
   3)법장비구의 발원[正報莊嚴] 196~214구
3. 염불법문을 펴다.[念佛法門]
   1)염불수행의 자세[正行念佛] 215~231구
   2)염불삼매와 자성미타 232~266구
   3)근기에 따른 염불수행 267~335구
   4)염불수행의 자세[信] 336~437구
4. 십악업의 인과를 경계하다.[十惡業門] 438~613구
5. 참회문을 세우다.[懺悔罪業門] 614~661구
6. 48원과 구품왕생을 밝히다.[彌陀迎接門] 662~709구
7. 임종시 정념을 권하다.[臨終正念門] 710~890구
8. 삼재를 경계하고 염불을 권하다.[三災門] 891~994구
9. 유심정토 자성미타를 변증하다. 995~1,038구
10. 왕생인을 소개하다.[往生傳] 1,039~1,133구

(結詞)
11. 왕생의 환희를 맞이할 것을 당부하다.(結) 1,134~1,198구

〈권왕가〉의 서사(1단락)는 극락담론을 전개하기 위한 전제로서 현세의 부정적 측면을 강조하고 있다. 삼계는 화택火宅이라는 점, 그리고 천상이나 현세에서 가장 복락을 크게 받던 사람들도 피해갈 수 없는 상황을 강조하면서, 그곳에서 벗어나는 길이 무엇일까 하는 질문으로 서사를 구성하였다. 서사에서 제기한 의문에 대한 해답은 본사에서 이루어졌다. 아미타불을 염불하여 극락에 왕생하는 것이 바로 화택에서 벗어나는 길임을 말하고 있다.

사실 〈권왕가〉는 1단락에서 3단락까지 만으로도 한 편의 극락담론으로 충분히 독립할 수 있는 가사이다. 특히 3단락에서는 다른 불교가사에서 보듯이 염불을 단순하게 권장하는 것이 아니라 총체적인 염불담론으로까지 그 권역을 확장시키고 있다는 점에서 지금까지의 불교가사에서 볼 수 없었던 체계적인 담론을 형성하고 있다. 즉, 작품의 통일성과 균제성을 위해서는 1단락에서 3단락까지만 독립해도 지금까지의 불교가사에서 볼 수 없었던 치밀한 교학적 가사로 완성될 수 있었다. 그러나 〈권왕가〉의 작자는 한 편의 통일성있는 가사를 지으려는 의도보다 더 큰 목적을 지니고 있었을 것으로 생각된다. 그것은 그 당시까지 우리나라에서 편찬된 여러 염불법문서를 총괄하는 방대한 저술을 말한다. 제4단락에서 10단락까지는 십악업의 인과·참회문·임종정념문·삼재문·유심정토 자성미타론·왕생전 등 각기 독립적인 내용을 유지하면서 전체적으로는 염불법문의 권역에 포함시킬 수 있는 내용이 전개되어 있다. 이는 동아시아에서 유전되었던 염불서에 비교할 수는 없지만, 최소한 우리나라에서 한글로 펴낸 염불정토서(『권념요록』『보권염불문』『신편보권문』 등)와 비교해 볼 때, 가장 다양한 항목을 소개하고 있음을 알 수 있다. 〈권왕가〉는 1700년대 이후 우리나라에서 펴낸 성총의 『정토보서』 등에 산재된 염불 담론을 집약하고 있는 것으로 판단된다.

3. 〈권왕가〉의 선행 담론

불교가사 작품 가운데 독특한 위상을 차지하고 있는 이 작품의 성격은 교학적인 성격에 있다. 기존의 설명은 이 작품이 여러 경전(정토삼부경『화엄경』『월장경』 등)의 내용을 가사화하고 있다는 점에 비중을 두어왔다. 그러나 이는 단순하게 선행담론 중에서 경전에 국한된 소개일 뿐, 교리나 논쟁거리로 널리 통용되었던 불교계의 선행담론에 대해서는 언급하지 않은 점이 그 한계로 생각된다. 아울러 경전의 소개도 내용의 정확한 분석을 토대로 한 결론은 아니어서 실상을 정확히 반영하고 있는지는 재론의 여지가 있다.

1) 정토삼부경

〈권왕가〉의 '서사'는 삼계가 화택임을 밝히고 그곳에서 벗어나는 방도를 묻고 있다.[4] 욕계 색계 무색계의 삼계 이외의 정토淨土를 극락세계라고 하는데, 삼계에서 벗어나는 것은 곧 극락에 왕생하는 길을 의미한다. 그리하여 본사의 첫 대목(2단락)에서는 경전에 제시된 극락의 장엄상을 단순히 보여주는 것만으로 서사의 문제제기에 대한 해답이 될 수 있다. 〈권왕가〉의 내용전개는 다른 수행의 절차나 과정을 먼저 제시하지 않고 바로 극락의 장엄한 광경을 단도직입적으로 제시하는 특징을 보인다.

경전에 제시된 극락정토의 장엄은 크게 정보장엄正報莊嚴과 의보장엄依報莊嚴으로 구별된다. 정正은 범부 성인의 능의能依인 몸을, 의依는 범부나 성인이 의지할 바인 국토로 정토나 예토를 말한다. 정토삼부경에

---

4) 삼계가 화택이요 사생이 고해로다(…중략…) 이러한 화택중에 어이하야 버서날꼬

제시된 정보는 정토의 교주인 아미타불을, 의보는 그것에 따르는 기세계器世界를 말한 것이다.[5]

먼저 2단락의 첫대목에는 정토의 의보장엄이 제시되어 있다.

> 우리세존 대법왕이 백천방편 베푸르사 화택제자 구원할제 성교중에 이른말삼 십만억토 서편짝에 극락이라 하는세계 황금으로 따이되고 백천진보 간착하야 산천강해 아조없고 평탄광박 엄려하야 밝은광명 영철함이 천억일월 화합한듯 곳곳이 보배남기 칠중으로 둘넛스되 엇든남근 순금이오 엇든남근 순은이오 또다시 엇든남근 황금으로 뿌리되고 백은으로 줄기되며 유리로 가지벗고 진주엽이 번성커든 자거꼿치 만발하야 마니과실 열엿스며 또다시 엇든남근 근경지는 황금이오 화과엽은 백은이며 가지가지 보배남기 금은유리 칠보로서 서로서로 석겼는데 칠중난순 둘러잇고 칠중나망 덥헛스되 무비상묘 보배로다 (…중략…) 팔종청풍 건듯부러 보수보망 나는소래 미묘하고 청철하야 백천풍악 진동하니 그소래 듯는자는 탐진번뇌 소멸하고 염불심이 절노나며 또다시 그나라에 백보색조 잇사오되 백학이며 공작이며 가릉빈가 공명조라　　(34~83구)

인용한 대목은 국토의 빼어나게 아름다운 모습이 제시되어 있다. 이는 『아미타경』에 제시된 정토의 수승한 모습과 같은 내용으로 그 순서가 바뀌어 제시되었다.

　『아미타경』: 칠보행수－연못－누각－연꽃－황금의 땅－음악－꽃－화신의　　　　　　　새－바람－나무
　〈권왕가〉: 황금의 땅－나무－칠보행수－바람－음악－새－꽃－연못－연꽃

그러나 작품에는 일정한 4음보의 가락에 하나하나를 나열하여 극락의 장면이 파노라마처럼 전개되는 효과를 보이고 있다.

다음은 정토의 교주인 아미타불을 소개한 것으로 정보장엄에 해당한다.

---

5) 평정준영, 이태원 역, 『정토삼부경개설』, 운주사, 1992, 507면.

㉮과거구원 무량겁에 유불출세 하오시니 세자재왕 여래시라 그때에 전륜왕은 일홈이 교시가라 국왕위 바리시고 발심출가 비구되니 승명은 법장이라 세자재왕 여래전에 사십팔원 세우시니 하날에서 꼿비오고 대지세계 진동이라 그후로 무량겁을 난행고행 다겁하야 사십팔원 성취하자 극락세계 장엄하고 그가 온데 성도하니 우리도사 아미타라　　　　　　　　　　　　　　　　(197~214구)

㉯아등도사 아미타불 사십팔원 하온말삼 내지십악 오역인이 임종시에 이르러서 지옥악상 나타나되 내명호를 지성으로 열뻔만 일커러도 염불소리 한마듸에 팔십억겁 생사죄가 춘설갓치 녹아지고 하품왕생 한다하니 대의재라 아미타여 고해보벌 아니신가　　　　　　　　　　　　　　　　　(662~674구)

㉰직금염불 하는사람 비록인간 잇사오나 발서극락 백성이라 동방세계 약사여래 팔보살을 보내시고 서방세계 아미타불 시물다섯 대보살로 이사람을 호위하며 시방제불 호렴하고 천룡귀신 공경하니 천상인간 세계중에 최존최귀 제일일세 만일도로 퇴전하면 그연화가 마른다니 생사윤회 차치하고 연꽃아니 앗가운가　　　　　　　　　　　　　　　　　　(694~709구)

㉮는『무량수경』과「고음왕경」[6]등에서 그 전거를 찾아볼 수 있는 아미타불의 인지因地[7]이다.

㉯는『무량수경』에 제시된 법장비구의 48원 중 제18원 염불왕생원念佛往生願[8]의 구체적 풀이이며, ㉰는 제19원의 내영인접원來迎引接願의 성취이다.[9]

---

6) 過去有國妙喜 王名憍尸迦(…중략…) 時有佛出 名世自在王 憍尸迦心發道意 棄國出家 號曰 法藏 發四十八願 若不爾者 誓不成佛 是時大地震動 天雨妙華 空中同聲讚言 決定成佛(백암성총,『정토보서』,『한국불교전서』 8, 1987, 485면).
7) 부처가 되기 위한 원인으로서의 수행의 자리를 말한다.
8) 제18원의 내용은 "만약 제가 부처가 된다면, 시방세계에 있는 모든 선인도 악인도 어떠한 사람이라도 진실한 마음을 쏟아 깊은 신심을 일으켜서 저의 정토에 왕생하고 싶다고 염원하여, 나무아미타불의 명호를 불러서 염불을 항상 계속한다면 반드시 왕생을 이룰 것입니다. 만약 만에 한 사람이라도 왕생할 수 없다면 저는 부처가 되지 않겠습니다"이다.
9) 제19원은 "만일 내가 부처가 되어서 시방의 중생이 보리심을 발해, 모든 공덕을 수행하고 지극한 마음으로 발원해서 나의 국토에 태어나기를 원하여 목숨이 마칠 때에

이외에도 왕생인의 본행사가 제시된 〈권왕가〉의 3장도『무량수경』과 『관무량수경』에 나오는 삼배왕생·구품왕생의 실천행을 선행담론으로 한 것이다. 경에는 왕생인의 근기에 따라 상품·중품·하품의 차별이 있으며 각 품마다 다시 상중하의 차별이 있어 모두 구품으로 나뉘어진 다는 구품왕생이 제시되어 있다. 〈권왕가〉의 제3장은 경전에 교조적으로 풀이된 내용을 현실적인 실천행으로 구체화시키고 있어, 어떤 경전의 내용보다도 실제적인 내용으로 이루어져 있다.

㉮상선인이 취회하야 과거본행 의론할제 나는과거 본행시에 염불삼매 성취하며 대승경전 독송하고 이극락에 나왓노라 나는과거 본행시에 삼보전에 공양하고 국왕부모 충효하며 빈병걸인 보시하고 이극락에 나왓노라 나는과거 본행시에 욕되는일 능히참고 지혜를 수습하야 공경하고 하심하며 일체사람 권화하여 염불식힌 공덕으로 이극락에 나왓노라   (121~138구)

㉯나는과거 본행시에 우물파서 보시하며 험한도로 수축하고 무거운짐 대신지며 새벽마다 서향하야 사성존께 예배하고 이극락에 나왓노라 나는과거 본행시에 평원광야 정자심어 왕래인을 쉬게하며 유월염천 더운때에 참외심어 보시하며 큰강수에 배띄우고 적은냇물 다리놋코 왕래인을 통섭하며 산고곡심 험한길에 실로자를 지도하며 금음칠야 밤길가는 저행인을 홰뿔주며 압어두운 저맹인이 개천구렁 건너거든 붓드러서 인도하며 객사타향 거리송장 선심으로 무더주며 사고무친 병든사람 지성으로 구원하며 가초다가 이극락에 나왓노라

(152~179구)

㉰나는과거 본행시에 십악오역 두로짓고 무간지옥 가올러니 임종시에 선우만나 겨우십렴 염불하고 이극락에 나왓노라 나는과거 본행시에 삼악도중 수고러니 우리효순 권속들이 나를위해 공덕닥가 이극락에 나왓노라 천차만별 본행사를 이와갓치 의론할제 극락세계 공덕장엄 무량겁을 헤아려도 불가사의 경계로다   (180~195구)

───────────

대중들에게 둘러싸여 그 사람 앞에 나타나지 않으면 正覺을 이루지 않겠나이다"이다.

〈권왕가〉 본문에는 "상선인이 취회하여"라고 하여 인용된 왕생인이 모두 상선인으로서 상품왕생한 것으로 보일 수 있으나 염불삼매를 성취하는 ㉮는 상품왕생인, 염불왕생의 조행助行을 실천하는 ㉯는 중품인, 십악오역을 행한 사람으로 임종시에 십념염불을 통해 왕생한 ㉰는 하품인으로 나누어 볼 수 있다.

정토삼부경을 인용하여 전개한 극락담론에서 가사 〈권왕가〉는 극락의 장엄상을 묘사함에 있어서는 대체로 경전의 내용을 그대로 전달하고 있는 것으로 보인다. 그러나 왕생인의 왕생을 얻게 한 본행사本行事를 나열한 대목 ㉯에 있어서는 범박하고 추상적인 경전의 내용이 세부적이고 현실적인 의미로 전달되는 효과를 가져왔다. 이 대목은 〈회심곡〉의 시왕의 심판 대목에서 판관의 판결의 기준으로 제시된 대목과 어조의 차이가 있을 뿐 매우 흡사한 양상을 보여주고 있다. 이는 전달하고자 하는 많은 실천적인 행위를 전달하기에 가사라는 4음보 연속체의 율격이 주는 유장함과 반복적 구조가 절묘하게 부합한 결과라 할 수 있다.

〈권왕가〉는 정토삼부경의 극락장엄을 노래한 다른 불교가사들보다 더 곡진하게 서술하고 있는 가사이다. 극락담론의 핵심이 되는 『아미타경』『무량수경』『관무량수경』의 내용 가운데 극락의 장엄상과 48원을 발원한 법장비구의 인지因地와 염불왕생인의 염불왕생의 동인이 된 공덕을 나열하고 구품왕생의 단계에 따라 소개하였다. 이는 곧 경전의 충실한 가사화이며 쉬운 우리말에 담아 교리를 전하는 강경문적 성격을 보여주는 것이다. 이러한 특징으로 인해 이 가사가 경전의 활용이 필요한 장면에서 그 대용역할을 충분히 해낼 수 있는 것으로 생각된다.

2) 염불법문

삼계는 화택이며 이곳에서 벗어나는 길은 극락 왕생임을 〈권왕가〉는 서두와 본사 첫대목에서 밝히고 있다. 그러면 극락에 이르는 길은 무엇인가. 여느 가사에서처럼 그것은 '염불'이라고 〈권왕가〉는 말한다. 따라서 이 작품의 가장 큰 주제는 염불권장이다. 그러면 다른 가사와 다름이 없는 내용의 전개과정을 보여주는 이 작품의 특징은 무엇인가. 이 작품의 교학가사로서의 의미를 정확히 파악하기 위해서는 염불담론이라 부르는 내용을 좀더 구체적으로 살펴보는 일이 필요할 것이다.

기존의 염불법문에 따르면 염불수행의 요건으로는 신信 · 원願 · 행行의 세 조건이 있으며, 이를 구비하면 극락에 왕생하기가 쉽고 구비하지 못하면 왕생하기 어렵다고 하였다.10) 신信은 믿음으로, 아미타불의 48원과 석가모니불의 교어敎語와 시방제불의 찬탄을 굳게 믿는 것이다.11) 〈권왕가〉의 336~437구는 염불을 하는 데 있어 기본적으로 갖추어야 할 믿음의 자세를 곡진하게 전달하고 있다.

> 정토업을 수행할제 의심을 품고하면 이목숨 마친후에 명부에서 상관업고 미타영접 아니하니 별로갈곳 업사오나 의성이라 하는곳에 연태중에 몸을바다 오백세를 복락밧고 다시정업 닥근후에 극락으로 왕생하니 필경에는 가드래도 오백세나 지체하여 아미타불 못보오니 정토발원 하는사람 결정신심 이륵혀서 의심을랑 부대마오 (…중략…) 제불보살 출세하사 천경만론 이른말삼 미타정토 칭찬하사 고구정령 권하시니 우리범부 사람들이 성인말삼 아니듯고 뉘의말을 신청하며 극락정토 안이가고 다시어대 갈곳잇나 오탁악세 나온사람 과거죄업 집푼고로 이른말삼 불신하야 비방하고 물너가니 불에든 저나븨와 고치짓는 저 누에를 그누가 구제할까
> (336~437구)

염불을 할 때 의심을 품고 하면 극락에 갈 수 없으니 절대 의심하지

---

10) 홍인표, 『연종집요』, 대동염불회, 1962, 125~127면. 홍인표의 이 책은 기존의 정토설을 집약한 것으로 우리나라의 정토서 중 가장 구체적인 것으로 평가되는 책이다. 원나라 보도의 『여산연종보감』을 모방했다고 한다. 이지관, 「저서를 통해본 조선조의 정토사상」, 『한국정토사상』(동국대 불교문화원 편), 1997, 224면.

11) 홍인표, 위의 책, 같은 면.

말고 성인의 말씀 들으라는 내용으로, 믿음이 없으면 떨어지게 되는 나락을 함께 제시하여 한탄하면서 믿음이 있어야 한다는 논리를 제시하였다.

염불수행의 또 다른 요건은 行행이다. 행과 관련된 내용은 〈권왕가〉 제2장과 제5장이다. 행에는 정행正行과 조행助行이 있는데, 정행은 '나무아미타불' 여섯 자 혹은 '아미타불' 넉자를 항상 염念 혹은 송誦하는 것이다. 조행은 예배 공양하고 주문 경문을 염송하고 업장을 참회하고 애정을 끊고 모든 선사善事를 행하고 닦은 공덕을 극락에 회향하는 것이다.[12]

> 삼계화택 동모들아 오욕낙만 탐착말고 생사장야 꿈을깨여 이말삼을 결신하고 아미타불 대성호를 일심으로 외우시되 과거사도 분별말고 미래사도 사량말고 삼계만법 왼갓것이 몽환인줄 관찰하고 십이시중 주야업시 어린아해 젓생각 듯 역경계도 아미타불 순경계도 아미타불 행주좌와 어묵동정 일체시와 일체처에 일렴미타 놋치마오 　　　　　　　　　　　　　　(215～231구)

'아미타불 대성호를 일심으로 외우시되'라는 구절은 그 이하에 전개될 내용이 염불법문의 가장 구체적인 내용이 될 것임을 말해주는데, 그것은 '행주좌와 어묵동정 일체시와 일체처에 일념으로 아미타불을 염하라'는 것이다. 이는 교리적인 면에서 염불의 정행正行을 직접 제시한 것으로 볼 수 있다.

〈권왕가〉에서 업장을 참회하고 모든 선사善事를 행하는 염불의 조행助行을 설파하고 있는 대목은 앞서 살펴본 제2장 '극락왕생인의 본행사'와 제5장 '참회문'이다.

> 우리세존 대법왕이 죄악중생 슬퍼녀겨 참회문을 세우시니 승속남녀 노소업시 지은죄를 생각하야 참회심을 이륵켜서 이참사참 두가지로 삼보전에 참회하소 이참이라 하는것은 죄의자성 추구하되 두목수족 사대색신 혈육피골 모든중

---

12) 홍인표, 위의 책, 같은 면.

에 죄의자성 어데잇나 육신중에 업실진댄 색성향미 외경계에 죄의자성 어데잇
노 자세이 추구하되 내외에 업슬진대 중간인들 잇슬손가 내외중간 모도업서
죄성이 공적하다 죄성이 공적커니 죄상인들 잇실손가 내외자성 청정하야 본래
일물 걸림업네 태허공에 새가나니 새난자최 어데잇나 자성허공 청정하니 죄상
자최 잇슬손가 담담허공 바람이러 천파만랑 도도트니 바람하나 그친후에 천파
만랑 간데업네 나의자성 바다중에 현전일렴 허망하야 죄구파랑 분분터니 현전
일렴 진실하니 무한죄구 간데업네 이는실로 이러하나 사상으론 불연하다 꿈이
비록 허망하나 흉몽에는 흉사잇고 길몽에는 길사보니 꿈이일향 허망한가 죄가
비록 허망하나 후세업보 분명하니 삼보신력 아니시면 죄를엇지 소멸할꼬

(614~661구)

〈권왕가〉의 참회문은 이참理懺과 사참事懺으로 나누어 참회할 것을
제시하였다. 이참은 '實相의 도리를 관하여 여러 가지 죄를 懺際하는
것'이고, 사참은 '예불 송경 등의 작법으로 허물을 고백하여 참회하는
일'이다. 〈권왕가〉는 이참에 대하여 죄의 자성을 추구하여 현전일념 진
실하게 하여 죄업을 참제하기를 권하였다. 사참에 대해서는 죄가 비록
허망하나 후세의 업보가 분명하니 불법승 삼보의 신력으로 죄를 소멸
할 수 있다고 하였다.

한편 〈권왕가〉의 참회문의 앞에는 '십악업 짓지마소'로 시작되는 십
악업문이 길게 제시되어 있다(438~613구). 이는 작품의 서두에 삼계가 화
택임을 제시하고 극락의 환희를 제시하여 대안으로 제시한 것처럼, 십
악업이 행하는 오탁악세의 중생들의 실상을 앞서 제시하고 염불과 이참
사참을 통해 그것을 벗어날 수 있음을 드러내는 효과를 가져오고 있다.

이렇게 보면 〈권왕가〉의 염불담론은 여타의 가사에서 강조하는 염불
권장의 내용과 전혀다른 교학적인 접근을 보이고 있음을 알 수 있다.
단순하게 극락의 환희를 제시하고 그곳에 왕생하기 위해 행주좌와나
어묵동정에 4자염불·6자염불을 반복하여 권장하는 것이 아님을 알 수
있다. 〈권왕가〉에서는 염불수행의 요건인 신원행信願行 가운데 신信과

行의 문제에 주목하여 자세한 논의를 펼쳤고, 행의 문제에 있어서는 염불의 정행正行과 조행助行으로 나누었으며, 다시 조행은 선행을 행하는 것과 참회하는 것으로 나누어 설명하였다. 참회문은 또 이참과 사참으로 나누어 설명하고 있음을 알 수 있다. 이렇듯 〈권왕가〉는 단순한 권염불의 가사가 아니라 기존의 염불법문으로 체계화되었던 내용을 조리있게 제시하고 있는 가사이다. 단지 항과 목으로 나누어 제목을 붙이지 않았을 뿐 〈권왕가〉는 한 권의 체계적인 염불법문서의 가치를 지니는 가사라고 할 수 있다. 따라서 〈권왕가〉는 염불법문을 담은 교학가사의 정점에 있다고 할 수 있다.

3) 정토변증론

염불을 통한 극락왕생을 권하는 정토법문에 대하여 여러 차원의 반론이 제기되어왔다. 특히 '唯心이 淨土인데 唯心외에 무슨 淨土가 따로 있으며 自性이 彌陀인데 自性 외에 무슨 彌陀가 또 있겠는가'라는 반론은 가장 큰 영향을 끼친 것으로 보인다. 선종의 입장에서 유심정토론을 비판한 육조 혜능六祖慧能(638~713)이 가장 대표적인데,[13] 그는 아미타불을 생각하여 서방극락에 태어나기를 원하는 승속간의 현상에 대하여 "어리석은 범부들은 자성을 밝히지 못하여 자기 몸 가운데에 정토가 있는 것을 알지 못하고 혹은 동쪽 나라를 원하고 혹은 서쪽 나라를 원하나 깨달은 사람은 있는 곳마다 다 한가지니라"라고 비판하였다.[14]

정토법을 펼치는 선덕들은 이에 대한 대응논리를 제시하여 왔는데, 이후로 이에 대한 선학들의 대응논리는 전통적으로 정토교서의 한 장을 차

---

13) 이지관, 「저서를 통해본 조선조의 정토사상」, 『한국정토사상』(동국대 불교문화원 편), 1997, 195면.
14) 혜능, 광덕 역, 『육조단경』, 불광출판부, 1994, 149면.

지하게 되었다. 수隋 천태天台 지의智顗대사(538~597)의 『정토십의론』이나 왕일휴王日休(남송, ~1173)의 『용서정토문』 등에 그 대응논리가 제시되어 있는데, 이러한 대응논리가 후대에 널리 유전된 것으로 보인다. 『용서정토문』에는 '서방정토가 이치도 있고 사실의 형적도 있는 것이니 그 이치로 말하면 능히 그 마음을 깨끗하게 하므로 일체가 모두 청정하니 진실로 유심정토가 되는 것이요. 사실의 형적으로 말하면 실로 극락세계가 있어서 부처님께서 틀림없이 자세히 말씀하셨으니 어찌 헛된 말씀이라 하랴. 사람마다 성불할 수 있는 것이며, 또 자성미타란 말도 거짓말이 아니다. 그러나 갑자기 이에 이를 수가 없는 것이니 마치 불상을 조각할만한 좋은 재목이 있더라도 불상을 조각한 연후에야 비로소 불상이라 칭할 것이요, 재목을 그대로 두고 불상이라고 예배 공양할 수는 없는 것 같은 것이니 소위 유심唯心이 정토니 따로 정토가 없고, 자성自性이 미타니 따로 미타가 없다는 것은 옳지 못한 주장이다'라 하고 있다.15)

'유심정토 자성미타'설은 염불을 통해 극락왕생을 추구하는 정토법문에 대한 근본적인 물음을 제기한 것에 대한 변론이며, 이것이 염불법문의 한 장을 차지하게 된 것은 자연스럽다.

근래엇든 공부인이 극락미타 따로업서 내마음이 극락이요 내자성이 미타라
고 아만심이 공고하여 정토법을 멸시하니 박복다장 한닷이다 무엇의론 할것업
네 내마음이 부처란들 탐진번뇌 구족하니 제불만덕 어데잇나 청산옥이 보배란
들 그저두어 쓸대잇나 양장이 어더다가 탁마하야 맹근후에 온윤지덕 나타나서
천하보긔 성취하니 자성불도 이갓하야 번뇌무명 어듸쓸꼬 미타양장 친견하고
만행으로 탁마하야 번뇌띄글 제거하고 항사성덕 나타나면 자성불이 이아닌가
자성불에 착한사람 인적위자 부대마오 사바세계 청정함이 자재천궁 갓흔것을
나계범왕 홀로보고 대지상덕 사리불도 토석으로 보왓스니 황어우리 구박범부
임종일념 실수하면 삼악도에 포복하니 자성극락 밋을손가 공고하고 하열심이
비루고로 놉흔산과 나즌구릉 험한세계 낫거니와 내마음이 평등하야 불지혜를

15) 홍인표, 앞의 책, 204면.

의지하면 정토왕생 하옵나니 자성극락 착한사람 집석위보 부대마오

(995~1038구)

인용구 중, '근래 어떤 공부인이 극락 미타가 따로 없어서 내마음이
극락이요 내 자성이 미타라고 하면서 정토법을 멸시'했다는 대목은 이러
한 맥락에서 볼 때 염불법문을 펴기 위한 관습적인 문제제기에 불과하다
고 할 수 있다. 그리고 이에 대한 동화축전의 변론을 보면『용서정토
문』에 소개된 내용과 상통하는 것으로 볼 수 있다. 청산옥이 보배라고
한들 그저 두면 아무 쓸모가 없는 것처럼 내 마음이 보배라고 하더라도
그것을 갈고 닦지 않으면 번뇌 무명을 벗어날 수 없다는 변론은 용서정
토문의 "마치 불상을 조각할만한 좋은 재목이 있더라도 불상을 조각한
연후에야 비로소 불상이라 칭할 것이요"라는 비유와 일맥 상통한다.16)

4) 임종정념문

〈권왕가〉가 관련을 맺고 있는 만일염불회는 사후의 극락왕생을 일차
적인 목적으로 하기 때문에 필연적으로 죽음에 대한 담론과 친연성이 있
다. 기존의 정토관계서를 검토해 보면 여러 항목 중의 하나로 임종시에
지켜야할 염불의 자세등이 소개되어 있음을 볼 수 있다. 물론 왕생전을
비롯하여 극락에 대한 담론이 모두 임종과 직간접적으로 관련이 되는 것
이지만, 특별히 임종의 순간을 위한 논설이 독립적인 담론을 형성하고
있다. 우리나라에서도 판각된 바 있는『여산연종보감廬山蓮宗寶鑑』(전 10

---

16) 한편으로는 인용된 구절은 이 노래가 지어질 당시의 조선 불교계에서 선승이 제기
한 물음에 대한 답변일 가능성도 있다. 즉 동화축전과 같은 시대를 살았던 것으로 추
측되는 백파 긍선(1767~1852)은 염불수행문을 좋아하지 않았을 뿐 아니라, 오히려 부
정적인 입장을 취하고 있는데,(이지관, 앞의 책, 214면) 이는 동화축전이 염불신앙운동
을 전개하는 과정에서 극복해야 할 상황으로 놓여지게 된 것은 아닌가 하는 추정을
할 수도 있다.

권) 제8권의 12장 전체가 오롯하게 임종에 관한 교설을 모아놓은 것[17]을 볼 때, 정토교에서 전통적으로 임종시에 지켜야 할 염불인의 자세가 매우 중요한 교설의 하나로 자리잡고 있음을 알 수 있다.[18] 이 가운데 특히 선도화상善導和尙(613~681)의 「임종정념문臨終正念門」은 「임종정념결」의 제목으로 『보권염불문』의 여러 판본에 거듭 판각되어 있다.[19]

> 쏘 집사름드려 다시 이로디 명이 긋써된 째예 눈물 흘려 슬피 우는 소릐흐 야 나의 정념을 릴케 말고 다몬 나를 아미타불 싱각쩌흐고 릴시예 고성으로 나을 위하여 렴블흐며 직히여 명을 긋쩨 흐고 명이 묫차 오래거든 곡을 흐라 만릴 니리흐면 사름마다 반드시 왕성흐미 의심 업스미이라 이는 이 적실흐며 종요로오며 급흔 말이니 반드시 미다 힝흐라 (…하략…)
>
> —『보권염불문』수도사본(1741)

인용문은 임종시에 눈물을 흘리거나 우는 소리를 내어 나의 정념을 잃게 하지 말고, 아미타불을 생각하고 염불할 것을 권하는 내용을 담고 있다.

〈권왕가〉의 710~890구에 이르는 180여 구의 대목은 기존의 정토담론에서 이처럼 중요시되어 왔던 임종시의 정념正念에 관한 새로운 운문체 저술이라 할 수 있다.

> 생전에 염불하야 임종에 쓰잿드니 정렴을 미실하고 사마에 순종하니 일생렴 불 와해로다 여보염불 동무념네 이말삼을 신청하오 병고만일 침노커든 생사무

---

17) 목차를 소개하면 다음과 같다. 「念佛往生正訣說」「父母臨終往生淨土」「臨終三疑」「臨終四關」「臨終決疑撮要」「僧濟臨終注想西方」「善導和尙臨終往生正念文」「化佛來迎」「賢首菩薩臨終讚念佛偈」「情想多少論報高下」「臨終善惡感報優劣」「臨終十事不剋念佛勉勸預修」

18) 홍인표의 『연종집요』의 제10장 「운명할 때의 행사」를 참고하면, ② 운명하는 사람은 일심으로 염불할 것. ③ 다른이는 염불을 권하며 조념할 것. ⑤ 가족의 주의할 일 등의 내용을 소개하고 있다. 여기에서도 임종의 과정이 염불수행의 단계에서 매우 중요한 장을 차지하고 있음을 본다.

19) 『보권염불문』은 1700년대에 전국의 여러 사찰에서 거듭 판각되었던 권염불서이다.

상 각금깨처 살기도 탐착말고 죽엄도 두려말고 이세계를 시려하야 극락가기 생
각하며 이몸이 허환하야 괴로움이 무량하니 연화대중 어서가기 일심으로 기다
리되 천리타향 십년만에 고향으로 가는듯이 부모일코 개걸타가 부모차저 가는
듯이 만덕홍명 아미타불 지성으로 생각하며 술과고기 드는약은 부대부대 먹지
말며 문병인과 시병인과 집안권속 당부하되 내압헤서 객담말고 부드러운 애정
으로 낙루하야 위로말며 가사범백 뭇지말고 일심으로 염불하야 나의정렴 도와
주며 내가만일 혼미커던 각금깨처 권렴하며 임종시가 당하거던 서향하야 뉘여
두고 일시조렴 념불하며 임종한지 오랜후에 곡성을 내게하소 이갓치 임종하면
평시념불 안트래도 즉지서방 하오려든 황어념불 하는사람 다시무삼 의심할까

(763~807구)

　인용구는 임종시에 임종인이 집안의 권속에게 당부하는 내용이 담겨
있는데, 이는 선도화상의 「임종정념결」을 더욱 쉽고 구체적으로 풀이한
것이다. 1700년대의 『보권염불문』이 기존에 정토법문으로 전승되는
「임종정념문」을 한글로 풀이하여 대중화하였다면, 1850년대 〈권왕가〉
는 독자들의 귀에 친숙한 4음보의 율격에 맞추어 노래하여 대중화를 꾀
한 의미가 있다.

　5) 왕생전

　〈권왕가〉의 제10장은 오롯하게 왕생한 이들을 소개하고 있어 그 자
체가 별도의 독립적인 왕생전을 이루고 있다고 해도 과언이 아니다.

　　거룩하다 정토법문 시방제불 칭찬하고 항사보살 왕생하네 화엄경과 법화경은
　일대시교 시종이라 무상대도 법이언만 극락왕생 칭찬하며 마명보살 용수보살 제불
　화신 강적하사 정법안장 친전하되 권생극락 깁히하며 진나라 혜원법사 반야경을
　들으시다 활연대오 하시고도 광려산에 결사하사 삼칠일을 정에들어 미타성상 친견
　하고 극락으로 바로가며 천태산 지자대사 법화삼매 증득하사 영산회상 친견하고

삼관을 원수하야 상품왕생 하엿시며 해동신라 의상법사 계행이 청정하사 천공을
밧사오되 정토발원 견고하야 좌필서향 하엿시며 서역동토 현철들이 고금왕생 무수
하니 뉘가감히 입을벌려 정토법문 펌담하리 오장왕과 홍종황제 만긔여가 념불하고
왕생발원 깁히하며 장한과 왕시랑은 공명이 현달하야 환해에 처하여도 왕생법을
닥가스며 유유민과 주속지는 처자오욕 다바리고 백련결사 참례하야 두적산문 념불
하며 도연명 이태백과 백락천 소동파는 만고문장 명현이라 필봉이 늠름하야 귀신
을 울렷스되 미타공덕 찬탄하고 왕생하긔 발원하며 당나라에 정진이와 송나라에
도완이는 비구니의 몸으로서 념불하고 왕생하며 수문후와 진왕부인 비록재가 녀인
이나 녀신보를 실허하야 지성으로 념불하고 연태중에 남자되며 파계비구 웅준이와
도우탄이 장선화는 생전죄악 만흔고로 지옥고가 현저러니 임종일념 회심하고 연대
중에 바로가며 풍긔땅에 아간비자 삼생전에 중이되야 건봉사 만일회에 별좌하다
득죄하고 순흥따에 암소되야 그죄를 속한후에 삼생만에 비자되여 미타도량 공급하
고 육신등공 왕생하니 고왕금래 살펴건댄 승속남녀 현우귀천 내지죄악 범부까지
다만발심 념불하면 아니가리 뉘잇는가   (1,039~1,117구)

극락왕생을 칭찬했던 『화엄경』과 『법화경』을 칭송하고, 극락왕생을
권했던 마명보살·용수보살에 이어, 극락왕생하였거나 권장을 했던 혜
원법사·지자대사·의상법사 등의 대덕, 오장왕·홍종황제 등의 왕과
장한·왕시랑·유유민·주속지 등의 신하, 도연명·이태백·백낙천·
소동파 등의 시인묵객, 정진이와 도완이라는 비구니, 수문후와 진왕부
인이라는 부녀, 파계비구 웅준이, 소를 잡던 백정 장선화, 그리고 아간
비자에 이르기까지 다양한 왕생인을 소개하고 있다. 보살·대덕·왕·
신하·비구니·비구·악인 등 소개되는 순서는 기존의 왕생전에서 익
히 보아왔던 것으로 〈권왕가〉는 기존의 왕생전의 체제를 수용하면서
각 인물들의 공덕을 짧게 요약하여 놓았다.
　1584년 주굉袾宏(1536~1615)이 펴낸 중국의 『왕생집』과, 조선 전기 보
우普雨(?~1565)가 편찬한 『권념요록』, 조선후기 1700년대 지속적으로 판
각된 『보권염불문』, 그리고 백암성총栢庵性聰(1631~1700)이 중국의 정토
서를 바탕으로 펴낸 『정토보서』와 〈권왕가〉의 공통인물을 표로 나타내

면 다음과 같다.[20]

책 위치	왕생집 (주굉.1584)	예념미타도량 참법 (왕자성)	권념요록	보권염불문	정토보서	권왕가
사문	혜원조사 慧遠祖師 지자대사 智者大師	여산원공 廬山遠公 천태지자 天台智者	혜원법사 慧遠法師	(원공遠公)	혜원조사 慧遠祖師 지자대사 智者大師	혜원법사 지자대사 의상법사
왕신	오장국왕 烏萇國王 유유민劉遺民 장항張抗 왕시랑王侍郎 (왕민중王敏仲) 백거이白居易 소식蘇軾	오장국왕 烏長國王 유유민劉遺民 장항張抗 백낙천 동파거사 이태백	오장국왕 烏長國王 (유유민劉遺民)	오장국왕 烏長國王 장항張抗 (백낙천) (소동파) (이태백)	오장국왕 烏長國王 장항張抗 왕시랑王侍郎 (왕민중王敏仲) 백거이白居易 소식蘇軾	오장왕 유유민 장한 왕시랑 백락천 소동파 이태백 흥종황제 도연명
처사	주속지周續之				주속지周續之	주속지
비구니	정진淨眞	정진淨眞 도원道瑗				정진이 도완이
부녀	수황후隋皇后	수문황후 隋文皇后	수문황후 隋文皇后 형왕부인 荊王夫人	수문황후 隋文皇后	수문황후 隋文皇后	수문후 (진왕부인)
악인	장선화張善和 웅준雄俊	선화善和 웅준雄俊	선화善和	선화善和 웅쥰니	장선화張善和	장선화 웅준이 아간비자
비고		( )는 혜원법사에 포함됨	( )는 해인사본	청대淸代의 왕생전포함됨	( )는 형왕부 인인 듯	

이를 보면 〈권왕가〉는 기존의 왕생전에 제시된 인물 가운데 대표적인 인물을 그대로 소개하면서 우리나라의 사례를 덧붙여 소개하고 있다. 이 가운데 주목되는 것은 의상대사와 아간비자의 왕생담이다. 의상대사가 신라의 저명한 고승이라는 점은 그렇다 하더라도 건봉사의 아간비자 왕생담은 건봉사에 전승되고 있던 구전설화를 토대로 하고 있다는 점에서 몇 되지 않는 한국적인 왕생담으로 파악된다.

20) 기존의 정토서에 제시된 인물 가운데 〈권왕가〉와 관련된 인물만 제시하였다.

『삼국유사』 제7 감통편 「욱면비염불서승郁面婢念佛西昇」조에는 아간 비자의 왕생담으로 향전과 승전의 두 기록을 소개하고 있는데 그 중 승전의 기록을 인용하면 다음과 같다.

棟梁 八珍은 관음보살의 현신이었다. 무리들을 모으니 1천명이나 되었는데, 이것을 두 패로 나누었다. 한 패는 노력을 다했고, 한 패는 정성껏 도를 닦았다. 그 노력하는 무리 중에 일을 맡아보던 이가 戒를 얻지 못해서 畜生道에 떨어져서 浮石寺의 소가 되었다. 그 소가 일찍이 불경을 싣고 가다가 불경의 신령한 힘으로 귀진 아간의 집 계집종으로 태어났는데, 욱면이라 이름했다. 욱면은 일이 있어 하가산에 갔다가 꿈에 응감하여 마침내 바른 도를 닦을 마음이 생겼다. 아간의 집은 혜숙법사가 세운 미타사로부터 멀지 않았다. 아간은 언제나 그 절에 가서 염불했으므로 계집종도 따라가서 뜰에서 염불했다. 이와 같이 하기를 9년. 을미년 (신라 경덕왕 14년, 755) 정월 21일에는 부처에게 예를 드리다가 집의 들보를 뚫고 떠났다.[21]

이러한 왕생설화를 다시 재구성하여 사찰 건립의 연기설화로 하고 있는 것이 건봉사의 만일염불결사 유래담이다.[22] 아간비자 욱면의 전생담과 왕생담은 원래는 건봉사와 직접적인 관련은 없던 것으로 생각되는데, 건봉사에서 발징화상이 만일염불회를 개창하여 31인의 스님이 왕생하였다고 하는 설화가 구전으로 전해져 내려오면서 아간비자 왕생담과 결합하여 건봉사의 만일염불회의 유래담으로 형성된 것이다.[23] 〈권왕가〉에 소개된 아간비자 왕생전은 건봉사에 전승되는 지역설화를 배경으로 하고 있으며, 외적으로는 동화축전이 주도적으로 참여하였던 1851년의 염불결사와 이 작품이 매우 밀접한 관련을 가지고 있다는 것을 보여주는 자료이다. 또한 왕생전의 순서에 따라 악인의 왕생담으로서 마지막에 소개되는 것이 자연스럽지만, 왕생전의 마지막에 이 노래

---

21) 일연 편, 이재호 역, 『삼국유사』, 솔, 1997, 334면.
22) 한보광, 「건봉사의 만일염불회」, 『결사신앙연구』, 여래장, 2000, 223면.
23) 위의 책.

를 어떤 방식으로든 필요로 하고 있던 만일염불회와 직접 관련된 왕생담을 소개함으로써 극적인 효과를 초래하고 있다.

〈권왕가〉는 기존의 왕생전을 최초로 운문화한 의미를 지니고 있다. 기존의 왕생전이 모두 산문이며, 특히 『권념요록』과 『보권염불문』에서 기존의 왕생전을 우리말로 소개하는 것에서 한 걸음 나아가 이 땅의 왕생담을 소개하고 있고, 또 이를 운문을 통해 노래로써 대중들에게 쉽게 전달하고자 하는 최초의 시도라는 점에서 이 작품이 지닌 독특한 가치를 인정할 수 있다.

4. 맺음말

지금까지 〈권왕가〉에 대한 논의가 이루어지지 이유는 동화축전의 생애가 분명치 않고 작품 내용에 대한 접근이 용이하지 않았기 때문으로 생각된다. 본고에서는 작품내용의 핵을 이루는 선행담론 분석을 통해 작품이해의 기반을 마련하고자 하였다.

〈권왕가〉의 작가는 동화축전으로, 그는 1850년을 전후한 시기에 건봉사의 만일염불회에 주도적으로 참여한 바 있고, 남호영기의 『아미타경』과 쌍월성활의 『유마경』에 「서문」을 썼던 당대의 대표적인 교학승이다. 〈권왕가〉는 1851년에 개설된 건봉사의 만일염불회와 밀접한 관련을 맺고 생성 전승되었던 가사이다. 이에 따라 〈권왕가〉는 동화축전 자신의 독창적인 교설이나 창의적인 발상이 전개되는 작품이라고 하기는 어렵다. 그러나 〈권왕가〉는 염불 법문으로 전개되는 다양한 선행담론을 담고 있으며, 내용의 다양성과 방대함은 기존에 한글로 전승되던 산문

염불서보다도 더 풍부하고 다채로운 면을 보여주고 있다.

먼저 〈권왕가〉에 담겨있는 선행담론으로서 『아미타경』『무량수경』『관무량수경』의 정토삼부경을 들 수 있다. 경전에 제시된 극락정토의 장엄은 크게 정보장엄(아미타불)과 의보장엄(극락)으로 구분되는데 〈권왕가〉의 2장에는 극락의 장엄상과 법장비구의 본행사, 염불왕생을 이루는 공덕과 구품왕생의 각 단계를 소개하고 있다.

둘째 〈권왕가〉는 기존의 염불법문에 염불수행의 요건으로 제시된 신원행信願行의 세 조건 가운데 신信과 행行을 구체적으로 소개하였다. 즉, 336~437구는 신의 자세를 설파하였다. 215~231구를 중심으로 하여 아미타불 성호를 일심으로 외우라는 염불의 정행正行을 제시하였고, 614~661구를 중심으로 하여 업장을 참회하고 모든 선사善事를 행하라는 염불의 조행助行을 제시하였다. 그리고 염불의 조행에는 제5장 참회문도 포함되는데, 〈권왕가〉의 참회문에서도 염불교리와 마찬가지로 이참理懺과 사참事懺으로 나누어 참회할 것을 제시하였다.

셋째 극락왕생을 권하는 정토법문에 대한 비판과 이에 대한 반론은 불가에서 계속 반복되는 논쟁 중의 하나인데, 〈권왕가〉는 '근래 어떤 공부인은 극락미타 따로 없어 내마음이 극락이요 내자성이 미타라고 정토법을 멸시'하는 것에 대한 반론을 제시하고 있다. 이는 왕일휴의 『용서정토문』에 소개된 내용과 상통하는 것으로 볼 수 있다.

넷째 〈권왕가〉에는 임종과 관련된 선행담론이 소개되었다. 염불만일회는 사후의 극락왕생을 일차적인 목적으로 하기 때문에, 이와 관련이 깊은 〈권왕가〉에 같은 내용이 담기게 된 것은 매우 당연한 결과이다. 우리나라의 한글염불서인 『보권염불문』에는 선도화상의 「임종정념문」이 「임종정념결」의 제목으로 여러 차례 판각되어 유포되었는데, 주요 내용은 임종시에 눈물을 흘리거나 우는 소리를 내어 나의 정념을 잃게 하지 말고, 아미타불을 생각하고 염불할 것을 권하는 내용을 담고 있다. 〈권왕가〉의 710~890구는 기존의 정토서에 소개되어 왔던 임종시의 정념正念에 관한 새로운 운문체 저술이라 할 수 있다.

마지막으로 〈권왕가〉의 제10장(1,039~1,133구)은 그 자체가 별도의 독립적인 왕생전을 이루고 있다. 이는 중국의 왕생전인 『왕생집』『예념미타도량참법』을 비롯하여 조선전기의 『념념요록』, 조선후기의 『보권염불문』『정토보서』 등에 소개된 왕생인물 가운데 대표적인 인물을 소개하고 있으며, 여기에 의상법사와 건봉사의 만일염불결사와 관계 있는 아간비자의 왕생담을 소개하고 있다. 〈권왕가〉는 기존의 왕생전을 최초로 운문화한 의의를 지니고 있다.

〈권왕가〉는 극락담론을 펼치고 있는 우리말 노래의 전통에서 가장 체계적이며 폭넓은 내용을 담고 있는 가사이다. 그리고 기존에 염불신앙서로 유통되었던 한글 염불서에 비해서도 내용이 방대하고 다루는 주제의 폭이 넓어 한글염불서의 결정판이라는 의의도 지니고 있다. 그리고 경전을 토대로 한 교학적인 불교가사의 창작이 19세기 불교가사의 큰 흐름이라고 할 때, 〈권왕가〉는 바로 19세기 교학적인 불교가사의 정점을 차지하고 있는 가사라고 할 수 있다.

본고는 〈권왕가〉의 선행담론을 주 대상으로 논의를 전개하였다. 이에 따라 경전의 가사화에 따른 미학적 특징이나 전반적인 가사문학의 맥락에서 작품의 위상을 검토하는 일은 진행하지 못하였다. 방대한 분량의 〈권왕가〉를 이해하는 일은 한두 편의 논문으로 다 이루어질 수 없음을 절감하며 미진한 논의는 다음 과제로 삼기로 한다.

〈토굴가土窟歌〉의 작가 복원과 문화사적 의의

1. 머리말

한국의 가사 문학사를 일별할 때 19세기는 가히 종교가사의 시대라 할 만하다. 천주교는 포교의 자유를 획득한 19세기 중엽에 최양업의 주도로 일군의 가사에 교리를 담아 펼침으로써 본격적인 포교의 시대를 열어나갔고, 이에 상응하여 동학교에서도 1860년에 최제우가 자신의 사상을 가사에 담음으로써 교리를 다듬어 나갔다. 천주교를 서학이라 규정하고 이에 상대적인 개념으로 동학을 신흥종교의 이름으로 삼은 것처럼, 동학교는 천주교가사에 대한 대응의 한 양상으로 가사 형식을 원용하여 경전의 대용물로 활용하였다.

그런데 포교의 매체로 가사를 활용한 오랜 전통을 지니고 있으며, 천주가사와 동학가사의 타자로 존재하였을 불교가사에 대해서는 이 시기의 양상이 구체적으로 밝혀진 바가 없었다. 최양업이나 최제우에 상응하는 뚜렷한 인물도 부각되지 못하였고, 이 시기의 시대성이나 최소한 불교계의 경향성을 담보하는 어떤 작품도 제대로 밝혀진 바 없었다. 작자미상의 〈회심곡〉이나 〈자책가〉(일명 승원가) 〈백발가〉 〈몽환가〉 등이 전 시대부터 혹은 이 시대에 들어서 활발하게 구연되고 있음이 밝혀졌을 뿐이다.[1]

불교문화사의 기술에서도 19세기는 17·18세기의 진경시대에 보여주었던 문화적인 생산력은 찾아볼 수 없는 시기로 인식되어 왔다. 민중을 대상으로 염불신앙의 홍포에 전념했으며, 뚜렷한 사상적 비전 없이 의례불교에 침잠한 시기로 인식되는 경향이 있어,[2] 기존의 한국불교문화사의 기술에서도 이 시기는 크게 주목받지 못하였다. 따라서 당시에 구연되거나 필사 유통된 불교가사 자료는 당대의 문화사의 흐름을 실증할 수 있는 의의를 지니고 있으나, 여전히 자료의 부족으로 소기의 성과를 기대하기 어렵다.

본서의 앞의 (2부 19세기)에서 이러한 상황에서 최근 필자는 남호영기(1820~1872)와 동화축전(1825경~1854경 추정)에 대한 고찰을 통해 19세기 중엽에 전개된 불교문화운동의 맥락을 확인한 바 있다. 남호영기의 〈광대

---

1) 새로 개정된 『한국문학통사』(제4판)에는 17~19세기의 불교가사 작가로 청허휴정·침굉현변·인허지형·남호영기 등 네 명이 소개되어 있다. 이 가운데 침굉(1616~1684)은 문집이 남아 있어 삶을 재구하는 데는 어려움이 없는 작가이지만 나머지는 사정이 다르다. 청허(1520~1604)는 〈회심가〉를 지은 것으로 알려져 있으나 작자로서의 성격은 확실치 않다. 지형(1790년대 활동)은 작가적 정보는 남아있지 않은 거사로서, 그가 주관하여 펴낸 불암사 장판의 판본만이 그의 존재를 증명하고 있을 뿐이다(김기종, 「지형의 불교가사 연구」, 『한국문학연구』 24, 2001). 19세기의 작가로는 유일하게 남호영기가 있으나 작자 미상인 채로 작품 일부가 소개되어 있는 실정이다. 이런 상황에서 조선후기 불교가사의 시대적 흐름을 조망하거나 시기를 세분하여 각각의 사회적 변화 속에서 불교가사의 대응양상을 고찰하는 것은 불가능해 보인다.
2) 1913년 발행한 한용운의 『조선불교유신론』의 상당 부분이 민속불교 의례불교에 대한 통박으로 채워져 있고, 근대선불교의 중흥조로 알려진 경허가 등장하는 20세기 초엽의 상황에 견주어 볼 때, 19세기는 극복의 대상으로만 존재하는 듯한 느낌까지 들 정도이다.

모연가〉는 1855년에 봉은사에서 『화엄경』을 판각하면서 발원문으로 지어졌으며, 당시 한강 이북에서 금강산 권역에 이르는 공간에서 전개된 교학승들의 불서판각운동의 양상을 잘 드러내는 가사라는 점과, 그와 동지同志 관계였던 동화축전이 지은 〈권왕가〉는 1851년에 건봉사에서 개설한 제3차 만일염불회와 밀접한 관련이 있고, 따라서 이 가사는 염불신앙의 부흥을 기획하는 과정에서 산출된 가사라는 점을 밝힌 바 있다. 이를 통해 1850년대 한수 이북과 금강산 권역에서 전개된 불교계의 문화사적 흐름과 불교가사의 관련양상을 포착할 수 있었다.

그런데 19세기를 포함한 조선후기의 불교계는 강경講經과 참선參禪과 염불念佛을 함께 수행하는 삼문수학三門修學의 전통을 지니고 있었다.[3] 이와 가사를 연계해서 보면, 남호영기와 동화축전의 가사는 경전의 홍포 및 강경, 그리고 염불신앙의 흥성과 관련이 깊은 것을 알 수 있다. 그렇다면 이 시대의 또 다른 흐름을 형성하고 있던 참선의 기풍은 어떤 방식으로 가사화 되었던가. '참선곡'이라는 제목의 가사가 발견되지 않았다고 해서 이 시기를 염불신앙에 전념한 시기, 민속불교의 시기, 선禪의 수행마저 이론적인 논쟁으로 전개된 시기로만 설명하고 말 것인가. 이에 대해서 본고에서 언급하는 〈토굴가〉가 하나의 해답이 될 수 있을 것으로 기대한다.

본고는 기존에 자료는 소개되었으나 작자문제가 확실치 않아 더 이상의 논의가 전개되지 않은 〈토굴가〉의 작가를 변증하고 그 문학적 성취를 밝히며, 창작과 전승에 내재된 문화사적 의의를 탐색하고자 한다. 이를 통해 19세기 불교문화사의 맥락에서 불교가사의 창작과 전승이 지니는 의의를 뚜렷하게 제기하는 성과를 기대한다.

---

3) 김영태, 『한국불교사개설』, 경서원, 1986, 216면.

2. 〈토굴가〉의 작가 복원

1) 기존의 작가설에 대한 검증

〈토굴가〉의 이본으로 필자가 확인할 수 있었던 자료는 〈영암화상토
굴가〉[4] 〈(태고화상)토굴가〉[5] 〈토굴수좌염불〉[6] 〈토골가〉[7] 〈삼연선생염불
가〉[8] 등 다섯 편으로,[9] 각 이본에 소개된 작자는 영암화상·태고화
상·삼연 김창흡 등 3명이다.[10]

이에 대한 연구사를 보면 먼저 이상보는 『한국불교가사전집』에서 〈영
암화상토굴가〉를 소개하고 해제하면서 작가에 대해서는 아무런 언급도
하지 않고 원자료에 수록된 제명을 소개하고 있고,[11] 같은 책에서 불교
가사의 역사를 기술하면서 영암에 대해 어떤 언급도 하지 않은 것을 보
면 작가에 대한 명확한 인식이 없었다고 할 수 있다. 이에 비해 같은 책
에 수록된 〈삼연선생염불가〉의 작자는 삼연三淵 김창흡金昌翕(1653~1722)
으로 비정하여, "유학자로서는 유일한 불교가사 작가가" 된 인물로 소개

---

4) 이상보의 위의 책에서 〈토굴가〉로 소개하였고, 임기중의 『불교가사원전연구』(동국
　대출판부, 2000)에서 〈정대월화 보살소장본 토굴가〉로 소개하였다. 395구.
5) 이혜화의 논문에 소개되었다. 출전은 원불교의 근대잡지인 『회보』(63호, 불법연구회,
　1940.2)이다. 249구.
6) 『초당문답가』의 이본인 『빅가사』에 실려 전한다. 『역대가사문학전집』(18권, 977번)
　과 『불교가사원전연구』에 〈토굴슈지염불〉로 소개되었으나, 본문의 내용을 검토해보고
　다른 이본의 상응 구를 대교해 보면 '토굴슈지염불' 혹은 '토굴슈라염불'은 '토굴수좌
　염불'임이 확실해지는 것으로 판단되어 제목을 수정하였다. 440구.
7) 『역대가사문학전집』 47권(2,320번)에 수록되어 있다. 632구.
8) 이상보, 앞의 책, 114~117면. 32구.
9) 이본간의 대비나 그 전승의 의미에 대한 논의는 다음 장으로 미룬다.
10) 이상의 작품과 작품군은 다르지만 참선의 열락을 노래한 〈나옹화상토굴가〉까지 포
　함하면 토굴가의 작가로 나옹화상을 포함시킬 수도 있다.
11) "이 가사의 원제목은 〈영암화상토굴가靈巖和尙土窟歌〉인데 여기서는 줄여서 〈토굴
　가〉라고 부르기로 한다."

하고 있다.12) 물론 김창흡이 명산대찰을 순방하며 불전에 침잠하여 세상에 나가지 않았고, 평생토록 금강산을 비롯하여 전국 방방곡곡의 사찰과 승경을 찾아 시문을 지은 것이 상당수가 되는 것은 사실이어서, 그가 '염불가'를 지어 불렀다고 해서 전혀 이상한 일은 아니다. 그러나 이는 〈토굴가〉에서 22구만을 발췌하고 각각의 구에 "나무아미타불"이라는 후렴을 붙인 파생본이 너무나 분명하여, 작자로서 김창흡을 거론하는 것은 무의미할 것으로 본다.

이혜화13)는 논문에서 〈영암화상토굴가〉의 작자는 영암화상일 것으로 추정하였다. 이는 작품의 내용에 "열업신 영암당은 쑬병갓치 얼근 노장 몽중말만 쑤민다고 허망타고 말을 말고"라는 구절을 근거로 한 것이다. 그는 "영암당"이 작자 영암화상靈巖和尙을 가리키는 것은 의심의 여지가 없는 것으로 보았으나, 조선 순조 때 인물인 영암시연靈巖示演을 가리키는 것이 아닐까 추정하였다.14) 이에 비해 이와 이본관계에 있는 〈(태고화상)토굴가〉에 대해서는 고려시대의 태고보우太古普愚(1301~1382)의 소작으로 소개하였다.15)

필자가 보기에 〈토굴가〉의 작품성은 화자가 출가한 사찰공간에서 재출가하여 토굴에 들어가는 과정과 깨우침을 얻고 대중을 향하여 구제의 손길을 뻗는 일련의 서사적 과정과, 참선 수도의 과정에서 얻는 세상의 즐거움과 다른 열락을 노래하는 데 있다. 이 작품에 태고화상의 이름이 결부된다면, 그의 설명대로 그것은 태고화상이 중국에서부터 이

---

12) 이상보, 앞의 책, 29면.

13) 이혜화, 「태고화상 〈토굴가〉고」, 『한성어문학』 6집, 한성대, 1987, 29~43면.

14) 위의 글, 36면.

15) 우당학인대원愚堂學人大圓이 수행하던 사찰에서 필사하여 『회보』에 수록한 것을 소개한 것이다. 이혜화는 "필자는 土窟歌가 太古의 作이 틀림없다고 믿는 것도 아니고 이 글에서 그것을 주장하려는 것도 아니다. 다만, 아직까지 학계에 소개된 바 없는 이 작품을 내보이고, 전하는 말에 이것이 太古의 作이라 하니 한 번쯤 눈여겨보자는 것이다. 그리하여 태고의 작일 가능성을 점검해 보려는 것이다."라 하여 태고의 작품일 가능성을 부인하면서도 그 가능성을 논증하는 착종된 시각을 노정하고 있다.

땅에 임제선풍을 전해준 해동 임제종의 초조初祖이기 때문이며, 〈태고 암가〉〈백운암가〉〈산중자락가〉 등 장편의 게송을 포함하여 200여 편의 선시를 남긴 것도 임제가풍의 영향16)으로 볼 수 있다는 점에서 볼 때, 참선의 열락을 노래한 작품에는 언제나 태고화상이나 나옹화상의 이름 이 결부될 수 있는 것이다.17) 이는 단순한 명성 때문이 아니라, 이를 노 래한 작품이 지향하는 것은 임제선풍이며, 이 땅에 임제선풍을 들여온 조사로서 태고보우나 나옹혜근이 그 법통설의 첫 번째 자리에 있기 때 문이다. 따라서 태고화상 작가설은 이본 전승의 과정에서 결부된 것으 로서 작가로 비정하는 데는 큰 의미가 없을 것이다.

또 다른 이본 〈토굴가〉에는 "어렵신 령암당은 쑬병갓치 얼근노장 몽 중말숨 쑤민다고 허망타고 말을마소"라 하여 〈영암화상토굴가〉와 같은 구절이 들어 있다. 여기에서도 "령암당"은 작중화자이며 작가임이 분명 하다.

2) 영암취학靈岩就學의 삶과 시대

이상에서 검토한 바와 같이 이본 중에서 〈토굴가〉의 작가로 제시된 인물로는 영암화상과 태고화상 및 삼연 김창흡 등이 있으나 그 가능성 이 있는 인물은 영암화상이 남을 뿐이다. 그러나 영암화상은 이혜화가 참고삼아 언급한 영암시연靈巖示演이 아니라 영암취학靈岩就學이며, 19세 기 중엽 금강산에서 상당히 널리 알려진 선사였음을 다음의 기록을 보 면 알 수 있다.

---

16) 이혜화, 앞의 논문, 39면.
17) 참선수행이라는 내용을 담고 있어 토굴가와 비슷한 주제를 지니는 증도가에는 나옹 화상의 이름이 붙여져 전한다(〈나옹화상증도가〉 〈나옹화상낙도가〉 〈나옹화상토굴가〉).

스님의 법명은 취학就學이고 법호는 영암靈岩이다. 본래 영암 사람이다. 무정
세월이 길바닥에서 덧없이 흐르니 서원을 세워 산 속으로 들어갔다. 삭발하고
치의를 입는 과정은 다른 이와 다름없었으나 스승을 찾고 가르침을 받으니 마
치 생불 같았다. 금강산을 나의 토굴로 삼고 법기法起 보살을 나의 제자로 불
렀으며 1만2천 봉우리를 가슴 속에 간직하고 53부처님을 눈앞에 줄지어 서게
하였다. 금강수 감로수 장군수를 마셔 번뇌의 구름을 씻으니 상서로운 기운이
피어올랐다. 주로 금강산의 불지암佛地庵 정양암正陽庵 영원암靈源庵에 머물며
세속적 번뇌를 소제하고 청량한 본래의 마음을 얻었으며 수불암須佛庵을 중수
하였다. 이때의 화주는 강명철이다. 내원통암內圓通庵을 낙성했는데 퇴은退隱
과 힘을 함께 하였다. 전국 각지의 강과 산봉우리를 총괄하여 한 권의 토굴가土
窟歌를 지으니 시전市廛의 종이가 품절되고, 산야에 귀가 시끄러울 정도였다. 퇴
은이 석실에서 입적하자 함께 도를 닦는 이들이 두 분의 우열을 가리려 하였
다. 비로봉 꼭대기 중향성 안으로 들어가 버린 두 분을 누구를 칭찬하고 누구
를 깎아 내리겠는가.[18]

이에 따르면 영암화상은 주로 금강산의 불지암·정양암·영원암 등
작은 암자에 머물며 토굴 수행을 한 것으로 소개되어 있다. 그리고 그
는 퇴은여훈退隱如訓과 함께 내원통암을 낙성하였고, 퇴은화상의 석실
수행과 영암취학의 토굴 수행이 유명하여, 당시 금강산의 수도인 사이
에 두 대사의 도력을 비교하려는 이야기가 널리 퍼졌던 것도 알 수 있
다. 또한 그가 지은 〈토굴가〉는 "전국 각지의 강과 산봉우리를 총괄하
여" 한 편의 가사를 만든 것으로, 당시에 시전의 종이가 품절될 정도로
큰 인기를 끌었던 것을 알 수 있다. 여기에서 말하는 전국의 산과 강을

18) 師名就學 號靈岩 本是靈岩人 無情歲月 過去于路上 有願心志 依托於山中 削髮被
緇 元同他人 尋師受恩 完如生佛 金剛爲我窟宅 法起召我弟子 萬二千峯 飽藏心中 五
十三佛 森立眼前 喫金剛水甘露水將軍水 洒洗濯魔 雲生瑞氣 坐佛地庵正陽庵靈源庵
消除熱惱 獲淸凉 重修須佛庵 主姜明哲 成內圓通 退隱同力 括盡八垓江巒 作一卷土
窟歌 市廛紙絶 山野耳聒 退隱化門 石室幻空 同道方知 頡之頏之 誰毀誰譽於毘盧峰
頭衆香城理. (「영암선백전靈岩禪伯傳」, 『동사열전』 5, 『한국불교전서』 10, 1989, 1,051~
1,052면)

총괄하였다는 표현은 "금강산 수미동은 원효조사 토굴이요, 묘향산 비로봉은 선화자의 토굴이요, 오대산 북대암은 나옹화상 토굴이요, 태백산 갈내사는 자장율사 토굴이요, 치악산 상원암은 무착조사 토굴이요, 순천땅 송광사는 보조국사 토굴이요, 내지천하 노고추지 처처무비 토굴이라"라는 대목을 이 작품의 특징을 한 눈에 보여주는 표현으로 인식하여 소개한 것으로 생각된다.

나아가 영암취학의 명성에 일정 부분 의지하여 〈토굴가〉가 활발하게 필사 유통되었고 이에 따라 여러 이본이 산출되었을 것으로 추정할 수 있다. 앞에서 나열한 〈토굴가〉의 이본은 이러한 결과에 따라 나타난 것이며, 작자를 태고화상 김창흡 등 고명한 인물에 견주어 유통시킨 것은 작품의 수준과 명성에 대한 부수적인 현상으로 생각된다. 또한 그가 지은 〈토굴가〉가 현재 남아 있는 이본에 보이는 그대로의 내용인지는 단정할 수 없으나 작품 속에 '열없는 영암당'이라는 구절이 있는 것으로 보아 본래의 그것과 크게 다르지 않을 것으로 생각한다.[19]

그의 생몰연대는 자세히 알 수 없으며 다만 퇴은여훈退隱如訓과 동시대를 살았던 사실 정도가 확인될 뿐이다. 퇴은여훈 역시 『동사열전』에 소개된 인물인데 책의 체제상 전후에 소개된 인물의 생애에 비추어보면 그는 1800년대 중반에 생존했던 인물로 추정된다. 그에 대한 『동사열전』의 기술에서도 영암취학과의 관련성을 언급하고 있다.

금강산은 예로부터 수많은 선지식들이 머물며 法風을 드날렸던 곳이다. 금강산 표훈사 정양암에 퇴은스님이 은거하면서 일생을 마친 거실이 있으니 바로 향적정사이다. 퇴은 스님이 세상을 떠난 뒤 후대 스님들이 대를 이어 지키며 보수하였다. 퇴은 스님은 영암취학과 더불어 금강산 내원통암 및 나한전을 중수하기도 했다. (…중략…) 스님의 법력이 출중하다는 소문이 먼 지방에까지 미쳤던지 멀리서 스님을 찾아오는 사람들도 매우 많았으며 또한 찾아온 사람

---

19) 어렵신 령암당은 꿀병갓치 얼근노장 몽중말슴 쑤민다고 허망타고 말을마쇼(역대본)
    열업신 영암당은 꿀병갓치 얼근노장 몽즁말만 쑤민다고 허망타고 말을 말고(궁중본)

들은 대부분 뭔가 깊은 감명을 받고 돌아갔다. 스님의 문하에는 글을 배우는 사람이 날로 늘어났고 삼매에 들어 화두를 참구하는 선수행자들이 언제나 선방을 메웠다.[20]

영암취학과 퇴은여훈의 법력을 비교하려는 후대의 수행자들의 풍토를 비판한『동사열전』의 기록을 다시 음미해 보면, 퇴은 여훈이 선禪 수행인으로서 보여주었던 대단한 영향력을 영암취학도 지녔던 것으로 생각할 수 있다.[21] 이들과 많은 수행인들과의 교류가 이루어졌다면 영암취학의 〈토굴가〉 역시 이러한 교류 과정에서 대중적으로 확산될 가능성을 충분히 가지고 있었던 것이다.

그러나 여전히 남는 문제는 그가 생존했던 시기를 구체적으로 비정하고 행적을 밝히는 일이다.『유점사본말사지』의「금강산마하연중창연화소기문」(1832)[22]을 보면 '독경법사질讀經法師秩'에 영암취학의 이름이 등장한다. 또한「표훈사 법기지장 양성상 개금 시왕개채 구품탱 승가리 팔십일품 조성기」(1846)의 '연화질'에는 퇴은退隱과 영암靈巖이 증명법사로 동참한 기록이 전한다.[23] 이를 통해 영암취학은 금강산의 표훈사를 중심으로 해서 중요한 법회를 할 때 독경법사로서(1832) 혹은 증명법사로서(1846) 활약한 것을 알 수 있다.

1850년대 이후의 영암의 행적은「건봉사본말사적」에서 찾을 수 있다. 건봉사는 신라 경덕왕 때 발징화상이 만일염불회를 결사한 사실이『삼국유사』에 전하는 유서 깊은 사찰이다. 조선후기에 이르러서는 변화된 사회적인 조건에 따라 조선의 불교계는 염불신앙에 대해 적극적인 의

---

20)「퇴은선백전退隱禪伯傳」,『동사열전』5,『한국불교전서』10, 1989, 1,050면.
21) 한편 동사열전의 편자인 범해 각안(1820~1896)의「자서전自序傳」에도 "(금강산) 內圓通은 退隱靈巖이 거주한 곳이고"라 하여 퇴은과 영암이 내원통암에 주석하며 수행을 닦았던 사실을 단정적으로 제시하였다. 이를 통해 퇴은과 영암의 선수행자로서의 위상을 감지할 수 있다.
22)『유점사본말사지』(영인본), 아세아문화사, 1977, 486면.
23) 위의 책, 539면.

미를 부여하기 시작하였고 각 사찰에서 만 일 동안 염불을 하는 만일염불회를 결성하게 될 정도로 큰 변화를 보였다. 그 변화의 선도적인 위치에 건봉사의 만일염불회가 자리잡고 있다. 발징화상의 전통을 계승하여 건봉사에서는 1802년에 용허^{聳虛}화상이 만일염불회를 결성하였고, 1851년에는 벽오유총^{碧梧侑聰(1813~1886)}이 연속해서 만일염불회를 개설한 바 있다. 그런데 다음 기록을 보면 영암취학이 1851년의 만일염불회 결사에서 벽오유총·동화축전과 함께 주도적인 역할을 한 것으로 확인된다.

> 철종 신해년 겨울 벽오화상이 제4 연회를 열었다. 동지인 영암취학과 동화축전과 함께 마음을 모아 널리 모금하였다. 몇 해 되지 않아 두 공이 입적하였고 벽오가 혼자의 힘으로 수고하니 향도가 운집하였다.[24]

이상의 기록에는 1851년에 벽오유총에 의해 만일염불회가 개설되었는데, 벽오화상이 영암취학·동화축전과 함께 일을 추진하였으나, 영암·동화 두 대사가 몇 해 지나지 않아 입적하였다는 사실이 담겨있다. 동화축전은 건봉사에 주석하면서 〈권왕가〉를 지은 바 있는 교학에 밝은 승려이다. 동화축전의 경우 1854년까지의 행적이 『동사열전』에 기록되어 있는데, 1851년의 만일염불회를 기점으로 하여 '몇 해 되지 않아 입적했다'는 점을 고려하면 1854·5년경에 입적하지 않았을까 추정된다.

정리하자면, 영암취학은 출생연도는 알 수 없으나 1850년대까지 금강산 표훈사의 여러 암자에서 주석하면서 선 수행에 힘을 쏟았던 인물로서, '금강산을 나의 토굴로 삼아' 토굴수행을 한 인물이다. 그가 전국의 산야를 총괄하여 지은 〈토굴가〉는 이미 당시에 그 명성이 자자했으며 널리 필사 유통되었던 것도 알 수 있다. 물론 작품 자체에는 금강산을

---

24) 哲宗辛亥冬 有碧梧聰和尚 設第四蓮會 與同志靈岩就學東化竺典二公 矢心廣募 不數歲 二公遷化 碧梧獨力勤苦 香徒雲集. 조병필^{趙秉弼} 찬, 「대한국간성건봉사만일연회연기^{大韓國杆城乾鳳寺萬日蓮會緣起}」, 『유정사본말사지』, 1977, 40면.

노래하였다거나, 금강산에서 지었다는 구체적인 표현은 없으나, '금강산을 나의 토굴로 삼아' 선 수행에 힘썼다거나, '주로 금강산의 불지암 정양암 영원암에 머물며 세속적 번뇌를 소제하고 청량한 본래의 마음을 얻었다'는 『동사열전』의 기록 등에 비추어 볼 때, 이 작품은 영암취학이 금강산에서 토굴수행을 할 때 지은 가사로 파악할 수 있다. 그는 금강산 표훈사에서 선 수행으로 이름 높은 퇴은여훈과 쌍벽을 이루었던 수행인으로서, 다른 한편으로는 벽오유총·동화축전과 건봉사의 만일염불회를 결사하는데 중요한 위치를 점하는 인물로서, 염불신앙의 흥성이라는 19세기 불교계의 한 경향을 앞장서서 이끌고 나간 인물이기도 하다. 19세기 금강산 권역에는 한편으로는 참선의 기풍이 흥성했으며, 한편으로는 염불신앙이 부흥했던 분위기를 감지할 수 있다.[25] 그의 〈토굴가〉에는 참선수행의 열락을 노래하는 단락 사이사이에 염불을 권장하는 내용이 삽입되어 있는데, 이러한 내용상의 특징과 수행과 염불 운동을 함께 했던 그의 지향 사이에는 분명한 상호관계가 있다.[26]

3. 대중적 전파의 작품내적 요인

작자인 영암취학은 19세기 중엽에 금강산의 표훈사 암자에 주석하면서 토굴 수행에 정진하여 당대에 널리 명성을 얻었으며, 건봉사의 만일

---

25) 여기에 『화엄경』을 중심으로 강경의 분위기가 무르익은 것을 포함하면, 삼학(교·선·염불)의 겸수라는 조선후기의 불교계의 기풍을 여실히 드러내는 것이다.
26) 그러나 같은 시대에 동화축전은 염불신앙을 표면에 내세운 〈권왕가〉를 지은 것에 비해, 영암취학의 〈토굴가〉는 참선수행의 기풍을 앞세우고 있다는 차이는 분명하다.

염불회의 결사에 참여한 인물이었다는 점이 밝혀졌는데, 이러한 작가적 명성과 작품의 성가가 과연 작품의 질적인 측면에서도 담보될 수 있을 것인가. 필자는 〈토굴가〉에 제시된, '토굴'의 공간성에 대한 작가의 발견과 재해석이 이 작품의 문학적 성취를 가늠하는 기준이 될 것으로 생각한다. 그리고 작품의 구조적 측면에서 수용자에 의해 다양한 감응을 불러일으키는 장치를 마련하고 있다는 점도 또 다른 요인이 될 수 있을 것으로 생각한다. 이러한 점이 〈토굴가〉가 '시전의 종이가 품절될 정도'로 인기를 누렸던 이유가 될 수 있을 것이다.

1) 토굴의 공간성에 대한 형상화

(1) 토굴에서 길 찾기－단절과 배제 및 은일의 공간성

토굴이라는 공간은 종교적인 공간으로서의 의미뿐만 아니라 우리 문학 내에 독특한 공간으로, 또한 한국인의 심상의 공간으로서 이채로운 의미를 지니는 것으로 생각된다. 먼저 전제가 되는 공간은 인간의 세속적 삶의 터전인 '세상'이다. 이곳은 특정한 공간이 제시되지 않은 채 역대 제왕의 권력과 영화가 덧없음을 제시하는 것으로 대신하였다. 하·은·주 천백 년도 몽중같은 세상사요, 기자의 슬픈 노래 역시 고금에 들려오나 인간은 떠났으니 그 역시 몽중사임을 토로하면서, 인간세상이 무상의 공간이요, 몽환의 공간임을 비감에 젖은 목소리로 표출하였다. 우리 삶의 공간이 덧없음을 깨닫고 화자는 풀리지 않는 의문을 품은 채 선지식을 찾아 해답을 구하고 삼장법문을 들으며 이치를 궁구한다. 그러나 세상과 절연된 수도처에서 그는 범소유상凡所有相 일체가 다 몽환이라는 인식, 즉 상相을 지닌 모든 것이 모두 다 허망하다는 심화된 인식에 다다를 뿐이다. 벗어나기 어려운 굴레임을 절감한 화자에게 다시 수도공간은 세속의 시비다툼이 재연되는 공간일 뿐이다.[27] 그리하여 화자는 역대 조사들의 수도처였던 토굴을 향해 2차 출가를 결행한다.

> (역대본) 만이층 만석상과 수만장 고봉하의 모옥일간 지어노코 나가면 구름한
> 간 드러오면 주인반간 인적은 고요한데 무심백운 객이되어 출입이 무리로다.
> (빅가사본) 천만층 반석상의 수만장 고봉하의 초옥한칸 무어내니 나가며는
> 구름한칸 들어오면 주인반칸 인적은 고요한데 무심백운 객이되어 임운등등 소
> 일적에 출입이 무애로다.[28]

작품에서 세속의 공간적의 의미는 인간의 삶의 유한함과 세월의 덧없
음을 통해 드러내고 있는데, 이에 비해 토굴의 공간성은 매우 입체적으
로 조망되는 것을 확연히 느낄 수 있다. 그곳은 천만층千萬層 반석상盤石
上 수만장數萬丈 고봉하高峰下에 있어 세속은 물론이요, 수행 대중들의 처
소에서도 단절된 절대 고독의 공간이다. 그곳은 화자의 선적 수행의 공
간이요, 금욕과 고행의 공간일 것이다. 그러나 화자는 처절한 수행의 고
통을 말하는 대신에 무심한 구름이 객이 되어 찾아오고 다람쥐와 벗이
되어 희롱하는 무심의 경지를 보여줄 뿐이다. 어느덧 이곳은 기존의 나
를 잊고 무심의 경지에 이르는 새로운 공간으로 변화하게 되는 것이다.
화자는 시간이나 계절의 흐름을 의식하지 않으며, "날수를 잊"게 되
며, 죽은 풀의 속잎이 나는 것을 보며 봄이 왔음을 무심히 느낄 뿐이다.
금수와 벗이 되고 세상 생각이 돈절되는 물아일체의 경지에 다다른 것
이다. 그리하여 "세상사를 잊는" 것이 진정한 "물아일체"를 느끼는 첩
경임을 인식하는 화자에 있어서 토굴은 어느새 은일지향의 공간으로

---

27) 명손을 츠져들어 션지식을 친견ᄒ고 팔만디장경 모든법을 디강만 듯ᄉ오니 범소유
상 일쳬거시 도시다 몽환이라 니의자셩 천진불홀 찾느니만 못ᄒ도다 디중의 쳐ᄒ여셔
지혜는 광달ᄒ나 육근헐 터진문의 허는거시 징논이요 듯는거시 시비로다 남은시비 헐
지라도 나는시비 말지쓰니 다셩의 익힌버릇 불각의 먼져나네 아모리 조복헌들 엇지아
니 동헐손가(영암화상토굴가)
28) 작품 인용은 각 이본의 의미를 손상시키지 않는 범위 내에서 부분적으로 현대맞춤
법으로 수정하여 제시한다. 이하 같음.

자리잡는다. 화자는 "옥류동 감로천의 향다병을 쓰지마라 미친주객 맛을 보면 감로천을 들어올사 욕계에 누설할까 중향성 전단림의 약초를 캐어올제 백운난두 빗긴길이 약초를 흘릴세라 진세의 채약객이 약초를 맛을보면 향림로 누설할가"라고 하면서, 은일의 공간에 세속의 탐승객이 출입할까 경계하는 모습을 보여준다.

그러나 이러한 은일은 오로지 대도견성을 위한 과정으로서 의미를 지니는 것이기에 토굴은 다시 치열한 참선수도의 공간으로 재인식된다. "여보청풍 납자들아 격외선미 맛이없어 삼장교해 허대면서 허송세월 부디마소 밥도죽도 아니되니 설식기부 이아닌가" "기천장검 빼어들고 대분지를 발하오면 요마사군 꺾어지고 수마문무 삭여지네 송천이 오활하고 심지 낭연하면 본래비로 적광토의 천연미타 아니볼까"라는 수행인을 향한 당부는 바로 토굴이라는 공간에서 백척간두의 대결을 겪었던 내용을 간접적으로 표현한 것이다. 선의 요체는 이심전심以心傳心일 뿐이어서 깨달음의 공간으로서 토굴의 의미는 이처럼 간접적으로 전달될 뿐이다.

(2) 토굴에서 길 열기―깨달음의 공간에서 다시 대중을 향한 발원의 공간으로

화자의 토굴수행은 그러나 자족적인 열락으로만 한정되지는 않는다. 토굴수행을 하는 수좌들과 세상 사람을 향해 당부의 말을 전함으로써, 토굴은 단순한 득의의 공간에서 새로운 의미를 지닌 공간으로 변모한다. 즉 토굴은 깨달음의 길을 찾는 공간에 그치는 것이 아니라 길을 열어 중생 앞에 펼치는 새로운 공간성을 획득하게 되는 것이다.

(역대본) 아심이 무심하니 금수도 무심하고 금수가 무심하니 세렴이 무심하야 물아일체로다 유시에는 신들매고 천만장 높은층대 등나를 더우잡고 진세를 굽어보니 일체도시 몽경이라 이보세상 사람들아 꿈결만 꾸지말고 나의 말씀 들어보소

(빅가사본) 임고종대 올라안져 신세를 구버보니 모도다 몽중이라 저중생을 어찌 하리 여보세상 사람들아 허구만흔 수다한날 꿈들만 꾸지마소 나의말을 들어보소

　화자는 "천만장 높은 층대" 위의 단절의 공간에서 물아가 일치되는 무심락을 얻은 후, 그 높은 곳에서 등나무 덩굴을 부여잡고 아득히 먼 아래쪽에 있는 오욕으로 가득 찬 티끌세상을 내려다본다. 여전히 몽환 세상임을 직시한 화자는 몽환의 삶을 사는 세상 사람들에게 간절한 당부의 말을 전하게 된다. 상구보리上求菩提와 하화중생下化衆生이 수도인의 궁극적인 지향이라고 할 때 작품에서 세상 속으로 시야를 돌리는 것은 일견 자연스러운 귀결이라 할 수 있다. 토굴을 발견한 자 토굴을 떠나야 되는 것이 진정한 수도인의 길인 것이다.

　길은 두 갈래로 나누어 볼 수 있다. 하나는 참선이요, 하나는 염불이다. 그는 격외선을 닦음에 허송세월을 말고 불퇴 정진할 것이며, 발분하여 수행하면 자성미타가 현전하리라는 당부의 말을 토굴수좌에게 전하고 있다. 또한 세상 사람들의 시비분별에 휩쓸리지 말고, 아미타불 염불의 가치를 깨달으라는 당부를 잊지 않았다. 염불과 참선이 서로 걸림 없이 하나의 길로 제시된다는 점을 볼 때, 〈토굴가〉의 작가에게 염불과 참선은 둘이면서 하나인 길이라 할 수 있다. 조선후기에 참선 염불을 같이 하던 전통이 이 작품에 반영되어 있는 것이다. 특히 이 작품의 작자인 영암화상은 금강산에서 토굴수행을 통해 참선의 수좌로서 명성을 얻은 선사로서, 금강산 권역에 있는 건봉사의 만일염불회에 발의를 했던 인물이기도 한 것을 보면, 조선 후기에 금강산 권역에서 참선 수행의 기풍이 염불수행의 열풍과 결합하는 것은 자연스러운 현상이며, 이 같은 현상을 기반으로 〈토굴가〉의 내용이 형성되었다는 결론을 내릴 수 있다.

(3) 토굴에서 벗어나기−토굴과 몽환세계의 합일적 경지

　지금까지 화자는 몽중세상을 벗어나 토굴이라는 진경을 찾아 나섰고,

그곳에서 세상락과 다른 무심락無心樂을 즐기는 은일과 득의의 경지를 보여주었다. 그리고 단절의 공간인 높은 절벽 위의 토굴에서 몽중세상 사람을 향해 토굴에 대한 이제까지의 관념을 역전시키는 새로운 길을 열어보였다. 그는 이 세상 모든 것이 몽중이나, 그것이 몽중임을 깨닫는 순간 세상 모든 것들이 아미타불의 현현임을 확신에 찬 어조로 전달하고 있다("승속남녀 아미타요 성현범부 아미타요 존비귀천 아미타요 홍비고락 아미타요"). 그리하여 몽환 아님이 없던 세상의 모든 것이 어느 순간 아미타 아님이 없다는 인식에 이르며, 나아가 장안은 몽중세상만이 아니요, 토굴 또한 부동심의 공간만은 아니라는 인식에 도달한다. '마음이 요동하면 한적한 토굴도 장안이요, 중요 도량에 처하여도 역순경계 부동하면 장안토굴이 서로 (다름이) 없'는 것이다.

> (역대본)오호통재 슬픈지라 그중의 진토굴은 법성산 무향곡의 무영수하의 있건만은 육안으로 못본다니 엇지하온 집이관데 범안으로 못보던고 재인은 황견마라 구모토인여하고 토각으로 동양하니 경영하세월나냐 건립은 공겁이전이로다

이 세상 어디에나 토굴은 있고, 또 어디에도 토굴은 없다. 궁극적으로 진정한 의미의 토굴은 자신의 마음속에 있으므로. 특히 역대본 〈토굴가〉의 결구에 제시된 선게禪偈는 지금까지 전개한 온갖 것들이 근기 낮은 인간을 깨우치기 위한 하나의 방편이라는 것을 표출함으로써 미몽을 깨는 충격을 준다. 거북이 털과 토끼의 뿔로 만든 허상에 집착하지 말 것을 노래한 것으로 해석되기 때문이다. 그렇다면 지금껏 우리가 연상했던 토굴은 실제로 존재하는 토굴이 아니라 우리의 내면에 감추어진 참된 본성을 말하는 것이 아니겠는가. 그리하여 이 노래 서두에서 토굴의 풍경을 그려낸 것도 본질적으로는 하나의 몽중사에 불과하다는 인식을 담은 것이 아닌가. 토굴에 집착하는 수도인은 물론이고, 지금까지 토굴의 외연과 운치를 간접적으로 체감하며 작품을 읽은 독자들에

게까지 그것은 미몽일 뿐이라는 역설의 깨우침을 준다. 이 작품을 읽는 묘미는 이처럼 토굴 수도의 운치가 주는 감동에 있으면서도 동시에 그 것을 초월한 자리에 깨달음이 있다는 진리를 체득하는 데 있는 것이다.

2) 다양한 양식의 차용과 복합 구성

〈토굴가〉의 핵심적인 내용은 이상에서 검토한 바와 같이, 토굴을 통한 깨달음의 과정과 그 단계를 제시하는 것이다. 1인칭 화자가 겪은 체험이 회고적으로 혹은 현재진행의 시제로 시간의 순서에 따라 순차적 나열되어 있다. 이에 수반되어 토굴의 공간적 의미가 전이되며, 사고가 확장되며 궁극적으로는 득도와 대중구제에 이른다. 작품은 화자의 체험의 순차적 나열이라는 서사적인 요소와 참선의 열락을 노래하는 서정적 요소를 기본적인 성격으로 갖는다.

그런데 〈토굴가〉가 당시에 널리 회자되었던 이유는 오직 작중화자의 인식의 확장을 따라 자신의 인식이 확장되는 독자의 대리체험에만 있는 것은 아닐 것으로 생각된다. 이 작품에서 교술적 전달의 극대화를 위해 다양한 장치를 마련하고 있는데, 여기에는 역대가류나 몽환가류의 관습적인 구문의 차용에서부터 전통 불가문학 양식의 원용에 이르기까지 다양한 스펙트럼을 보여준다.

⑦ 발원문

일심으로 발원ᄒ되 령츅산 디법회예 셕가여러 셰존임하 이세상이 슬ᄊ오니
나을 그리 다려가오 도솔쳔 닛원궁의 미를보살 미륵보살 이셰상이 하셔루이
나을 그리 다려가오 남희산의 보다산상 관음보살 관음보살 병상슈양 한가지
(와) 암젼취쥭 두입ᄊ귀 감노슈의 다려다가 오탁악셰 슈고즁성 만병회츈 하소
이다 금강산 즁향셩의 법긔보살 법긔보살 일만이쳔 보살노 상쥬셜법 하신다이
나을 그리 다려가오 오디산 쳥양계의 문슈보살 문슈보살 뷜리법문 하신다이

(나) 나을 그리 다려가오 아미산 은싁계의 보현보살 보현보살 만힝법문 하신단
이 나을그리 다려가오 환희산 즈비원중 지장보살 지장보살 팔만ᄉ쳔 무간옥의
슈고중싱 건진다이 우리국왕 부모형제 이와갓치 계도하계 나을그리 다려가오
동방유리 셰계중의 약ᄉ여리 약ᄉ여리 십이상원 하신단이 나을그리 다려가오
셔방극낙 셰계중의 아미타불 아미타불 날만다려 가지말고 우리국왕 부모형제
현상인간 일체고혼 반야션의 어셔티고 연하디로 가ᄉ이다 남무아미타불

ᄯᅡ 발심장發心章 / 勸善文

만경창파 쮜난 고기 슈왈 무변딕희라나 어망을 쩌리거든 하항인간 스람이야
익욕망을 안피할가 심산(유)곡 기난김싱 슈왈졍막 공산이나 엽ᄉ살을 쩌리거
든 항어인간 스람이야 지식화을 안피할가 디허공의 나난싯난 슈왈공계 무이라
나 금탄환을 쩌리거든 하항인간 스람이야 숨독환을 안피할가 쳔ᄒᆡ의 악한김싱
이 범갓튼 것 업건만은 살희을 만이ᄒᆞ되 슐을 구지 안먹거든 항어인간 스람이
야 셜마슐을 못참마셔 삼독쥬의 장취ᄒᆞ야 오욕심 쪄지는쥴 이리그리 모로넌고
쳔하의 미련키넌 돗갓튼 것 업건만은 셰상거셜 다 먹어도 파만ᄂᆞᆯ 안먹거든
항어인간 스람이야 셜마그걸 못차마셔 무명초로 오입ᄒᆞ야 흑암유리 쪄질쥴은
어이하야 모로넌고 꿈을 ᄭᅢ소 꿈을 ᄭᅢ소 티몽을 어셧긔소 이거시 양약이(니)
머근후의 토치마소 명심불망 싱각ᄒᆞ야 노ᄂᆞᆫ입의 염불ᄒᆞ오 남뮤익미타불

⑦는 발원문의 양식을 그대로 원용한 것이다. "일심으로 발원하되"라
는 표지를 삽입하여 주제 전달의 속도감에서 멈춘 채, 상대적으로 긴
분량의 발원문을 삽입하고 있는 양상이다. '○○○○ ○○님하 ○○○
○ ○○하니, 나를그리 다려가오'라는 공식구에 석가여래 세존님·미륵
보살·관음보살·법기보살·문수보살·보현보살·지장보살·약사여
래·아미타불 등을 모두 동원하여 발원의 간절함을 드러내고 있다. 서
정적인 분위기가 표출되는 이 발원문은 수용자의 종교적 감성에 호소
하고 있으며 전체적인 주제와 상관없이도 〈토굴가〉의 감동을 전하기에
부족함이 없다.
나는 인간이 애욕망·재색화·삼독환에 빠져 있고, 술과 파 마늘, 담

배를 먹는 것에 대해 참회하고 각성할 것을 권하는 내용의 글로, 일정한 양식적인 틀이 확연히 드러나는 것은 아니지만, 일종의 발심(악업)장, 혹은 권선문勸善文이라 할 수 있는 대목이다. 이 역시 선적 가사의 내용상의 흐름과 비교해 볼 때 이질적인 양상을 보이며, 다른 의식문에서 '염불지옥십악업' 등의 노래로 불려질 수 있는 것이다. ①과 ②가 모두 "나무아미타불"이라는 구로 마감하고 있는 것도 삽입된 내용의 독립성을 드러내는 것으로 볼 수 있다.

㉤ 권염불문

이보 세상스람들아 즈기마타 현전ᄒ니 쥬마가편 안이ᄒ면 곳비을 노흘시라 다싱의 익킨버릇 불각의 먼저나서 경계풍의 즈조 쒸니 팔풍시비 경계라도 몽중으로 모라느코 아미타불 디치ᄒ소 남은 진심 닐지라도 이진보진 부디마소 이원보원 부디마오 기역시 몽중이라 불여아미타불이요 남이욕을 할지라도 이욕보욕 부디말소 그도역시 몯중이라 불여아미타불이요 (…중략…) 빅소가 저리힌디 가마귀난 엇지ᄒ야 저디지 검다ᄒ고 흑빅을 시비마소 아모리 힐나한들 흰빅소가 거머지며 거문빅노 허여질가 거문것도 천진미타 희어도 천진미타 두흑빅 양수중의 그역시 몽중이라 불여아미타불이라 박화만슈 쎠을차저 이슴월의 피건만은 미화는 설중일즉피며 국화은 상강늣계피나 늣피여도 천진미타 일피여도 천진미타 조만시비 부디마소 조만이 쩌로업서 삼십육궁 도시츈이 무비 천진 면목이라

㉥ 몽중가

ᄒᄒ디소 긔지로다 몽중으로 도라보니 꿈안인 것 별노업서 부귀영화 몽중이요 빈천고독 몽중이요 성현범부 몽중이요 천당지옥 몽중이요 흥비고학 몽중이요 일체도시 몽중이라 토골슈좌 몽중일시

㉦ 미타가

어렵신 령암당은 쓸병갓치 얼근노장 몽중말슴 쑤민다고 허망타고 말을마소 허망으로 아는놈을 시심마로 방편슴아 몽중상을 다다가면 비몽ᄉ몽 진노식이

현전일럼 나타나면 디몽중 디각존이 무비처처 아미타요 아미타로 비로모니 아
미타가 별노업서 승속남녀 아미타요 성현범부 아미타요 존비귀천 아미타요 흥
비고락 아미타오 비금쥬슈 아미타요 룡슨이별 아미타요 화작작 아미타요 조남
남 아미타요 풍실실 아미타요 수임임 아미타요 청산첩첩 아미타요 녹슈잔잔
아미타요 창히망망 아미타요 희로익락 아미타요 견문각시 아미타요 힝쥬좌와
아미타요 상벌죄복 아미타요 싱수열반 아미타요 셩셩식식 아미타요 두두물물
아미타요 쳔황적빅 아미타요 방원장단 아미타요

ⓒ는 권염불문의 내용이다. '○○○○ ○○마소(…중략…) 그역시 몽
중이라 불여아미타불이요'라는 공식구로서 모든 것이 몽환이니 염불만
한 가치를 지니는 것이 없다는 요지를 전달한다. 이는 다시 ⓓ의 '몽중
가'와 ⓔ의 '미타가'라 부를 수 있는 두 개의 단락으로 반복 되어 전달
의 효과를 극대화하는 구성방식을 보여준다. ⓓ는 '○○○○ 몽중이요'
라는 공식구, ⓔ는 '○○○○ 아미타요'라는 공식구에 실려 전달하고자
하는 내용이 속도감 있게 나열되는데, 특히 ⓔ는 조선후기에 등장하여
현행 불가의식에서도 불려지는 장엄염불의 형식적 틀을 보여준다는 점
에서 일종의 의식문이 차용된 것으로도 볼 수 있다.

아울러 참선의 방법을 제시하면서 화두를 권하는 권선문勸禪文과 자
신의 깨달음을 게송으로 함축하는 선게禪偈도 원용되어 있다.

ⓓ 권선문勸禪文
이보쳥풍 랍ᄌ들아 격외선미 마시업서 숨장교희 허더면서 허송셰월 부디마
소 밥도죽도 안이되니 설식기부 이아닌가 증소작반 이안인가 살활양구 심헌처
의 언어도가 ᄯ어지고 기봉ᄌ지 의단처의 심힝처가 멸진하이 ᄉ의상양 할슈업
셔 바장일곳 아조업니 압길업짜 근심말고 자미업다 슈심마소 무ᄌ미 몰삭처의
면시득(두)억 공부쳐라 아미카불 염ᄌ슈오 여시심염 간단업시 염자슈ᄌ 시심
마오 시심마로 쥬인ᄉ마 힝쥬좌와 어묵동정 오욕팔풍 경계중의 시심마을 놋치
말고 염도염궁 무렴처의 불퇴정진 다다로면 공계빅운 산짐처의 쳥쳔빅일 안이
볼가 밤시도록 가는길의 오경밤이 다지니면 혜일광명 안이볼가 일진밍풍 반야

선의 무명흑운 산진호면 심지빅일 낫타나니 일성의 찻든소을 너마구의 안이볼
가 긔천장검 쎄어들고 더분지을 발호오면 요마사군 쎡거지고 슈마문무 스거지
니 송천이 오확호고 심지 낭언호면 불니 비로 적광토의 천연미타 안이볼가

㉮ 선게송禪偈頌

[역대본] 오호통지 실푸지라 그중의 진토굴은 법성산 무향곡의 무영수하의
인건만은 육안으로 못본다니 엇지호은 집이관디 범안으로 못보던고 제인은 황
견마라 구모토인여호고 토각으로 동양하니 경영호시월인야 걸립은 공겁전이
로다

[회보본] 寂寂廖廖 本故鄕은 惺惺時悟現前하니 不老不昧是何物

　　이상에서 검토한 바와 같이 이 작품은 전체적으로는 화자의 토굴수
행의 과정과 인식의 확장 및 선적인 열락이 작품의 주제가 되고 있는데,
사이사이에 불가 문학의 다양한 양식을 원용하여 놓았다. 다양한 양식
들은 이본에 따라 "어이하여 그러한가" "고로 경에 하옵기를" "고로 고
인 하옵기를" "~을 볼작시면" "~ 발원하되" "무슨일이 슬프던고" "무
슨일이 우습던고"라는 표지를 제시하면서 삽입되는 경향이 있다. 이로
인해 작품의 속도가 느려지면서 참선의 권장이라는 주제의 응집력을
약화시키기도 하지만, 대중 독자들을 향해 열려있는 구조적 특징을 보여준다 하겠다.[29] 즉 〈토굴가〉는 자족적인 선의 열락
을 담은 것이 아니라 대중 독자를 위한 열려있는 구조를 보여주는 선적
인 가사라 할 수 있다. 〈토굴가〉는 수용자들에게 단일한 감동을 선사하
는 작품이 아니며, 다양한 감동의 코드를 제시하여 독자의 흡입력을 높
이는 장치를 마련하고 있는 작품으로 주목된다. 일견 산만하게 전달되
는 작품의 주제, 산만한 구성방식이 이 작품의 구성상의 한계라고 볼
수 있으나, 전체적인 주제를 뚜렷이 전달하면서도 다양한 맥락에서 독

---

29) 이는 또 〈토굴가〉와 주제면에서 일치하는 〈나옹화상증도가〉 〈낙도가〉 〈수도가〉 등
　　의 작품에서 보이는 간결한 주제전달의 성격과도 다른 것이다. 이들 작품에는 선 수행
　　의 열락을 노래한 짜임새있는 구성방식을 보여준다.

자들에게 감동의 코드를 제시하고 있다는 점에서 이 작품이 당대에 널리 회자된 요인이 되었던 것으로 생각된다.

4. 〈토굴가〉의 문화사적 의의

19세기는 불교문화사적 맥락에서 볼 때 조선후기에 일관하는 흐름인 참선 염불 강경의 삼문수학三門修學이 지속되었던 시기라 할 수 있다. 이 가운데 염불신앙에 관해서는 금강산 건봉사에서 만일염불회(1851)가 결사되어 만 일을 기약하고 염불 정진하는 기풍을 되살린 시기로 주목받아 왔다. 이 결사의 전후에 신계사(1848)·유점사(1862)를 비롯한 금강산 권역에 만일염불회가 결성되었으며, 전국적으로도 확산되어 호남의 미황사(1858), 영남의 범어사(1875) 등지에서도 만일염불 결사가 이루어졌다.30) 이 염불신앙은 타력신앙으로서 불교의 대중화에 크게 기여하였다. 또한 이 시기는 18세기의 전통을 이어『화엄경』에 대한 강경講經이 한 시대를 풍미했던 것으로 알려져 있으며, 선의 수행에 있어서도 상호 토론과 논쟁을 통해 교학적으로 접근하는 양상을 보여주고 있다. 이에 따라 이 시기는 교학 중심의 시기로 파악되기도 한다.31)

이러한 특징을 전제로 하여, 이 시기의 불교문화의 전개와 불교가사의 구도를 좀더 구체적으로 파악해보도록 한다. 이 시기 불교문화의 가장 뚜렷한 흐름 중의 하나로서 1850년대를 전후로 하여 서울(봉은사)-삼

---

30) 한보광,『신앙결사연구』, 여래장, 2000, 302면.
31) 김영태, 앞의 책, 312면.

각산(내원암)-철원(보개사)-금강산(건봉사)의 공간에서 전개된 교학승들의 불서판각운동을 들 수 있다. 이 시기에 서울에서 금강산으로 이어지는 한수 이북의 축을 따라 남호영기·화은호경·동화축전을 중심으로 한 집체적인 판각운동이 전개되었다. 또한 이들의 운동의 배경에는 추사의 고증학과의 관련을 빼놓을 수 없다. 추사는 당시에 봉은사에 머물거나 왕래하면서 불서의 판각에 자신의 비평을 가미함으로써 당대의 불교계 판각운동의 정신적 후원자 역할을 하였다. 1850년대에 창작된 〈광대모연가〉는 바로 이시기에 봉은사에서 『화엄경소초』를 판각하여 봉안할 때 대중들이 매일같이 발원하면서 부른 가사이다. 작품에서는 『화엄경』의 내용을 간략하게 몇 구로 인용하고 주로 판각의 가치와 공덕을 노래하였다. 〈광대모연가〉는 이 시기의 불교계의 판각운동의 과정에서 산출되었으며 동시에 이 시기에 『화엄경』을 선호하였던 불교계의 시대적 경향을 반영하고 있다.

남호영기와 함께 판각운동을 전개했던 '교학승' 동화축전은 1851년 건봉사의 만일염불회에 발기인으로 참여하면서 모임을 주도했지만 몇 년 되지 않아 입적한 인물이다. 그는 1,203구의 장편 가사인 〈권왕가〉를 창작했는데, 이 가사에는 당시에 염불신앙에 관한 모든 양식들-염불법문·임종정념문·왕생전 등-을 포괄하고 있고, 다양한 경전에서 연원을 도출하고 있다는 점에서 역시 교학에 조예가 깊었던 작가의 폭과 깊이가 담겨있는 작품이다. 〈권왕가〉는 이 시기 염불신앙의 흥성과 밀접한 관련이 있는 것이다.

한편 19세기는 한수 이남 지역에서 백파긍선(1767~1852)과 초의의순(1786~1866), 그들의 제자인 설두유형과 우담홍기, 그리고 백파긍선과 추사 사이에 선에 관한 심오한 논쟁이 1세기 가까이 전개된 시기로서 선 수행마저도 교학적인 인식의 틀에서 접근하는 이 시기의 교학적 성향을 잘 드러낸다. 이에 따라 기존의 불교사에서 경허의 등장과 함께 간화선풍이 부흥된 것으로 기술하면서 이 시기를 타자화하는 양상을 볼 수 있다. 그러나 한수 이남의 선 논쟁과 함께 주목되는 것은 금강산 권역에서의 토굴참선의 열풍이다. 본고에서 거론했던 바 영암취학은 그 선풍의 중심에 섰던 인물로서 뚜렷한 족적을 남기고 있다. 그러면서도 그는 1851년 건봉사의 만일염불회에 동화축전과 함께 3인의 발기인 중 한명으로 참여하고 있다.

〈토굴가〉는 토굴수행의 동기와 과정, 그리고 그 열락을 표출하여 금강산 권역의 토굴참선의 기풍을 반영하는 것이다. 이와 함께 〈토굴가〉에는 참선수도에 정진하는 토굴수좌에 대한 권계의 목소리는 물론이고, 동시에 세상이 모두 몽중이니 아미타불을 염불함만 같지 못하다는 주제도 표출되어 있다. 따라서 그의 가사는 외적으로는 참선수행의 기풍이 만연한 금강산의 대표적인 선지식인으로서의 위상과, 염불신앙의 결사인 만일염불회를 주관한 그의 위상을 동시에 보여주는 측면이 있다.

5. 맺음말

본고는 〈토굴가〉의 작가를 영암취학으로 비정하고, 그의 행적을 통해 이 작품의 시대적 배경을 살펴보았다. 그리고 작품이 당대에 널리 전파된 요인의 하나로서 그 문학적 성취의 수준에 대해 분석한 후, 19세기 불교문화사의 맥락에서 이 작품이 지니는 의의를 살펴보았다.

영암취학은 19세기 중엽에 금강산 표훈사의 여러 암자에서 참선수행으로 명성이 높았던 인물이다. 이와 동시에 그는 건봉사의 만일염불회에 주도적으로 참여하여 염불신앙의 홍포에도 적극적인 노력을 보여주기도 하였다. 그의 참선 염불 겸행의 자세는 〈토굴가〉에도 반영되어 토굴 참선의 운치와 열락을 때로는 낭만적으로 때로는 치열한 수도인의 목소리로 전달하면서도, 아미타불을 염불하는 것의 가치를 상당부분 할애하는 양상을 보여주기도 하였다. 〈토굴가〉의 문학성은 주제적 측면에서 토굴의 공간성의 의미를 새로 발견하는 과정에 있다. 토굴은 단절과 배제 및 은일의 공간성에서 깨달음의 공간으로, 다시 대중을 향한 발원의 공간으로 변모하며, 최종적으로는 우리의 마음이 바로 토굴이라는 주제에 이른다.

참선의 열락을 노래하는 1차적인 주제와 함께 이 작품에는 사이사이에 다양한 불교적 양식을 삽입하여 수용의 폭을 확장시킨 구성적 특징을 보여준다. 비록 산만하게 나열되어 있는 한계를 보여주는 것으로도 해석될 여지가 있으나 당대에 너른 수용을 보이는 것을 보면 오히려 다양한 양식의 삽입이 수용자의 감동의 폭을 넓히는 데 기여한 것으로 추정할 수 있다.

이와 함께 본고는 작품의 시대적인 배경과 동 시대에 유통 창작된 불교가사와 함께 그 문화사적 함의를 조망하였다. 19세기 중엽의 불교문화사의 큰 흐름은 염불결사를 통한 염불신앙의 확산에 대한 기획, 추사의 고증학과 직간접적인 관련이 있는 한수 이북의 사찰을 중심으로 전개된 판각불사운동, 그리고 한수 이남을 축으로 한 이론적인 선 논쟁과 함께 주목되는 금강산 권역의 참선수행의 열풍 등을 들 수 있다. 동화축전의 〈권왕가〉, 남호영기의 〈광대모연가〉, 영암취학의 〈토굴가〉는 1850년대를 전후로 한 시기에 산출된 가사로서 이상에서 소개한 불교문화사의 흐름을 상징적으로 보여주는 불교가사로서 그 시대적인 의미를 부여할 수 있다.

〈토굴가土窟歌〉의 전승경로와 19세기 참선곡류 가사의 향방

1. 머리말

　불교가사의 연구사를 검토해 보면 나옹화상·청허휴정을 비롯한 몇몇 유명한, 그러나 그 사실관계를 확정하기 어려운 작가에 대한 작가론이 보일 뿐, 이들을 제외한 다른 작가와 작품에 대한 연구는 그리 눈에 띄지 않는다. 이에 따라 한국문학사 기술에서도 작가의 전기를 토대로 한 편의 불교가사를 시대적 맥락에서 검토하는 작업은 여전히 미진한 과제로 남아 있다. 새로운 작가를 발굴하고 작품의 이본을 정리하며 작품의 시대적 의미를 검토하는 일은 불교가사 연구에서는 아직 유효한 연구방법이라 할 수 있다.

　앞 장에서는 이런 차원에서 19세기 가사의 작가를 발굴하고 작품의 성격과 시대적 의의를 밝히는 데 관심을 가진 바 있다. 〈광대모연가〉의 작가인 남호영기, 〈권왕가〉의 작가인 동화축전, 〈토굴가〉의 작가인 영암취학이 바로 그들이다. 본고는 〈토굴가〉가 19세기에 영암취학이 지은 가사라는 사실을 밝힌 선행논문에 이어 작성되는 것으로서, 〈토굴가〉가 당대에 널리 전파되었다는 『동사열전』의 기록을 현재 남아있는 이본을 통해 확인하고, 각 이본의 존재양상과 전승의 경로 및 문학사적 의의에 대해 고찰하고자 한다. 이를 통해 19세기 불교가사의 전개양상에 대한 이해의 폭을 넓히고자 한다.

2. 이본의 성격과 지향성

〈토굴가〉는 1850년 전후에 영암취학靈岩就學(?~1854경)이 지은 불교가사이다. 영암취학은 금강산 표훈사에 주석하였으며 참선수행으로 명성이 자자했다는 기록이 『동사열전』의 「영암선백전靈岩禪伯傳」에 전한다. 또 "(영암취학이) 한 권의 〈토굴가〉를 지으니 시전의 종이가 품절되고, 산야에 귀가 시끄러울 정도였다"라는 기록이 같은 책에 수록되어 있어 이미 당시에 금강산을 중심으로 〈토굴가〉가 널리 전파되었음을 알 수 있다. 이를 통해 볼 때 〈토굴가〉는 다양한 이본이 산출되었을 것으로 추정되는데, 현재 확인되는 이본은 〈토골가〉(632구)[1] 〈영암화상토굴가〉(395구)[2] 〈토굴수좌염불〉(440구)[3] 〈태고화상토굴가〉(249구)[4] 〈삼연선생염불가〉(32구)[5]

---

1) 임기중 편, 『역대가사문학전집』 47권(2,320번)에 수록되어 있다. 본고에서는 이를 '역대본 토굴가'라 명명한다.
2) 이상보의 『한국불교가사전집』(집문당, 1980)에서 〈토굴가〉로 소개하였고, 임기중의 『불교가사원전연구』(동국대출판부, 2000)에서 '정대월화보살소장본 토굴가'로 소개하였다. 본고에서는 논의의 편의상 이를 〈궁중본 토굴가〉라 명명한다.

등 다섯 편이 있다.[6]

각 이본의 지향성을 드러내기 전에 가장 분량이 많으며 선본으로 추정되는 역대본 〈토굴가〉의 내용 구조를 제시하여 논의의 기준으로 삼는다.

Ⅰ. 서사—몽중세상과 1차 출가

   ㉮ 세상사가 모두 몽중夢中이라는 인식

   ㉯ 1차 출가와 수도의 난관

Ⅱ. 본사(1)—2차 출가와 토굴 생활의 열락

   ㉰ 토굴의 재발견—역대 조사의 토굴

   ㉱ 2차 출가와 토굴의 정경 및 무심락無心樂

Ⅲ. 본사(2)—중생을 향한 목소리내기

   ㉲ 중생에 대한 탄식과 염불권장

   ㉳ 세상락과 다른 물아일체의 즐거움

   ㉴ 참선 정진

   ㉵ 염불수행 당부

Ⅳ. 결사—토굴의 참의미

   ㉶ 몽중임을 깨달으면 모두가 아미타

   ㉷ 진정한 토굴의 의미

〈토굴가〉의 내용구조는 인생무상을 느끼고 사찰을 찾는 과정(Ⅰ장), 다

---

3) 『초당문답가』의 이본인 『빅가사』에 실려 전한다. 『역대가사문학전집』(18권, 977번)과 『불교가사원전연구』에 「토굴슈지염불」로 소개되었으나, 다른 이본의 상응구를 대교해 보면 '토굴수좌염불'임이 확실하여 제목을 수정하였다. 본고에서는 이를 〈빅가사본 토굴가〉라 명명한다.

4) 이혜화의 논문에 소개되었다. 출전은 원불교의 근대잡지인 『회보』(63호, 불법연구회, 1940.2)이다. 본고에서는 이를 〈회보본 토굴가〉라 명한다.

5) 이상보, 앞의 책, 114~117면. 본고에서는 이를 〈김창흡본 토굴가〉라 명명한다.

6) 이외에 〈나용화상토굴가〉는 영암취학의 〈토굴가〉와 다른 독립적인 가사이나, 주제가 서로 유사하고 두 작품이 동시대에 유통된 것으로 추정된다는 점에서 함께 검토할 필요가 있다.

시 토굴을 찾아가는 과정과 수도과정에서 느끼는 열락(II장), 득도 후 대중에 대한 권계의 목소리(III장), 토굴의 참의미를 깨우치는 내용(IV장)이 차례대로 제시되어 있다. 아울러 이 작품에는 발원문·발심장·권염불문·권선문·게송 등 다양한 불교문학의 양식이 사이사이 삽입되어 있는데, 일견 산만하게 삽입된 듯한 이러한 양식들은 수용자들에게 다양한 감동의 코드를 제시함으로써 전달력을 증대시킨 것으로 해석된다. 선적 열락을 노래하면서도 염불을 권장하고, 화자의 수행의 과정을 순차적으로 제시하면서도 그 과정에서 다양한 불가의 문학양식을 원용하거나 삽입하여 다양한 감동의 코드를 제시하고 있다는 점에 이 작품의 독특함이 있다.

역대본 〈토굴가〉를 기준으로 각 이본간에 달라지는 내용구조와 삽입양식의 비교내용을 표로 제시하면 각각 다음과 같다.

〈표 1〉 이본간 내용구조 비교

	토골가	영암화상토굴가	토굴수좌염불	태고화상토굴가
I - ㉮ 세상사가 모두 몽중夢中이라는 인식	○	○	○	○
I - ㉯ 1차출가와 수도의 난관	○	○	○	
II - ㉰ 토굴의 재발견 - 역대조사의토굴	○	○	○	
II - ㉱ 2차출가와 토굴의 정경, 무심락無心樂	○	○	○	
III - ㉲ 중생에 대한 탄식과 염불권장	○	○	○	○
III - ㉳ 물아일체의 즐거움	○	○	○	
III - ㉴ 참선 정진	○			○
III - ㉵ 염불수행 당부	○	○	○	○
IV - ㉶ 몽중夢中임을 깨달으면 모두 아미타	○	○		
IV - ㉷ 진정한 토굴의 의미	○	○		
IV-기타	선계禪偈	동왕극락同往極樂 축원	효제충신孝悌忠信 당부	선계禪偈

〈표 2〉 이본간 삽입양식 비교

	토골가	영암화상토굴가	토굴수좌염불	태고화상토굴가
미타발원문彌陀發願文	○	○	○	
발심장發心章 (권선문勸善文)	○		○	○
권선문勸禪文	○		○	○
권염불문勸念佛文	○	○		
몽중가	○	○	○	
미타가	○	○		
선계禪偈	○			○

　　이상의 도표를 통해 각 이본간 내용 전개의 양상을 대체적으로 파악
할 수 있다. 이를 비교해 보면 대체적으로 참선과 염불의 권장이라는
공통의 내용구조를 지니고 있는 가운데, 〈태고화상토굴가〉는 ⓷ⓓⓔ단
락, 즉 출가와 재출가, 토굴의 발견과 토굴의 구조와 무심락을 소개한
내용이 생략되어 있다는 점이 눈에 띈다. 또한 여기에는 표 1에서 보이
듯이 염불을 권장하는 내용이 없는 것은 아니지만 표 2에서 보이듯이
염불을 권장하는 양식으로 차용된 상당한 분량의 '권염불문' '몽중가'
'미타가'로 이름붙일 수 있는 단락을 생략하고 있다는 점도 다른 이본
과 명확히 구별된다. 이로써 〈태고화상토굴가〉는 간결한 참선가류 가사
를 지향하는 이본임을 알 수 있다.

　　도표에서 작품의 결사에 첨가된 대목을 비교해 보면 각각의 이본이
지니는 지향성이 다름을 확인할 수 있다. 역대본 토굴가와 〈태고화상토
굴가〉는 선계禪偈로 마무리하여 작품의 의도가 선적 수행을 지향하는
이본임을 분명히 하였다. 이에 비해 〈영암화상토굴가〉는 ⓼ 참선정진을
생략하면서 결사에는 국왕과 부모형제 모두 함께 극락왕생하자는 축원
을 담고 있다. 〈토굴수좌염불〉은 ⓼ 참선정진, ⓽ 몽중임을 깨달으면 모
두가 아미타, ⓾ 진정한 토굴의 의미는 생략하면서 결사에서 효제충신
을 당부하고 있다. 이로써 선적인 수행의 과정을 강조하면서 깨달음을

추구하는 가사(역대본 〈토굴가〉와 〈태고화상토굴가〉)와, 상대적으로 염불에 중심으로 두면서 궁중이나 대중 속으로 유통되는 가사의 두 지향성이 있음을 파악할 수 있다.

3. 전승의 양상과 경로

앞 장의 분석을 통하여 각 이본의 지향성에 대한 대체적인 경향은 살펴볼 수 있었다. 그러나 이상의 분석은 정본의 확정 여부, 각 단락의 세부적인 전개방식의 차이나 내용전개의 일관성에 대해서는 파악할 수 없는 한계가 있다. 이에 따라 각 이본의 존재양상에 대한 구체적인 설명과 전승의 경로에 대해 논의하는 장을 마련하기로 한다.

1) 전승의 양상

(1) 선적 게송으로 마감한 역대본 〈토굴가〉(〈토골가〉)

〈역대본 토굴가〉는 분량 면에서 다른 이본과 큰 차이가 있는 이본이다. 440구인 〈빅가사본 토굴가〉와 비교해도 약 192구가 더 많다. 이 작품과 다른 이본간의 선후문제를 해결하기 위해서는 독립적인 내용이 첨가되어 확장되었는지, 아니면 타 이본에서 축약시켰는지 검토할 필요가 있다. 이를 후대에 편집된 것이 분명한 〈회보본 토굴가〉와 단형의 〈김창흡본 토굴가〉를 제외하고 빅가사본 및 궁중본과 대비시키도록 한다.

먼저 〈빅가사본 토굴가〉는 〈역대본 토굴가〉의 "이보청풍 랍ᄌ들아"

를 "여보청춘 쇼연들아"로 바꾸면서 ㉑의 염불수행 당부의 내용에서 결사까지의 내용을 55구정도 추출하여 결사로 삼은 이본이다. 〈역대본 토굴가〉의 242구에 비하면 상당히 압축된 것이다. 또한 이 이본은 청자가 세속화된 것은 물론 축약으로 인해 자연스럽지 못한 문맥이 다수 발견된다.

　　염도염궁 무렴처의 불퇴정진 다다르면 공계백운 산진처의 청천백일 아니볼까 밤새도록 가는길의 오경밤이 다지내면 '혜일광명 아니볼까 일진맹풍 반야선의 무명흑운 산진하면 심지백일 나타나니 일생의 찾던소를 내마구에 나니볼까' 기천장검 빼어들고 대분지를 발하오면 요마사군 꺾어지고 수마문무 사기지네."[7)]

　　인용문은 〈역대본 토굴가〉의 한 대목이다. 여기에서 빅가사본은 역대본의 ' '부분을 생략한 결과 "오경밤이 다지내면 기천장검 빼어들고"로 이어져 문맥이 어색하게 변하게 된다. 또한 후술하겠지만 〈빅가사본 토굴가〉는 대중적인 가사집인 『초당문답가』의 너른 전승에 기대어 편입된 것으로서, 화자가 청춘소년으로 세속화되어 있고 진정한 토굴의 의미라는 이 작품의 궁극적인 주제가 생략되는 등, 원래의 작품에서 대중화된 경향을 보여주고 있어 후대에 나온 이본임이 확실해진다.

　　다음으로 〈궁중본 토굴가〉와의 비교이다. 앞서 검토한 대로 이 이본은 궁중의 상궁을 독자층으로 필사된 것으로서 빅가사본과 마찬가지로 후반부를 비교해 보면, 〈역대본 토굴가〉의 편집본임이 분명하게 드러난다. 예를 들어 빅가사본의 ㉑단락의 한 대목을 인용해 보자.

　　오호라 슬푸도다 무엇이 슬프던고 청산에 조비절하고 만경의 인적멸인데 백설이 흩날리니 어느부모 형제벗이 뉘가나를 찾아오리 다만 까막까치 한쌍 깍깍울며 위로한다. 난데없는 노루사슴 후원으로 들어와서 나를 보고 반겨운다.

---

7) 이해의 편의를 위해 내용의 변화가 없는 한도에서 현대맞춤법으로 제시하였다(이하 같음).

인적이 끊어지니 세렴이 담박하여 찾느니 마음이요 하는이 염불이요 '(44구 중략) 인간호걸 부귀영화 당상을 베어내어 만리장성 둘러막고 사면을 지키애로 일조에 불행하면 공연이 투기하여' 남에게 탈취되니 부귀도 빈천되고 빈천도 부귀되어 부귀가 무상하니 모다 몽경이라.

' ' 안의 내용은 〈역대본 토굴가〉에 있는 것으로 이 대목이 생략되면서 궁중본에서는 밑줄 친 부분처럼 문맥이 단절되는 양상을 보여준다. 따라서 궁중본 역시 〈역대본 토굴가〉보다 원본에 가깝다거나 선행한다고 볼 근거는 매우 적다고 볼 수 있다. 따라서 〈역대본 토굴가〉는 우선 궁중본과 빅가사본에 비교해 볼 때 가장 원본에 접근한 이본으로 남는다.

아울러 〈역대본 토굴가〉는 타 이본에서 제시되지 않은 '도반들에게 당부하는 내용'이 ㉔ 단락에 삽입되어 있다.

고로 매양 하는 말이 이보청풍 납자들아 격외선미 맛이없어 삼장교해 허대면서 허송세월 부디마소 밥도죽도 아니되니 설식기부 이아닌가 증소작반 이아닌가 살활양구 심행처의 언어도가 끊어지고 기봉자재 의단처의 심행처가 멸진하니 사의상량 할 수 없어 바장일곳 아주없다.

타 이본에 등장하지 않은 "청풍 납자들"에 대한 당부의 말이다. 청풍 납자는 함께 도를 닦는 승려라는 의미로서 타 이본에 비해 좀더 수도인과의 거리가 가까운 이본임을 알 수 있다.[8] 또한 앞서 제시한 세상사의 모든 시비가 모두 몽중이니 아미타불 염불만 못하다는 것과, 세상사가 모두 몽중임을 깨달으면 아미타 아닌 것이 없다는 ㉕㉖ 단락은 이 작품의 주제로서 역대본에서 가장 뚜렷한 주제로 표출되는 것이다. 작품의 결구에는 진정한 토굴의 의미에 대해 여전히 고민하고 있는 화자의 목소리가 담겨있다.

---

8) 이외에도 "이보시오 토굴슈라(토굴수좌)" "엇다 저중 말듯거라" 등에서도 청자가 구체적으로 참선하는 승려로 제시된 것을 알 수 있다.

오호통재 슬픈지라 그중의 진토굴은 법성산 무향곡의 무영수하의 있건마는
육안으로 못본다니 엇지하온 집이관대 범안으로 못보던고 재인은 황견마야 구
모토인여하고 토각으로 동양하니 경영하세월이냐 건립은 공겁이전이로다.

진정한 토굴은 '법성산法性山 무향곡無響谷 무영수無影樹'에 있다는 표
현은 우리의 마음의 참모습이 진정한 토굴이라는 것으로 범박하게 해
석할 수 있다. 그리고 마지막 구는 구모龜毛와 토각兎角, 즉 거북이털과
토끼의 뿔을 등장시켜 상식적 해석을 초월하는 선어록의 한 양상을 구
사한 것으로 해석된다. 이는 타 이본에서 볼 수 없었던 결구로서 〈궁중
본 토굴가〉가 우리국왕 부모형제의 극락왕생을 기원하는 것에 비해, 그
리고 〈빅가사본 토굴가〉가 효제충신을 강조하는 것에 비해 참선수행을
전념했던 본래의 〈토굴가〉에 가까운 이본으로 평가된다. 이는 동사열전
의 기록을 통해서도 유추할 수 있는 바, 동사열전에는 토굴가가 명성을
얻어 시전의 종이가 품절될 정도로 확산되었다는 기록이 있는데, 이는
곧 작품의 분량이 만만치 않다는 표현으로도 해석된다. 그렇다면 〈역대
본 토굴가〉가 632구로서 타 이본에 비해 분량이 많은 것이 반드시 후대
에 확장되었다는 근거로만 볼 수는 없고, 오히려 본래의 〈토굴가〉 원형
에 근사한 것이 아닌가 하는 추정도 가능하리라 본다. 이는 내용전개가
자연스러운 〈역대본 토굴가〉에 비해 타 이본에서는 압축과 착종이 쉽
게 파악된다는 점도 이 같은 결론을 가능케 한다.

(2) 궁중에서 상궁들이 읽은 〈궁중본 토굴가〉(〈영암화상토굴가〉)

〈궁중본 토굴가〉는 필자가 원문을 확인할 수 없어 이상보의 작품 해
설을 인용하여 논의의 실마리로 삼는다.

　〈토굴가〉
　이 가사의 원제목은 '영암화상토굴가靈巖和尙土窟歌'인데 여기서는 줄여서

'토굴가'라고 부르기로 한다. 이것은 서울 효자동에 살던 정대월화鄭大月華 보살이 봉곡사鳳谷寺에 가지고 와 보던 것이라고 최진암崔眞菴이 증언했다고 한다. 정 보살은 1961년에 죽었으며, 봉곡사는 충남 아산군 송악면 유곡리에 있는데 1964년 최정여 교수가 채집할 때의 주지가 정진암이었다. 모두 394구로 된 순한글본이다.

〈몽환가〉(3)
이 가사는 '영암화상토굴가'에 이어서 제목이 없는 대로 필사되어 있으므로 그 내용으로 미루어 '몽환가'류에 속하기 때문에 가칭 몽환가(3)이라고 해둔다. 모두 231구의 한글표기인데 끝장에 "긔축 명월 십칠일 경작골 시다리목 거흐는 여인이 필셔흐나 글시 흉괴흐고 오즈낙즈 만스오니 보시는 샹궁계셔들은 눌러보시기을 바라노라"고 적혀 있다. 따라서 기축년은 고종 26년(1889)이 아니면 순조 29년(1829)에 해당하므로 그 어느 해에 경작골 새다리목에서 사는 여자가 붓글씨로 베낀 것인데 상궁들을 위하여 써 준 것이었다.[9]

인용문을 보면 〈영암화상토굴가〉는 원문헌에 표제로 제시된 제목이며, 서울 효자동에 살던 정대월화 보살이 충남의 한 사찰에 가지고 내려온 문헌에 수록되어 있었음을 알 수 있다. 가사의 필사자는 '경작골 새다리목에 사는 여인'이며, 궁궐의 '상궁'들을 위하여 필사한 것이다.[10] 그리고 〈토굴가〉에 이어 231구의 가사가 연이어 필사되어 있는데 이상보는 내용을 참고하여 〈몽환가〉(3)로 이름을 붙인 것이다. 아마도 필사자는 두 작품을 하나의 긴 가사로 인식하였을 가능성이 있으며, 마지막의 간기는 〈토굴가〉의 유통양상을 서술한 것으로 무리가 없다. 설혹 앞뒤를 다른 작품으로 인식했다 하더라도 같은 문헌에 연 이어 전하는 작품이라는 점에서 위의 간기는 〈토굴가〉와 〈몽환가〉 두 작품에 공

---

9) 이상보, 앞의 책, 124~126면.
10) 이상의 기록과 함께 소유자가 서울의 효자동에 살던 정대월화 보살이라는 점을 관련시켜 살펴보면 정대월화라는 인물 역시 한때는 상궁으로 궁중에 기거했으나 환가했을 가능성도 크다고 하겠다.

통된 서지사항이라고 할 수 있겠다.

〈궁중본 토굴가〉가 궁중의 상궁들에게 읽혀졌다는 기록과 마찬가지로 내용분석을 통해서도 궁중 수용의 한 양상을 살펴볼 수 있다. 먼저 작품의 필수단락으로 제시한 서두의 ㉮단락은 역대 제왕들의 허무한 종말을 제시하여, 주장하는 바의 타당성을 뒷받침하는 구조로 되어 있는데, 〈궁중본 토굴가〉의 경우 타 이본에 비해 상대적으로 분량이 확장된 특징이 있다. 궁중본에 제시된 인물은 하은주 요순시절, 기자군의 맥수가, 석숭같은 부자, 위엄제일 진시황, 천하영웅열사, 구변 좋은 소진 장의, 만고역사 초패왕 등을 나열하며 그 어떤 인간이라도 생과 사의 두 글자를 벗어나지 못하기에 두렵다는 내용을 42구로 제시하였다. 이를 다른 이본에 비교해 보면, 〈빅가사본 토굴가〉 13구(하은주, 기자) 〈회보본 토굴가〉 24구(만당처자 내외권속, 봉상대신 문무백관, 상마거승 진보대옥) 〈역대본 토굴가〉 12구(하은주, 기자) 정도에 지나지 않은 것에 비하여 상당부분 확장된 것을 알 수 있다.

〈토굴가〉의 화자는 그리하여 속세에 뜻을 접고 만사를 제쳐두고 '군부君父께 하직하고' 명산을 찾아 들어가게 된다.11) 그런데 관습적인 표현으로서의 군부께 하직한다는 표현은 이 각편이 궁중의 상궁들에게 읽혀졌다는 점을 고려하면, 궁중의 독자들에게 훨씬 더 핍진한 표현으로 다가갔을 것으로 생각된다. 앞서 인생의 무상함을 궁중의 권력의 핵심 인물과 부귀영화를 누린 인물을 중심으로 표현한 것과 관련하여 수용자의 감응도를 높이는 표현이라는 의미를 부여할 수 있다. 이는 결말에서 '부귀영화가 몽중'이라는 표현과 함께 꼭 독자층을 인식하지 않았다 하더라도 실제 독자의 체감도를 높이는 데 기여하는 표현이라 할 수

---

11) 군부께 하직한다는 표현은 궁중본 외에도 빅가사본, 역대본과 김창흡본 〈토굴가〉에 등장하는데, 작자의 실제의 체험을 말한 것인지 세상의 인재로서 세상을 하직한다는 말을 극적으로 과장한 것인지 확인할 수는 없다. 다만 본고에서 작자로 비정하는 영암화상의 삶과 큰 관련은 없는 것으로 보아 필자는 후자의 가능성에 더 무게를 두고자 한다.

있다. 나아가 "우리염불 동무들아 어셔밧비 염불ᄒ여 우리국왕 부모형
제 모든벗님 다시만나 법계일체 고혼으로 동왕극낙 ᄒ압시다 나무아미
타불"이라는 궁중본의 결사는 더욱 직접적으로 이 가사의 독자층과 관
련이 있는 것으로 생각된다. 이러한 결구는 불경의 판각본의 결구나, 불
교탱화의 간기를 장식하는 관습적인 축원의 담론으로서 익히 보아왔던
내용이다. 이 대목은 〈토굴가〉의 다른 이본에 담겨있지 않은 것으로 보
아 위에서 언급한 수용자층을 배려한 이본화의 한 양상을 보여주는 것
으로 해석할 수 있다.

　마지막으로 한글문화에 친숙한 독자들을 위한 배려도 눈에 띈다. 역
대조사들의 토굴을 나열하는 ㉣단락의 마무리 대목에는 한산시寒山詩
한 구절이 인용되어, 세속과 절연하고 산중의 삶을 살아가는 화자의 열
락이 인용되어 있는데 이를 다른 이본과 비교하면 다음과 같다.

　　〈역대본 토굴가〉-화동은 비소틱이요 청임은 시오가라 선근을 금비종이면
　하일의 견성아리요
　　〈빅가사본 토굴가〉-화동은 비오틱이요 쳥님은 지아귀라
　　〈궁중본 토굴가〉-고루거각 단청헌집 본ᄂᆞ니집 아니오며 푸른슈풀 ᄂᆞ집이
　요 반셕상이 ᄂᆞ집일셰 금셩션근 못승그면 겨극낙의 어이갈고

　역대본과 빅가사본은 한산시의 한 구절인 "畵棟非我宅 靑林是我歌
(…중략…) 善根今未種 何日見生芽"라는 대목을 소리로 옮긴 것이요,
궁중본은 뜻으로 풀어서 옮긴 것이다. 이를 볼 때 궁중본의 독자층이
한글문화에 익숙한 점을 고려한 필사筆寫의 전략이라고 볼 수 있을 것
이다.

(3) 대중문화에 편입된 〈빅가사본 토굴가〉(〈토굴수좌염불〉)

　〈빅가사본 토굴가〉는 『초당문답가』의 이본인 『빅가사』에 수록되었

다. 『초당문답가』는 19세기 후기에 등장하여 20세기 초기까지 활발하게 유통된 교훈가사류의 가집인데, 15종이 넘는 이본 가운데 유일하게 규장각 소장의 『빅가사』에 〈토굴가〉가 수록되어 있다. 이 이본의 전체적인 줄거리는 앞서 제시한 내용의 줄거리와 크게 다르지 않다. 그러나 역대본을 소개하며 제시한 대로 후반부에 압축이 심하여 문맥이 정상적인 맥락에서 일탈하는 경우도 있고, '발원문-선열식의 운치-중생탄식'으로 전개되는 내용의 흐름이 '발원1·선열식2·중생탄식1·발원2·선열식1·중생탄식2'의 순서로 착종되어 있다.

또한 토굴수련의 당위성이 타 작품에 비해 뚜렷하지 않으며, 특히 세상낙과 나의 토굴 부귀락을 이야기한 대목 이후 염불을 권장하고 당부하는 대목에 이르러서는(결구의 마지막 구까지 56구) 타 이본의 같은 대목에 비해 축약과 압축이 심하다. 염불신앙을 권면하면서 작품을 마무리하고자 하는 의식이 반영된 이 대목의 첫 구는 "여보청춘 쇼연들아"로 시작하는데, 이는 다른 이본이나 본 작품에서 등장하지 않은 새로운 청자라 할 수 있다. 이는 소년과 노인의 대화로 이야기를 전개하면서 소년에게 특정한 가르침을 주고자 하는 『초당문답가』의 구조와 흡사하여, 불교가사가 『초당문답가』에 편입되면서 자연스럽게 형성된 구문이 아닌가 한다.12)

결사에는 "천추불식 쉬지말고 효제충신 밝혀가오"라 하여, 궁극적인 지향이 선적인 수련이나 동왕극락이 아닌 효제충신이라는 도덕적 담론으로 귀결되었다. 이는 『초당문답가』가 지향하는 주제-가족 구성원들

---

12) 참고로 각 이본에 등장하는 대상은 다음과 같다.
　　역대본 토굴가-이보세상 사람들아. **이보청풍 랍즈들아**. 이보세상 스람들아. 이보시오 **토굴슈좌**. 이보시오 토굴수좌.
　　궁중본 토굴가-여보염불 동무들아. 우리염불 동무들아.
　　빅가사본 토굴가-여보세상스람드라. **여보청춘 쇼연들아**.
　　회보본 토굴가-여바라 호걸들아. 슬푸다 세상사람. 여보세상 사람들아. 여보청춘 남아들아.
　　제시된 청자의 성격을 통해서 역대본·궁중본·빅가사본의 청자지향의 차이를 분명하게 확인할 수 있을 것이다.

에게 세태에 휩쓸려 헛된 욕망에 사로잡혀 젊은 시절을 허송하지 말고 자신의 분수를 지켜 수신제가에 힘쓸 것을 훈계하려는 의도[13]—에 견인된 양상으로 보이며, 종교가사가 대중문화 속에 편입된 것으로 해석된다. 이 작품이 생성되어 대중들에게 확산된 시기가 『초당문답가』의 그것과 겹치는 것도 동시대적 양상으로서 두 작품의 교섭을 가능케 하는 배경이 된다.

(4) 풍류 시인의 명성에 기탁된 새로운 형식의 김창흡본 〈토굴가〉 (〈삼연선생염불가〉)

이 작품은 서월당西月堂 보명普明이 엮은 연대미상의 필사본 『감응편』에 국한문 혼용으로 실려 있는 가사이다. 작품의 본문에 들어있는 '나무아미타불'을 1구로 헤아리면 모두 31구가 되는 짤막한 가사이다. 이 작품은 하성래가 발굴하였고 이상보는 이를 염불가로 소개하면서 유학자가 창작한 불교가사로 소개한 바 있다. 그러나 불교가사의 작자로서 삼연三淵 김창흡金昌翕(1653~1722)의 존재는 인정하기 어렵다. 다만 이 작품이 삼연 김창흡으로 전승되는 이면에는 시인으로서의 명성과, 여러 차례 조정의 부름을 받았으나 모두 사양하고 설악과 풍악에서 은일의 삶을 도모했던 것과 무관하지 않을 것이다. 그는 부친을 잃은 슬픔을 달래기 위해 청평산이나 설악산 등지의 산사를 찾아 불경을 탐독하기도 하였으며, 그가 남긴 시편 중에 금강산의 각 사찰을 탐방하고 교유한 자취를 담은 작품이 수십여 편이 전한다. 김창흡의 금강산과의 인연과 그의 은일적 풍모와 명성, 그리고 그의 부친이 영암으로 귀양을 갔을 때 서울로부터 왕래했던 일 등이 겹쳐지면서 영암화상의 〈토굴가〉의 한 대목이 산수간에 노니는 시인 김창흡의 풍류 노래로 변모하였던 것으로 생각된다.

---

13) 권순회, 「초당문답가의 이본 양상과 주제적 의미」, 『19세기 시가문학의 탐구』, 집문당, 1995, 363면.

작가 비정과 관련 없이 이 작품의 이본으로서의 위상은 조금은 독특
하다. 작품 전문은 다음과 같다.

    국왕님께 하직하고 부모님께 하직하고 나무아미타불
    명산을 찾아들어 (염불수행 들어가니 나무아미타불
    운하는 자자하고 시냇물은 맑았는데 나무아미타불
    두견이는 슬피울고 춘풍명월뿐이로다 나무아미타불)
    절로마른 취잎이랑 상수리랑 모아놓고 나무아미타불
    목부러진 나무술에 귀떨어진 표주박에 나무아미타불
    송엽가루 쥐어내고 예뗴놓고 제뗴놓고 사분식 공양하니 나무아미타불
    영산회상 불보살의 선열식이 저아닌가 나무아미타불
    진미에 유미하여 날버리고 가는동무 제복적은 탓이로세 나무아미타불
    천신만고 변할때에 내원망을 바히마소 나무아미타불.

　작품 중 괄호로 묶은 대목을 제외하면 〈토굴가〉의 한 대목을 가려 뽑
은 이본임을 알 수 있다. 이 작품은 〈토굴가〉의 일부만을 택하여 염불
가라는 독립된 노래로 수용한 것으로, 당시에 〈토굴가〉가 널리 불려졌
던 실상을 알려준다. 이 과정에서 4음보의 가사에 후렴구를 붙여 선후
창 형식의 민요적 율격으로 변형되었다는 점도 특징적이다.

　불교가사의 경우 전체의 작품 중에서 어느 특정한 단락을 택해도 전
체적인 주제가 부분적으로 담겨있는 중복성을 그 특징으로 하는데, 후
렴구를 제외한 22구의 단형 〈토굴가〉에서도 작품의 주제나 정서를 느
끼기에 충분한 내용이 담겨있다. 특히 〈토굴가〉는 선적인 수도의 운치
와 염불을 권장하는 내용이 결합되어 있는데, 이 작품에서는 앞의 내용
은 선적인 취향을, 후렴구는 염불을 권장하는 의미를 절묘하게 결합시
킨 것이 특징이라 할 수 있다.

(5) 원불교 가사로 재편집된 〈회보본 토굴가〉(〈태고화상토굴가〉)

〈회보본 토굴가〉는 원불교 잡지인 『회보』 63호(1940)에 국한문으로 수록되어 있다. 이는 앞서 소개한 역대본·궁중본·빅가사본이 순한글인 것과 다른 특징이다. 근대 종교계 잡지에 수록하면서 원 텍스트를 재편집한 것으로, 단형의 〈토굴가〉를 제외하면, 지금까지 소개한 이본 중 가장 압축된 이본(247구)이 된다. 크게 보아 〈역대본 토굴가〉의 처음에서 ㉑ 단락까지를 요약한 이본이다.

世間萬事 生覺하니 虛妄하고 可憐하다 人人個個 本自具足 與佛無異 自性佛은 어이하야 昧却하고 生死輪廻 못免하니 怨痛하고 可憐하다 無上妙道 求할진댄 一衣一鉢 絶人情코 萬疊靑山 깊이들어 一間土窟 모아놓고 아츰저녁 마지지여 普濟衆生 祝願後에 그마지를 물리쳐서 목부러진 나무술과 귀부서진 가시저로 茶와함게 供養하니 禪悅食이 이아닌가 古人이 하옵기를 이와같이 일럿으니 진세오욕 탐착하야 이런仙境 마다하고 날버리고 가는동모 어찌아니 可憐인가

작품의 첫대목에서는 선행하는 〈토굴가〉의 전체적 요지를 간결하게 제시하여 놓았는데 작품 속에서 다시 작품을 이야기하는 일종의 메타적 표현으로 해석된다. 인용문에서 옛 사람이 '이와 같이' 이른 말씀은 앞의 "세간만사(…중략…) 이아닌가"까지의 내용이다. 이는 〈토굴가〉의 ㉑~㉢ 단락의 내용을 압축적으로 인용한 것이다. 전체적인 요지를 효과적으로 전달하면서 다시 세상만사가 몽환이라는 내용에서부터 어리석은 중생탄식, 염불권장 및 토굴 참선의 운치와 즐거움, 염불 권장 등을 나열한 뒤 마지막 구에서 "寂寂廖廖 本故鄕은 惺惺時悟 現前하니 不老不昧 是何物"이라는 선계禪偈를 화두처럼 던져 간결한 표현으로 선적인 여운을 남기는 표현방식을 구사하였다.

2) 전승의 경로

19세기 〈토굴가〉 전승의 경로를 보여주는 기록으로『심여心如 산지록山志錄』의 부록「보제강백전普濟講伯傳」14)이 있다. 이 글은 보제심여(1828~1875)의 전기인데, 여기에 영암취학의 〈토굴가〉에 관한 기사가 전한다.

　　보제스님이 금강산으로부터 돌아와 그가 금강산을 유력하면서 손수 기록한
「금강산유산록」한 편을 보여주었다. 박로하가 글을 다듬고「서문」을 써서 붙
이니 완연히 1권의 책이 되었다. 옛적 의상이 〈서방가〉를 짓고 도선이 〈산수
가〉를 짓고 나옹이 〈서양가〉를 짓고 청허가 〈회심곡〉을 짓고 박자재가「유산
록」,〈만고가〉를 짓고 임형산이 〈선유가〉를 짓고 김매소가「유산록」을 짓고 영
암(법명 취학)이 〈토굴가〉를 짓고 구계(범해)가 〈유산곡〉을 짓고 포의(보제)가
「금강록」을 지은 것은 모두 뜻이 있어서 지은 것이지 심심풀이 삼아 지은 것
은 아니다.15)

인용문을 보면 영암취학이 〈토굴가〉를 지었다는 사실과 함께, 이 작
품이 범해 각안이『동사열전』을 펴낼 당시에 불가에서 널리 읽혀졌던
것을 알 수 있다. 또한 이 기록은 금강산에 구도행각을 떠난 수행인들
에 의해 금강산에서 산출된 가사가 전국의 각지에 전파될 수 있음을 보
여준다. 보제가 "금강산으로부터 돌아와 그가 금강산을 유력하면서 손
수 기록한 금강산유산록을 보여주었다"는 기록은 비록「금강산유산록」
에 관한 기록이지만, 금강산 탐방길은 곧 금강산에서 전파된 가사의 공
간적 유통경로라 해도 무방할 것이다. 같은 대목에서 "영암이 토굴가를
짓고 구계(범해)가 유산곡을 짓고 포의(보제)가 금강록을 지은 것은 모두

---

14)『심여心如 산지록山志錄』,『한국불교전서』12, 동국대 출판부, 1988, 278면.
15) 自金剛來 示其手記 金剛山遊山錄 一篇 朴盧河筆削序文 一冊 完然 昔義湘作 西
　方歌 道詵作 山水歌 懶翁作 西養歌 淸虛作 回心曲 朴自在作 遊山錄萬古歌 任荊山
　作 船遊歌 金梅巢作 遊山錄 靈岩名就學作 土窟歌 九階作 遊山曲 蒲衣作 金剛錄
　皆托意而記 非技養而作也.

뜻이 있어 지은 것이지 심심풀이 삼아 지은 것이 아니다"라는 기록을 통해서, 19세기 후반에 유포된 영암 〈토굴가〉의 전승의 경로를 간접적으로 유추해 볼 수 있다. 『보제강백전』에서 볼 수 있듯이 상대적으로 지역적인 이동이 자유로웠던 승려들에 의한 작품의 전승과정도 상호교류의 맥락에서 전제로 삼아야 할 것이다. 금강산 탐방객은 물론이고, 운수납자들의 문화의 전파자로서의 역할에 대해 인식할 필요가 있다.

〈궁중본 토굴가〉의 유통 배경에는 금강산이 역대 임금의 원찰이 있던 곳이라는 사실이 놓여있다. 건봉사지나 유점사지 등의 사지에는 궁중의 원찰로서 상호교류가 있었으며,16) 상궁들은 사찰의 각종 건립불사나 판각보시에 상당한 비중을 차지하고 있다. 또한 1800년대 후기 금강산 권역에서 경전을 베끼는 사경寫經의 풍조가 널리 유행했다는 증언도 있고 보면, 금강산과 궁궐을 오가며 왕실불교의 전통을 끈질기게 유지했던 조선 시대의 한 풍조를 엿볼 수 있다. 이러한 교류의 과정에서 매개 역할을 담당했던 상궁들에 의해 금강산에서 창작된 불교가사가 궁중에까지 유입된 것이 아닌가 생각한다. 물론 서울이라는 도시문화의 한 레퍼토리로서 불교가사가 유입된 것으로 볼 수 있다하더라도 두 갈래의 전승경로가 공존했을 가능성 자체를 부인하기는 어렵다.

한편 『빅가사』는 『초당문답가』의 이본으로 1800년대 말에서 1910년대 초에 널리 확산된 대중적인 가집이다. 여기에 〈토굴가〉의 이본인 〈토굴수좌염불〉이 수록된 것은 불교가사가 대중문화의 한 장르로 편입되는 양상을 보여주는 것으로 해석된다. 이는 〈회심곡〉을 비롯하여 〈백발가〉〈몽환가〉 등의 가사 또한 1800년대 대중문화의 레퍼토리로 편입된 것과 맥락을 같이하는 것이다.

이상에서 살펴본 바대로 〈토굴가〉는 한 편의 불교가사가 공간적으로

---

16) 1854년에 순원왕후純元王后가 표훈사에 금 오백 냥을 불량佛糧으로 하사한 바 있으며(『유점사본말사지』, 표훈사, 418면), 1848년에는 순원왕후가 건봉사의 동화축전에게 아들 헌종의 추모기도회를 주관하도록 했다는 기록이 있다(『건봉사본말사적』, 7면).

나 기능적으로 다양하게 전파되고 수용되는 양상을 선명하게 드러내고 있다는 점에서 독특한 가치를 지닌다고 할 수 있다.

4. 19세기 참선곡류 가사의 향방

〈토굴가〉는 내적 수련의 공간으로서 토굴이라는 공간을 발견하는 가사인데, 토굴은 한국문학의 심상 공간의 하나로 해석할 수 있다는 점에서, 〈토굴가〉는 우리 문학의 소재 영역을 확장한 의의가 있다. 금강산의 영원암 등지에서 토굴 참선 수행에 정진했던 영암화상은 〈토굴가〉의 작중 화자가 되어 토굴 수행의 동기와 수행의 과정, 토굴의 구조와 토굴생활의 운치, 세상의 즐거움과 다른 무심락, 물아일체의 즐거움을 소개하였다. 그리하여 세상사 하나하나가 모두 몽중이라는 인식에서 출발하여, 궁극에는 세상사 하나하나가 다 아미타요 천진불이라는 인식에 도달하였다. 세상과 단절된 수천 길 높다란 절벽의 토굴에서 선적인 깨달음을 얻은 뒤 다시 세상을 향해 고개를 내밀고 중생을 향해 손을 내미는 과정은, 소승적 깨달음에서 대승적 실천으로 향하는 인식의 확장을 보여주는 것으로 해석할 수 있다. 이는 선적인 운치와 득도의 열락을 노래한 〈나옹화상토굴가〉에서 보여주는 것과 같으면서, 토굴에서 다시 대중을 향하는 목소리를 전하고 있다는 점에서 또한 다르다.

〈나옹화상토굴가〉는 강전섭이 소개한 필사본으로, 〈나옹화상증도가〉〈나옹화상낙도가〉〈나옹화상수도가〉 등 나옹화상의 이름으로 전승되는 증도가류의 한 이본에 해당한다. 이 작품의 서두는 "청산림 깊은 곳에 일간 토굴 지어놓고"로 시작되고 있어 '토굴가'라는 제명이 자연스럽게 형성된 것으로 보인다. 이 작품은 전체적으로 마치 영암의 〈토굴가〉에서 토굴가의 토굴을 짓기까지의 과정이나 절차를 생략하고, 또한 발원이나 일반대중을 향한 염불신앙 권면의 내용을 완전히 배제하여 산뜻

한 선적 취향의 노래로 만든 것 같은 느낌이 들 정도로 운치 있는 선적 취향의 노래로 형성되었다.[17]

> 靑山林 깊은곳에 一間土窟 지어놓고 松門을 半開하고 石徑에 徘徊하니 綠楊春 三月下에 春風이 문득불어 庭前에 저百花는 處處에 피었는데 風景도 좋거니와 物色은 더욱좋다 그中에 무슨일이 世上에 稀貴한고 一片無爲 眞妙香을 玉爐中에 꽂아놓고 寂寂한 明窓下에 默默히 홀로앉아 十年을 期限 定코 一大事를 窮究하니 從前에 모르던일 今日에야 알았구나 (…중략…) 千峰萬壑 푸른松葉 一鉢中에 담아놓고 百孔千瘡 깁은누비 두어깨에 걸쳤으니 衣食이 淡泊하여 世欲情이 있을손가 欲情이 無心커니 人我四相 쓸데없다 法性山 높고높아 一物도 없는中에 物我가 뚜렷하니 法界一相 나투었다 孤明한 夜月下에 圓覺山中 선듯올라 無孔笛을 비껴불고 沒絃琴을 높이타니 無爲自性 眞空樂이 이 中에 감추더라 石湖는 水盈하고 松風은 和答할제 無着嶺에 올라서서 柳暗花明 又一村에 覺樹曇花 半開터라

이 작품은 마치 〈영암화상토굴가〉의 입산의 과정과 재출가의 과정, 발원의 내용과 중생에 대한 탄식, 그리고 염불권장의 참선수도 외적인 모든 내용을 배제한 채 토굴의 건립·운치·참선의 정진에서 깨달음에 이르는 토굴수련의 본질적인 내용을 압축적으로 표현한 것으로 〈영암화상토굴가〉의 압축본이라 할 만한 내용을 담고 있다.

증도가류의 노래가 나옹화상의 이름으로 전해지는 이유는 〈서왕가〉의 앞 대목에 제시된 것처럼, 치열한 실존의 고뇌 속에서 물외인이 되어 도를 추구하는 외로운 구도자의 모습이 담겨있는 것과 밀접한 관련이 있을 것이다. 각편들의 제목이 한결같이 '증도가證道假' '낙도가樂道歌' '수도가修道歌'인 것은 도를 닦아 깨달음에 이른 후 〈태평곡太平曲〉을 부르는 득도의 과정을 요약하고 있기 때문이다.

---

17) 〈나옹화상증도가〉의 구수는 이본마다 비슷하다. 〈증도가〉 60구, 〈수도가〉 17구, 〈낙도가〉 70구, 〈토굴가〉 63구에 지나지 않으며 〈수도가〉는 이 작품의 한 대목을 발췌한 것이다.

아울러 〈나옹화상토굴가〉가 전승되는 시대는 수록된 문헌의 성격으로 보아 1850년대 이후의 것으로 생각된다.[18] 〈영암화상 토굴가〉의 유통의 확산과 비례해서 수도의 과정과 참선의 열락만을 간결하나 여운을 남기는 표현으로 전달하는 〈증도가〉 또한 19세기 후기에 동시적으로 존재했을 것으로 생각된다. 아울러 〈토굴가〉가 서사적 서정적 교술적 성격을 포괄적으로 보여주고 있는 것에 비해, 증도가류의 가사는 서정적 분위기가 더욱 두드러지며, 작품의 구조도 간결한 짜임새를 지향하는 작품이라는 점에서, 양자는 상보적으로 유통되었을 것으로 추정된다.

조선후기에 유통된 불교가사 중에서 선적인 취향을 노래하거나 참선의 요체를 전달하는 가사는 17세기 후반의 침굉의 〈귀산곡〉과 18세기말 지형의 〈참선곡〉을 들 수 있다. 이후 〈참선곡〉의 전통은 20세기 초의 경허와 만공과 한암에 이르러 다시 창작되었다. 지금까지의 불교가사의 전개사 기술에서 19세기에 창작되어 전승된 참선곡류의 가사는 그 존재가 드러나지 않은 상황이다. 필자는 비록 '참선곡'이라는 제목은 붙지 않았지만, 바로 이 〈토굴가〉와 〈증도가〉가 이 시대 참선곡류의 수요를 대체하는 양상을 보여주고 있다고 생각한다. 19세기에 새로 지어진 참선곡류의 가사로서 〈토굴가〉와 〈증도가〉는 지형·경허·만공·한암의 〈참선곡〉과 다르게 서사적 구조와 서정적 분위기로 교술적 주장을 감싸 안고 있다는 점에서, 종교성을 떠나 문학적 감동을 더욱 풍부하게 전해준다.

---

18) 김종진, 『불교가사의 연행과 전승』, 이회, 2002, 124~128면.

5. 맺음말

〈토굴가〉는 1850년대 전후에 금강산 표훈사의 암자에서 토굴수행을 했던 영암취학(생년미상~1854경)이 지은 가사이다. 영암취학이 토굴참선으로 금강산 내에서 명성이 높았으며, 그가 지은 〈토굴가〉가 당시에 널리 필사되고 인기를 얻었다는 기록이 『동사열전』에 기록되어 있다. 본고는 이상의 기록을 토대로 현재 전하는 토굴참선의 노래를 조사한 결과 5편의 이본이 전승되고 있음을 확인하고 각 이본의 성격과 지향성을 추출하였다.

5편의 이본 가운데 〈역대본 토굴가〉〈〈토골가〉〉는 가장 많은 분량으로, 토굴수행의 과정을 서사적으로, 수행의 과정에서 느끼는 열락을 서정적으로 표출하고, 참선정진과 염불 권장이라는 교술적인 내용을 첨가하고 있는 이본이다. 이는 금강산에서 토굴수행에 정진했으며 만일염불회 결사에도 주도적으로 참여했던 작자의 목소리가 가장 가깝게 반영되어 있는 정본으로 생각된다. 〈영암화상토굴가〉는 작품이 수록된 문헌의 후기後記에 상궁을 위해 필사했다는 기록이 있어 궁중문화의 한 레퍼토리로 수용된 이본임을 알 수 있다. 〈토굴수좌염불〉은 초당문답가의 이본인 『빅가사』에 수록되어 있다는 점에서 불교가사가 대중문화의 영역으로 수용되는 양상을 보여주는 것으로 파악된다. 〈태고화상토굴가〉는 후대(1940)에 원불교 잡지에 수록된 것으로 불교가사를 원불교에서 수용하는 양상을 보여준다. 그리고 지금까지 김창흡의 가사로 알려졌던 〈삼연선생염불가〉는 사실은 그와 별 관련이 없으며 〈토굴가〉의 일부를 택하여 후렴 염불구를 첨가한 〈토굴가〉의 파생본임을 밝혔다.

19세기에는 〈참선곡〉이라는 제명을 지닌 가사는 존재하지 않으며, 대신 참선의 지향성을 보여주는 가사로 〈토굴가〉와 증도가류 가사가 있다. 이 가운데 〈토굴가〉가 참선과 염불을 동시에 표방하며 서사 서정

교술의 복합적 구성을 지니고 있는 것에 비하면, 증도가류 가사는 참선의 열락을 서정적으로 노래하고 있다는 점이 다르다. 〈토굴가〉의 너른 전승과 함께 단아한 짜임새를 보이는 증도가류가 상보적으로 유통되었을 것으로 추정된다. 〈토굴가〉는 19세기에 창작되고 널리 전파된 참선 지향의 가사로서, 18세기나 20세기에 등장하는 참선곡류 가사에 대한 수용을 대신하며, 그 맥을 연결해 주는 의의가 있다는 점을 문학사적 의의로 들 수 있다.

이상의 논의를 통해 지금까지 밝혀지지 않았던 〈토굴가〉의 이본의 실상과 전승의 경로 및 문학사적인 의미를 확인할 수 있었다. 그러나 각 이본간에 내재되어 있는 문체의 차이를 정치하게 분석하지 못하고 대략적으로 요약 제시한 것은 본고의 한계이며 이에 대한 분석이 앞으로 시도되어야 하리라 본다.

〈회심곡回心曲〉과 탱화의 상호텍스트성

1. 머리말

조선 후기, 특히 18·19세기는 변화하는 대중의 취향에 호응하여 민중 예술이 다양하게 발현되는 시기였다. 이러한 현상은 조선 후기 사회의 도시화 상업화와 밀접한 관련이 있는데, 문학사에서 풍류집단이나 가객과 같은 시정문화권의 연행 주체들이 이 시대의 문화적 전개양상의 주요한 축을 형성하고 있음은 널리 밝혀진 바 있다.

그러나 이 시기의 문화현상을 시정문화권으로만 국한하여 설명할 수는 없다. 김학성이 언급한 바와 같이, 규방문화권·판소리연창문화권·잡가문화권 등의 다양한 문화권의 존재를 도외시하고서는 이 시대의 문화현상의 총체를 담보할 수 없음은 또한 분명하다.[1]

독립적인 향유공간을 확보하면서도 상호 관련을 가지면서 한 시대의 문화적인 경향성을 형성하는 이러한 문화권역 가운데 하나로 불교문화 권을 들 수 있다.[2] 화청승·탁발승·걸립패 등은 조선 후기 불교문화권 에서 의식가요를 담당하는 연행의 주체로서, 이 시기 다양한 문화현상 의 한 축을 형성하고 있다. 〈회심곡〉은 이들에 의해 전파된 대표적인 노래로서 19세기의 민중 예술의 양상을 살핌에 있어 빠뜨릴 수 없는 레 퍼토리다. 〈회심곡〉이 연행되는 맥락을 보면, 탁발과 걸립 및 모연의 노 래로서 전파되었고, 무가나 향두가로서 전승되었다. 또한 가사와 잡가 의 영역을 넘나드는 변이현상을 보여주기도 한다.[3] 이처럼 〈회심곡〉은 불교문화의 자장에 놓여 있지만 그 수용에 있어서는 불교문화의 구심 력과 민간신앙이라는 원심력의 범위 안에 폭넓은 스펙트럼을 형성하고 있다.

지금까지의 〈회심곡〉 연구에서도 이러한 문화현상에 주목하여 논의 가 이루어진 바 있다.[4] 그러나 어떤 문화권의 자질이 생성의 배경이 되 었는지, 그리고 같은 문화권의 영역에 있는 타 예술 장르와 어떤 관련 을 가지고 있는지에 대한 논의는 이루어지지 않았다. 〈회심곡〉을 둘러 싸고 있는 관계들의 총체를 살펴보기 위해서는 원심력이 미치는 범위 밖으로 우리의 시야를 확장하는 것과 함께, 창작의 발상 공간인 사찰의 문화적 조건 안에서 〈회심곡〉이 존재하는 양상에 대해서도 주목할 필

---

1) 김학성은 18·19세기의 시가사의 동향을 파악하기 위해서는 시가의 생성모태가 되 는 각 문화권의 위상과 특수성을 이해하고 나아가 각 문화권간의 상호 역학관계와 세 계관적 미학적 수수관계를 고려하는 노력이 필요하다고 하였다. 「18·19세기 예술사 의 구도와 시가의 미학적 전환」, 『한국시가연구』 11, 한국시가학회, 2002, 9면.
2) 물론 단순한 불교만이 아니라 무속을 포함한 민간신앙과 습합된 문화권을 말한다.
3) 지금도 국악계의 한 장르로서 계승 변용되고 있으며, 때로는 불교문화의 총체로서의 상징성을 지니기도 한다. 대표적인 예로 총체극으로 연행된 김영임의 〈회심곡〉을 들 수 있다. 이와 같이 〈회심곡〉은 여전히 불교문화의 한 줄기로서 다양한 방식으로 향유 되고 있다.
4) 〈회심곡〉이 무가나 향두가로 향유되는 양상과 잡가와 교섭하는 양상, 그리고 불가조 나 소릿조 등으로 곡조가 분화되는 양상에 대해서는 김종진, 「불교가사의 유통연구」, 동국대 박사논문, 1999, 99~120면 참고.

요가 있다. 이에 따라 이 글은 〈회심곡〉이 발상되고 생성되는 일차적인 공간으로서 명부전冥府殿에 주목하여, 명부전을 장식하고 있는 〈시왕도 十王圖〉와 〈회심곡〉과의 관련성을 고찰하고자 한다. 〈회심곡〉을 단순히 텍스트 중심으로 이해하지 않고 작품을 둘러싼 주변과의 관계 속에서 파악할 때, 비로소 노래와 건축, 노래와 그림은 의미있는 조우를 하게 될 것이다.

2. 〈회심곡〉 생성 공간으로서 명부전冥府殿의 위상

〈회심곡〉을 부르는 공간은 명부전이다. 물론 명부전이 아닌 사찰의 다른 공간에서도 〈회심곡〉은 연행될 수 있다. 예를 들어 천도의식의 하나인 영산재와 같은 규모가 크고 많은 대중이 모이는 의식은 명부전 같은 좁은 공간에서 치르기가 어렵기 때문에 대웅전 앞마당 같은 너른 공간이 필요하다. 그러나 그곳은 불보살이 주재하는 신성한 공간은 아니어서 그 공간을 장엄하게 꾸미고 신성성을 부여할 필요가 있다. 이때 걸게 되는 괘불은 그 공간을 신성공간으로 만드는 데 중요한 기능을 한다. 그러나 괘불이 걸린 공간은 임시적이고 특별한 의식의 공간일 뿐으로 상설의 공간은 아니다. 그러므로 사찰의 공간구조에서 〈회심곡〉의 생성공간으로서 명부전이 지니는 의미는 각별한 것이다.

명부전은 망자의 혼을 천도하는 공간으로서, 죽은 이가 사후 7·7일까지 중음中陰에서 헤매지 않고 육도윤회의 고통에서 벗어나 극락왕생하기를 기원하는 곳이며, 생전에 재를 올려 사후 지옥에 떨어지는 고통을 면하고자 기원하는 곳이다. 명부전은 칠성당 산신당처럼 불교가 민속신앙을 흡수한 것으로서 불교의 민속화와 관련을 가지는 공간이며 조선 후기 의식불교의 한 국면을 차지하고 있는 공간이다.

명부전의 문을 열고 들어서면 중앙에 지장보살의 상이 있고 좌우에 협시불로서 도명존자道明尊者와 무독귀왕無毒鬼王이 조상되어 있다. 지장보살은 지옥에 떨어진 중생을 한 명도 남음 없이 구제하고 난 뒤에야 성불하겠다는 서원을 하는 보살로서 대자대비의 화신이다. 그러나 지장보살은 명계를 주관하는 인물이 아니다. 명계를 주관하는 존재는 시왕이라 부르는 열 명의 대왕들이다.

지장보살상의 뒷벽에 배경이 되는 그림은 〈지장시왕도〉이다. 이 그림은 지장보살이 중앙에 그려져 있고 그 주위에 시왕이 둘러싼 형상을 보여주고 있다.5) 〈지장시왕도〉를 중심으로 좌우 벽의 공간을 가득 채우고 있는 그림이 바로 〈시왕도〉이다. 〈시왕도〉는 10폭의 그림으로 〈지장보살도〉를 중심으로 왼쪽으로 〈제1대왕・제3대왕・제5대왕・제7대왕・제9대왕도〉가 그려져 있고, 오른쪽으로 〈제2대왕・제4대왕・제6대왕・제8대왕・제10대왕도〉가 그려져 있는 것이 일반적인 구도이다. 명부전의 공간의 크기에 따라 〈제1・3대왕도〉나 〈제5・7대왕도〉와 같이 두 대왕의 그림이 한 폭에 그려지는 방식이 있고, 혹은 〈제1・3・5・7・9대왕도〉가 한 폭에 그려지는 방식도 있다.6) 그러나 한 폭에 그려진 각각의 왕들의 형상은 변화가 없으며 한 폭에서도 각각의 왕들은 독립적으로 자리잡고 있다.

명부전에 그려지거나 조상彫像된 〈지장보살도地藏菩薩圖〉나 〈시왕도十王圖〉는 인간의 사후에 대한 관념을 가시적으로 묘사한 것이다. 그리고 이러한 관념이나 심판의 내용은 『예수시왕생칠경』7)이나 『예수시왕생

5) 조순향에 따르면 고려시대의 지장보살화는 단독상으로 많이 조성되었다고 한다. 이에 비해 조선조에 만들어진 지장보살화는 거의 모두가 시왕을 대동한 〈지장시왕도〉라고 한다(조순향, 「한국판 시왕경 연구」, 『경기대학논문집』 15, 경기대학교, 1984, 255면).
6) 김정희, 『조선 시대 〈지장시왕도〉 연구』, 일지사, 1996, 216면.
7) 『부모은중경』『목련경』과 같이 중국에서 만들어진 위경의 일종이다. 실제로 이 경전

칠재의찬요』 같은 시왕경에 근거하고 있다. 이 경전들은 중국에서 유래된 위경僞經의 하나로서, 명부시왕에 대한 예참단의례禮懺壇儀禮의 의식서로서 예수생칠재불사豫修生七齋佛事의 대본으로 만들어진 것이다.[8]

　우리나라에서는 일찍부터 지장보살을 배경으로 한 명부신앙이 있었고 고려시대부터는 시왕신앙이 유행하였지만 조선 시대에 들어와서는 시왕신앙이 일상생활의 습속으로까지 널리 보급되었다.[9] 이러한 배경에는 조선조의 특수한 역사적 배경이 자리잡고 있다. 조선조에 들어서면서 지속적이고 강력한 억불책이 시행되었는데, 이러한 억불책은 단순한 사상적 탄압에 그치는 것이 아니었고, 불교세력의 경제적 기반의 상실을 꾀하는 차원에서 이루어졌다. 그 결과 사찰의 존립마저도 위기를 맞이하게 되었는데, 이에 따라 불교계는 자연물 채취 수공업 등으로 자립 기반을 마련하고 탁발을 통하여 사원경영의 물적 토대를 마련하는 데 힘을 쏟았다.

　이와 함께 조선 시대 불교는 상층 중심·귀족 중심의 불교에서 벗어나 대중화되고 민속화되는 양상을 보여주며, 의례의 절차를 중시하여 의식을 정비하고 의식에 참여하는 실천하는 행위를 통해 신앙을 유지시키려는 노력이 중시되었다. 사상적으로 차별화된 교리보다는 효라든가 지옥이나 극락 같은 대중적으로 널리 체득된 담론을 반복적으로 전파하는 데 힘을 쏟았다. 명부전의 건립과 명부전을 장식하는 〈지장시왕도〉 및 〈시왕도〉 등의 그림이 널리 유행한 것은 이러한 시대적인 상황에서 비롯된 것이다.

　　사간원에서 아뢰기를 "지금 승도들이 서울 사찰 바깥에서 〈시왕도〉라 칭하고서 사람 형상을 괴상한 형용과 이상한 모양에 이르기까지 그리지 않은 바가

　은 명부시왕에 대한 예참단의禮懺壇儀의 서書로서 예수생칠재불사豫修生七齋佛事의 대본으로 만들어진 것이다(조순향, 앞의 글, 245면).

　8) 조순향, 앞의 글, 245면.
　9) 조순향, 앞의 글, 255면.

없습니다. 그 잔인하고 참혹한 영상을 차마 눈뜨고 볼 수 없습니다. 진실로 도를 터득한 자는 반드시 이러한 짓을 하지는 않을 것입니다. 후세에 간사한 승도들이 생업을 영위하고자 불설을 가탁하여, 이 그림을 만들어 절간에 걸어두고 어리석은 백성들을 울리어 많은 재물을 긁어모을 것이오니, 단지 석씨의 자비스러운 뜻에 어긋날 뿐 아니라, 어리석은 백성들이 죄과를 겁내고 복락을 얻으려고 생계를 돌보지 아니하고서 재산을 털어 넣고 생업을 잃어 굶주림과 추위를 면하지 못할 것입니다. (…중략…) 청하건대, 서울은 사헌부에서 外方은 각 고을에서 샅샅이 수색하여 불태우거나 헐어버리게 하고, 그중에 혹시 감히 숨겨 놓거나 혹은 몰래 숨어서 그림을 그리는 자는 사람들에게 陳告케 하는 것을 허락하여 즉시 불태워 없애고 법에 의해 죄를 주게 하소서" 하였으나 윤허하지 않으셨다.[10]

이 상소문은 조선조 불교세력을 견제하는 실제적인 양상을 보여주는 글인데, 이를 통해 명부전과 시왕상 및 〈시왕도〉의 흥성과 그 사회적인 영향력의 심대함을 엿볼 수 있다.

한편 인용문에서 비판적으로 제시된 시왕신앙의 전파는 임병 양란 이후 전국의 각지에서 피폐해진 사찰을 중건하면서 시왕전 내지 명부전을 중시한 결과, 더욱 성행한 것으로 파악된다. 이에 따라 1672년에 쓰여진 「연등사사적기燃燈寺事蹟記」에는 "산이 있는 곳에는 절과 승려가 있고 시왕과 명부전이 없는 곳이 없다"[11]라고 할 정도로 명부전과 시왕신앙은 조선후기에 이르러서 민중불교 의례불교의 핵심 축으로 존재하게 되었다.[12]

이러한 시왕신앙의 유행은 근세불교에 이르기까지 지속되는 현상이다. 그 결과 20세기 초에 이르러 시왕신앙의 표출로 이루어지는 여러

---

10) 『세종실록』 38, 경신 22년 정월 무진戊辰조.
11) 『조선사찰사료』 상, 315면; "有山有寺僧而不可無十王及冥府殿"(김정희, 앞의 책, 421면 재인용).
12) 현재에도 우리나라의 사찰에서 시왕을 모신 명부전이 없는 곳이 없고 조그만 절일수록 명부전이 그 절의 중심역할을 하는 것을 볼 수 있다(조순향, 앞의 글, 280면).

현상에 대한 비판이 불교혁신의 큰 주제가 될 정도였다. 한용운의 『조선불교유신론』은 1910년대까지 지속되어 온 조선후기의 민중불교·민속불교·의례불교에 대한 비판이 가장 큰 축을 이루는데, 여기에 시왕신앙에 대한 비판이 담겨 있다.

> 시왕은 듣자니 염라국에 있는 열 명의 대왕인데 사람의 생사를 뜻대로 하고 또 사람의 죄업을 심판해서 그 경중에 따라 상벌을 가한다고 한다. 요약해 말하면 죽은 사람의 재판관이다. 얼른 보기에는 이것처럼 두려운 것은 없다 하겠으나 깊이 관찰하면 이것처럼 두렵지 않은 것도 없다 하겠다. 왜 그런가. 재판관은 죄인을 징계해 다스리기 위해 있는 듯 하지만 사실은 착한 사람을 보호하기 위해 있는 것이니, 내가 본래 죄가 없다고 하면 반드시 보호를 받을 수 있을 것이다. (…중략…) 그럼에도 불구하고 金玉으로 像을 만들고 단청으로 그림을 그려놓고 오체 투지하여 공경하고 받들고 있으니 과연 무엇 하는 짓인가.13)

시왕은 지옥의 판관으로서 착한 이를 보호하기 위해 있는데, 시왕을 두려워하고 신봉하는 것은 주객이 전도된 상황이라고 하였다. "金玉으로" 만든 "像"은 〈시왕상〉이며 "단청으로" 그린 "그림"은 〈시왕도〉를 의미한다. 이러한 비판이 제기될 정도로 조선 후기에는 사찰운영의 중심 공간으로서 명부전과 〈시왕상〉 및 〈시왕도〉가 성행했음을 알 수 있다.

〈회심곡〉은 시왕신앙이 만연하여 불교의 대중화 민속화가 정점에 이른 19세기에 등장하였다.14) 〈회심곡〉은 49재·예수재·수륙재 등의 천

---

13) 한용운 저, 이원섭 역, 「불가에서 숭배하는 소회」, 『조선불교유신론』, 운주사, 1992, 94~96면.

14) 본고에서는 〈회심가〉와 〈회심곡〉을 하나의 작품군으로 묶지 않고 서로 다른 작품으로 파악하는 입장에 선다. 이는 내용구조의 상이성, 유통되는 시기의 상이성, 전승과정의 상이성으로 인하여 도출된 결과이다. 〈회심가〉는 1764년에 판각된 동화사본 『보권염불문』에 「회심가고」라는 표제로 처음 문헌에 등장하였다. 이후 같은 제목으로 용문사본(1765)·해인사본(1776)·선운사본(1787)의 『보권염불문』에 재수록되었고, 『신편보권문』(해인사, 1776)에는 〈청허존자회심가淸虛尊者回心歌〉라는 제목으로 수록되었다. 이처럼 18세기의 불교의식집에 수록된 가사는 〈회심곡〉이 등장하기 전에 유통된 〈회

도의식에서 구연되었으며 무속의 천도의식인 진오기굿 민간의 장례의
식에서의 향두가로서 구연되었다. 천도재라는 의식의 동일성, 시왕신앙
이 만연한 생성의 시기 등을 고려해 볼 때, 〈회심곡〉과 명부전 그리고
〈시왕도〉는 동시대적 문화 현상으로서 매우 의미 있는 관계를 가진다
고 할 수 있다.15)

3. 〈시왕도十王圖〉와 〈회심곡〉의 상호텍스트성과 의의

1) 서사적 전개양상

〈회심곡〉이 발상發想되고 연행되는 공간이 명부전이라 할 때, 명부전
에 그려져 있는 〈시왕도〉가 보여주는 미적인 특질과 불교가사의 그것
이 밀접하게 연관되어 있다는 점을 부인할 수 없다. 〈시왕도〉의 도상과

심가〉로서, 불교의식을 정리하면서 적극적으로 판각하고 전파시킨 가사이다. 다만 19
세기에 등장하는 필사본에는 표제가 '회심곡'으로 바뀌어 수록되는 현상이 나타난다.
19세기 후기 문헌으로 추정되는 『중도가』(1864~1899) 『감응편』(미상) 『자칙가』(미상)
『불교가사』(미상)에 모두 '회심곡'이라는 표제로 〈회심가〉가 수록되었다. 이에 따라
1930년대에 정리된 『악부』 『가집』 『아악부가집』 및 불교의식집인 『석문의범』에도 '회
심곡'이라는 제목으로 수록되는 결과를 가져온 것이다. 이에 비해 본고에서 논의하고
자 하는 〈회심곡〉은 한번도 판각의 기회를 가진 바 없으며, 화청승·걸립패·탁발
승·독경무·향두꾼 등에 의해 널리 확산된 적층적인 성격을 가지는 가사로서, 그 등
장 시기는 19세기경으로 추정된다. 〈불가조회심곡〉이나 〈소릿조회심곡〉 혹은 〈화청회
심곡〉이나 〈염불회심곡〉 등의 곡조의 분화는 〈회심가〉와는 전혀 관련이 없는 〈회심
곡〉에 관련된 현상인 것이다.

15) 〈회심곡〉을 중심으로 불교가사가 구연되는 맥락에 대해서는 김종진, 「불교가사의
구연과 주제구현방식의 관련양상」, 『국어국문학』 130, 국어국문학회, 2002.5, 136~140
면 참고.

〈회심곡〉의 내용이 일치하는 양상을 핵심화소를 중심으로 살펴보면 다음과 같다.

(1) 시왕十王

〈시왕도〉는 일반적으로 열 폭의 그림에 지옥을 주재하는 열 명의 대왕을 각각 한 위位씩 안배하여 그려놓은 그림이다. 시왕은 그림의 2/3 이상을 차지할 정도로 비중이 크며 화면을 압도하고 있다. 시왕은 커다란 옥좌에 위의威儀를 갖추고 앉아 있으며 엄숙하되 인자한 표정으로 홀笏을 들고 있다. 또한 불·보살을 그린 탱화와 같이, 단아한 모습과 자비로운 시선으로 정면이나 옆을 응시하고 있다. 이를 보면 〈시왕도〉는 기본적으로 시왕에 대한 예배도의 기능도 하고 있다는 것을 알 수 있다.

그림에 등장하는 시왕은 제1진광대왕·제2초강대왕·제3송제대왕·제4오관대왕·제5염라대왕·제6변성대왕·제7태산대왕·제8평등대왕·제9도시대왕·제10오도전륜대왕이다. 이들은 각각 죽은 뒤 칠일부터 칠칠일까지, 그리고 100일·1년·3년째 되는 날에 생전에 행한 업에 따라 심판을 하는 왕으로서, 각각 주재하는 지옥과 여러 권속을 거느리고 있다.[16]

시왕의 주변에는 여러 판관들이 조정의 신하들처럼 왕을 둘러싸고 있으며 혼자서 혹은 여럿이서 문서를 들고 읽거나 심의하는 모습, 혹은 각 왕의 전면에 놓여있는 책상에서 붓을 들어 무엇인가를 기록하는 모습을 보여주고 있다. 그러나 여기에 등장하는 여러 판관들 역시 위의를 갖추고 있으며 단아한 모습으로 정적인 구도를 형성하고 있다. 시왕을 중심으로 근엄하게 서 있는 이들의 모습은 시왕의 예배화로서의 존엄

---

16) 이들의 명칭과 역할은 『예수시왕생칠경』에 제시되어 있다. 불경의 내용을 대중이 쉽게 이해하도록 그림으로 형상화한 것을 '변상도'라고 하는데, 〈시왕도〉는 시왕경을 소의경전으로 하는 '변상도'라 할 수 있다.

성을 부각시키기 위한 장치인 것으로 보인다.

〈회심곡〉에서도 시왕은 여러 권속을 거느리며 인간의 생전의 업보에 따라 심판을 내리는 존재로 등장한다. 〈회심곡〉의 주제는 사람이 죽으면 시왕 앞에 나아가 생전의 업보에 따라 심판을 받는다는 것이다. 이에 따라 시왕의 이름과, 시왕의 심판에 따라 가게 되는 지옥의 이름을 나열하는 것은 주제 전달의 가장 핵심적인 동력이 된다.

> 제일전에 진광대왕 제이전에 초강대왕 제삼전에 송제대왕 제사전에 오관대왕 제오전에 염라대왕 제륙전에 변성대왕 제칠전에 태산대왕 제팔전에 평등대왕 제구전에 도시대왕 제십전에 전륜대왕 열시왕의 부린사자 일직사자 월직사자 열시왕의 명을바다 한손에 철봉들고 또한손에 창검들며 쇠사슬을 빗겨차고 활등갓치 굽은길로 살대갓치 달려와서 　　　　　　　　　　　　(63~80구)
> 　　　　　　　　　　　　　　　　　　　　　　　　　　　　— 〈별회심곡〉[17]

인용문은 시왕과 시왕사자들의 존재와 역할을 소개하는 대목이다. 〈회심곡〉의 화자는 인간과 시왕을 일정한 거리에서 관찰하는 위치에 서서, 인간의 생로병사의 과정과 저승의 심판에 이르는 과정을 제시하고 있다. 사자가 죄인을 끌고 가는 대목에서부터 판결을 내리는 목소리에 이르기까지 시왕의 존재는 인간의 나약함을 최대한 부각시키고 인과응보라는 주제를 전달하는 과정에서 가장 핵심적인 동력이 된다.

(2) 시왕사자와 죄인

시왕과 판관의 정적이고 단아한 모습과 달리 그림 하단부의 1/3정도를 차지하는 지옥의 형상은 매우 역동적으로 묘사되어 있다. 직지사의 〈시왕도〉[18] 중 〈제1진광대왕도〉를 보면 화면 하단의 우측에 말을 타고

---

17) 〈회심곡〉은 최초의 작품이라고 실증할 만한 이본이나 수록된 문헌을 비정하기 어렵다. 이 글에서는 현재 문헌으로 전하는 32종의 이본 가운데 기존의 의식가요를 집대성한 『석문의범』(안진호 편, 만상회, 1931)본 〈별회심곡〉을 〈회심곡〉의 정본으로 제시한다.

달려오는 사자의 모습이 그려져 있다. 달리는 말 위에는 지옥 사자가 한 손에 깃발이 달린 창을 들고 있으며, 오른손에는 시왕의 전갈을 담은 문서뭉치가 어깨 위로 높이 들려져 있다. 힘차게 달리는 말과 재촉하며 달리는 듯한 사자의 모습은 마치 죽음이란 매우 급박하게 다가오는 것을 암시하는 듯하다.

화면 하단부의 중앙에는 남자와 여자가 나무판에 두 손과 몸이 결박당한 채로 있고 한 남자는 땅바닥에 엎드린 채 결박당하고 있다. 그리고 그 옆에는 죽음을 슬퍼하는 듯한 한 여인이 애처롭게 통곡을 하고 있다. 화면의 좌측에는 붉은 머리털의 나찰이 사람의 목을 조르면서 쇠채로 때리고 있고, 우두나찰(혹은 마두나찰)은 한 손으로는 머리채를 잡고 한 손으로는 기다란 창검으로 몸을 찌르고 있다. 근육질의 한 나찰은 관에 걸터앉아 누워있는 시신에게 쇠못을 박고 있으며, 그 한켠에 몸에 항쇄項鎖를 매단 망자들이 웃옷을 벗은 채로, 혹은 머리카락을 늘어뜨린 채로 앉아서 처연한 눈빛으로 차례를 기다리고 있다. 이와 같이 화면 하단부의 지옥의 형상과 죽음묘사는 매우 역동적이며 특히 나찰들의 표정이 생생하게 살아있음을 느낄 수 있다. 이에 비해 지옥에서 고초를 받거나 기다리고 있는 인물은 너무나 보잘것없는 모습으로 그려져 있다.

〈회심곡〉에서도 그림에서처럼 시왕과 사자의 모습은 매우 역동적으로 묘사되어 있는 반면, 인간은 두려움에 떠는 나약한 존재로 묘사되어 있다.

> 열시왕의 부린사자 일직사자 월직사자 열시왕의 명을바다 한손에 철봉들고
> 또한손에 창검들며 쇠사슬을 빗겨차고 활등갓치 굽은길로 살대갓치 달려와서
> 다든문을 박차면서 뇌성갓치 소래하고 성명삼자 불러내여 어서가자 밧비가자

---

18) 제1도에서 제6도까지는 직지사의 〈시왕도〉(1744년)를 대본으로 하였다. 『직지사』(본사 편), 직지사, 1994.

뉘분부라 거역하며 뉘영이라 지체할까 실낫갓흔 이내목에 팔둑갓흔 쇠사슬로
결박하야 끄러내니 혼비백산 나죽겠네   (73~90구)

　　일직사자 손을끌고 월직사자 등을밀어 풍우갓치 재촉하여 천방지방 모라갈
제 노푼대는 나자지고 나즌대는 노파진다(…중략…) 사자님아 사자님아 내말
잠간 들어주오 시장한대 점심하고 신발이나 곳처신고 쉬여가자 애걸한들 들은
체도 아니하고 쇠뭉치로 등을치며 어서가자 밧비가자 이렁저렁 여러날에 저생
원문 다달으니 우두나찰 마두나찰 소래치며 달라들어 인정달라 비는구나
　　　　　　　　　　　　　　　　　　　　　　　　　　　　　(129~149구)

　　열두대문 들어가니 무섭기도 끗이없고 두렵기도 측량업다 대명하고 기다리
니 옥사장이 분부듯고 남녀죄인 등대할제 정신차려 살펴보니 열시왕이 좌개하
고 최판관이 문서잡고 남녀죄인 잡아들여 다짐밧고 봉초할제 어두귀면 나찰들
은 전후좌우 벌어서서 기치창검 삼열한대 형벌기구 차려놓고 대상호령 기다리
니 엄숙하기 측량업다   (156~172구)

　시왕의 명을 받은 사자는 철봉과 창검을 들고 있으며 뇌성 같은 소리
를 치고 팔뚝같은 쇠사슬로 결박하는 역동적인 모습으로 등장하고 있
다. 이에 비해 인간은 '실낫같은 목'에 쇠사슬로 결박되어, '혼비백산 나
죽겠네'라고 소리치며, '두려움을 측량'할 수 없는 나약한 모습으로 묘
사되어 있다. 이는 그림에서 볼 수 있는, 나찰들의 역동적인 모습과 대
비되는 인간에 대한 묘사와 상통하는 점이다.

(3) 시왕의 판결
　〈시왕도〉의 제2도에서 제9도까지에는 여러 지옥을 나열하면서 지옥의
참상을 강조하고 있다. 각 지옥도의 특징적인 면을 제시하면 다음과 같다.

　　〈제2초강대왕도〉─입에 칼을 문 나찰이 선 채로 나무판에 결박되어 있는 망
인의 배에서 오장육부를 길게 끄집어내는 장면.

〈제3송제대왕도〉-선 채로 결박된 망인의 혀를 길게 빼어 그 위에서 나찰이 소에 매단 쟁기로 밭을 가는 장면(발설지옥).

〈제4오관대왕도〉-펄펄 끓는 가마에 옷 벗은 사자를 창으로 꿴 채 집어넣으려는 장면(확탕지옥).

〈제5염라대왕도〉-죄인을 쇠절구에 넣고 찧는 장면(대애지옥). 업경대(業鏡臺)에 생전에 행한 악업-소를 죽이는 장면-이 그려져 있다.

〈제6변성대왕도〉-칼이 나무처럼 빽빽하게 솟아 있는 도산지옥에 사람들이 몸이 찢기는 고통을 받는 장면(도산지옥).

〈제7태산대왕도〉[19]-커다란 톱으로 죄인의 몸을 세로로 자르는 지옥 장면(거해지옥).

〈제8평등대왕도〉-커다란 바위로 만든 돌절구에 사람을 넣고 누르는 장면. 여기에서도 힘을 쓰는 나찰의 모습이 매우 역동적으로 묘사되어 있다(대애지옥).

〈제9도시대왕도〉-얼음 속에 갇혀 고통받는 사람들의 모습. 죄인의 죄의 무게를 다는 저울(업평대)이 등장하고 있다(한빙지옥).

이러한 지옥의 참상은 〈회심곡〉에는 다음과 같이 간략하게 제시되어 있다.

죄목을 무른후에 온갖형벌 하는구나 죄지경중 가리여서 차례대로 처결할제
도산지옥 화산지옥 한빙지옥 발설지옥 아침지옥 거해지옥 각처지옥 분부하야
모든죄인 처결한후 대연을 배설하고 착한여자 불러들여 공경하며 하는말이

(264~275구)

이처럼 노래에는 도산지옥 · 화산지옥 · 한빙지옥 · 발설지옥 · 아침지옥 · 거해지옥의 지옥에 처분한다는 내용으로 단순하게 제시될 뿐이며, 그림에 나타나는 지옥 묘사의 핍진성은 찾아볼 수 없다. 반면에 〈회심곡〉에는 그림에 나타낼 수 없는 생전의 공덕과 죄업이 길게 나열되어 있다.

---

19) 제7도에서 제10도까지는 통도사(1775)의 〈시왕도〉를 대본으로 하였다. 이기선, 『지옥도』, 대원사, 1992.

남녀죄인 잡아들여 형벌하며 뭇는말이 이놈들아 드러보라 선심하랴 발원하
고 인세간에 나아가서 무삼선심 하엿는가 바른대로 아뢰어라 (…중략…) 배곱
흔이 밥을주어 아사구제 하엿는가 헐벗은이 옷을주어 구란공덕 하엿는가 조흔
곳에 집을지어 행인공덕 하엿는가 깁은물에 다리노아 월천공덕 하엿는가 목바
른이 물을주어 급수공덕 하엿는가 (…중략…) 착한사람 불러드리려 위로하고 대
접하며 몹슬놈들 구경하라 이사람은 선심으로 극락세계 가올지니 이아니 조흘
손가 소원대로 무를적에 네원대로 하여주마 극락으로 가랴느냐 연화대로 가랴
느냐 (…중략…) 몹슬놈들 잡아내여 착한사람 구경하라 너희놈은 죄중하니 풍
도옥에 가두리라 남자죄인 처결한후 여자죄인 잡아들여 엄형국문 하난말이 너
에죄목 들어바라 시부모와 친부모께 지성효도 하엿느냐 (…중략…) 열두시로
마음변화 못듯는대 욕을하고 마조안저 우슴낙담 군말하고 성내는년 남의말을
일삼는년 시긔하긔 조와한년 풍도옥에 가두리라   (173~263구)

인용문은 극락에 왕생하는 공덕과 지옥에 떨어져 고통받게 되는 죄
업를 구체적으로 나열하여, 그림의 교술적 의도를 더욱 설득력 있고 곡
진하게 전달하는 양상을 보여준다. 이는 〈시왕도〉에서는 찾아볼 수 없
는 내용이다. 〈시왕도〉가 '응보'의 결과를 표현하는데 주력한다면, 〈회
심곡〉은 '인과'의 내용을 전달하는데 주력한 것으로 생각된다.

그러나 〈회심곡〉에서 두드러지는 '인과'의 내용은 사실은 그림에 없는
내용이라기보다는 그림의 정황 속에 함축되어 있는 내용이라고 하는 것
이 타당하다. 이는 모든 장면에 다 등장하는 판관들이 들고 있거나 읽고
있거나 기록하고 있는 문서의 내용이며, 〈제5염라대왕도〉에 등장하는 업
경대라는 이름의 거울에 비추인 모습의 생생한 전달이며, 〈제9도시대왕
도〉에 등장하는 업평대라는 저울에 매단 죄과의 구체적인 나열인 것이
다. 이로써 보면 〈회심곡〉의 묘사는 그림에 제시된 등장인물의 대사를
풀어 전달하는 그림이야기라고 할 수 있다. 여기에 그림과 가사의 상보
작용이 두드러지게 나타난다. 그림은 이야기의 대본으로서의 성격을 가
사는 그림을 풀어 전달하는 성격을, 가지는 것으로 볼 수 있다.

(4) 판결의 결과—육도윤회六道輪回의 길

〈시왕도〉의 〈제10오도전륜대왕도〉에서는 마지막 심판의 날로서 생전의 죄과에 따라 육도윤회하는 그림이 그려져 있다. 얼굴은 두 개이고 눈은 다섯 개인 나찰이 법륜을 돌리고 있으며, 그 돌리는 결과에 따라 하늘로 난 여섯 갈래의 길을 따라 육도윤회의 길을 떠나고 있다. 그림의 맨 아래쪽에서부터 여섯 갈래의 길에는 각각 뱀·돼지·소 등의 짐승, 아귀의 형상인 듯한 인물, 지옥 나찰과 같이 붉은 머리털의 인물, 부귀인을 형상화한 듯한 인물, 귀부인과 같은 인물(머리에 후광이 있는 경우도 있다)이 묘사되어 있다. 이들은 각각 지옥도·축생도·아귀도·아수라도·인도·천도를 형상화한 것이다.

〈회심곡〉의 결사부분에 표현된 판결의 결과는 〈제10오도전륜대왕도〉에 등장하는 육도六道그림의 구체적인 풀이라고 할 수 있다.

> ㉮죄악이 심중하니 풍도옥에 가두리라
> ㉯극락으로 가랴느냐 연화대로 가랴느냐 선경으로 가랴느냐 장생불사 하랴느냐
> ㉰남중절색 되어나서 요지연에 가랴느냐 백만군중 도독되여 장수몸이 되겟느냐
> ㉱재상부인 되랴느냐 제실황후 되랴느냐 제후왕비 되랴느냐
> ㉲회심곡을 업신여겨 선심공덕 아니하면 우마형상 못면하고 구렁배암 못면하네
>
> (208~294 중에서)

인용문의 ㉮는 지옥도, ㉯는 천도, ㉰과 ㉱는 인도, ㉲는 축생도와 지옥도를 제시한 것이다. 이처럼 〈회심곡〉은 시왕의 판결의 대목에서 시왕의 생생한 목소리를 통해 육도 왕생의 길을 부분적으로 제시하고 있다. 〈시왕도〉의 마지막 그림이 육도왕생이라는 주제를 표출하고 있듯이, 불교가사의 결사부분에서도 육도왕생의 대의가 제시된 것이다.

(5) 서사적 전개의 맥락

이상에 제시된 각각의 항목들은 〈시왕도〉나 〈회심곡〉의 내용이 서사적으로 전개되는데 기여하고 있다.

〈시왕도〉는 〈제1진광대왕도〉에서 저승사자에 의해 부름을 받게 되고 관에 못이 박혀 심판대 위에 서게 되는 장면에서부터 〈제10전륜대왕도〉에서 생전의 죄과에 따라 육도왕생한다는 대목까지가 하나의 서사적 구성을 지니고 있다. 이러한 서사적 구성은 소의경전에 제시된 지옥의 명칭과 내용이 그대로 제시되지 않고 변용되는 양상으로 나타난다. 〈시왕도〉의 소의경전인 『시왕경』에 따르면 제1진광대왕이 주재하는 지옥은 도산지옥으로 알려져 있다. 그러나 조선 후기의 〈시왕도〉에서 도산지옥은 〈제6변성대왕도〉에 묘사되어 있고, 〈제1진강대왕도〉에는 위에서 묘사한 것처럼 사람이 죽어 저승사자에 의해 인도된다는 내용으로 순차적인 이야기의 첫대목을 장식하고 있다.

그러나 이러한 불일치는 〈시왕도〉를 그리는 화사畵師의 부주의로 인한 것이라고는 생각되지 않는다. 그보다는 〈시왕도〉를 단순히 예배도로 수용하지 않고 교화용 그림으로 활용한 것으로서, 〈시왕도〉의 이야기화(畵)로서의 성격을 보여주는 것이다. "상단의 시왕심판 장면이 예배도와 같이 경직되고 딱딱한 느낌을 주는 반면 지옥 내용은 인간이 죽은 후 7일이 되어 망자의 관이 지옥에 도착하는 장면에서부터 열 명의 왕을 거치며 심판을 받은 후 육도윤회의 길을 떠나 재생하기까지의 전과정이 극적으로 펼쳐져 있어 설명적narrative이며 자유로운 느낌을 준다"[20]는 지적은 매우 타당하다.

제2도에서 제9도까지를 보아도 각각의 지옥에서 고초를 받는다는 내용을 경전의 지옥 순서에 구애받지 않고 나열하는 경향을 볼 수 있다. 경전에 제시된 시왕과 그가 주재하는 지옥과의 관계가 정확하지 않다

---

20) 김정희, 앞의 책, 310면.

고 하는 것은 바로 그림이 가지는 서사성의 극대화를 위한 변이의 결과
로 나타난 현상이라고 할 수 있다.

〈회심곡〉의 줄거리도 죽음에서 시왕의 심판을 거친 뒤에 육도환생에
이르는 서사성을 지니고 있다. 〈회심곡〉의 구조는 부모의 은덕과 인생
의 무상함을 제시한 앞부분을 제외하고는 〈시왕도〉의 첫 장면에서 마
지막 장면까지를 부연하거나 요약하여 전달하는 훌륭한 그림 이야기라
고 할 수 있다. 〈시왕도〉의 제1도에 보이는 통곡하는 여인의 형상은 가
사 속의 인생무상의 내용을 한 장면으로 함축하고 있는 예이다. 가사에
서 생로병사의 순차적인 제시는 인생의 무상함을 드러내는 서사로서
기능하고 있다. 저승사자의 거역할 수 없는 재촉에서부터 지옥의 고통
과 육도윤회의 결과에 이르는 줄거리의 순차성은 가사나 그림에 공통
적으로 나타나는 서사적인 특징을 보여준다.

2) 표현 미학

이상에서 살펴본 서사적 전개양상과 함께 양자간에는 표현미학적 특
질의 동질성도 살펴볼 수 있다.

(1) 극적으로 과장된 표현방식

〈시왕도〉의 가장 큰 특징은 충격적이고 극적인 표현법이다. 인물의
표현 또한 과장되어 나타나는 경우가 많다.[21] 앞장에서 살펴본 바와 같
이, 〈시왕도〉에는 무섭게 생긴 옥졸이 관 속의 사람을 쇠못으로 박고
있는 장면(〈제1진광대왕도〉), 큰 기둥 위에 죄인을 묶어 놓고 죄인의 배꼽
에서 창자를 끄집어내는 장면(〈제2초강대왕도〉), 죄인의 혀를 빼내어 그

---

21) 김정희, 앞의 책, 388면.

위에서 쟁기로 밭을 가는 장면(《제3송제대왕도》), 펄펄 끓는 물에 죄인을
집어넣고 삶는 장면(《제4오관대왕도》), 방아로 죄인을 찧는 장면(《제5염라대
왕도》) 등의 상상을 초월하는 끔찍한 광경이 적색과 남청색을 주조로 하
는 강렬한 색감으로 그려져 있다. 이러한 극사실적이고 과장된 표현기
법은 불교가사에 보이는 상황의 과장과 감정의 과잉 표출이라는 특징
과 밀접한 관련이 있다.

> 열시왕의 부린사자 일직사자 월직사자 열시왕의 명을바다 한손에 철봉들고
> 또한손에 창검들며 쇠사슬을 빗겨차고 활등갓치 굽은길로 살대갓치 달려와서
> 다든문을 박차면서 뇌성갓치 소래하고 성명삼자 불러내여 어가자 밧비가자 뉘
> 분부라 거역하며 뉘영이라 지체할까 실낫갓흔 이내목에 팔둑갓흔 쇠사슬로 결
> 박하야 끄러내니 혼비백산 나죽겠네   (73~90구)

   인용한 대목은 주인공이 시왕의 명을 받은 사자의 손에 이끌려 저승길
을 가는 대목이다. 여기에는 '활등같이 · 살대같이 · 뇌성같이 · 실낱같
은 · 팔뚝같은'이라는 수식어와 '혼비백산 나죽겠네'라는 과장된 표현이
두드러지며, 이어지는 대목에는 '서럽다 · 두렵다 · 망극하다 · 불쌍하
다 · 가련하다' 등 두려움을 나타낼 수 있는 갖가지 표현이 이어진다.[22]
자극적인 비속어의 사용 역시 감정의 과잉표출과 관련이 있다.[23] 이러한
과도한 감정의 표출과 극도의 과장법은 연행 공간의 탱화가 보여주는 미
적인 특질—극사실적이고 과장된 표출—과 밀접한 관계가 있다. 나아가
이러한 특징은 일회적인 연행에서 강렬한 인상을 주어 청자의 강한 호기
심을 지속적으로 유지시켜야 하는 구연의 현장성과도 관련을 맺는다. 은
은함이 감도는 고려불화가 예배도로서 충분한 효용을 가지는 것과 달리

---

22) 애고답답 서른지고 이를어이 하잔말가 불상하다 이내일신 인간하직 망극하다
   (95~98구)
23) 군말하고 성내는년 남의말을 일삼는년 시긔하고 조와한년 풍도옥에 가두리라
   (260~263구)

지옥에 대한 관념을 좀더 사실적이고 생생하게 전달하려는 교화용의 불화로서 〈시왕도〉를 살펴본다면, 더욱 자극적이고 극화된 상황에 대한 묘사와 극도의 대비를 이루는 색채의 사용은 당연한 귀결이라고 할 수 있다.

(2) 파노라마적인 장면 전개

불교가사에는 특정한 표지에 의하지 않더라도 가사 작품 전체가 몇개의 장면으로 나뉘며 시종일관 그림을 펼쳐 보이는 방식으로 전개되는 특징이 있다. 비록 교술적인 의도에서 작품이 구연되고는 있으나, 사실은 창자가 직접 나서서 교술적인 주제를 문면에 표출하는 것은 일부에 지나지 않는다. 〈별회심곡〉을 예로 들면, 결사 부분에 제시되어 있는 "선심하고 마음닦아 불의행사 하지마소" "바라나니 우리형제 자선사업 만히하세" "내생길을 잘닦아서 극락으로 나아가세"의 몇 구절에서 창자의 직접적인 발화를 들을 수 있을 뿐이다. 대신 늙고 병든 모습과 늙음을 막으려는 인간의 하릴없는 몸부림, 열시왕의 명을 받은 사자에 이끌려 가는 안타까운 모습, 죽음 이후의 가족의 슬픔과 지옥 나찰의 위협, 열시왕의 위엄있는 모습과 지옥과 극락으로 보내는 판관의 상세하고 절박한 호령이 파노라마처럼 장면 장면 그려져 있다.

> 이놈들아 드러보라 선심하랴 발원하고 인세간에 나아가서 무삼선심 하엿는가 바른대로 아뢰여라(…중략…) 몹쓸놈들 잡아내여 착한사람 구경하라 너희놈은 죄중하니 풍도옥에 가두리라 남자죄인 처결한후 여자죄인 잡아들여 엄형 국문 하난말이 너에죄목 들어바라(…중략…) 군말하고 성내는년 남의말을 일삼는년 시긔하기 조와한년 풍도옥에 가두리라(…중략…) 모든죄인 처결한후 대연을 배설하고 착한여자 불러들여 공경하며 하는말이
>
> (175~275구 중에서)

인용문에는 착한 이는 좋은 보답을 받고 악한 이는 지옥에 간다는 이 작품의 교술적인 주제가 시왕의 목소리—작중의 청자를 향한 사실적인

생생한 목소리―로 극화되어 있다. 열시왕과 최판관 및 어두귀면의 나찰들이 장엄하고 엄숙하게 서서 죄인을 호령하는 상황은 극적인 전개에 용이한 분위기를 연출한다. 그리고 살아있을 때 행한 공덕과 죄악및 그에 따라 받는 응보의 내용이 창자의 직접적인 진술에 의하지 않고시왕의 호통치는 목소리를 통해 생생하게 폭로되고 있다. 화자의 개입이나 설명 없이 단지 등장인물의 목소리를 그대로 들려줌으로써 생생한 묘사력과 핍진한 전달력을 확보하게 되었던 것이다.

이처럼 〈회심곡〉의 전개방식은 교술적인 주제를 작자의 목소리로 직접 전달하는 결사를 제외하고는 대부분의 장면을 보여주기를 통해 전달하는 방식을 보여준다. 이는 탱화 특히 〈시왕도〉가 보여주는 미적인특질이 〈회심곡〉의 창작의 내적 원리로서 상호작용한 결과로 보인다.

한편 이본에 따라서는 장면 확장의 장치로서 표지를 사용하여 정지된 화면에서의 자세한 묘사가 동원되는 경우가 있다.

> 사자님아 니말듯쇼 시장헌듸 점심잡슈 신발이나 곳쳐신고 들맷근을 미고가세
> 이걸허고 사정헌들 봉영허고 엇지허리 머물스이 둘너보니 적슴니여 언져노코 혼
> 빅불너 축문허니 업든곡셩 낭즈허고 머리풀고 통곡헌들 죽은사람 살닐쇼냐 불상
> 허고 가련허다 언졔다시 맛나보리 이셰상을 하직허고 북망으로 가는구나 도라셔
> 니 그림즈요 싸로느니 뉘읫스리 져셩이 머다커니 문밧나셔 져승일다 일가친척
> 다모여서 쇼렴졔구 장만헐졔 엇지엇지 츠리든고 화방쥬 고의젹슴 토쥬바지 져고
> 리며 (…중략…) 돌슐한잔을 흠향허며 한가지나 업슬쇼냐 유디군을 불너다가 상
> **두복식 찰일젹의** 쇼방산 디틀의 유뮨스 나리다지 명졍삽션 운아삽을 좌우의 버
> 려노코 북망으로 드러가니 회격으로 병풍숩고 금잔듸로 집을짓고 숑죽으로 울을
> 숩고 두견으로 벗슬숨아 일년일차 다지니도 비곱푼쥴 이졋스니 사라싱젼 먹고닙
> 고 쓴는거시 첫지로다 (…중략…) 쳐즈권속 어듸가고 등걸업는 혼빅인고 몃빅년
> 을 살쥴알고 단비쥬려 모혼셰간 노즈업는 길을가듸 돈한푼을 가져갈가
>
> (108~178구)
> ―〈속회심곡〉[24]

인용문에서 114~172구는 기존의 〈회심곡〉에 새로 첨가한 부분이다. "머믈스이 둘너보니"는 시왕사자의 손에 이끌려 저승길을 가고 있을 때 뒤를 돌아보니 처자권속이 적삼을 내어 얹어놓고 혼백을 불러 축문을 하는 상황을 나열하기 위한 표지기능을 하며, "엇지엇지 츠리든고"와 "상두복싴 찰일젹의"는 '쇼렴졔구'를 마련하고 소렴 대렴한 후에 상여에 올려놓고 유택幽宅을 마련하기까지의 긴 과정을 나열하기 위한 표지로서의 기능을 하고 있다. 이러한 표지에 의한 자세한 묘사는 다분히 회화적인 기법으로서, 마치 〈시왕도〉에서 장면 장면을 나열하면서 자세히 보여주는 것과 흡사한 것으로 주목된다.

(3) 여백 부재의 미학

한편 〈시왕도〉의 각각의 그림에는 시왕과 보좌하는 권속과 사자 그리고 고통받는 인간의 군상이 가득 그려져 있어 한 치의 여유 공간 없는 구도를 보여준다. 예를 들어 옥천사玉泉寺 〈시왕도〉의 〈제10오도전륜대왕도〉에 대한 도상해석을 인용하면 다음과 같다.

지옥부분은 채운彩雲에 의해 구분되어, 오른쪽에는 화염에 쌓인 열철성熱鐵城의 지옥문 안에 나신裸身의 죄인 2명이 간혀있고, 왼쪽에는 짐승을 죽여 가죽을 벗긴 죄를 지은 사람이 옥졸에게 고통 당하는 장면과 머리가 둘 달린 악귀가 앉아있는 법륜法輪 주위에는 재판이 끝나 육도윤회六道輪廻의 길을 떠나기 위한 죄인들이 모여있는 장면이 그려져 있다. 그리고 법륜위 악귀의 머리칼이 위로 뻗어 올라 화면의 왼쪽 구석에서 육도六道를 이루고 있는데 아래서부터 地獄(뱀)·畜生(소말)·餓鬼·修羅·人·天의 순서로 되어 있다.25)

---

24) 『악부』(가번13)·『가집』(가번127)·『아악부가집』(가번14)에 같은 내용의 작품이 수록되어 있다. 이 글에서는 『악부』본을 대본으로 하였다. 『주해악부』, 고려대 민족문화연구소, 1992.
25) 안귀숙 외, 「조선 시대 시왕도 연구」, 『조선조 불화의 연구(2)—지옥계 불화』, 한국정신문화연구원, 1993, 37면.

여기에서 주목되는 것은 화폭 하나에 한치의 공간도 여유가 없을 정도로 지옥의 제반 이야기를 남김없이 그려 넣는 방식이다. 19세기에 출현한 조선후기의 〈시왕도〉는 공통적으로 전 시기에 비해 도상이 훨씬 복잡해지고 그로 인해 화면에 여백이 거의 없어지는 경향을 보여준다. 화면을 여러 권속과 지옥장면으로 꽉 채워 거의 여백을 주지 않는 구도는 19세기에 이르러서는 더욱 복잡한 화면구성을 보여준다고 한다.26) 이러한 그리기 방식은 불교가사에서 이러저러한 모든 상황을 하나의 장면에 담아내려는 표현 방식과 대응된다.

㉮ 비나이다 비나이다 칠성님전 발원하고 신장님전 공양한들 어느성현 알음
　　잇어 감응이나 할까부냐 제일전에 진광대왕 제이전에 초강대왕 제삼전에
　　송제대왕 제사전에 오관대왕 제오전에 염라대왕 제륙전에 변성대왕 제칠
　　전에 태산대왕 제팔전에 평등대왕 제구전에 도시대왕 제십전에 전륜대왕
　　열시왕의 부린사자 일직사자 월직사자 열시왕의 명을바다　　(57~74구)

㉯ 죄지경중 가리여서 차례대로 처결할제 도산지옥 화산지옥 한빙지옥 발설
　　지옥 아침지옥 거해지옥 각처지옥 분부하야 모든죄인 처결한후
　　　　　　　　　　　　　　　　　　　　　　　　　　　　(266~272구)

㉰ 착한여자 불러들여 공경하며 하는말이 소원대로 다일너라 선녀되여 가랴
　　느냐 요지연에 가랴느냐 남자되여 가랴느냐 재상부인 되랴느냐 제실황후
　　되랴느냐 제후왕비 되랴느냐 부귀공명 하랴느냐 네원대로 하여주마
　　　　　　　　　　　　　　　　　　　　　　　　　　　　(274~284구)

〈회심곡〉의 인용대목은 각각 지옥을 주재主宰하는 열시왕의 이름(㉮)과 열시왕이 주재하는 지옥의 이름(㉯), 그리고 시왕의 처분의 내용(㉰)을 일일이 구전공식구를 빌어 나열하고 있는 부분이다. 하나의 공식구

---

26) 김정희, 앞의 책, 357면.

에, 들어갈 수 있는 최대한의 상황을 담아내는 이러한 방식은 한 폭의 그림에 시왕과 그의 권속과 죄인들을 남김없이 그려 넣는 〈시왕도〉의 미적인 특징과 동일한 미의식을 반영하는 것이다.

3) 상호텍스트성의 의의

불교가사는 일명 화청이라는 명칭으로 불가의 여러 의식, 특히 천도의식에서 구연되었다. 화청은 범패와 대비되는 개념의 노래이다. 불교의식의 대부분은 범패로 구연된다. 범패의 내용은 한문구 게송 다라니로 이루어져 있으며 전문적인 창자가 부르는 의식가요로, 일반대중의 이해와는 거리가 있으며 의식을 장엄하게 하는 장르이다. 이에 비해 화청은 범패로 이루어지는 재의식의 말미에 재를 의뢰한 사람과 그 자리에 모인 청중을 대상으로 하여 부르는 우리말 노래이다. 범패가 의식을 장엄하게 만드는 것으로 청중을 향한 가사내용 전달은 별 의미가 없는 것과 달리 화청의 가사는 청중의 구체적인 이해를 돕기 위한 노래로서 주제전달을 위한 다양한 구연전략이 필요하고 실제로도 그런 양상을 보여주고 있다.

이러한 가사를 부르는 구연자를 화청승이라 부를 수 있는데 사찰의 경제적인 목적을 위해 탁발이나 걸립할 때 〈회심곡〉으로 대표되는 화청을 구연했기 때문에 일반 대중에게 널리 전파될 수 있었고 무가나 향두가로서도 전파되는 양상을 보여준다. 이에 따라 화청을 부르는 화청승은 오히려 자신이 화청승으로 인식되는 것을 그다지 탐탁하게 여기지 않는 경향이 있다. 화청승의 증언에 따르면 화청은 〈회심곡〉을 말하는 것으로 인식할 정도로 화청에서 〈회심곡〉의 비중은 크고 그 위상은 상징적이다. 이러한 맥락에서 〈회심곡〉은 불교의 대중화와 밀접한 관련을 가지는 노래로서, 불교경전을 입말에 실어 대중에게 전하는 노래를 변문變文이라 할 때 〈회심곡〉은 가장 한국적인 변문이라 할 수 있을 것이다.

이와 함께 불교경전의 내용을 그림으로 표출한 것을 '변상도變相圖'라 하는데, 〈시왕도〉는 시왕경의 내용을 주텍스트로 하여 그림으로 형상화한 변상도라 할 수 있다. 명부전에 그려져 있는 〈시왕도〉는 그림을 통해서 인과응보의 주제를 표출하기 위해 그린 이야기 그림이다. 〈회심곡〉은 그 생성의 과정에서 〈시왕도〉를 그린 의도와 상통하는 의도를 보여주며, 그림에 담을 수 없는 이야기를 포함해서 그림을 충실하게 전달하는 노래로서의 기능을 가지게 되었다. 물론 〈시왕도〉와 〈회심곡〉의 선후관계나 직접적인 영향의 수수관계는 단언할 수는 없다. 아울러 재의식에서 재의 주관자가 그림을 설명하는 의식의 절차가 따로 존재하는 것도 아니다. 그러나 변상도인 〈시왕도〉와 변문으로서의 〈회심곡〉은 상호작용하면서 이야기 전달 효과의 상승작용을 가져오고 있다는 것을 설명한다.

의식 가요로서의 범패와 그림은 의식 자체를 장엄하게 만들고, 의식의 공간을 장엄하게 장식하는 기능을 가진다. 그리고 그림을 통해서는 그림을 보는 대중들이 두려움을 갖고 선업에 힘쓰기를 의도하는 것일 뿐 그것을 다시 곡진하게 해석해서 전달하는 의식의 절차는 없기 때문에 그 전달의 효과라는 측면에서 한정성을 가진다. 이런 맥락에서 〈회심곡〉은 범패로 다할 수 없는, 그림으로 다 전달할 수 없는 주제의 전달에 있어 매우 효과적으로 기능하는 노래라는 의의를 지닌다. 그림의 내용을 〈회심곡〉이 곡진하게 풀어 전달하고 〈회심곡〉의 내용을 시각적으로 확인할 때 각각의 주제의 전달은 극대화되는 효과를 보여준다고 할 수 있다.

4. 맺음말

본고는 〈회심곡〉에 나타난 여러가지 서사적 요소라든가 미적인 특질이 명부전의 〈시왕도〉에 같은 모습으로 나타난다는 점을 밝혀 〈회심곡〉에 대한 이해의 폭을 넓히고자 하였다.

〈회심곡〉은 불교의 천도의례에서 구연되었던 노래이며, 〈시왕도〉는 천도의례를 행하는 명부전에 그려져 있다는 점에서 비교검토의 논리적 근거를 찾았다.

〈시왕도〉는 제1도에서 제10도에 이르기까지 각각의 그림이 독립적으로 위치해 있으면서도 상호 연관되어 서사적인 내용구조를 형성하고 있다. 〈회심곡〉 역시 인간의 생로병사의 과정에서 시왕 앞에 나아가 심판을 받으며 결국에는 육도에 왕생하게 된다는 서사적인 내용구조를 가지고 있다. 그리고 이야기의 중심 축이 되는 시왕을 비롯하여 시왕사자들의 역동적인 모습과 인간의 비참한 모습이 대조적으로 표출되는 양상도 유사성을 넘어 동질성을 지닌다고 말할 수 있다.

또한 〈회심곡〉에 보이는 극적으로 과장된 표현방식, 파노라마적인 장면의 전개, 그리고 하나의 공식구를 통해 가용할 수 있는 모든 상황을 담아내는 미학 등도 〈시왕도〉가 보여주는 그것들과 밀접한 관련을 맺고 있다.

지금까지 조선 후기라는 동일한 시기에 불교문화권내의 예술 장르로서 〈시왕도〉와 〈회심곡〉은 표현미학적 특징을 공유하고 있다. 양자는 불교문화의 맥락 안에서 내적인 생성의 원리로 작용하고 있는 특징을 공유하고 있으며, 이는 불교가사 전반과 탱화의 관련성 전반으로 확대 해석해도 가능한 현상이라고 볼 수 있다. 조선후기의 상이한 예술 장르 사이에 상호 작용하는 다양한 양상에 대한 조사와 탐색은 조선후기 문화사를 정리하는 데 반드시 필요한 작업으로 생각하며 앞으로 과제로 삼고자 한다.

/3부/

20세기

근대불교혁신운동과 불교가사의 관련양상

鶴鳴의 가사를 중심으로

1. 머리말

본 연구는 1900년에서 1920년대 말까지 전개된 근대불교혁신운동과 불교가사의 관련양상을 고찰하되, 특히 학명계종鶴鳴啓宗(1867~1929)의 활동과 그가 창작한 가사를 중심으로 논의를 전개하고자 한다.

고려말 나옹화상의 〈서왕가〉에서 그 형식적 가능성이 실현된 가사歌辭는 조선전기에 사대부들의 정서를 담아내는 장르로 발전하면서 서정적인 분위기의 가사가 주로 산출되었다. 조선 후기에는 서정적·서사적·교술적 성격을 극대화한 가사가 산출되었는데, 특히 18·19세기에 이르러 각 종교마다 교리를 전파하는 주요 포교수단으로 가사를 활용함으로써 교술적 가사의 외연이 가장 두드러지게 확장되는 현상을 가져왔다.

19세기 중반에서 20세기 이전의 가사문학사에서 주목되는 양상은 천주교가사의 본격적 전파와 동학가사의 등장이다. 천주교는 이미 18세기 말부터 교리를 가사형식으로 만들어 교리 전파의 주요 매체로 활용하였다. 동학은 서학西學인 천주교를 대타적으로 인식하고, 천주교가사에 상응하는 동학가사를 지어 경전으로 활용하였다. 천주교가사에 담겨있는 불교에 대한 비판, 동학가사에 담겨있는 천주교에 대한 비판 등은 이 시기에 가사를 통해 전개된 종교운동의 실상을 여실히 보여준다.1)

19세기에서 20세기로 넘어가는 과정에서 종교가사의 전통적인 형태와 기능은 각 종교가 처했던 현실적인 여건의 변화와 함께 변모하였다. 그러나 각각의 종교가사가 변모하는 양상은 각 종교의 위상과 외재적 조건에 따라 다르게 나타난다. 천주교가사는 1850년대에 최양업崔良業에 의해 교리해설과 전도에 필요한 일련의 가사가 창작되어 유통되었는데,2) 신앙과 선교의 자유를 얻은 이후(1886)에는 가사의 내용이 교리의 직접적인 해설에서 벗어나는 양상을 보여준다. 특히 1900년대 들어 『경향신문』과 『경향잡지』가 창간되면서 천주교가사가 인쇄된 형태로 발표되기 시작했는데, 이 시기의 가사는 각종 기념식이나 경축식 때 불렀던 축가들이 포함되었으며, 형식적으로도 분절되거나 4·4조의 4음보의 율격이 변형되는 등, 가사형식이 변모되거나 해체되는 현상을 보여준다.3)

1860년대 최제우에 의해 창도된 동학은 가사를 통해 교리를 다듬었고 이를 대중들에게 전파하였다. 그러나 창도와 함께 이어지는 교주의 체포, 동학혁명으로 인한 박해, 교단의 분파 등으로 인하여 동학은 천주교가사처럼 새로운 시대의 변화를 담아내는 내는 가사를 마련하지 못하였다. 또한 동학은 다른 종교와 달리 가사가 곧 유일한 경전이어서 가사의 내용이나 형식적인 변화를 가져오는 데 일정한 한계가 있었다. 동학의

---

1) 이 시기의 종교가사의 갈등양상은 조동일의 「가사에서 전개된 종교사상 논쟁」, 『한국시가의 역사의식』, 문예출판사, 1993.에서 전체적으로 조망한 바 있다.

2) 조동일, 『한국문학통사』 4, 지식산업사, 1994, 96면.

3) 천주교가사의 역사적 전개양상은 김영수, 「천주가사의 갈래적 성격과 전개양상」, 『천주가사자료집』 상, 가톨릭대출판부, 2000, 584~609면 참고.

경우 여전히 교리를 체계화하는 작업이 시급한 과제라고 할 수 있는데, 1920년대에 김주희가 창작한 동학가사는 그 활용도나 분위기 내지는 형식적인 면에 있어서 전 시대의 교조적인 모습을 벗어나지 못하였다.

천주교가사와 마찬가지로 불교가사도 19세기와 20세기 초에 창작된 가사의 성격에 상당한 변화가 있었다. 조선 후기에 지속적으로 강조되던 염불신앙이 고조되면서 19세기에는 염불을 권장하는 가사가 널리 구연되었으며, 이와 동시에 경전의 내용이나 체제를 원용한 가사가 창작되었다.4) 이와 달리 20세기 초엽에는 참선을 권장하거나 선禪 혁신의 의지를 표출하는 가사가 창작되어 불교계에 큰 반향을 일으킴으로써 사뭇 다른 모습을 보여준다.

이 시기의 불교계의 변화를 주도했던 인물로는 경허鏡虛(1849~1912)·용성龍城(1864~1940)·학명鶴鳴(1867~1929)·만해萬海(1879~1944)   등이다.5) 이들은 한국불교에 오랜 기간 잠복해 있던 선을 부흥시켜 근대불교계에 새로운 이념을 제시하였으며, 근대불교혁신운동의 이상을 우리의 시가 양식을 활용하여 표출하였다는 점에서 전 시대와 다른 공통의 지향성을 보여준다. 이 가운데 특히 학명선사鶴鳴禪師가 창작한 불교가사는 이 시기의 근대불교혁신운동의 이념을 가장 선명하게 드러내고 있으며, 가사를 불교혁신의 매체로 활용하는 면에서 전례 없는 양상을 보여준다. 또한 학명의 가사는 근대전환기의 불교가사의 변모양상을 상징적으로 보여주고 있는 점도 주목된다. 그가 남긴 불교가사는 〈열반가涅槃歌

---

4) 전자는 〈회심곡回心曲〉〈자책가自責歌〉 등의 활발한 전승을 예로 들 수 있고, 후자는 1850년대에 지어진 동화축전東化竺典(1825경~1854경)의 〈권왕가勸往歌〉와 남호영기南湖永奇(1820~1872)의 〈광대모연가廣大募緣歌〉를 대표적인 작품으로 들 수 있다. 1204구의 장편인 〈권왕가勸往歌〉는 정토삼부경淨土三部經, 『왕생전往生傳』, 「임종정념결臨終正念訣」 등의 권염불서勸念佛書에 등장하는 교리를 가사화한 것으로, 한국 찬술의 염불서 가운데 가장 방대한 항목을 담고 있다. 〈광대모연가廣大募緣歌〉는 남호영기가 봉은사에서 『화엄경』을 판각할 때 지은 모연가사募緣歌辭로서, 『화엄경』 판각의 소중함을 역설하고 있으며, 경전의 체제를 원용한 특징을 보인다.

5) 이외에도 참선의 기풍을 진작시킨 점과 가사 〈참선곡〉을 창작했다는 점에서 만공滿空(1871~1946)과 한암漢巖(1876~1951)을 함께 거론할 수 있다.

(일명 원적가圓寂歌)〉〈해탈곡解脫曲〉〈참선곡參禪曲〉〈왕생가往生歌〉〈신년
가新年歌〉〈망월가望月歌〉〈선원곡禪園曲(일명 선원곡禪院曲)〉 등 7편이다. 이
들 작품은 선사의 유고遺稿인『백농유고白農遺稿』에 필사된 것으로, 이
중 앞의 6편은 선사 입적 후『불교佛敎』(1929. 9~1930. 3)에, 〈선원곡禪園曲〉
은『일광一光』6) 제2호(1929)에 소개되었다. 그리고 〈원적가圓寂歌〉〈왕생
가往生歌〉〈신년가新年歌〉 세 편은 대표적인 불교의식집인『석문의범釋門
儀範』7)에 다시 수록되었다.

　학명의 가사에 대한 국문학계의 관심은 이상보가『한국불교가사전
집』8)에서 〈선원곡〉을 제외한 6편의 가사를 소개하면서부터 시작되었
다. 조동일은『한국문학통사』 4권에서 학명가사의 특징에 대해 "간결하
면서도 인상 깊은 표현으로 신앙심을 일깨우면서 세간의 얽힘을 일거
에 부정하지 않고 어떤 자세로 살아야 할 것인가 하는 문제를 다루고자
했기에 그 동안 많이 볼 수 있었던 상투적인 불교가사와는 다른 경지에
이르렀다"9)는 평가를 내렸다. 김종진은 〈선원곡禪園曲〉을 발굴, 소개하
였고,10) 최영희는 〈백양산가白羊山歌〉 등『불교』지에 소개된 학명의 한
시 10수를 학계에 보고한 바 있다.11) 그러나 김종진의 경우에는 〈선원
곡禪園曲〉 한 작품에 국한하여 논의를 전개하였고, 최영희의 경우에는
가사와 한시에 대한 개별적인 설명을 위주로 하고 있어, 학명가사의 전
체성을 부각시키는 데는 각각 일정한 한계를 보인다. 현 단계에서는 근
대불교혁신운동의 흐름 속에서 학명 가사의 위상을 점검하고, 작품 전
체를 조망하는 관점에서 학명가사의 내적인 특질을 검토하는 과제를
남겨두고 있다고 할 수 있다.

　6) 이철교・김광식 편,『한국근현대불교자료전집』 50, 민족사, 1996.
　7) 안진호 편, 만상회, 1931.
　8) 이상보, 집문당, 1980.
　9) 조동일,『한국문학통사』 4, 지식산업사, 1994, 96면.
　10) 김종진,「학명의 가사 〈선원곡〉에 대하여」,『동악어문논집』 33, 동악어문학회, 1998.
　11) 최영희,「학명선사의 불교문학 연구」,『국어국문학』 126, 국어국문학회, 2000.

2. 근대불교혁신운동과 불교가요의 전개양상

이 시기에 전개된 근대불교혁신운동은 선禪의 부흥운동으로부터 비롯되었다. 이 시기는 고려의 보조지눌普照知訥(1158~1210)·태고보우太古普愚(1301~1382)·나옹혜근懶翁惠勤(1320~1376)과 조선 시대의 청허휴정淸虛休靜(1520~1604)으로 이어져 온 간화선看話禪의 전통이 거의 끊어져, 참선의 실천적인 면모가 사라진 상황이었다. 이러한 상황에서 경허선사는 해인사(1899)와 범어사(1902~1903)를 비롯한 여러 사찰에서 승속僧俗과 남녀노소를 불문하고 동참할 수 있는 참선결사운동參禪結社運動을 전개하였는데, 이로 인하여 전국 각지에 선원禪院과 선실禪室이 개설되었고, 새로운 선수행의 풍토가 조성되는 결과를 가져왔다.[12] 경허는 선수행에 있어 이론적인 면을 추구했던 19세기의 경향에 반기를 들고, 간화선을 수행할 것을 권함으로써 새로운 시대 변화를 이끌었다. 그가 승려를 포함하여 대중을 위한 선원을 마련한 것은, 오랜 기간 동안 민속불교의 타자로서만 존재했던 일반 대중의 위치를 참선수행과 결사의 주체로 끌어올렸다는 점에서, 근대적인 의의를 지니는 것이다.

경허에 의해 촉발된 참선의 기풍은 그 위세가 자못 커서 전국 각지에 선원과 선실이 개설되는 결과를 가져왔다. 그러나 1910년대에 이르면 참선의 부흥이 문제가 아니라, 이미 하나의 유행으로 자리잡은 참선 풍토의 혁신이 요구되는 상황을 맞이하게 된다.

최근 조선의 사찰은 외로운 암자나 쇠잔한 절을 제외하고는 절치고 禪室이 거의 없는 곳이 없는 형편이니 어찌나 그리도 선의 풍조가 떨치는 것이겠는가. 그러나 자세히 그 내용을 살펴보면 반드시 모두가 선을 일으키는 본의에서 나

---

12) 이성타, 「경허선사─傳燈법맥 이은 근대선의 중흥조」, 『한국불교인물사상사』, 민족사, 1990.

온 것이라고는 할 수 없다. 혹은 선실로 절의 명예의 도구를 삼기도 하고, 혹은 선실로 이익을 낚는 도구로 삼는 곳도 있어서 이런 종류의 것이 함부로 나오는데 따라 선실이 차차 많아지는 것과는 반대로 진정한 禪客이 봉황의 털이나 기린의 뿔처럼 아주 희귀한 현상을 빚어냈다.[13]

한용운이 1913년에 펴낸 『조선불교유신론』에는 '절치고 선실이 거의 없는 곳이 없는' 상황이 제시되어 있는데, 이는 1910년대의 선의 대중화 양상을 여실히 보여주는 것이다. 또한 인용문에는 선의 부흥으로 인해 파생되는 여러 문제점이 제시되어 있는데, 만해는 이를 극복하는 방안으로 선학관禪學館을 건립하여 선객禪客을 수용할 것을 주장하였다.[14] 만해의 주장이 현실화된 것은 '선학원禪學院'과 그 후속기관인 '선우공제회禪友共濟會'을 통해서이다. 선우공제회는 당시의 불교계가 '禪風을 진작시킬 청정비구 학자들이 수행하기 어려운 경제적인 상황'에 놓여있다는 점임을 지적하고 그 타개책을 제시하기 위한 단체였다. 그리고 용성・학명・만해는 이 두 기관에서 주도적인 위치에 서서 선의 부흥과 혁신운동을 전개해 나갔다. 용성은 1921년에 창설된 선학원에 발기인으로 참여하였으며, 학명은 1922년에 선우공제회의 결성에 주도적으로 참여하였다. 그리고 1924년 이후에는 만해가 선우공제회의 이사로 참여하게 된다. 이처럼 만해와 용성과 학명은 일제치하의 현실에서 선의 부흥과 혁신 및 자립불교의 시대적 과제를 위해 창설한 선학원과 선우공제회에서 주도적인 역할을 함으로써 한국 전통의 선풍을 계승하고 혁신하는 선각자로서의 면모를 보여주고 있다. 또 이들은 상호간 교류를 통해 그 이념을 공유하고 실천을 함께 하기도 하였다.[15]

---

13) 한용운, 이원섭 역, 『조선불교유신론』, 운주사, 1992, 55면.
14) "참선을 새롭게 뜯어 고친다 할 때 그 방법은 무엇인가, 조선 각 寺의 선실의 재산을 합쳐서 우선 한, 두 개의 큰 규모의 禪學館을 마땅한 곳에 세울 것이 요청된다." (위의 책, 56면)
15) 김광식, 「일제하 선학원의 운영과 성격」, 『한국근대불교사연구』, 민족사, 1996, 95~146 참고. 한편 『한용운전집』에 수록되어 있는 한시 두 편은 만해와 학명간의 교

한편 만해는 다른 글(「승려의 인권회복은 반드시 생산에서」)에서 '수백 년 이래 승려들은 대단한 압박을 받아 사람이면서 사람취급을 못 받았는데 놀면서 입고 놀면서 먹은 것도 큰 원인이 되었음을 부정할 길이 없다.'고 하면서 근대불교의 혁신은 생산과 포교의 겸행을 통해 이루어져야 함을 주장하였다.[16] 이 같은 만해의 제안은 용성과 학명에 이르러서 '선농불교禪農佛敎' 혹은 '반선반농운동半禪半農運動'으로 구체화되었다. 용성은 1911년 '타종교他宗敎의 포교활동에 자극을 받아' 서울 도심에 대각사大覺寺를 건립하고 선회禪會를 개설하여 도시에서의 선 포교활동에 전념하였다.[17] 또 만 일을 기한으로 참선수행에 정진하는 '만일참선결사회萬日參禪結社會'를 추진하였는데, 이는 19세기에 건봉사를 비롯한 여러 사찰에서 전개한 '만일염불회萬日念佛會'와 대응되는 것으로서, 19세기 염불신앙의 흥성과 대비되는 20세기 초반의 선의 부흥양상을 여실히 보여주고 있다. 그는 한국불교의 계율파괴와 선의 몰락을 우려하여 자신의 근거지인 대각교당大覺敎堂을 임시사무소로 정하고 결사회의 취지를 『불교』 14호(1925.8)에 게재하여 불교계에 널리 알렸으며,[18] 1927년부터 10여 년간 경남 함양의 백운산과 중국 간도의 용정에서 화과원華果院과 선농당禪農堂을 설립하여 선농불교를 실천에 옮겼다.[19]

유 관계를 잘 보여주고 있다. 〈양진암을 떠나면서 학명선사에게 준 두 수養眞庵臨發贈鶴鳴禪伯二首〉, 『한용운전집』 1, 신구문화사, 1973, 155면.
　一. 이 세상 밖에 천당은 없고 인간에게는 지옥도 있는 것世外天堂少 人間地獄多 백척간두에 서 있는 그뿐 왜 한걸음 내딛지 않는가佇立竿頭勢 不進一步何
　二. 일에는 어려움 많고 사람 만나면 헤어져야 하는 것臨事多艱劇 逢人足別離 본래 세상일은 이와 같거니 남아라면 얽매임 없이 뜻대로 살리世道固如此 男兒任所之

16) 한용운, 앞의 책, 108면.
17) 김광식, 「일제하 선학원의 운영과 성격」, 『한국근대불교사연구』, 민족사, 1996, 103면.
18) 김광식, 『용성』, 민족사, 1999, 148면. 이에 대해 이능화는 『불교』 31호(1927.1)에 기고한 「조선불교의 삼시대三時代」라는 글에서 "現今 禪門에 在하는 白龍城 方漢岩 白鶴鳴 諸師가 宗乘을 擧揚함을 보니 余는 朝鮮佛敎가 將來 有望함을 斷言키에 躊躇치 않는다."고 평가한 바 있다(김광식, 같은 책, 152면).
19) 김광식, 「백용성 스님의 선농불교」, 『대각사상』 2, 1999, 48~49면.

학명계종鶴鳴啓宗은 1923년에 내장사를 중건하고 내장선원內藏禪院을 운영하면서 반선반농운동을 실천하였다. 그리고 각황교당覺皇教堂(지금의 조계사)의 포교사布教師로서 각황교당을 선원禪院으로 변경하여 서울 도심에서부터 선풍禪風을 일으켰다.[20]

이상에서 본 바와 같이 20세기 초엽의 근대불교혁신운동은 경허·만해·용성·학명에 의해 그 이념이 제시되고 구체화되었다. 경허는 대중들과 함께 참선수행의 결사운동을 전개하여 근대불교혁신운동의 시발점이 되었고, 만해는 선부흥의 결과로 파생되는 결과에 대해 문제점을 비판하고 그 해결방안을 제시하였다. 이에 대해 용성과 학명은 각각 '선농불교'와 '반선반농운동'으로 화답하였다. 동시에 주목되는 것은 이들은 자신의 선적인 정서와 불교혁신의 이념을 서로 다른 장르의 시가에 담아 운동의 매체로 활용하고 있다는 점이다. 경허는 참선결사를 하면서 일반 대중을 위한 가사〈참선곡參禪曲〉〈가가가음可歌可吟〉〈법문곡法門曲〉)를 지어 참선의 요체를 가사에 담아 표출하였다. 만해는 선시의 표현을 현대시로 승화시켜 고도의 시적인 성취를 얻어내었고, 용성은 불교혁신의 궁극적인 지향으로 '대각교'를 창설하고 대각교의 의식을 체계화하는 가요로서 1행 4음보의 두 줄이나 석 줄을 하나의 장으로 하여 분련分聯해 나가는 창가〈왕생가往生歌〉〈권세가勸世歌〉〈대각교가大覺教歌〉〈세계기시가世界起始歌〉〈중생기시가衆生起始歌〉〈중생상속가衆生相續歌〉〈입산가入山歌〉)를 지어 직접 작곡한 곡조에 담아 불렀다. 이와 달리 학명鶴鳴은 반선반농운동의 현장성을 담은 가사를 창작했으며, 수행의 한 방편으로 이를 구연하였다. 그리고 그 표현에 있어서도 가사라는 형식적 제약 내에서 다양한 표현법을 구사함으로써 문학사 영역에서 마지막이라고 할 수 있는 불교가사의 새 영역을 개척했다는 점에 그 독특함이 있다.

---

20) 『불교』 34, 1927.4, 51면.

3. 학명鶴鳴의 선농병행운동禪農並行運動과 가사의 창작

학명은 1923년에 거의 퇴락한 상태에 놓여 있던 내장사를 중건하였고, 산 입구 황무지에 양답良畓 수십 두락斗落을 개척하여 어려운 사찰 경제를 직접 극복해 나갔다. 이 과정에서 그는 탁발과 시주에만 의존하던 기존 불교계의 관습을 비판적으로 인식하고 노동과 참선을 병행하는 반선반농운동을 주창한 것은 앞에서 살펴본 바와 같다.[21] 반선반농운동의 구체적인 양상은 강유문이 1928년 5월에 내장사를 방문하여 남긴 글에 소개되어 있다.[22]

> 1. 禪院의 목표는 半禪半農으로 변경함
> 1. 禪會의 主義는 自禪自修하며 自力自食하기로 함
> 1. 회원은 新發意나 新出家를 모집함. 단 久參衲子도 勤性이 有한 이는 還入함.
> 1. 日用은 오전 학문, 오후 노동, 야간 좌선 삼단으로 完定함.
> 1. 冬安居는 坐禪爲主 夏安居는 학문과 노동위주로 함. 단 安居證은 3년 후 수여함.
> 1. 梵音은 時勢에 적합한 淸雅한 梵唄를 학습하며 또 讚佛 自讚 回心 還鄕 曲을 新作하거나 唱하기로 함.

선원규정에 따르면 학명은 기존 선원의 풍토에 대해 사뭇 비판적인 인식을 가지고 있던 것으로 보인다. 회원으로는 새로 출가한 이를 대상으로 하면서 기존의 승려 중에서는 부지런한 성품이 있는 자에 한해서 가입을 허락했다는 규정은 기존 수행 풍토에 대한 비판적 인식을 반영하는 것이다. 규정에는 또 학문과 노동과 좌선을 병행하는 '반선반농운

---

21) 그는 「獨살림 法侶의게 勸함」에서 승려의 본분을 다시 논하면서, 불교계의 혁신을 논하고 있다(『불교』 71, 1930.5, 12~14면).

22) 강유문, 「내장선원일별內藏禪院一瞥」, 『불교』 46·47호, 1928.5, 83면.

동'의 양상이 명시되어 있다. 아울러 학명은 지향하는 바를 가사를 통해 적극 표출하였고, 선원의 규칙으로 삼을 만큼 적극적으로 활용하였다는 점도 확인할 수 있다. 범음과 가사를 "시세時勢에 적합"한 것을 가려 뽑아 학습하고, 또 새로운 노래를 창작하여 부른 것은 반선반농운동이 시대적인 변화에 발맞춘 혁신운동이기에 그의 이상을 구현할 새로운 형식과 내용의 가사가 필요했다는 것을 의미한다. 새로운 시대, 즉 불교계가 당면한 혁신의 요구에 적합한 노래, 나태와 은둔의 노래가 아니라 진취적인 기풍이 느껴지는 노래가 필요했던 것이다. 이처럼 학명의 내장선원에서, 노래는 운동의 전개와 표리관계를 이루고 있음을 알 수 있다. 아울러 인용문 중, '찬불讚佛'은 찬불가를 뜻하며 그가 새로 창작한 여러 편의 가사를, '자찬自讚'은 『불교』 65호에 소개된 학명의 한시를, '회심回心'은 기존에 전승되던 불교가사 〈회심가回心歌〉나 〈회심곡回心曲〉을 가리키며, '환향곡還鄉曲'은 기성대사箕城大師의 한문가요인 〈염불환향곡念佛還鄉曲〉을 가리키는 것으로 생각된다.

학명의 반선반농운동은 당시 불교계에 매우 참신하고 혁신적인 불교운동으로 받아들여졌다는 기록이 전한다.

그리하여 그는 碧蓮庵에서 십여 년간 보금자리를 치고 반농반선주의로 때로는 禪園曲을 부르며 호미자루를 들고 김을 매기도 하고, 때로는 해탈곡을 부르며 把定도 하며, 때로는 明月曲을 부르며 看月도 하는 모습을 보여 주었다.[23]

내장선원을 내장 승계에 세우고 순진한 소년을 모아 禪理를 보이고 敎學을 가리키며 농업을 힘쓰게 하되 歌舞까지 있어 일하면서 글월을 읽으면서 선을 연구하면서 몸과 마음이 쾌활 쾌활케 되었으니 실로 斯界에 最新案 試業인 동시에 理想的 禪院이라 하겠다.[24]

---

23) 김소하, 「남유구도예찬南遊求道禮讚」, 『불교』 64, 1929.10, 49면.
24) 강유문, 앞의 글, 83면.

김소하와 강유문의 기사를 통해 내장선원의 지향이 실천을 통한 선의 혁신이었으며, 그러한 이상을 가사 속에 적극 수용하였음을 알 수 있다. 그리고 이러한 '몸과 마음을 쾌활하게 하는' 새로운 선혁신운동이 1920년대 후반 불교교단에 상당히 참신한 기풍으로 인식되었다는 점도 알 수 있다. 인용문에 소개된 〈선원곡禪園曲〉과 〈해탈곡〉은 가사이며, 〈명월곡明月曲〉은 확실하지는 않으나 가사 〈망월가望月歌〉를 지칭한 것이 아닌가 한다. 〈해탈곡〉과 〈망월가〉는 모두 16구이며, 단형의 선시적인 응축미가 압권인 작품으로, 인용문에 소개한 대로 '파정把定'과 '간월看月'의 분위기에 잘 어울리는 작품이다. 〈선원곡〉은 '호미자루를 들고 김을 매기도' 할 때 부르는 노래로 소개된 166구의 유장한 노래로서 학명의 불교혁신운동의 요체가 가장 뚜렷하게 제시되어 있다.

> 方便비러 道에든者 古今天下 멧멧인가
> 時機짜라 丕變하니 鶴鳴手中 農器로다
> 야야우리 農夫님네 農夫되기 까닭업다
> 高樓巨閣 閑逸터니 田中勞力 왼일인가
> 俗風짜라 農業하니 外道知見 이아닌가
> 야야우리 스승님네 僧侶되기 까닭업다
> 終日토록 閑談하고 밤새도록 잠자기네
> 재조적이 잇다하나 佛法信心 죤혀업고
> 四敎大敎 마첫스나 佛法知見 망연하네
> 新式文學 갈처스나 山鷄野鶩 되고만다
> 아하우리 農夫님네 밋친이내 말삼듯소
> 佛祖窠窟 처부수고 寺刹廢風 改良하세
> 勞働하고 運動하니 身體짜라 健康하다
> 精中工夫 그만두고 鬧中工夫 하여보세

인용 단락은 이 작품의 핵심 단락으로 자신의 반선반농운동도 새로운 시대적 변화에 따른 권변이라는 것을 말하고 있다. 한가하게 고루거각에 노닐면서 일하지 않고 수도한답시고 하루 종일 잠만 자며 신식 학문을 배웠어도 앵무새 놀음이나 하는 선가禪家의 폐풍弊風을 폭로하고 있다. 나아가 노동과 함께 하는 참선의 소중함을 말하면서, 노동을 통해 자신의 참모습을 발견해야 그것이 참노동임을 말하였다. 인용문의 앞 단락에서는 33조사祖師를 비롯한 많은 조사의 가르침의 방법이 다르다는 것과 또 조사마다의 권변權變은 절대적인 가치와 의미를 가지는 것이 아님을 역설하였는데, 인용 단락은 이러한 전제에 이어 제시된 결론으로서, 기존의 관습적 수행에 안주하려는 불교 대중들을 향한 강한 외침이라 할 수 있다.

이상에서 학명의 불교혁신운동에 불교가사가 밀접한 관련을 맺고 활용되었음을 살펴보았다. 다음으로는 학명의 가사가 불교혁신운동의 매체로서 지니는 의의에 상응하는 문학적인 성취를 보여주는가에 대해 검토할 차례이다.

4. 학명 가사의 문학적 특성

1) 이원적 주제의 조화─'나'의 중층적 의미

학명의 가사에는 표면적인 의미와 이면적인 의미가 중층적으로 작용하여 그 의미망을 확장하는 경향을 보인다. 이는 〈원적가〉 〈왕생가〉 〈신년가〉에서 두드러지게 나타난다.

〈원적가〉는 열반에 즈음한 화자가, 삶과 죽음의 경계에서 아쉬워하는 대중들에게, 그 차별상에 얽매이지 말고 "진실사업"을 행하라는 당부를 담고 있다.

惡心毒心 모진사람 날보아서 解放하소
貪欲心이 만흔사람 날보아서 그만두소
利己生活 하는사람 날보와서 操心하소
相愛心이 적은사람 날보와서 同情하소
我慢心이 만은사람 날보와서 改良하소
無常心이 업는사람 날보아서 發心하소
名利場에 허댄사람 날보와서 自覺하소
酒色界에 浮浪子는 날보와서 回心하소
衣食으로 拘束된者 날보와서 心得하소
舊式으로 구든사람 날보와서 革新하소
新式으로 밝은사람 날보와서 詐欺마소
宗教心이 업는사람 날보와서 發信하소
丈夫心이 업는사람 날보와서 勇斷하소
社會心이 업는사람 날보와서 團結하소
公德心이 업는사람 날보와서 養成하소
奴隷心이 만흔사람 날보와서 獨立하소
慈悲心이 업는사람 날보와서 向上하소

—〈원적가〉

여기에서 '악독 악심 모진 사람' '탐욕심 많은 사람' '이기생활 하는 사람' 등 다양한 인간 군상에 대해 화자 자신, 즉 "나"를 보아 반성하고 깨우치라는 당부의 말을 간곡하게 전달하고 있다. 그런데 여기에서 "나"는 단순히 현상적인 화자만을 가리키는 것은 아니다. 혹자는 '노예심이 많은 사람 날보아서 독립하소'의 내용을 "작자가 만년에 일제 치하에서 살면서 이 민족을 깨우치려는 정성의 발로"[25]로 보기도 하는데, 이는 "나"를 단순하게 현상적인 나, 즉 열반에 즈음하여 가르침을 전달하는 화자로만 본 해석이다.

그러나 여기에서 "나"는 사실은 '불성을 가진 나' '본래의 진면목을

---

25) 이상보, 앞의 책, 76면; 최영희, 앞의 글, 269면.

가진 존재로서의 나'라는 의미로도 해석할 수 있다. 사람들은 자기 마음속에 있는 참된 불성을 보지 못하고 미망에 사로잡혀 있게 마련인데, 여러 가지 다양한 모습으로 현실세계에 존재하는 사람들에게 각각 자신의 참모습을 발견하기를 당부하는 것이다. 이러한 사람은 "본지풍광本地風光"을 "청풍명월淸風明月"처럼 발견하게 될 것이며 생사의 차별상에 담긴 그 의미를 깨우친 사람일 것이다. 따라서 〈원적가〉는 열반하는 화자를 타산지석으로 삼아 반성하라는 의미 외에 불성을 갖춘 나, 본래의 진면목을 가진 존재로서의 나를 발견하기를 당부하는 가사라고 할 수 있다.

> 가봅시다 가봅시다 조흔國土 가봅시다
> 天上人間 두어두고 極樂으로 가봅시다
> 極樂이라 하는곳은 온갓苦痛 전혀업서
> 黃金으로 쌍이되고 蓮꼿으로 臺를지어
> 阿彌陀佛 主人되고 觀音勢至 補處되야
> 四十八願 세우시고 九品蓮臺 버리시사
> 般若龍船 내여보내 念佛衆生 接引할제
> 八菩薩이 護衛하고 引路王菩薩 櫓를저며
> 諸天音樂 가진風流 天童天女 춤을추며
> 五色光明 어린곳에 生死大海 건너가서
> 蓮胎中에 化生하고 無量福樂 受用하며
> 너도나도 差別업시 畢竟成佛 하고마네
> 壯하도다 우리兄弟 同共發心 大願으로
> 虛送歲月 하지안코 하로밧비 阿彌陀佛
> 唯心淨土 어데이며 自性彌陀 누구런가
> 千念萬念 無念으로 返照自性 間斷업시
>
> —〈왕생가〉

〈왕생가〉도 단순하게 극락에 왕생하자는 내용으로 읽을 것이 아니다.

염불을 하면 아미타불의 48대원으로 극락에 왕생할 수 있다는 권염불의 관습적인 주장이 대부분의 내용을 이루고 있으나, 마지막 행에서는 마음이 정토이고 자성이 미타임을 깨달아 자신의 본원을 구명하는데 끊임없이 정진하라는 당부를 담고 있다.

> 虛妄하고 無常하다 人間歲月 빠르도다
> 정든해는 간곳업고 새해다시 도라왓네
> 묵은해는 가도말고 새해亦是 오도마소
> 어린아기 少年되고 少年으로 靑年된다
> 靑年부터 老人되고 老人되면 될것업서
> 富貴貧賤 强弱업시 멀고먼길 가고마네
> 다시엇기 어려워라 金쪽갓흔 이내몸과
> 틀님업는 이내마음 새해부터 나아가세
> 독긔들고 山에들면 덤불쳐서 개량하고
> 광이들고 돌밧파면 荒蕪地가 沃土된다
> 우리밧헤 보리싹은 눈속에도 푸러잇고
> 우리새음 물줄기는 소래치고 흘러간다
> 부질부질 나아가면 새천지를 아니볼까
> 정신잇는 우리사람 사람중에 사람되세
>
> —〈신년가〉

〈신년가〉는 새해를 맞이하여 반선반농운동의 기치를 올리고 정진하자는 당부를 담은 가사이다. '도끼 들고 산에 들면 덤불 쳐서 개량하고 괭이 들고 돌밭 파면 황무지가 옥토 된다'는 표현은 노동을 통해 수행을 하는 실천적인 면을 직접 드러내고 있는 것으로 평가된다. 이와 함께 돌밭과 황무지는 단순한 외적인 의미와 더불어, 온갖 탐욕과 미망에 덮여 있어 깨닫지 못하는 본연의 '나'를 비유적으로 표현한 것으로 해석된다. '도끼를 들고 산에 들어가 덤불을 쳐 개량'하는 과정은 바로 이러한 나를 발견하기 위한 고행의 과정을 형상화한 것이다.

이는 〈선원곡〉 결구의 "짜갚자갈 돌소리는 아조생긴 石佛인가 土佛 石佛 두어두고 나의眞佛 무엇인가 空山夜月 杜鵑새는 그저故國 不如 歸라 勞働上에 나뭇보면 그저勞働 거짓勞働"에서도 반복되는데, '노동'을 통해 '나'를 발견하자는 주장과 이어진다고 볼 수 있다. 학명의 궁극적인 지향은 '나'를 찾기 위한 수행을 하자는 것이다.

학명 가사의 특징 중의 하나는 이처럼 외적으로 표현된 주제 안에 '나'를 찾아가는 수행을 권장하는 이면적인 주제를 담고 있는 것이다. 현상적 화자 '나'는 하나의 인격체로서의 학명을 가리키는 1인칭 대명사로 읽히기도 하고 본래의 불성을 함유한 내면의 보배라는 의미도 지니고 있다. 돌밭을 캐는 것이 내장사 선원의 야산을 개간하는 표면적이고 실천적인 의미를 표출함과 동시에 미망에 갇힌 나를 찾자는 이면적인 주제를 함축하고 있는 것이다. 학명의 가사는 '나'를 찾아가는 노력, 즉 내 안의 보배를 발견하는 치열한 선적禪的 구도의 행각을 현상적인 화자인 '나'와 내장선원의 현장성을 담고 있는 '돌밭'으로 표현해 내었다. 이는 유심정토唯心淨土 자성미타自性彌陀라는 선불교적인 지향성을 현장적인 구체성과 절묘하게 결합한 시적인 성취를 보이는 면모라 할 수 있다.[26]

2) 노동과 가창 리듬의 조화

학명의 가사는 선원에서 밭을 매면서, 혹은 파정把定을 하면서, 혹은

---

26) 학명선사의 가사에 담긴 '나'의 발견에 대한 목소리는 같은 시대 만해의 시에 담긴 '임'을 향한 구도의 목소리와 닮아 있다. '나는 곧 당신'(〈당신이 아니더면〉)이며, '나는 님의 그림자'(〈님의 얼굴〉)라는 표현은 「님의 침묵」에서의 '임'이 사실은 '나'의 발견을 향한 치열한 구도의 흔적임을 드러내는 것이다. 시인으로서 학명선사와 만해의 연관성은 이외에도 각각 가사와 현대시에 선시적인 발상과 표현법을 구현하고 있다는 점에서도 살펴볼 수 있는데 이에 관해서는 본고의 제3절에서 검토될 것이다.

간월看月을 하면서 구연했던 노래이다. 수행과 노동이 어우러지고, 여기에 다시 가사가 어우러지는 내장 선원의 모습이 당시 불교계의 이상적인 실천운동으로 받아들여진 것은 앞 절에서 살펴본 바 있다. 더 나아가 학명의 가사는 가사의 리듬과 노동의 리듬이 하나가 되는 양상을 보여주고 있어 주목된다.

> 解脫이네 解脫이다 우리마음 自由롭다
> 世間榮辱 다바리고 雲水生涯 걸림업네
> 肉體拘束 받지말고 精神修養 더저두소
> 時間따라 使用하고 處所따라 遊戲하니
> 時間處所 나의自由 自由부터 解脫이다
> 孃生袴子 훨신벗고 灑灑落落 뛰어보세
> 뛰다마다 나의自由 自由解脫 그끗업네
> 그끗업시 解脫인가 解脫까지 解脫이다.
>
> ─〈해탈곡〉

〈해탈곡〉의 전개 과정을 보면, '世間榮辱에 얽매이며 肉體拘束을 받는 단계'에서 '시간과 처소의 구속에서 자유로운 경지'를 제시하고, 나아가 '자유해탈에 대한 의식마저 놓아버리는 경지'를 궁극의 지향점으로 제시하고 있다. 집착을 여읜 완전한 자유, 해탈을 깨우치는 선사의 목소리가 생생하다. 이러한 주제가 경쾌한 가락에 실려 있는 것이 이 시의 또 다른 묘미이다. "해탈이네 해탈이다" "시간처소 나의자유 자유부터 해탈이다" "뛰다마다 나의자유 자유해탈 그끗업네 그끗업시 해탈인가 해탈까지 해탈이다" 등에 보이는 것처럼 동어반복과 연쇄적인 어휘의 나열을 통해 가사 자체에 경쾌한 리듬감을 살리고 가사를 속도감 있게 전달하는 효과를 가져왔다.

〈선원곡〉에서는 자신의 불교 혁신 운동의 실상을 구체적으로 드러내면서 노동을 통해 자신의 참모습을 찾기를 강조하고 있다. 그런데 다음

결구를 보면 그가 주장하는 불교혁신과 노동의 즐거움이 노래를 통해 하나가 되는 상승작용을 일으키고 있음을 알 수 있다.

<blockquote>

야야우리 동무님네 땅파면서 노래하세
호미잡고 한번파니 一生參學 이아닌가
호미잡고 두번파니 二八靑春 조흔째다
호미잡고 세번파니 三生因緣 반가워라
호미잡고 네번파니 四大色身 虛妄하다
다섯번재 파고나니 五瑚烟月 行脚하세
여섯번재 파고나니 六根淸淨 아니될가
일곱번재 파고나니 七顚八到 닷시할가
여덜번재 파고나니 八識風浪 고요하다
아홉번재 파고나니 九天明月 닷시본다
열번파고 쉬엿스나 十十無盡 나아가세

        (…중략…)

홈처잡은 호미자루 썩리업는 木佛인가
땅땅맛는 쇠소리는 變치안는 鐵佛인가
뭉썽뭉썽 흙덩이는 다험업는 土佛인가
짜갌자갈 돌소리는 아조생긴 石佛인가
土佛石佛 두어두고 나의眞佛 무엇인가
空山夜月 杜鵑새는 그저故國 不如歸라
勞働上에 나못보면 그저勞働 거짓勞働

</blockquote>

결구는 '호미자루를 들고 김을 매기도' 할 때 반복되는 동작에 따라 부르기 좋은 내용과 표현법으로 되어 있다. "호미잡고─번 파니"의 반복과 대구는 노래 율동의 흥겨움을 조장하고, 기억을 용이하게 하며 "一生參學" "二八靑春" "三生因緣" "四大色身"에서 "九天明月" "十十無盡"에 이르는 숫자의 연쇄적 나열과 상승작용을 일으켜, 노동과 수행의 조화로운 만남을 의미 있게 하는 역할을 한다. 이와 함께 "땅땅맛

는" "뭉썽뭉썽" "짜갉자갈" 등의 의성어의 사용은 우리말의 감각적인 감칠맛을 한껏 높여주는 구실을 하면서, 노동을 통해 나의 참모습을 발견하는 흥겨움을 전달하는 구실을 한다. 이처럼 노동을 통해 참된 '나'를 발견하고, 그 과정에서 노래가 수행의 상승효과를 가져왔다는 점에서, 학명의 가사는 노동과 수행이 조화롭게 만나는 곳에 자리하고 있다고 할 수 있다. 그리고 노동과 수행의 조화로운 만남은 이상에서 살펴본 우리말 노래의 구비적인 특징과 맞닿아 있다.

3) 선시적禪詩的 표현 기법의 활용

이상에서 학명이 가사를 통해 불교혁신의 요체를 드러냈으며 그 이상을 민요에서 흔히 볼 수 있는 구비적인 표현에 담아내었고, 그 결과 노동과 수행이 조화롭게 상승작용을 일으키고 있음을 확인하였다. 이와 함께 주목되는 학명 가사의 또 다른 특징은 17세기의 침굉枕肱이나 20세기 초의 경허鏡虛 등 기존의 선승禪僧들의 불교가사에서도 찾아볼 수 없었던 선시禪詩적인 독특한 표현을 구사하여 가사의 표현 영역을 확장하고 있다는 점이다.

> ㉮半月이네 半月이다 人間에는 半月이다
> 　圓月이네 圓月이다 天上에는 圓月이다
> ㉯半月되면 圓月되고 圓月되면 半月되니
> 　半月부터 圓月이며 圓月부터 半月이냐
> 　半月恒時 半月이며 圓月恒時 圓月이냐
> 　人間半月 滿月되면 天上圓月 殘月되니
> 　圓月도로 半月되고 半月도로 圓月된다
> ㉰圓月이냐 半月이냐 圓月半月 實相업네
>
> 　　　　　　　　　　　　　　　　　—〈망월가〉

〈망월가〉를 시상의 전개에 따라 세 단락으로 구분하여 제시하였다. 첫 단락에서는 인간세계에서 바라보는 반달이라는 것은 사실은 지구의 그늘에 가려졌을 뿐 그 실상은 원만함 그대로인데, 인간세상에서는 그 실상을 꿰뚫어 보지 못하고 반쪽이 실상인 것처럼 현혹되는 것을 말하였다. 저 달의 본연의 실상은 항시 원만 충족을 구비한 것이다. 둘째 단락에서는 '半月이 圓月 되고 圓月이 半月 되는' 현상을 그대로 나열한 후, 그 현상의 본질에 대한 물음을 제기하였다. 셋째 단락에서는 지금까지 전개한 가르침을 일거에 부정하면서 반달과 보름달 그리고 우주는 변하는 것도 아니고 변하지 않는 것도 아니어서 그 구분 자체가 무의미하다는 점을 밝혔다.

〈망월가〉는 연쇄적인 어구의 반복과 도치를 통해 깨달음의 실상을 간명하게 전달하고 있는 작품으로 기존의 불교가사와 다른 느낌을 주며, 한 편의 시법시示法詩, 혹은 오도시悟道詩로 읽혀진다. 반달이 보름달이라는 표현은 서로 다른 차별상으로 존재하는 것들이 그 본질에 있어서는 하나임을 말하는 것이다. 그리고 그것이 하나라는 의식마저도 초월할 것을 깨우치는 이 가사는, 모순어법을 구사하는 선시禪詩의 방법론적 특징27)과 같은 선상에 있다. 학명의 가사는 선시의 표현방식을 가사에 원용하여 참신한 표현을 개척한 의미를 지니게 된다.28)

한편 『불교』 86호 「권두언」에 실려 있는 한용운의 산문시는 학명이 가사에 새롭게 선보인 불이적인 표현법으로 시상을 전개하고 있어 동시대의 시로서 불교시가의 전통을 엿볼 수 있다.

> ㉮ 스스로 움직이는 것은 사ㄴ것이오 스스로 움직이지 못하고 고요한 것은 죽은 것이다.
> ㉯ 움직이면서 고요하고 고요하면서 움직이는 것은 제 生命을 제가 把持한

---

27) 이형기, 「현대시와 선시」, 『현대문학과 선시』, 불지사, 1992, 44면.
28) 이를 『유마경』의 용어를 빌어 '不二(法門)'的 표현법이라고 부를 수 있다.

것이다.

㉰ 움직임이 곳 고요함이요 고요함이 곳 움직임이 되는 것은 生死를 超越한
것이다.

㉱ 움직임이 곳 고요함이요 고요함이 곳 움직임이어서 움직임과 고요함이
둘이안이며 움직임은 곧 움직임이오 고요함은 고요함이어서 움직임과 고
요함이 한아가 안인것은 生死에 自在한것이다.[29]

㉮는 존재의 차별상에 얽매인 상태를 전제로 제시하였다. '산 것은
산 것이요, 죽은 것은 죽은 것이다' ㉯과 ㉰는 '산 것이 곧 죽은 것이요,
죽은 것이 곧 산 것'이라는 깨우침을 얻은 경지를 단계적으로 표현한
것이며, ㉱는 '산 것은 곧 죽은 것이요, 죽은 것이 곧 산 것이며, 나아가
산 것은 산 것이요 죽은 것은 죽은 것'이라는 궁극의 깨달음을 표현한
것이다. 이 시는 선 수행에서 제시되는 화두를 불이법문不二法門적인 표
현 속에 용해함으로써 선시적인 전통을 새롭게 환기하고 있다는 의의
를 지니고 있다. 학명이 깨달음의 내용과 깨우침의 내용을 불이적인 표
현으로 단형 가사에 담았다면, 만해는 이를 같은 방식으로 현대시에 담
았다고 말할 수 있다.

5. 학명鶴鳴 가사의 문화사적 위상

한 편의 작품이 생성되고 문학적으로 수용되는 과정에는 당대의 시
대성과 사회적 관련성이 작용하게 된다. 이 글이 대상으로 하는 불교가

---

29) 권두언 형식을 빌려 소개된 만해의 작품으로, 제목은 따로 전하지 않는다. 본고에서
는 이를 하나의 산문시로 규정하고 논의를 전개한다(『불교』 86호, 1931.8).

사는 '불교'라는 한정어와 '가사'라는 본 개념이 결합되어 있는 용어라는 점에서 불교가사는 태생적으로 불교사의 흐름과 문학사의 흐름이 교차되는 지점에 위치해 있다. 이 시기는 문학사의 맥락에서는 '근대로의 이행기문학 제2기'와 본격적인 '근대문학'에 걸쳐있는 시기[30])이며, 불교사의 맥락에서는 근대불교의 형성과 관련된 혁신운동이 치열하게 전개된 시기이다.

1900년대 이후 불교계는 근대적인 불교의 제반 의식의 전통을 그대로 유지하면서도 도시화된 공간에서 다중의 신도가 모여 집회를 하는 전혀 새로운 의식을 경험하게 된다. 이에 따라 1910년대 이후 등장한 불교계 잡지의 '회보'란에는 전국 각지에서 행해진 다양한 의식의 순서가 자세하게 소개되어 있다. 여기에는 이 시기에 3대 불교의식으로 공인된 석탄일 성도일 열반일은 물론이고, 강당의 건립이나 집회의 기념식, 그리고 소년회나 학생회의 모임과 개인의 화혼식華婚式까지 자세히 소개되어 있다. 그리고 이상에서 소개한 의식에서 '창가唱歌' 혹은 '찬불가讚佛歌'는 대부분의 경우 필수적인 항목으로 등장한다.

이 시기는 기독교의 찬송가의 영향과, 창가를 학교교육의 필수과목으로 지정한 교육정책 등으로 인하여 창가가 널리 보급된 시기다. 이러한 상황에 '창가' 혹은 '찬불가'는 불교계에서 공인된 의식가요로 자리잡게 되었다. 이와 함께 장편의 불교가사도 창가의 분절형식의 영향을 받아 두 줄이나 석줄 정도의 장을 구분하여 소개하는 경우가 나타났다. 『불교』 35호(1927)에 소개된 장편의 〈석존일대가〉는 1행 4음보 두 줄 형식으로 분절되어 있으며, 『대각교의식大覺敎儀式』(1927)에 소개된 〈왕생가〉〈권세가〉〈세계기시가〉 등 용성龍城의 가사는 1행 4음보 두 줄이나 1행 4음보 석 줄을 한 장으로 하여 연결해 나가는 분련체로 기록되었다. 이와 달리 학명鶴鳴의 가사는 분절되지는 않았지만 〈해탈곡〉〈망월가〉

---

30) 동학이 창도된 1860년부터 1919년까지를 '중세에서 근대로의 이행기문학' 제2기로, 1919년 이후를 '근대문학'기로 나눈 『한국문학통사』의 시대구분에 따른 것이다.

의 경우 16구라는 극히 단형의 가사로 표현되었다. 학명의 가사는 산중 불교가 도시불교로 변화 되는 시기에 새로운 의식가요로 등장한 창가의 유행과 그 변화의 흐름을 같이 하는 것이다.

한편 학명이 지은 가사는 선시禪詩의 표현방식을 가사에 원용하여, 기존의 선승들이 창작한 가사에서도 찾아보기 어려웠던 응축미를 드러내고 있다는 점에서 의미가 있다. 〈망월가〉와 〈해탈곡〉은 불이적不二的인 표현방법을 구사하여, 현상에 현혹되지 말고 본질을 꿰뚫어 보아야 한다는 이치를 간명하게 전달하고 있다. 이러한 표현방식은 조동일 교수가 지적한 대로 '그 동안 많이 볼 수 있었던 상투적인 불교가사와는 다른 경지'를 보여주는 것이다. 학명의 가사는 단순하게 교조적인 외침을 전달하는 가사를 넘어서 수행자 자신의 내면의 울림을 전달하는 매체로 불교가사의 성격을 변화시킨 의의가 있다.31)

요컨대 학명의 가사는 한국의 불교가 산중불교에서 도시불교로 변모하는 20세기 초에 그 변화의 양상을 반영하는, 불교계의 시대적 사명을 담은 혁신의 노래로서 의의를 지닌다. 또한 그가 선보인 단형의 불교가사는 문학사적으로 볼 때 창가의 확산과 맥을 같이 하고 있으며, 단형의 가사에 담은 시상은 교조적인 내용을 일방적으로 전달하지 않고, 선시에서 볼 수 있었던 불이적인 시상을 응축된 표현에 담았다는 점에서 불교가사의 내용과 표현영역을 확장한 의의를 지닌다.

---

31) 이러한 변화는 천주교가사에서 1906년 이후 『경향신문』이나 『경향잡지』에 등장하는 가사에 자신의 신앙생활을 반성하는, 보다 내밀한 작품이 등장하는 것과 같은 변모라고 할 수 있다.

6. 맺음말

본고는 1900년에서 1920년대 말까지 전개된 근대불교혁신운동과 불교가사와의 관련양상을 학명鶴鳴의 혁신운동과 그의 가사를 중심으로 살펴보았다. 지금까지의 논의를 요약하여 결론으로 삼기로 한다.

이 시기의 불교개혁운동은 1900년을 전후로 해인사와 범어사에서 전개된 경허鏡虛의 참선결사운동參禪結社運動으로부터 시작되었다. 경허의 결사는 승속僧俗과 남녀노소를 구분하지 않은 점에서 근대적인 혁신운동의 성격을 띠는 것이다. 경허의 결사가 기폭제가 되어 한용운이 『조선불교유신론』(1913)을 저작할 당시에는 이미 선의 부흥을 넘어서 선의 혁신이 요구되는 상황을 맞이하게 된다. 한용운은 그의 논설에서 선의 혁신을 위해 선학관禪學館을 지어 선객禪客을 수용할 것과, 조선불교의 혁신을 위해 재정적인 자립을 꾀하는 실천운동이 필요함을 역설하고 있다. 이러한 만해의 주장은 1920년대 선학원禪學院과 선우공제회禪友共濟會의 창립으로 이어지게 되는데, 여기에서 용성과 학명과 만해가 이름을 나란히 한 활동을 전개하였다. 그리고 수행과 생산을 겸행하자는 만해의 제안에 대해 용성과 학명은 수행과 노동을 겸행하는 실천적인 운동을 전개하여 화답하였다. 용성은 만일참선결사회萬日參禪結社會를 추진하고 선농불교禪農佛敎를 주창하였고, 이와 동시에 대각교大覺敎를 창안하여 불교혁신의 기치를 올렸다. 학명은 내장선원에서 반선반농운동半禪半農運動을 실천하면서 선의 혁신과 조선불교의 자립이라는 두 가지 명제를 조화롭게 헤쳐나간 운동을 전개하였다.

특히 학명은 반선반농운동이 지향하는 바를 가사를 통해 적극 표출하였고, 가사의 창작과 구연을 선원의 '규칙'의 하나로 포함시켜 활용할 정도로 적극적인 문학 활동을 펼쳤다. 그가 지은 가사는 모두 7편이 전하는데, 이 중 특히 〈선원곡〉은 내장사의 반선반농운동의 요체를 구비

시가의 표현기법을 활용하여 전개한 작품이며, 노동과 이념의 조화로운 만남을 가능하게 한 작품으로 주목된다.

그러나 학명의 가사는 단순하게 노동의 의미만을 강조하는 것으로 해석하거나 단순하게 왕생을 표출하는 것으로만 해석될 수는 없다. 〈원적가〉에 등장하는 '나'의 의미는 단순한 화자자신이라기보다는 '佛性을 가진 나' '본연의 나'로 해석되며, 〈신년가〉에서 '괭이 들고 돌밭파면 황무지가 옥토 된다'는 구절에서 '황무지'는 곧 미망에 갇힌 '나'를 함축하고 있다. 시의 함축성까지 가사에 담아내려는 학명의 시도는, '그 동안 많이 볼 수 없었던 상투적인 불교가사'와 다른 새로운 면모를 보여준다.

〈해탈곡〉〈망월가〉는 16구의 단형의 가사로서 창가 형식의 찬불가가 다중의 신도들이 모인 다양한 의식에서 불려지기 시작하는 시기에 불교가사의 형식적 변화를 보여주고 있는 작품이다. 특히 학명은 이러한 단형의 가사에 기존의 불교가사에서 볼 수 없었던 선시禪詩적인 표현법 즉, 불이적不二的 표현법을 활용함으로써 불교가사 표현 영역을 확장한 의의를 지닌다.

한암 〈참선곡參禪曲〉의 텍스트 비평과 문화사적 의의

1. 머리말

불교의 전통을 지닌 동아시아 3국 중 한국은 참선의 기풍이 생생하게 살아있는 유일한 나라이다. 동아시아 문학에서 선과 관련된 다양한 게송, 한시 등이 있으나, 참선수행의 과정과 지향을 자국어 가사에 담은 참선곡류 불교가사는 한국문학에서나 동아시아의 시가문학에서 매우 독특한 영역을 차지하고 있음이 분명하다. 참선곡류 가사에 대한 통합적 고찰은 한국의 불교문학, 나아가 동양의 불교문학 전반을 복원하는 데 필요한 작업이기도 하다. 이를 위해서 개별 작품에 대한 원전 비평에서부터 문학성에 대한 검토, 나아가 문화사적 흐름 속에서 작품의 위상을 검토하는 실제적 고찰이 필요하리라 본다.

20세기 초기 한국불교의 전환기에 사상적 대응의 한 양상으로 선풍禪

風의 중흥을 들 수 있다. 이 시기 한국불교의 특징으로 일컬어지는 선풍의 중흥조는 경허선사이며, 그 법맥을 이은 한암, 만공과 그 문하는 현대 한국 선맥의 중추를 이루고 있다. 한국불교의 전환기인 20세기 초의 불교계의 현실을 나름대로 고민하고 새로운 혁신의 길을 제시하면서 가사를 활용하여 자신이 지향하는 세계를 표출했기 때문에 각각의 작품들은 당대 불교계의 현실과 나름대로의 지향점이 반영되어 있다고 할 수 있다.

우리 문학에서 '참선곡參禪曲'이라는 제명으로 소개된 근대의 가사에는 경허鏡虛(1849~1912)・학명鶴鳴(1867~1929)・만공滿空(1871~1946)・한암寒巖(1876~1951)의 네 작품이 있다. 본고는 이 가운데 한암의 〈참선곡〉을 대상으로 하여 그 문학적 성격과 문화사적 의의를 고찰하고자 한다.

그 동안 경허의 〈참선곡〉에 대한 개별적인 연구로는 최강현・김주곤의 논문1)이 있고, 학명의 가사에 대한 연구로는 필자의 논문2)이 있으나, 한암의 〈참선곡〉에 대한 개별 연구는 이루어지지 않았다. 김호성은 조선 시대 여러 선사에 의해 지어진 '참선곡'의 흐름을 간명하게 제시하면서 한암의 〈참선곡〉의 교리적 특성을 소개하였고,3) 국문학계에서는 김기종이 불교가사 작가를 개괄하면서 한암의 〈참선곡〉을 전기적 사실과 내용 위주로 소개한 바 있다.4) 한암 〈참선곡〉의 문학적 특징과 문화사적 의의에 대한 논의는 아직 이루어지지 않은 상황이다. 이는 한암 문집이 온전히 남아있지 않고 유습들을 모아 펴낸 것도 비교적 최근의 일인 것도 한 이유가 될 것이다. 아울러 〈참선곡〉에는 발기인과 작

---

1) 최강현, 「경허선사와 그의 가사에 대한 고찰—주로 참선곡과 그의 선 사상을 중심하여」, 『수도공대논문집』 3, 수도공대, 1971, 9~33면; 김주곤, 「경허의 〈참선곡〉 연구」, 『한국가사연구』, 국학자료원, 1998.
2) 김종진, 「근대불교혁신운동과 불교가사의 관련 양상」, 『동양학』 36, 단국대동양학연구소, 2004.8, 27~44면.
3) 김호성, 『방한암선사』, 민족사, 1996, 144~160면.
4) 김기종, 「불교가사 작가에 관한 일고찰」, 『불교어문논집』 6, 한국불교어문학회, 2001, 277~325면.

한암 〈참선곡參禪曲〉의 텍스트 비평과 문화사적 의의 315

자 이름이 작품의 앞뒤에 기록되어 있고, 회심곡류 가사나 경허의 가사와 동일한 구가 총 178구 가운데 60구 이상을 차지하고 있다는 점에서 작가성과 독창성에 논란이 있을 수 있다. 이에 대한 해명이 제대로 이루어지지 않으면 이 작품은 여전히 작가성 및 문학성이 불확실한 작품으로 자리매김 될 수밖에 없다.

이에 따라 본고의 제2장에서는 〈참선곡〉이 수록된 문헌을 서지적으로 검토하고 그 사회역사적 맥락을 살피며, 제3장에서는 〈참선곡〉에 수용된 작품들과의 상호텍스트성을 고찰하여 문학적 전통 속에서 차지하는 위치를 살피고자 한다. 이를 바탕으로 제4장에서는 한암 〈참선곡〉이 지니는 문화사적 위상을 정립하고자 한다.

2. 서지적 고찰

한암의 〈참선곡參禪曲〉은 건봉사 선원의 동안거 해제일(1922.1.15)에 지어진 불교가사이다. 금강산 장안사에 주석하던 선사는 1921년 9월 선회禪會를 개설한 건봉사의 청장請狀을 받고 건봉사로 옮겨 31인의 대중과 함께 동안거를 마친 후 하담河淡의 발기發起로 이 곡을 지었다. 제목 하단에는 발기인發起人 하담河淡의 이름이 있고, 가사 끝에는 한암이 지었다는 기록이 있다.[5]

〈참선곡〉이 수록된 문헌은 동안거 해제 직후 건봉사에서 펴낸 『한암선사법어寒巖禪師法語』인데, 여기에는 한암이 대기설법했던 글 외에도

---

5) "蓬萊山人寒巖重遠著于甘露峰下乾鳳寺禪院室中"

동안거에 참여한 대중의 명단을 적은 「방함록」, 건봉사 승려들의 「서발문」 등이 수록되어 있어 당시 선원결사의 경과를 잘 알려주고 있다.[6] 이 책은 담양 용화사에 주석하고 있던 묵담默潭(1896~1981) 스님 유장遺藏의 프린트본으로 당시 동대 도서관의 이철교 선생이 발굴하여 『대중불교』 133~136호(1993.12~1994.3)에 처음으로 소개하였다.[7]

김호성은 건봉사 선원의 동안거를 하나의 결사로 파악하고 결사의 역사적 의미를 제공하는 사료로서 바라볼 것을 제기하면서, 법어집 소재의 건봉사 승려의 글을 분석하여 선원결사의 시대적 맥락을 고찰한 바 있다.[8] 본고는 선행연구를 바탕으로 하되, 이 법어집을 필자가 다른 여러 편의 글이 모여 결합된 유기적 텍스트로 바라보고자 한다. 그리고 이 과정에 보이는 편집자들의 편찬의식을 살피고 불교가사 〈참선곡〉의 법어집 내에서의 위상을 검토하도록 한다. 이러한 논의는 〈참선곡〉의 위상과 역할, 기능을 이해하는데 일정한 기여를 할 것으로 본다.

1) 『한암선사법어寒巖禪師法語』[9])의 형성과정 재구

법어집의 체재는 다음과 같다.

㉮「불기이구사팔년동십월십오일佛紀二九四八年冬十月十五日 선교양종대본산 금강산건봉사선원안거禪敎兩宗大本山金剛山乾鳳寺禪院安居」(금암의훈錦菴宜勳)[10]

---

6) 〈참선곡〉은 이후 『한암일발록漢巖一鉢錄』(한암대종사문집편찬위원회 편, 민족사, 1995), 『방한암선사』(김호성, 민족사, 1996), 그리고 『금강산건봉사사적金剛山乾鳳寺事蹟』(이영선 편, 동산법문, 2003)에 재수록되었다. 『불교가사원전연구』(임기중, 동국대출판부, 2000)에는 상세한 주석과 현대어 풀이가 담겨있어 이해를 돕고 있다.

7) 『대중불교』 133, 1993.12, 59~61면. 원자료를 제공해 준 이철교님의 후의로 자세한 서지적 고찰이 가능하였다.

8) 김호성, 「바가바드기타와 관련해서 본 한암의 염불참선무이론」, 『한암사상연구』 1, 한암사상연구원, 2006, 64면.

9) 이하 '법어집'으로 약칭함.

㉯「금강산건봉사만일원신설선회후선중방함록서金剛山乾鳳寺萬日院新設禪會
後禪衆芳啣錄序」(한암)[11]

㉰「선원규례병인禪院規例幷引」(한암)[12]

㉱「이십일문二十一問」(한암, 미우이력尾友李礫의 발문發問)

㉲〈참선곡參禪曲〉(한암, 발기인發起人 하담河淡)

㉳「제일회동안거선중방함병임원第一回冬安居禪衆芳啣幷任員」

㉴「거화방편擧話方便」(칠일가행정진중七日加行精進中 소참小參)(한암)

㉵「만청암화상輓靑庵和尙」(한암)

㉶「답울산임화련거사答蔚山林火蓮居士」(한암)

㉷「달마대사절로도강도찬達摩大師折蘆渡江圖贊」(한암)

㉸「서신문답書信問答」(한암)

㉹「편자編者의 일언一言」(미우이력尾友李礫)

㉺「기념紀念할 금동今冬의 안거安居」(함동咸東)

㉠는 본 법어집의 「서문」, ㉯~㉲는 한암의 저술과 법어, ㉳는 결사
대중의 명단, ㉴~㉷는 다시 한암의 저술과 법어, ㉹는 법어 편자인 미
우이력의 후기, ㉺는 법어집의 후서나 발문에 해당한다. 김호성은 이를
6조의 과목으로 나누어 정리하고 "『한암선사법어』는 그 나름대로 정연
한 체제를 갖추고 있었음을 알 수 있다"고 하면서, '다만 결사 대중의
명단이라 할 수 있는 ㉳「제일회선중방함병임원」이 중간에 삽입되어
한암의 저술 법어를 전후로 나누고 있다는 점에 다소 혼란된 모습을 보
이고 있다'라고 하였다.[13]

법어집의 각 요소를 제작 순서대로 나열하면 다음과 같다.

I.   ㉰「선원규례」 결재일(1921.10.15)
      ㉳「제일회동안거선중방함병임원」 결재일(1921.10.15)

---

10) 이하 「선원안거」로 약칭함.
11) 이하 「방함록서」로 약칭함.
12) 이하 「선원규례」로 약칭함.
13) 김호성, 앞의 글, 66면.

II.　　㈊「거화방편」(한암) 결재 7일째(1921.10.22)

　　　　㉺「이십일문」 결재 기간 중

　　　　㈎「만청암화상」 결재 기간 중(1921.11)

　　　　㉻「답울산임화련거사」 결재 기간 중(1921.12)

　　　　㈋「달마대사절로도강도찬」 미상(결재 기간 중)

　　　　㉮「서신문답」 미상(결재 기간 중)

　　　　㈐〈참선곡〉 해제일(1922.1.15)

III.　　㈀「선원안거」 해제일(1922.1.15)

　　　　㈁「방함록서」 해제후 3일(1922.1.18)

　　　　㈂「편자의 일언」 해제 후(1922.1.18 이후)

　　　　㈃「기념할 금동의 안거」(1922.1.18 이후)

　이상의 순서는 『한암선사법어』가 하나의 유기적 질서를 갖추기 전의 원텍스트이며 하나의 텍스트가 형성되는 과정을 나타내는 정황기록이다. 동안거 시작일에서 해제일까지의 기록 중에서 I(㉺㈐)은 선원의 규칙과 한암을 포함한 32인의 명단과 그 역할을 제시하고 있는 것으로서, 선원의 동안거를 시작할 때 기본적으로 갖추어야 하는 항목이 된다. II는 동안거 동안 한암선사가 행한 법문·서간문·찬·가요 등이다. 동안거에 모인 참선인을 위한 직접적인 법문(㈊㉺㈐)과 동안거와 직접 관련이 없는 인물들과 관련된 글(㈎㉻㉮) 및 달마도의 찬(㈋)으로 나누어 볼 수 있다. 결사와 직접 관련된 내용은 참선 결사에 참여한 대중을 위한 법문인 ㈊㉺㈐이며, 특히 ㉺㈐는 선원결사가 지향하는 내용을 일목요연하게 제시하고 있어 법어집의 핵심이 될 만한 내용이라 할 수 있다.

　그런데 이 두 편의 글은 한암의 구술과 저술임이 분명하다 하더라도 산출된 과정에 특별히 주목을 요하는 점이 있다. ㉺「이십일문二十一問」은 이 법어집의 편집자인 이력李礫이 발문發問하여 답변한 내용이며, ㈐〈참선곡參禪曲〉은 해제일에 지전知殿의 임무를 맡고 있던 하담계성河淡啓惺이 '발기發起'한 후에 산출된 작품이다. 두 글은 건봉사와 직간접적인 관련이 있는 것으로 추정되는 두 승려에 의해 발문되고 발기된 이후에 구술 혹은 필사한 것으로서, 여기에는 선원결사를 기획하고 새로운 선수행의 기풍을 선양하려는 건봉사의 의도가 반영되어 있는 것으로 볼 수 있다. 이력의 발문發問과 하담의 발기發起는 우연하고 자의적인 제안이 아니라, 선풍을 진작시키려는 건봉사의 주관 아래 미리 기획된 것은 아니었을까 생각한다. 여기에 한암의 방함록서문㉯을 받고, 건봉사 선원결사의 주역이었던 금암의훈의 법어집 전체의 「서문」㉮과 편집자인 이력의 글㉭과 찬조의 의미가 있는 글㉰이 덧붙여지면서 한 권의 유기적 텍스트가 형성된 것이다.

정리하자면 법어는 동안거의 형식을 구성하는 글㉯㉭㉰과 건봉사의 선원결사를 기획한 의도가 반영된 글㉱㉰ 및 한편의 어록을 편집하는 데 필요한 서발문 성격의 글㉮㉭㉰이 골격을 이루는 체제를 갖추고 있으며, 이를 다시 어록의 체제에 맞게 일관성있게 배열한 것이 현재의 체재가 된 것이다.

㉮ 「선원안거」(금암의훈)
㉯ 「방함록서」(한암)
㉰ 「선원규례」(한암)
㉱ 「이십일문」(한암, 미우이력 발문)
㉲ 〈참선곡〉(한암, 발기인 하담)
㉳ 「제일회동안거선중방함병임원」
㉴ 「편자의 일언」(미우이력)
㉵ 「기념할 금동의 안거」(함동)

여기에서 제외되는 ㉶~㉻은 개인적 술회·개인적 편지·개인적 문답 등의 소품이 첨부된 것으로서, 건봉사乾鳳寺의 기획의도나 법어집의 체재에서 볼 때 부수적인 가외의 산출물이라 할 수 있다.[14] ㉯나 ㉰다

14) 분량이 전체 16쪽 중에 2쪽 정도에 불과한 것도 그 비중을 짐작할 수 있게 한다.

음에 제시할 수도 있었던 ㉺「동안거선중방함병임원」을 바로 그 자리에
배열한 것은 이를 기준으로 앞뒤로 나누어 그 중요성을 드러내려는 건
봉사의 편집의도를 잘 보여준다 할 것이다.

법어집을 한 편의 문집으로 생각할 때 중핵을 이루는 법문은 ㉣와 ㉤
이다. 참선의 요체를 21조로 나누어 제시하고, 이를 다시 운문으로 노래
하는 설창說唱 형식의 경전적 체제를 갖추어 하나의 유기적 텍스트가
완성되었다. 두 편의 제작에 관련이 있는 미우이력尾友李礫과 하담河淡
은 「서문」을 쓴 금암의훈錦菴 宜勳과 함께 건봉사 선원의 주축으로서 법
어집을 주도면밀하게 기획한 인물인 셈이다. 편집자인 이력은 참선에
대한 진지하고 심도있는 논설에 이어 대중 회향의 차원에서 쉬운 우리
말로 노래하는 내용을 상호보완적으로 편집했다고 하겠다. 산문과 운
문, 한문과 우리말의 결합은 불가문학에서나 경전의 구조로서 익숙한
것인데, 「이십일문二十一問」과 〈참선곡〉은 이러한 복합체로서 법어집의
중핵으로서 기능하고 있는 것이다. 〈참선곡〉은 건봉사의 기획에 따라
발기하여 자연스럽게 도출해 낸 하나의 작품이며 법어집에서 바로 그
자리에 있어야 할 작품이라 할 수 있다.

2) 『한암선사법어』의 편찬의식과 사회역사적 맥락

신라 때부터 염불도량으로 유명한 건봉사에서 염불회를 대신하여 선
회를 열었던 그 동안의 경과와 한암의 논리는 「방함록서」에 분명히 제
시되었고, 그 동안 한암의 참선결사의 주요한 근거로 주목되어 왔다.[15]
그렇다면 선원을 기획하여 한암선사를 초빙하고 참선수행의 요체를 설

---

15) "辛酉年 가을 9월 상순에 乾鳳寺 주지 李大蓮 監務 李錦菴, 前住持 李雲坡와 온
   산의 대중이 한 마음으로 협의하여 예전의 萬日院 念佛會를 革罷하고 새롭게 禪會를
   설치키로 하고(…중략…) 나 역시 內金剛 長安寺로부터 이러한 초청에 응하여 외람되
   게도 會席을 주관하게 되었다"(「방함록서」, 한암).

파한 작품으로서 〈참선곡〉의 제작을 유도한 건봉사 주축 인물들의 시대인식은 어떠했을까. 이는 〈참선곡〉의 제작 및 『한암선사법어』의 편집 의식과도 밀접한 관련이 있기에 거론하지 않을 수 없다.

⑦ "千古前後에 遙遙相符한 今日을 吾人은 紀念할지며 此土의 苦를 厭하고 彼岸의 樂을 欲하며 自己의 萬能인 靈性을 埋沒하고 盲目的으로 彼佛의 他力을 慕仰하든 醜傀的 權敎를 破脫하고 卽地人心 見性成佛하는 正信的 實際에 入하게 된 今日을 吾人은 永久히 紀念할지며……"

— 「기념할 금동의 안거」(함동)

⑭ "漆夜三更이 暗黑에 極하였다. 그러나 此暗黑裡에는 능히 천일을 爍破할만한 光明이 있다하면 誰何나 驚疑할지며 紅塵萬丈의 熱炎이 亘天하야 空界를 抑塞케 하는도다."

— 「편자의 일언」(미우)

⑮ "한암 대선사가 내금강에 주석하여 교화를 떨치고 계셨으니 연이어서 세 번 청한 뒤에야 來臨하여서 結社하고 安禪하시니 諸方의 禪德들이 도량에 모이기를 목마른 자가 물에 나아가는 것과 같았다. 이에 妙法을 연설하셔서 그 本願에 응답하셨다. 마침 悅衆 李礫이 스스로 二十一問을 발하였으니 모두 선가의 要節이었고, 선사가 그 條項에 따라서 대답하셨으니 땔나무를 쪼개고 등촉을 잡아서 장래의 안목으로 삼고자 하였다. 누가 그 미증유한 일을 찬탄하지 않으리오"

— 「선원안거」(금암의훈)

인용문은 건봉사가 자랑하는 염불신앙의 속화현상에 대한 통렬한 비판을 담고 있다. ⑦는 조선 후기 일정한 대중 불교 포교의 역할을 했던 만일염불회가 이제는 시대의 변화에 따라 혁신과 쇄신이 요구된 상황이 도래하다는 점을 강조하였다. ⑭는 만해 등의 선각자에 의한 비판과 함께 이제는 소속 사찰에 몸담고 있는 수도자에게도 변화를 갈망하게 되는 내적 쇄신의 요구가 있었음을 말해준다. ㉰에서는 동안거에 한암선사를 초빙하여 신앙의 전통을 일신하고 새로운 시대의 요구에 부응하고자 하는 간절한 열망을 느낄 수 있다.

특히 금암의훈은 1908년 건봉사의 제5회 만일염불회를 주관하였던 인물[16]로서, 염불회를 선원으로 전환하고 금강산 장안사에 주석하던 한암선사에게 청장을 들고 찾아간 인물이기도 하다. 전 시기에 염불신앙 홍포의 기풍을 전국적으로 확산시킨 건봉사의 염불회는 근대 전환기에 그 시대적 역할이 변하게 되었을 것이고, 이에 따라 건봉사의 입장에서는 새로운 변화가 필요했을 것으로 생각된다. 외적으로도 19세기 왕실의 원찰로서 궁중의 비호를 받으며 재를 주관하기도 했던 건봉사의 대외적 위상은 20세기에 들어서 큰 변화를 겪게 된다. 학교를 세우고 유학을 보내며, 대도시에 포교당을 세우는 매우 적극적인 변화의 선두에 서 있다.[17] 근대불교 혁신운동을 실천한 도량으로서 건봉사의 외적인 변화에 상응하는 내적 수행의 풍토의 쇄신이 필요했을 것으로 생각한다.

1921년 동안거의 선원결사는 한암선사의 선풍 진작에도 큰 의미가 있지만 그 사회 역사적 맥락에서 볼 때 건봉사의 적극적인 내적수행풍토의 혁신이라는 점에서도 매우 중요하다. 만일염불회를 주관하였던 금암의훈 등이 적극적으로 한암선사를 초빙하여 선원결사를 하였던 것에 상응하여 동안거의 의의를 확산시키는 법어의 발간에는 "단순히 한암의 저술·법어의 모음집이라는 성격 이상의 것을 우리에게 말해주고 있"[18]는 것이다. 이러한 적극적인 건봉사의 쇄신의 의지가 이 법어집의 편찬에 그대로 담겨있으며 가장 핵심 내용을 담고 있는 「이십일문二十

---

16) 금암당 대선사 비문에 "(1908년) 염불만일회 제5대 화주로 선임"되었다는 기록이 있다. 『금강산건봉사사적』, 199면.

17) 건봉사의 근대적 불교 운동에 대해서는 『금강산건봉사사적』 201~205면 및 이흥섭, 「조선불교유신론에 담긴 한용운의 세계관과 건봉사와의 영향관계」, 『한국어문학연구』 43, 한국어문학연구학회, 2004.

18) 김호성, 앞의 글, 64면.

一間」과 〈참선곡〉은 이런 과정에서 기획되고 제작되도록 유도된 것이다.

한편 결사와 관련하여 대중을 위해 결사가 지향하는 핵심을 쉬운 우리말 노래로 회향하는 전통은 19세기 중후반 건봉사의 염불결사에서도 이루어졌다는 점에서, 〈참선곡〉의 제작은 건봉사의 전통으로서도 주목할 만하다. 1851년 제3차 만일염불회를 주관했던 동화축전(1825경~1853경)은 〈권왕가〉를 지어 유포하였다. 〈권왕가〉는 정토삼부경 및 유심정토 자성미타론, 임종정념문, 왕생전 등 다양한 내용을 집적하고 있는 1203구의 방대한 염불가요이다. 추정컨대 만일염불회 기간 동안이나 회향시에 정토신앙의 소의경전을 읽고, 또 가사를 돌려 읽고 베껴 쓰면서 결사의 실질을 이루어갔을 것으로 생각한다. 이러한 전통을 지니고 있는 건봉사의 대중들이 선원에서 결사를 한다고 할 때, 새로운 결사의 핵심을 대중들이 알기 쉽게 요약하고, 또 이를 쉬운 우리말에 담아 대중에게 회향하고자 하는 기획을 하였던 것은 매우 자연스러운 일이다.[19]

『한암선사법어』는 한암의 선 기풍 진작이라는 의도를 충분히 담고 있는 이면에 이러한 건봉사의 시대변화의 갈망이 조직적이고 치밀한 기획의 과정에서 산출된 것이며, 〈참선곡〉 또한 그러하다 할 수 있다. 〈참선곡〉의 '發起'의 의미는 바로 여기에 있다. 발기인으로 소개된 하담은 방함록에 등장하는 지전知殿 하담계성河淡啓惺이다. 그에 대한 기록이 남아 있지 않아 자세한 논구는 어렵지만, 건봉사 선원의 동안거 당시에 한암의 〈참선곡〉이 '우연히' 창작된 것이 아니라, 지전 역할을 맡은 하담의 일정한 제안과 의도가 있었다는 점, 그리고 그 배경에는 사찰의 신앙적 변모를 꾀하는 건봉사 회중의 기획이 작용했을 것이라는 점을 확인할 수 있다.

---

19) 염불신앙의 홍성에 크게 기여한 『염불보권문』의 경우에도 앞에는 정토신앙과 관련된 소의경전을 소개하고 뒤에 〈서왕가〉〈회심가〉 등의 가사로써 대중들에게 회향하는 편집체제를 보여주고 있다.

3) 〈참선곡〉의 작자 · 발기인 · 필사자 그리고 텍스트

한암의 〈참선곡〉은 제목 아래에 발기인 하담이라는 기록이 있고 작품의 말미에 '봉래산인 한암중원저우감로봉하건봉사선원실중蓬萊山人 寒巖重遠著于甘露峰下乾鳳寺禪院室中'이라는 기록이 있다. 작품이 수록된 법어집을 서지적으로 재검토하고 법어집의 산출에 내재된 사회역사적 맥락을 살펴본 결과, '발기인'의 기록에는 〈참선곡〉의 창작에 선원결사를 기획한 건봉사의 의도가 반영되어 있다는 점을 확인할 수 있었다.

그러나 발기인이 제시된 불교가사는 전례가 없는 것으로, 발기인과 작자의 관계 및 제작의 과정에 여러 해석의 가능성을 열어 놓고 있다. 과연 발기인의 역할은 무엇이며 작품의 창작과정에 어느 정도 관여하고 있는가. 어느 정도 초록을 제시하였는가, 아니면 단순하게 요청을 하였는가. 단순하게 요청을 하였다면 발기인으로 소개할 만한 가치가 있는 것인가. 초록을 기안하였다면 공동작이 되는 것인가. 이처럼 발기인이라는 표현은 여러 난제를 제기하는 표현이라 하지 않을 수 없다.

이와 함께 제기되는 서지적인 문제는 필사된 기록 자체와 작품의 말미에 있는 기록에서 연유되는 것이다. 한암선사는 분명 '저著'자임이 분명한데 요청을 받고 기록으로 남겼는가. 아니면 필사하지는 않고 단순히 구술하였는가. 발기를 수락한 후 즉흥적으로 제작을 하였는가. 외현적으로나 내재적으로 퇴고나 구상의 과정이 있었는가. 필사나 구술을 옮겼다면 현재의 법어록 기록의 필사자, 혹은 등사자는 누구인가 등에 대해서도 여전히 의문은 남는다.

한암의 〈참선곡〉에는 옮겨쓰는 과정에서 나타나는 착종현상이 나타난다.

　6 검버섯은 웬일며이(←웬일이며)
　53 안고눕곱(←안고눕고) 가고오고

75 조곰간단업시도(←조곰도 간단업시)

154 하로희가〈게되면−하로희가 다음의 〈표시는 "하로희가가게되면"으로 정
정하기 위해 후에 첨기함.

이러한 현상은 법어 속에 수록된 작품의 기록 상태가−비록 한암이
필사하였을 경우라도−원본 상태 그대로는 아니라는 의미로 해석된다.
이는 구술을 옮겨 적으면서 혹은 필사본을 다시 옮기면서 일어나는 착
종현상으로 보인다.

다음은 경상방언의 틈입으로 보이는 현상이다.

10 믿을긋(←것)이 바이업네
158 잠오는글(←걸) 성화하야
103 무수징(← 증)중 진수징(← 증)과
116 지혜금(←검)을 날을셰워
117 오욕팔풍 역순겡게(←경계)

이에 대한 해석은 간단하지가 않다. 이는 고향이 강원도 화천인 한암
선사의 어투를 반영하는 것인지, 아니면 한암선사의 구술을 경상방언을
사용하는 필사자가 받아적으면서 자신의 방언이 투영되었는지 현재로
는 알 수 없으나 후자의 가능성이 커 보인다. 한자어인 '역순경계'를
"역순겡게"라고 발음하거나 필사한 것은 한암의 표현이라 보기 어렵기
때문이다. 이외에도 한자를 병기한 것은 원래 국한문으로 쓴 것을 옮긴
것인가, 창작 이후 필사 과정에서 병기한 것인가 하는 것도 확실하지
않은 문제이다.

이상의 문제점들을 고려할 때, 현재 법어집의 기록은 한암의 구술이
나 필사본을 여러 대중들에게 배부하기 위해 다시 프린트본으로 급하
게 만들면서 작성한 2차 원고로 보여진다.[20] 〈참선곡〉의 최초의 창작에

서 작품 유통에 이르는 과정에는 전승자들의 문헌학적인 자취들이 반영되어 있는 것이다.

마지막으로 첨언할 것은 작품의 낙구落句에 관한 서지적 검토이다. 『한암선사법어』를 소개한 『대중불교』나 이를 바탕으로 소개하고 있는 『한암일발록』, 그리고 새로 펴낸 『금강산건봉사사적』『불교가사원전연구』 등 2차 자료에 소개된 〈참선곡〉을 읽어보면 다음 인용구처럼 되어 있어 결사에 이은 격외의 일구가 허전한 느낌을 받을 수밖에 없다.

> 175 다시한말 잇사오니 176 오날이 임술년 177 정월십오일이올시다
> 178 다시한말 잇사오니
> 蓬萊山人 寒巖重遠 著于 甘露峰下乾鳳寺禪院室中

참선곡류 가사에서 마지막 격외의 일구는 문학적 관습으로도 매우 중요한 것이다. 가사 전체 내용을 휘갑하면서 독자나 청자에게 강한 인상을 남기는 격외의 일구는 선적인 게송이 될 수도 있고 화두처럼 제시될 수도 있다.[21] 한암 〈참선곡〉의 낙구는 경허 〈참선곡〉의 그것과 비슷하고, 또 자신이 애용한 표현방식으로 파악된다.[22] 그런데 178구는 현

---

20) 미우 이력이 쓴 「편자의 일언」에 "不完全한 速寫이지만은 同志에게 一覽을 供함은 光明한 福城畔에 共進하는데 紹介가 될가하는 熱望下에 自拙을 不顧하노라"라는 구절에서 미우 이력이 필사자임을 확인할 수 있다.
21) 참선곡류 가사의 몇 예를 들어보면 다음과 같다.
　　경허의 〈참선곡〉-다시할말 있아오니 돌장성이 아희나면 그때에 말하리라.
　　학명의 〈참선곡〉-赤肉團上 無位眞人 面門出入 是個甚麽 看看하라 返照하라 惺惺하라 不昧하라.
　　영암의 〈토골가〉-제인은 황견마라 구모토인여흐고 토각으로 동양하니 경영흐시월인야 걸립은 공겁전이로다.
　　〈태고화상토굴가〉-寂寂廖廖 本故鄕은 惺惺時 悟現前하니 不老不昧 是何物.
　　〈나옹화상토굴가〉-石湖는 水盈하고 松風은 和答할제 無着嶺에 올라서서 柳暗花明 又一村에 覺樹曇花 半開터라.
22) "다시 한 말 있아오니 今日이 辛未年 四月 九日이올시다"(「일진화一座話」, 『禪苑』 창간호, 1931.10).

재의 텍스트로만 본다면 독자들의 궁금증을 배가시키며 깨달음을 요하는 하나의 묵언화두로서 제시된 것으로 볼 수도 있고, 미완성의 작품으로 볼 수도 있다. 그런데 『방한암선사』에는 유일하게 178구 다음에 일원상을 소개하고 있다.23) 그렇다면 이를 제외한 모든 2차 자료는 일원상을 빠뜨린 채 소개하고 있는 실수를 범하고 있는 것인데, 필자가 소장자의 원본을 확인한 결과 격외의 일구가 다음과 같음을 재확인할 수 있었다.

> 175 다시한말 잇사오니 176 오날이 임술년
> 177 정월십오일이올시다 178 다시한말 잇사오니
>
> ○
>
> 蓬萊山人 寒巖重遠著于
> 甘露峰下乾鳳寺禪院室中

일원상은 언어로 분별할 수 없는 오묘하고 심원한 깨달음의 내용을 상징화한 것이다. 한암의 〈참선곡〉 낙구에는 일원상이 "정월십오일"이라는 구와 나란히 표기되었다. 종교적인 상징이 보름달의 원융한 이미지와 절묘하게 조화를 이루고 있어 또 다른 감흥을 준다. 종교적인 의미와 함께 문학적인 의미를 동시에 형성하는 격외의 일구라 하겠다. 물론 이러한 격외의 일구는 이 작품이 한암의 선수행의 산물임을 증명하는 자료가 된다. 일원상의 묘의妙意를 등두렷이 제시할 만한 인물은 발기인인 하담이 아니라 한암선사일 것이 분명하기 때문이다.

---

23) 김호성, 앞의 책, 143면.

3. 상호텍스트성과 관습시적 성격

건봉사 선원에서 참선결사의 과정에서 창작된 한암선사의 〈참선곡〉은, 그 종교적 내용의 심원함과 다른 차원에서, 그 자체로도 문학적 논란을 안고 있는 텍스트이다. 문학작품의 가치가 내용이나 표현에 있어 작가의 독창성이 얼마나 잘 드러났느냐에 달려 있다는 일반의 기준으로 볼 때 한암의 〈참선곡〉은 획기적인 의의를 지니기 어렵다. 기존의 불교가사의 내용을 바탕으로 스승인 경허의 노래에 이미 수용되었던 여러 내용들이 거의 같거나 비슷한 표현으로 수용되어 있기 때문이다. 작품이 수록된 법어의 기록들에 대해 면밀한 검토를 하지 않을 수 없었던 이유 중의 하나도 작품의 작가성에 대한 물음이 제기될 수 있기 때문이다.

그러나 한 편의 작품은 작가의 온전한 독창성으로만 이루어진다는 것 또한 편협한 문학관이라 할 수 있다. 한 편의 문제작에는 한 작가가 호흡했던 시대나 그 이전 시기의 문화와 문학적 관습이 반영되어 있다는 점을 주목하지 않을 수 없다. 사회 역사적 문맥을 반영한 텍스트로서, 다양한 문학적 관습과 선배 작가들이 개척한 다양한 표현들이 교차되어 있는 텍스트로서 바라볼 때, 한 작품에 대한 깊이 있는 이해가 가능해질 것이다. 한 편의 〈참선곡〉에는 이전 시대부터 향유되어온 가사, 불교가사, 참선곡의 문학적 관습—예를 들어 연행의 관습, 작시원리, 표현기법 등—이 창작 과정에 반영되어 있음은 분명하며, 이러한 관습과 작품 사이의 관련양상을 파악하는 것은 한암의 〈참선곡〉에 대한 이해의 심도를 높이고 균형 잡힌 비평을 가능케 할 것으로 본다.

전체 내용의 파악을 위해 작품의 구조를 제시하면 다음과 같다.

Ⅰ. 서사 (1~34구)

Ⅱ. 본사1 (35~96구)

Ⅲ. 본사2 (97~134구)

Ⅳ. 결사 (135~174구)

Ⅴ. 격외일구 (175~끝)

　　서사는 인생무상화소를 전개한 도입부분이다. 본사1은 발심하여 수행할 것으로 당부하는 회심의 대목(35~50구)과 공적영지空寂靈知를 시적으로 형상화하면서 내 마음의 부처를 찾도록 당부하는 내용(51~96구)으로 나누어진다. 본사2는 득도 후 보임保任의 과정에 힘쓸 내용을 제시하였다. 본문에서 가장 핵심적인 교의는 본사1·2에 담겨있다. 결사는 본사1·2의 내용이 불법佛法임을 강조하면서 마음공부를 권면하고 있다. 격외의 일구는 마지막으로 화두를 제시한 것인데, 작품의 전체적인 내용을 휘갑하면서 새로운 깨달음을 향해 청중독자를 이끄는 선적인 충격, 시적인 충격을 주는 일성이다.

　　이 작품은 전체적으로 볼 때 서두에서는 기존의 불교가사에서 널리 구연되던 인생무상화소를 확인하면서 호소력을 배가시키고, 본문에서는 보조의 『수심결』에 제시된 바 있는 공적영지, 오후보림이라는 핵심개념을 전달하고, 결사에서는 재삼 정진할 것을 당부하고 있으며, 마지막 일구로 독자들에게 시적 긴장감을 주는 구조로 되어 있다. 작품의 서두는 핍진한 인생사를 평이하게 서술하였으나 본사에서는 참선의 요체를 간명하게 구조화하였고 결사에 이은 격외의 일구에서 강한 긴장감을 불러일으키는 섭천입심涉淺入深의 구조를 보여주는 작품이다.

1) 〈회심곡〉〈자책가〉〈백발가〉와의 상호텍스트성

〈참선곡〉의 서사는 인생 무상을 일상적이고 구체적인 표현으로 제시하였다. 이는 다음 장에 제시된 바, 발심 출가하여 수행해야 하는 이유를 설득력 있게 하기위한 전제가 되는 것이다. 그런데 이러한 인생무상 화소는 대부분의 불교가사, 특히 구연되는 불교가사의 서두를 장식하는 가장 일반적인 시문법이기도 하다.24) 〈참선곡〉의 서두와 함께 다른 불교가사의 수용양상을 제시하면 다음과 같다.25)

> 1 가련하다 우리인싱
> 2 허망하긔 그지업네
> 3 어졔갓히 청춘시절 (←〈백발가〉)(←〈자책가〉)
> 4 어언간 빅발일셰 (←〈백발가〉)(←〈자책가〉)
> 5 빅옥갓히 곱던얼골 (←〈백발가〉)
> 6 검버셧은 웬일이며 (←〈백발가〉)
> 7 눈물코ㅡㄴ물 자연흘너 (←〈백발가〉)
> 8 졍신좃차 희미하다 (←〈백발가〉)
> 9 오호라 이닉몸이 (←경·참·7)
> 10 밋을굿이 바이업네
> 11 풀끗헤 이슬이오 (←경·참·8)(←〈회심곡〉)(←〈백발가〉)
> 12 바람속에 등불이라 (←경·참·9)(←〈회심곡〉)(←〈백발가〉△)
> 13 아젹나잘 셩턴몸이 (←경·법·42)(←〈회심곡〉)(←〈자책가〉)
> 14 젼녁나잘 병이들어 (←경·법·43)(←〈회심곡〉)(←〈자책가〉)
> 15 익고익고 고통소리 (←경·법·44△)(←〈회심곡〉△)
> 16 사지빅졀 오려닌다 (←경·법·58)(←〈회심곡〉△)

---

24) 이는 한암에 앞서 회자된 경허선사의 불교가사에도 주제를 드러내는 전제로서 요긴하게 구현된 바 있다.

25) (←경·참·7)은 경허의 참선곡 제7구와 같고, (←경·법·42)는 경허의 법문곡 제42구와 같은 표현이라는 의미이다. △표기는 같지는 않으나 비슷하여 친연성이 있음을 나타낸다.

23 처자권속 은익타나 (←경·법·61)(←〈자책가〉)(←〈회심곡〉)

24 날을위히 디신가며 (←경·법·62)(←〈자책가〉)(←〈회심곡〉)

25 금은옥빅 싸핫쓰나 (←경·법·63)(←이하 〈자책가〉△)

26 속을밧쳐 면할손가 (←경·법·64△)

이를 보면 〈참선곡〉의 인생무상 대목은 〈백발가〉와 〈회심곡〉, 〈자책가〉의 내용과 매우 유사한 것을 알 수 있다. 전체적인 분위기나 어조에서 이 대목은 한암의 〈참선곡〉이 아니고, 〈백발가〉나 〈회심곡〉이나 〈자책가〉의 한 대목이라 해도 수긍이 갈 정도로 친연성이 있다.

예를 들어 〈백발가〉의 서두부분("백년광음 못다가서 백발되니 슬푸도다. 어화청춘 소년들아 백발노인 웃지마오. 덧없이 가는 세월 넨들아니 늙을소냐 저근듯 늙는 것이 한심하고 슬푸도다. 꼿까치 곱든얼굴 검버섯은 웬일이며 눈물조차 흘러지고 콧물조차 흐르도다. 정신이 혼미하니(…중략…) 부운같은 우리인생 물우에 거품이요 위수에 부평이라")은 한암 〈참선곡〉 1~12구의 동곡이명同曲異名이다.

"아적나잘 무병타가 저녁나잘 못다가서 손발접고 죽는인생 목전에 파다하니 오늘이야 무사한들 명조를 정할손가" "처자권속 일가중에 대신갈이 그뉘런고" "옥지옥답 가장지물 노비우마 천재만재 아모리 아까운들 어듸가 인정하며 지고가며 안고갈까. 빈손으로 나왔다가 빈손으로 들어가니 백년탐물 일조진을 친구없는 명간 길에 할길없는 고혼이라" 하는 〈자책가〉의 첫 구절과 "애달고도 설은지고 절통하고 통분하다 할수없다 할수없다 홍안백발 늘거간다(…중략…) 어제오날 성튼몸이 저녁나절 병이들어(…중략…) 친구벗이 많다한들 어느뉘가 동행할까(…중략…)"라는 〈회심곡〉 구절 역시 한암 〈참선곡〉과 동곡이명이라 할 수 있다.

이를 보면 한암의 〈참선곡〉은 기존에 널리 구연되던 불교가사의 작시법을 충실히 수용한 것으로 볼 수 있다. 이는 경허의 〈참선곡〉이나

〈법문곡〉에서도 여실히 드러나는 것이다. 경허의 〈참선곡〉의 서두는 "홀연히 생각하니 도시몽중이로다 천만고 영웅호걸 북망산 무덤이오 부귀문장 쓸데없다 황천객을 면할쏘냐 오호라 너의 몸이 풀끝에 이슬이오 바람속의 등불이라"로 시작되는데 이는 구연전승되던 불교가사 〈몽환가〉의 표현을 그대로 수용한 것이다.

이러한 현상은 선사의 창작인 〈참선곡〉이라 할지라도 그가 택한 장르가 불교가사라는 점에서 이를 하나의 관습시로 이해해야 한다는 것을 알려준다. 이본자료를 통해 볼 때, 대중에게 가장 널리 회자되었던 불교가사는 〈회심곡〉〈자책가〉〈몽환가〉〈백발가〉 등이라 할 수 있다. 특히 〈회심곡〉〈자책가〉 등은 불가의 천도의식에서 널리 구연되던 것으로서, 그 내용전개가 일정한 틀을 형성하고 있다. 이들 가사에는 몇 개의 친숙한 주제소가 결합되어 있는 양상을 보여주는데, 인생의 최귀함과 무상함, 저승길과 시왕의 심판, 탐욕과 지옥의 고초, 염불공덕의 가치와 극락의 환희상 등이며, 어떤 작품이든지 이러한 주제소가 상당부분 중첩되어 있어 각각의 불교가사가 '다르지만 같은' 작품으로 인식되는 요인이 되고 있다.26)

경허와 한암의 가사에는 인생의 무상함과 저승길 등이 가사 창작의 과정에서 하나의 모티프로 수용되었는데, 이는 가장 널리 전승되는 불교가사의 시문법을 창작의 실마리로하여 패러디한 것이다. 시조 장르가 그러한 것처럼, 한 편의 작품을 창작하는 데는 연행의 상황, 주제의 구현양상, 구성의 원리 및 표현적 측면에서 일정한 문학적 관습이 있으며, 새로운 가사를 창작한다고 할 때 이를 원용하여 한 편의 새로운 작품을 산출할 수 있게 되는 것이다. 한암의 〈참선곡〉이 '가장 완성도가 높은 참선곡'27)이라는 평가가 문학적으로 타당한 것은 아니다. 한암 〈참선

---

26) 김종진, 「불교가사의 구연과 주제구현방식의 관련양상」, 『국어국문학』 130, 국어국문학회, 2002.5, 131~156면.

27) 김호성, 앞의 책, 160면.

곡)의 자리는 오히려 불교가사의 작시원리를 충실히 따름으로써 대중의 수용의 폭을 넓히고 있다는 점에 있다. 동안거에 참여한 대중을 넘어서 일반 대중들에게 참선의 진리가 전달되도록 기존의 염불권장의 가사에 익숙한 시문법을 활용하여 화자와 청자의 거리를 좁히고 있다는 점에서 그 의의를 찾아야 할 것이다.

2) 『수심결』 및 경허 가사와의 상호텍스트성

한암의 〈참선곡〉은 종교적 교의를 전달한다는 측면에서 선행하는 종교적 텍스트인 『수심결修心訣』과 밀접한 상호텍스트성을 보인다. 『수심결』은 보조국사普照國師 지눌知訥(1158~1210)의 저작으로 한국불교에서 마음을 밝히는 주요 전적으로 전수되어 왔다. 사상의 골자를 이루는 것은 돈오頓悟・점수漸修와 정혜등지定慧等持이다.[28] 한암 〈참선곡〉에서 작자가 전달하고자 하는 핵심 내용은 본사1・2라 할 수 있는데, 본사1은 마음공부의 실체를 소개한 대목으로 '昭昭靈靈 지각하는 이것이 무엇인고'(59~61구) '홀연히 깨달으면 본래생긴 나의 부처 天眞面目 절묘하다'(82~84구) '아미타불 이아니며 석가여래 이아닌가'(91~92구)라 하여 공적영지空寂靈知한 나의 마음을 깨달아 가는 과정을 노래하고 있다. 이는 『수심결』에 제시된 돈오견성頓悟見性의 선지禪旨를 선양하는 구절이라 할 수 있다.[29] 본사2는 '선지식을 찾아가서 요연히 인가 맡어 다시의심 없은 후에'(97~99구)로 시작하고 있는데, 이는 보조선의 핵심내용인 깨달음 이후의 닦음漸修에 대해 노래한 것이다. 한암의 〈참선곡〉에 『수심결』의 핵심개념이 담겨있다는 점에서 종교적 내용의 상호텍스트성을 확인할 수 있다.

---

28) 이기영, 「지눌과 禪書」, 『한국의 불교사상』, 삼성출판사, 1981, 370면.
29) 종범, 「한암선사의 선사상」, 『한암사상연구』 1, 2006, 40면.

그런데 한암 〈참선곡〉의 해당 구절은 경허의 〈참선곡〉에서도 찾아볼 수 있다. 이는 보조국사 지눌을 해동 참선의 초조初祖로 인식했던 한암. 그리고 경허의 법맥을 계승하여 근대선풍 운동의 핵심에 있던 한암의 종교사적 위상을 잘 보여주는 대목이기도 하다. 주지하다시피 한암은 '보조법어로 입도의 종안宗眼으로 삼게 하였'30)던 경허의 법제자 아니었던가.

39 삼계디사 붓텨님이 (←경·참·10)(경·법·81)
40 정영이 이르사디 (←경·참·11)(경·법·83△)
41 마음씻쳐 성불하야 (←경·참·12)
42 불싱불멸 져국토에 (←경·참·14)
43 상낙아졍 무위도를 (←경·참·15)
44 사람마당 다할줄로 (←경·참·16)
45 팔만장교 유젼하니 (←경·참·17)
46 어셔어셔 닥가보셰 (←경·참·20)
47 닥난길을 말하랴면 (←경·참·21)
48 팔만사쳔 가진법문 (←경·법·91△)
49 희묵사이 부진이니 (←경·참·22△,경·참·158)
50 디강추려 적어보셰 (←경·참·23)
51 몸둥이는 송장이오 (←경·참·29)(경·법·108)
52 망상번뇌 본젹한디 (←경·참·30)(경·법·109△)
53 안고눕곱 가고오고 (←경·참·32)(경·법·113△)
54 잠도자고 일도하고 (←경·참·33)
55 디인접화 담논하며 (←경·참·25△)
56 글도읽고 사긔쓰며
57 비곱흐면 밥을먹고
58 목마르면 물을마셔
59 일쳬쳐 일쳬시에 (←경·참·26)(경·법·124)

---

30) 위의 글, 43면.

60 소소영영 지각하나 (←경 · 참 · 27)

61 이것이 무엇인고 (←경 · 참 · 28)(경 · 법 · 126)

(···중략···)

(67~96구는 경 · 법 · 113~141구와 大意同一)

인용구를 보면 본사의 핵심개념을 소개하기 위한 전제로서 39~50구가 전환의 구실을 하고 있다. 이 내용은 경허의 〈참선곡〉과 거의 일치하는 수준에서 재수용된 것이다. 그리고 공적영지와 돈오견성을 제시하는 51~96구는 경허의 〈참선곡〉과 〈법문곡〉의 해당 구절과 대체적으로 유사하다. 한암이 경허의 〈참선곡〉을 암기하고 있는 정황증거는 충분하다. 경허가 〈참선곡〉을 지을 당시 경허의 제자로서 선원결사를 함께 했던 기록이 남아 있기 때문이다.

그러나 경허의 해당 구 역시 『수심결』에 이미 제시된 표현을 시적으로 전환시킨 것으로, 한암의 가사에 보이는 유사성은 경허의 〈참선곡〉의 영향으로만 볼 수는 없는 보편성이 있다. 경허의 〈참선곡〉이나 〈법문곡〉에 제시된 내용을 한암의 〈참선곡〉에서 재확인하는 것은 종교적 선행 텍스트인 지눌의 『수심결』이 각각의 작품에 재수용된 것을 의미한다. 이러한 내용과 표현법은 선수행의 요체를 전달하는 하나의 틀로 고정되어 있어서 어떤 상황에서도 비슷한 구조로 표출될 가능성이 있다. 종교적 교리와 문학적 표현이 어우러져 창작의 기제로서 하나의 관습시를 형성하는 것이다.

3) 불교가사의 구성원리와 상호텍스트성

경전이나 교리를 대중에게 전달하려는 불교가사의 경우 화자의 교체현상이 자연스럽게 일어난다. 인생무상으로 서두를 제시한 후 불법을 전달하는 전달자의 입장에서 높이 받드는 내용이라는 인식을 수용자에게 확인시키며, 마지막에는 분위기를 일신하여 노래의 주체로서 새롭게 청자를 설정한 후 앞에 전달한 내용을 잊지말고 수행할 것을 재삼 다짐하는 것이 일반적이다.[31]

한암의 〈참선곡〉에서도 서사에서는 "가련하다 우리 인생" "오호라 이내몸이" 등으로 화자와 청자의 거리가 거의 없어 대중들이 자신의 이야기를 듣는 것 같은 친밀한 어조를 형성하고 있다. 본사로 들어가는 전환의 대목에서는 청자와 동일시하던 자신의 목소리가 불법을 받들어 전하는 전달자의 입장으로 전환하게 된다.

> 삼계ᄃᆞ사 붓텨님이 졍영이 이르사ᄃᆡ 마음씻쳐 셩불하야 불싱불멸 져국토에
> 샹낙아졍 무위도를 사람마당 다할줄로 팔만장교 유젼하니 어셔어셔 닥가보셰
> 닥난길을 말하랴면 팔만사쳔 가진법문 희묵사이 부진이니 ᄃᆡ강추려 젹어보셰
>   (39~50구)

인용구에서 '삼계대사 부처님이 정녕히 이르'는 내용은 41~44구인 것으로 보인다. 그러나 '대강 추려 적어보'는 이하의 내용(51구에서 청자가 새로 설정되는 135구 이전까지. 본사1・2)은 여전히 '삼계대사 부처님이 고구정녕' 전하는 법문이라 할 수 있다. 대강 추려 적어보는 이는 물론 이 작품의 화자로서 자신이 주체가 되어 전하기보다는 전달자의 관점에서 불법을 전하고 있음을 나타내준다. 물론 부분적으로 화자가 개입하여 비평적 견해[32]를 내기도 하나, 본사의 1・2는 기본적으로 화자가 전달자의 입장에서 금구소설金口所說을 전하는 구조로 되어있다.

---

31) 이를 가사 전달의 효율성을 위한 시적 전략으로 본다면 다음과 같이 정리할 수 있다.
   (서사) 청자와 화자의 동일시 전략.
   (본사) 화자의 전달자 역할 강조(전달력 극대화의 전략).
   (결사) 새로운 청자를 설정하여 창작자로서 화자의 목소리 회복(중언부촉의 전략).
32) 62~66구, 93~96구가 이에 해당한다. 법문을 전하면서 자신의 견해를 부연하고 있는 대목이다.

본사1단락의 끝 - 95 고조사의 이른말씀 96 과연허언 아니로세,
본사2단락의 처음 - 99 다시의심 없앤후에 100 여래명훈 잊지마라, 105 삼세
제불 역대조사 106 이구동음 일렀으니 110 문수보살 이른말씀……

가사의 창작자와 지근거리에 있는 화자의 목소리는 단순히 전달자의
역할에 지나지 않고 '여래의 밝은 가르침' '삼세제불 역대조사가 이구
동음 이른 말' '문수보살 이른 말씀' 등으로 반복 제시되어 있다. 이는
본사에서 화자의 역할이 여러 불보살의 가르침을 전달하는 전달자의
입장에 서 있음을 분명하게 보여주는 것이다.

그러나 가사의 창작자와 지근거리에 있는 화자가 대중과 한 목소리
를 내거나 불법의 전달자로서의 역할에 그친다면 창작자로서의 존재감
은 무화될 것이다. 앞에 제시한 내용이 매우 중요함을 이제 자신의 목
소리로 설득하는 것은 표현의 욕구이자 창작자의 존재감의 확인이라는
측면에서 자연스럽다. 이를 중언부촉重言咐囑의 결사라 할 수 있다.

여보시오 유지장부 이너말삼 드러보소 불언을 불신하면 하언을 가신이며
인도에 불수하면 타도에 난수라네 쓸디업는 탐이경은 움도업시 베버리고
자긔상에 잇는보물 부지러니 살피시오……
출격장부 살피시오 **불조가** 이른방편 자기상에 돌이켜서 진실다이 참구하
고……   (135~173구)

인용구는 결사의 첫대목이다. 지금껏 제시되지 않았던 '유지장부'와
'출격장부'는 화자가 자신의 목소리를 내기 위해 설정한 새로운 청자이
다. 혹은 동일한 청자에 대해 현실적으로 새로운 의미를 부여하기 위한
설정이라 할 수 있다. 그리고 앞에 본사에서 제시한 목소리가 자신의
목소리가 아니라는 점을 '佛言을 不信하면'의 한 구로 응축하였다. 본
사의 목소리는 '부처님 말씀'이었던 것이다. 그리고 171구의 '佛祖가 이
른 方便'은 무엇이었던가. 마찬가지로 본사의 내용을 말하는 것이다.

이러한 목소리의 교체현상, 청자의 교체현상은 〈자책가〉〈왕생곡〉 등 여러 작품에 공통적으로 보이는 정형화된 틀로서, 불교가사의 기본 구조이자 표현 전략이라 할 수 있다. 이 점은 한암의 결사에 제시된 현상 역시 한암 이전의 불교가사의 문학적 관습을 토대로 선행작품을 적극적으로 수용한 것으로 이해할 수 있다.

한암의 〈참선곡〉은 이전의 가사와 매우 다른 참신성에 그 자리가 있는 것이 아니라, 기존의 불교가사의 시문법을 가장 충실하게 수용하면서 보조국사의 『수심결』에서 확인되는 보조선의 핵심 개념을 잘 융화시켜 전달하고 있다는 점에 그 의의가 있다. 즉 참선의 요체를 대중들이 널리 향유하는 불교가사의 시문법에 용해시켰다는 의의를 지니는 것이다.

4. 맺음말–문화사적 의의

필자는 본서의 앞 장에서 1900년 전후에서 1920년대까지 전개된 불교가사의 다양한 현상을 불교혁신운동과 관련하여 다음과 같이 정리한 바 있다.

20세기 초엽의 근대불교혁신운동은 경허, 만해, 용성, 학명에 의해 그 이념이 제시되고 구체화되었다. 경허는 대중들과 함께 참선수행의 결사운동을 전개하여 근대불교혁신운동의 시발점이 되었고, 만해는 선부흥의 결과로 파생되는 결과에 대해 문제점을 비판하고 그 해결방안을 제시하였다. 이에 대해 용성과 학명은 각각 '禪農佛敎'와 '半禪半農運動'으로 화답하였다. 동시에 주목되는 것은 이들은 자신의 禪적인 정서와 불교혁신의 이념을 서로 다른 장르의 시가에 담아 운동의 매체로 활용하고 있다는 점이다. 鏡虛는 참선결사를 하면서 일반 대중을 위한 가사〈參禪曲〉〈可歌可吟〉〈法門曲〉를 지어 참선의 요체와 당부의 내용을 가사에 담아 표출하였다. 萬海는 선시의 표현을 현대시로 승화시켜 고도의 시적인 성취를 얻어내었고, 龍城은 불교혁신의 궁극적인 지향으로 '大覺敎'를 창설하고 대각교의 의식을 체계화하는 가요로서 1행 4음보의 두 줄이나 석 줄을 하나의 장으로 하여 分聯해 나가는 창가를 지어 직접 작곡한 곡조에 담아 불렀다. 이와 달리 鶴鳴은 반선반농운동의 현장성을 담은 가사를 창작했으며, 수행의 한 방편으로 이를 구연하였다. 그리고 그 표현에 있어서도 가사라는 형식적 제약 내에서 다양한 표현법을 구사함으로써 문학사 영역에서 마지막이라고 할 수 있는 불교가사의 새 영역을 개척했다는 점에 그 독특함이 있다.[33]

그렇다면 같은 시기 수행의 과정에서 산중불교 수호자로서의 모습을 보여주고 있는 한암의 〈참선곡〉은 어떠한 위상을 지니는가. 작품을 분석한 결과 그는 수행에서 보여주는 선사로서의 모습과 마찬가지로, 불교가요 제작에 있어서도 가장 전형적인 참선수행의 노래를 제작한 것으로 평가할 수 있다. 가사라는 형식적 면모와 참선의 소의경전에 충실하고 있다는 내용적 측면에서 모두 그러하다. 이는 새로운 시대의 변화 속에서 새로운 형식과 내용의 가요로 자신의 지향을 표출한 다른 선사와 다른 점이다.

당시에 불교계의 혁신운동으로 사원경제의 혁신을 제기하였던 만해나, 또 이를 실제 현장에서 다양하게 도모했던 학명이나 용성과 다르게 그는 엄격한 절제와 용맹한 정진으로 산중불교를 지키면서 출가사문으로서 본분을 다하려는 삶[34]의 모습을 확인할 수 있다. 이러한 삶의 자세 수행의 자세는 불교가요의 제작에서도 다른 선사와 다른 길을 택하

---

33) 김종진, 「근대불교혁신운동과 불교가사의 관련양상」, 『동양학』 36, 2004.8, 31~32면.
34) 소마, 「방한암선사를 찾아서」, 『대중불교』 137, 1994.4, 80~83면(『조선불교』 87, 1933.4 의 번역).

게 되는 것과 상응한다.[35]

근대불교지성인으로서의 한암의 실천적 면모는 시대의 변화에 능동적으로 대응하면서 새로운 문화를 창조하는 데 있는 것이 아니라, 가장 전통적인 방법을 택하고 이를 고집스럽게 지킴으로써 외풍에 대응했다는 점에 있다. 그가 남긴 작품 역시 문학사에서 걸출한 작품이라거나 시대를 앞서간 의의를 지니고 있는 것은 아니다. 그는 『수심결』의 핵심 내용을 바탕으로 한 선수행의 요체를 전달하되, 대중에게 널리 전승되었던 불교가사의 여러 관습을 활용하여 전달하고 있다는 점에서, 전통에 충실한 마지막 불교가사를 제작하고 있다는 것이 실상에 가까운 평가일 것이다.

---

35) 소마의 위의 글에 따르면 "바야흐로 산간불교는 점차로 도회불교 쪽으로 옮겨가고 있다. 그러나 얼마만큼 도회불교에 존경을 표할 수 있을까"라 하면서 한암선사에 대해 산중불교의 수호자로 인식하고 있다(위의 글, 83면). 당시 불교계의 현실대응 양상을 산중불교와 도시불교로 나누고 여기에 소개된 여러 선사들의 문학을 대응시킬 때, 한암의 〈참선곡〉이 양단의 다양한 스펙트럼 속에서 어느 지점에 위치할 것인가 하는 것은 너무나 자명한 것이다.

자료

『勸念要錄』『金剛山乾鳳寺事蹟』『東師列傳』『白谷集』『奉恩寺』『佛教의 回心歌詞』『佛教』『佛說阿彌陀經要解』『불셜멸의경』『三國遺事』『相峰門譜』『釋門儀範』『新編普勸文』『心如 山志錄』『阿彌陀經』『(주해)樂府』『廬山蓮宗寶鑑』『歷代歌辭文學全集』『蓮宗集要』『念佛普勸文』『念佛還鄉曲』『禮念彌陀道場懺法』『阮堂全集』『往生集』『龍舒淨土門』『(현토주해본)維摩經』『維摩詰所說經』『里鄉見聞錄』『日光』『淨土寶書』『淨土三部經槪說』『朝鮮佛教月報』『朝鮮佛教維新論』『朝鮮佛教通史』『地獄圖』『直指寺』『請擇法報恩文』『淸虛堂集』『枕肱集』『韓國高僧碑文總集』『韓國佛教全書』『韓國近現代佛教資料叢書』『華嚴經疏抄重刊助緣序』『華嚴經玄談』

단행본

강전섭, 『한국시가문학연구』, 대왕사, 1986.

김광식, 『용성』, 민족사, 1999.

김광식, 『한국근대불교사연구』, 민족사, 1996.

김성배, 『한국불교가요의 연구』, 아세아문화사, 1973.

김영배 외, 『염불보권문의 국어학적 연구』, 동악어문학회, 1996.

김영태, 『한국불교사개설』, 경서원, 1986.

김정희, 『조선시대 지장시왕도 연구』, 일지사, 1996.

김종진, 『불교가사의 연행과 전승』, 이회, 2002.

김태준, 『조선가요집성』, 고가편 1, 1934.

박경주, 『한문가요연구』, 태학사, 1998.

이병기,『국문학전사』, 신구문화사. 1978.

이상보,『17세기 가사전집』, 교학연구사, 1987.

_____,『한국불교가사전집』, 집문당, 1980.

이재창,『한국불교사원경제연구』, 불교시대사, 1993.

_____,『불교경전해설』, 동국대 역경원, 1982.

이진오,『한국불교문학의 연구』, 민족사, 1997.

이형기 외,『현대문학과 선시』, 불지사, 1992.

임기중,『불교가사 연구』, 동국대 출판부, 2000.

_____,『불교가사 원전연구』, 동국대 출판부, 2000.

_____,『한국 가사문학 주해연구』1~20, 아세아문화사, 2005.

일 지,『통윤의 유마경 풀이』, 서광사, 1999.

조동일,『한국문학통사』3 · 4, 지식산업사, 2005.

하성래,『천주가사연구』, 성황석두루가서원, 1985.

한보광,『신앙결사연구』, 여래장, 2000.

논문

강전섭,「傳나옹화상작 가사 4편에 대하여」,『한국언어문학』23, 한국언어문학회.

고익진,「(신자료)『청택법보은문』의 저자와 그 사상」,『불교학보』17, 불교문화연구소, 1980.

구사회,「실학과 불교의 교섭」,『불교어문논집』2, 한국불교문학사연구회, 1997.

구수영,「나옹화상과 〈서왕가〉 연구」,『국어국문학』62 · 63, 국어국문학회, 1973.

권순회,「초당문답가의 이본 양상과 주제적 의미」,『19세기 시가문학의 탐구』, 집문당, 1995.

김갑주,「조선시대 사원경제의 추이」,『한국불교사의 재조명』, 불교시대사, 1994.

김광식,「백용성 스님의 선농불교」,『대각사상』2, 1999.

_____,「일제하 선학원의 운영과 성격」,『한국근대불교사연구』, 민족사, 1996.

김기종,「불교가사 작가에 관한 일 고찰」,『불교어문논집』6, 불교어문학회. 2001.

_____,「용선선사의 가사 작품에 대하여」,『한국문학연구』23, 동국대 한국문학연구소, 2000.

_____,「지형의 불교가사 연구」,『한국문학연구』24, 동국대 한국문학연구소, 2001.

김기탁,「나옹화상의 작품과 가사발생연원 고찰」,『영남어문학』3, 영남어문학회, 1976.

김동국,「〈회심곡〉 연구」, 고려대 박사논문, 2004.

김봉영,「미발표의 침굉가사에 대하여-지금까지 국문학사상에 들어나지 않은 사원가사」,『국어국문학』20, 국어국문학회, 1959.

김상호,「조선조 사찰판 각수에 관한 연구」, 성균관대 박사논문, 1990.

김성배 외, 『주해 가사문학전집』, 집문당, 1981(1961 초판).

김영배, 「『염불보권문』의 해제」, 『염불보권문의 국어학적 연구』, 동악어문학회, 1996.

김영수, 「천주가사의 갈래적 성격과 전개양상」, 『천주가사자료집』상, 가톨릭대 출판부, 2000.

김영태, 『한국불교사개설』, 경서원, 1986.

김용태, 「조선중기 불교계의 변화와 '서산계'의 대두」, 서울대 석사논문, 1999.

김운학, 「염불환향곡」, 『국학자료』v.4 n.5, 장서각, 1975.12.

김윤섭, 「화엄사상의 시적 전화양상에 관한 연구」, 고려대 석사논문. 1994.

김종진, 「〈광대모연가〉의 창작 배경과 문학적 특성」, 『한국시가연구』16, 한국시가학회, 2004.8.

_____, 「〈권왕가〉의 선행담론 연구」, 『불교어문논집』8, 한국불교어문학회, 2003.8.

_____, 「〈서왕가〉의 계보학과 구술성의 층위」, 『한국시가연구』18, 한국시가학회, 2005.5.

_____, 「〈토굴가〉 전승의 경로와 문학사적 의의」, 『우리어문연구』25, 우리어문학회, 2005.12.

_____, 「〈회심가〉의 컨텍스트와 작가론적 전망」, 『한국시가연구』23, 한국시가학회, 2007.11.

_____, 「〈회심곡〉 감상의 한 측면－탱화와 관련하여」, 『한국시가연구』12, 한국시가학회, 2002.8.

_____, 「19세기 불교가사의 작가 복원과 그 문화사적 함의」, 『국제어문』35, 국제어문학회, 2005.12.

_____, 「근대 불교혁신운동과 불교가사의 관련양상－학명의 가사를 중심으로」, 『동양학』 36, 단국대 동양학연구소, 2004.8.

_____, 「동화축전(東化竺典)론」, 『한국어문학연구』41, 한국어문학연구학회, 2003.12.

_____, 「불교가사의 구연과 주제구현방식의 관련양상」, 『국어국문학』130, 국어국문학회, 2002.

_____, 「침굉의 〈태평곡〉에 대한 현실주의적 독법」, 『한국시가연구』19, 한국시가학회, 2005.11.

_____, 「학명의 가사 〈선원곡〉에 대하여」, 『동악어문논집』33, 동악어문학회, 1998.

_____, 「한암선사의 〈참선곡〉 연구」, 『국제어문』39, 국제어문학회, 2007.4.

김주곤, 「〈회심곡〉 연구」, 『한국가사 연구』, 국학자료원, 1998.

김풍기, 「침굉 가사의 은일적 성격과 그 의미」, 『한국가사문학연구』, 태학사, 1995.

김학성, 「18·19세기 예술사의 구도와 시가의 미학적 전환」, 『한국시가연구』11, 한국시가학 회, 2002.2.

서종범, 「조선 중·후기의 禪風에 관한 연구」, 『한국종교사상의 재조명』(한기두박사 회갑기념논문집간행위원회 편), 원광대 출판국, 1993.

손진태, 「조선불교의 국민문학―佛徒의 남긴 往生文學」, 『불교』 90, 1931. 12.

안귀숙 외, 「조선시대 시왕도 연구」, 『조선조 불화의 연구』 2―지옥계 불화, 한국정신문화연구원, 1993.

안병인, 「기성의 동화사 은해사 편액」, 『현대불교』, 현대불교사, 불기 2544. 11.

이성타, 「경허선사―傳燈법맥 이은 근대선의 중흥조」, 『한국불교인물사상사』, 민족사, 1990.

이승남, 「〈회심가〉와 〈회심곡〉의 작품전개 방식」, 『고전시가의 작품세계와 형상화』, 역락, 2003.

이은상, 「침굉대사와 그의 가사」, 『국어국문학연구』 6, 청구대, 1962.

이종수, 「18세기 기성쾌선의 염불문 연구―염불문의 선교 껴안기」, 『보조사상』 30, 보조사상연구원, 2008. 8.

이종찬, 「佛儒仙을 섭렵한 침굉」, 『한국불가시문학사론』, 불광출판부, 1993.

이지관, 「저서를 통해본 조선조의 정토사상」, 『한국정토사상』(동국대 불교문화원 편), 1997.

이혜화, 「태고화상 〈토굴가〉고」, 『한성어문학』 6, 한성대, 1987.

임기중, 「불교가사에 나타난 우리 글말의 쓰임새」, 『한글』 214, 한글학회, 1991. 12.

정병삼, 「19세기의 불교사상과 문화」, 『추사와 그의 시대』, 돌베개, 2002.

_____, 「진경시대 불교의 진흥과 불교문화의 발전」, 『우리문화의 황금기 진경시대』 1, 돌베개, 1998.

정재호, 「나옹작 가사의 작자 시비」, 『한국학연구』 19, 2003.

정혜란, 「침굉 한시에 나타난 수행의 반려자로서의 달」, 『고시가연구』 15, 한국고시가문학회, 2005.

조동일, 「가사에서 전개된 종교사상 논쟁」, 『한국시가의 역사의식』, 문예출판사, 1993.

조순향, 「한국판 시왕경 연구」, 『경기대학논문집』 15, 경기대학교, 1984.

최영희, 「학명선사의 불교문학 연구」, 『국어국문학』 126, 국어국문학회, 2000.